A verdade lançada ao solo

Paulo Rosenbaum

A verdade lançada ao solo

EDITORA RECORD
RIO DE JANEIRO • SÃO PAULO
2010

CIP-Brasil. Catalogação-na-fonte
Sindicato Nacional dos Editores de Livros, RJ

R723v Rosenbaum, Paulo H.
       A verdade lançada ao solo / Paulo H. Rosenbaum. – Rio
       de Janeiro : Record, 2010.

       ISBN 978-85-01-09161-1

       1. Romance brasileiro. I. Título.

10-3286   CDD: 869.93
                                           CDU: 821.134.3(81)-3

Copyright © Paulo Rosenbaum, 2010

Imagem de capa: Marcos Rosenbaum, a partir de arquivo da família

Texto revisado segundo o novo Acordo Ortográfico da Língua Portuguesa.

Composição de miolo
Abreu's System

Direitos exclusivos desta edição reservados pela
EDITORA RECORD LTDA.
Rua Argentina 171 – Rio de Janeiro, RJ – 20921-380 – Tel.: 2585-2000

Impresso no Brasil

ISBN 978-85-01-09161-1

Seja um leitor preferencial Record.
Cadastre-se e receba informações sobre nossos lançamentos e nossas promoções.

Atendimento e venda direta ao leitor:
mdireto@record.com.br ou (21) 2585-2002.

Aos justos e injustiçados

Para Iael, Marina e Hanna

Agradecimentos

Por todas as leituras e comentários, agradeço a Silvia Fernanda Rosemblum Rosenbaum, Maurício Rosenbaum, José Serrano e Leonardo Martins de Barros. Pelas observações e conselhos iniciais, a Bernardo Carvalho e Áurea Rampazzo. A Drorit Sandberg de Milkewitz pela revisão das palavras hebraicas e Rachel Rosemblum pelas traduções. A Rubens Alberto Filguth, que apontou os problemas enxadrísticos. A Rogério Pires na longeva proximidade amiga. E ao Isaac Michaan, pela revisão do glossário e, principalmente, pelas andanças em Jerusalém.

Sumário

Agradecimentos	9

Livro I — Tisla 5.616 (1856)

De onde vem a boa sorte?	17
Respostas existem	33
Sandaks	49
Sibel e os médicos	57
Por que continuamos rezando?	69
Galut e assimilação	75
Fagulhas em palheiros	91
Simchá e Menachem	97
Não é religião, são nervos	107
Um único gesto?	113
Vagar indistinto	123
Belle Lindt	133
Mishpachá	141
Ainda estamos no deserto?	149
Disciplina aparentemente libertária	157
Contra a nova erudição	165
Mazal Tov	177

Deus não precisa de nada	181
Diálogos nascem do movimento dos corpos	187
Do Alto houve uma resposta	195

Livro II — A balada de Yan e Sibelius

Notícias de horizonte	205
Entre duas estações	211
Distância da medicina	229
Escritores bissextos	237
Os outros é que morrem	249
Atenas — Jerusalém	257
Neve decidida	269
Difícil desaprender	279
Yan e Sibelius não resistem	291
Fração de vida	299
Preparando-se para a cessação absoluta	307
Sibelius toma a decisão	317
Sibelius acena puerilmente	321
Sibelius não era nenhum misantropo	325
Um animal despolitizado	333
Working class hero	347
Metonímia da ausência	359

Livro III — Sonho não interpretado

Mensagem vaga	367
O paciente continuava inspecionando o médico	375
A partida transcorre no mesmo clima estranho no qual tinha se iniciado	379
Destruir as convicções	389
Toda a sua vida foi voltando à pele	393

Os olhos de Antiocus escurecem	407
Bat Kol	419
Yan pende a cabeça	429
Vire-se com suas emoções	435
Sonho não interpretado	443
Devekut	465
Sagração de Varsóvia	477
Para bem além da perplexidade	491
Passado improvável	505
Cume, de novo	511
Yan anda até Yan	517
Shemá	527
Talb decide reentrar na tenda	533

Epílogo — Yan decide ressurgir

Referências bibliográficas	551
Glossário	553

Livro I

Tisla 5.616 (1856)

De onde vem a boa sorte?

—Aba? Pai? Pai... — Nay resmunga ao pai que está esticado no sofá da sala. Um ponto preferido para aquietamento. O lugar que o abrigava nas noites em que o sono escapava.

Nay inquieta-se ao perceber que não é atendido. O término do descanso semanal se avizinha.

— Paaai. Paiiii? — Já forçando e arrastando a voz. — Por que o homem existe?

Como o silêncio persiste, Nay redobra o esforço:

— Como ter certeza de que temos alma? Quem criou o Criador? Hashem criou Hashem? Se ele existe, por que deixa que tudo isso aconteça?

Acomodado em uma cadeira despedaçada está um senhor de corpo quase maciço. Aos 48 anos, parece estar no auge das forças físicas, mas bem menos disposto para o trabalho de lenhador ocasional a que o frio obrigava os homens naquela região. Suas mãos são espessas como tijolos argelinos e as pontas dos dedos, desproporcionalmente largas. O que mais chama a atenção são os olhos. Para além do azul há uma subtonalidade na cor da íris, que parece organizar arcos concêntricos num céu que suga outros olhos. Alguém poderia imaginar que seu poder magnetizador era violento. Não era.

Esforça-se para levantar as pálpebras vibrando as pestanas. No lusco-fusco entre sono e vigília parece esquecer que vigora o descanso sabático. É então levemente sacudido por uma mão fria e pequena.

Põe-se imediatamente a postos. Pigarreia como quem tenta demonstrar disposição súbita frente à surpresa da vigília, mas o que apresenta mesmo é a voz rouca daqueles que são despertados aos solavancos.

— Por que há os dois relatos diferentes sobre o primeiro homem? Como sabemos se temos alma?

— Na verdade as... — Zult está tentando responder.

— Como as almas renascem?

Nay está irrequieto; marcha no mesmo lugar enquanto dispara questões filosóficas e teológicas irrespondíveis.

Já fazia quase um ano de seu *bar mitzvá*, o ritual que o autorizava se inserir no mundo da maioridade. Balança-se com alguma displicência com um livro fechado que acabou de ser consultado e sua voz vibra como a curiosidade nos incautos. O grosso volume que empunha é um dos tomos de uma coleção talmúdica editada em Antuérpia.

> A história oral do judaísmo é considerada vital na tradição. Qualquer Talmud salvo, especialmente as edições anteriores ao século XIX, passou a ser obra rara. Neste caso, a história da raridade é quase simples. Em 1242, as duas coleções talmúdicas — Blavi e Jerushalaim — foram declaradas obras heréticas pelo Santo Ofício da inquisição. Milhares foram presos, torturados, muitos sacrificados, nas tentativas, inúteis, de poupar exemplares. Portanto, não era de se esperar mesmo que aquele tomo fosse tratado como uma relíquia e estivesse relativamente bem preservado. Um in-fólio muito manuseado, manchado, com encadernação bastante cansada e a lombada quase inexistente. Uma cópia de trabalho com enorme valor familiar, principalmente pelas anotações marginais a tinta, ao modo de *tossafót*, com *chidushím*[1] feitas por seguidas gerações de Talbs.

— Calma. Espera um pouco. Estou chegando... — Zult ganha tempo.

Quase ao lado, num moisés improvisado, estavam seus gêmeos Lev e Jeramel, embalados pelos pés inchados de Zult. Os peque-

---

[1] **Chidushím:** (renovações) Notas marginais e comentários feitos nos textos talmúdicos.

nos eram ativos especialmente nas madrugadas. A mãe descansava à noite. Daí em diante, quem se encarregava era o pai, com idade para avô.

Há muito tempo Zult não dormia uma noite inteira. Como de costume, fazia considerações de olhos fechados — a manobra potencializa seu poder de pensar.

Nay está apoiado, munido do livro, e, novamente, como nos impulsos obsessivos, não consegue deixar de reparar nas teias de vasos sanguíneos visíveis no rosto de seu pai. Arrastado a elas, analisa como são salientes, aflitivamente proeminentes. Sempre se espantava com elas. Quer tocá-las, mas sempre se controla. Os outros já teriam se acostumado com a anomalia, mas a atração que mesmerizava seu olhar não permitia ignorá-las.

Zult tinha uma palidez que irradiava. A brancura incômoda que monopolizava a cena. Ele se destacava como um boneco de cera iluminado contra um fundo negro. Podia-se dizer, sem exageros, que ele seria o fantasma ideal.

— Aba?... Abaaaa??? — Arrisca de novo, esticando as vogais, no estilo das crianças que querem se estatélar nos tapetes.

Incomodado pela sonolência, ganha tempo ao acomodar-se em um ângulo ainda mais perpendicular ao encosto, naquilo que há muito tempo havia sido um sofá. Sua coluna range. Mais uma consequência das noites maldormidas; a insônia fazia parte de uma metodologia de estudo pouco saudável.

— Qual era mesmo a prova de que temos alma? — retoma alguém na sala.

— Prova?

— Você sabe, Aba, explique por que quase não existem almas novas? — Nay faz a pergunta apontando para cima e com a palma da mão estendida para trás.

Sem esperar resposta vai falando:

— Lembra? Dvora falava que Hashem explodiu, criou o chão e o céu. A dúvida era como iria ser o recheio?

Zult assente com um sorriso. Abaixa o queixo e quer responder silentemente com a dignidade dos que lembram.

Mas é Nay quem se adianta.

— Lembra que Lea inventou aquela história de que lá nos céus, no outro mundo, o vindouro, não era bem outro mundo. Não era outro porque era um lugar onde tudo acontecia ao mesmo tempo, ao mesmo tempo que este aqui? E que Ele era Ela?

— E você? Lembra o que *você* dizia?

— O que mesmo?

— Com seis anos você achava que Deus tinha se desenhado na natureza: as árvores altas, o pescoço longo das girafas, a força dos tigres, os olhos humanos. — Risos circulam na sala.

De repente acorda e repara na interrupção.

— Estávamos em... almas novas! Falávamos de almas novas.

Percebe a aproximação das suas filhas: Dvora, de onze anos e a própria Lea, de treze.

O que Zult achava mesmo extraordinário era a capacidade das crianças de construir imagens sobre o mundo espiritual. Pegava-se espionando para ouvir o que conversavam, de preferência antes de terem sido formalmente instruídas sobre conceitos religiosos. O que lhe interessava era capturar a osmose delas, que, antes de tudo, pescavam do que viam e sentiam. Como impressionava a facilidade com que desenvolviam os temas. Quando podia, anotava ideias com a atenção de um discípulo acrítico. Enxergava a despretensão inata na construção da linguagem, numa gramática intuitiva. Alguns assuntos se mostravam tão complexos que nenhum mentor poderia ter correspondido satisfatoriamente às arguições. Mas, ainda assim, Zult seguia à risca o hábito chassídico de jamais responder sem ser antes questionado.

Durante anos passou a coletar uma série de perguntas em um bloco de sobras de pergaminho. A maioria formaria uma espécie de antologia, um livro dos "porquês" sem resposta:

"Quem criou o Criador?" "Por que ele deixa que tudo isso aconteça?" "A alma é uma bola de ferro pregada dentro?" "Ele está depois do nada?" "Nós fomos eleitos para quê?" "De onde vem a boa sorte?" "O universo é um escorpião enrolado com a cabeça voltada para a cauda?" "O que é o outro mundo?"

"Onde estão os justos?" "Precisamos de Deus?" "Quem é Ele, ou é Ela?" "O nada estava lá? Antes de tudo?" "Deus está nas janelas?" "O que é que viemos fazer aqui?"

Além de mais uma centena de pequenas investigações que culminavam em sintaxes que, definitivamente, enganavam pela falsa simplicidade. Adultos deveriam ficar mais atentos ao que as crianças têm a dizer, inclusive sobre a vida prática. E quanto às suas abstrações, bem, para Zult eram sínteses inigualáveis. Nada a ver com as suposições lógicas deste mundo, fracionado por teorias e excesso de racionalizações.

Com as mudanças dos últimos tempos, os guetos eram cada vez mais integrados ao dia a dia das cidades. Para Zult era assustador ver o progresso e a marcha com que a tradição era pulverizada no sincretismo dos costumes. A rotina da sua casa entrava no ritmo de cada porção semanal do Pentateuco.

A *parashá*[2] era lida por fiéis convocados para a honraria. Havia um rodízio de leitura em que participavam pela ordem hierárquica os *cohanim* e os *levyim* e depois um representante das demais tribos. Originalmente eram doze. Mas desde muito ninguém sabia mais distingui-las ao certo. Até que cheguem os dias de redenção. Enquanto isso as outras dez seriam tratadas genericamente por *israel*. Há anos, sua casa tornara-se, com seu distraído consentimento, uma espécie de casa comunitária. Como em toda pequena comunidade do leste europeu, a casa do rabino era usada como logradouro público, local de encontro, refeitório, espaço recreativo, salão para jogos de xadrez, além de atividades prosaicas como fechamento de negócios. Para os Talb era aquilo que dava sentido às suas vidas. Era mais que honroso ser o centro de todas as atividades. Afinal *Bait* e *Beit* têm a mesma origem etimológica e, portanto, simbólica. Casa e local de estudos sempre se confundiram nesta tradição. Por questões pecuniárias nem o quartinho de orações nem sua habitação tinham as dimensões habituais de uma sinagoga.

---

[2] **Parashá:** porção semanal da Torá.

O ambiente era simples sem ser propriamente rústico, graças à presença da prata escurecida dos candelabros. O modesto *shil* era provido de uma pequena *bimá*[3] e de uma arca, e, deste exato ponto, Zult contemplava a *ner tamid*. A vela eterna ficava pendurada logo acima, sustentada por um suporte de ferro retorcido. Desde menino, o rabino achava que a observação fixa e atenta da lamparina o levava ao mundo da verdade. Ao "mundo das correspondências". De algum modo, e precocemente, tinha pescado do ar o que místicos complicados tentavam descrever.

Era deste deslocamento que Zult enxergava o que não podia normalmente ver. Conseguia unir o que vinha dos céus com seus esforços para compreendê-lo. Era de lá, também, que imaginava como fundir horizontes com as gerações de sábios e autores que antes estiveram naquela mesma posição, como se fosse normal se comunicar com as várias gerações de ancestrais, naqueles arredores gelados que ele adorava.

Sua posição estava longe de ser uma medida estacionária, conformista, inerte. Achava que só quando mente e alma se movem com agilidade conseguem dialogar genuinamente com outros autores. Para as *tefilot*[4] havia a exigência dos *minianim,* e, em Tisla, esta "contagem" ou quorum de dez judeus só era permanente em sua casa. Mas Zult era um iconoclasta. Queria renovar o diálogo. Não era pretensão, ele queria achar uma nova, e justa, medida. E sabia que a resposta estava na *devekut*. A *devekut*,[5] era essa a resposta. Durante a *Amidá*[6], ele compreendia melhor a natureza e a fisiologia de Deus.

A cidade, um minúsculo vilarejo encravado no interior da Polônia, no topo de uma pequena elevação montanhosa, que contava com

---

[3] **Bimá:** Plataforma, púlpito, local onde a Torá apoiada é lida.

[4] **Tefilot:** Rezas.

[5] **Devekut:** Aproximação, aderência, apego. Termo místico que define proximidade com Deus. Estado modificado de consciência, no qual os homens podem experimentar no corpo a própria energia de Deus.

[6] **Amidá:** Do hebraico "em pé". Uma das principais orações judaicas que se executa em pé e no mais absoluto silêncio. Contém mais de 18 bênçãos e é considerada a mais meditativa das rezas.

menos de 18 mil pessoas: 17.893, numa contagem precária e feita muito antes dos expurgos de 1822.

O montante de pessoas agrupadas como quórum mínimo era uma regra bem posterior aos dias de Moisés. A regra passou a ser questão de sobrevivência depois da destruição dos dois templos em Jerusalém. Além da força dos pequenos agrupamentos, foi muito eficaz para manter a coesão de espíritos nas primeiras diásporas. Pequenos grupos atualizavam a vida e forçavam o convívio.

Como sempre um forte cheiro de alimento impregnava o ar na transição das tardes de sexta-feira. O aroma invadia o ambiente com um gás tão nutritivo que o sabor podia ser pressentido. Fustigava a pele mais do que o olfato. Zult entrava na pequena cozinha e inalava com prazer. Era uma indução que aguçava sentidos, afinando a alma. Não era sempre, mas neste dia estariam na frente do consagrado alimento dos judeus europeus para os dias de descanso: *tchulent*. O cozimento lento e diuturno da feijoada branca — o fogo permanente, que durante o *shabat* não poderia ser aceso ou apagado — com o cheiro da cevadinha, costela de carne com osso e o calor ondulante dos favos brancos impunham um ambiente especial, opaco, mesmo horas depois que o tradicional alimento tivesse sido servido. Havia quem argumentasse que a iguaria, paciente e reiteradamente cozida por quase 24 horas, predispusesse ao êxtase místico, sem contar o paladar, realmente espetacular.

— Alimentos agem na elevação da alma?

— É pelo uso da matéria que se refina o espírito. — Assim Zult pensava.

O dia de descanso, o deleite do ócio, jamais integralmente compreendido, era um mandamento, mas também, ou especialmente, um deleite. Lei simples, um presente de alcance extraordinário.

— "No sétimo dia não trabalharás" — falou algumas horas antes, em sua prédica da manhã. — O homem trabalha pela vida, todos os dias. Ocupa-se com preocupações de sustento. Nos outros dias, neste não. Uma lei que regia o tempo regulamentando sua marcha. A exclusão dos negócios velava contra o ritmo ditado por toda atividade produtiva e a cronologia judaica mostrava sua estranha pertinência. Não se trata só da invenção dos finais de semana.

Zult breca as explicações para tentar recuperar um sonho que teve durante a noite. Tamborila o segundo e terceiro dedos na testa, mas logo desiste. O sonho enigmático evapora junto com sua concentração. Estava falando sobre o *shabat*.

— Preciso dizer a vocês que a quebra do ciclo de dias de ocupação com o mundo prático força nosso acesso a outro mundo: um dia dedicado ao mundo das ideias e da contemplação.

Zult para e de forma provocativa encara o público para falar mais compenetrado ainda.

— Por isso, o *shabat* é o dia ideal para romper com as finalidades objetivas, que, quase de forma natural, predominam neste mundo.

Zult gira o corpo, pois parece que viu alguém ao seu lado; mesmo assim, não interrompe o que dizia.

— Este é o dia para reinterpretar o valor da matéria. — Zult acena com o queixo para aumentar a ênfase. — Não me entendam mal, *bevakashá*, por favor. Nunca disse que deve haver monopólio de qualquer assunto espiritual, mas a interrupção da rotina empurra a existência para outro rumo. Ela toma novo pulso. Não precisam acreditar em mim, experimentem vocês mesmos.

De novo, os sonhos ameaçam vir. Mais uma pausa.

Zult pode agora ver. Eram gatos. Sim, pode ver bem os gatos que fugiam de uma ameaça. Um homem com uma vara na mão os caça e eles se dispersam como água. Mas quem eram aquelas estampas que pareciam emanações? Por que os gatos estão andando como se o chão fervesse? O sonho escapa de novo e ele malogra ao tentar continuar dizendo o que acabara de interromper.

Precisava esconder. Tinha que achar um lugar para armazenar antes que fosse tarde. Sempre é tarde.

O rabino se remordia, pois sabia que o mundo tinha mudado completamente.

"Não é possível que tudo seja tão rápido, precisamos de mais tempo."

O que não tinha certeza era de quantos acompanhavam estas transformações com ele.

A revolução na manufatura e as máquinas para as indústrias estavam chegando. Ficava cada vez mais difícil resistir aos fatos; tudo envolvia produção. O consumo impunha-se com todos os seus desdobramentos. Engenhos a vapor, fiadeiras industriais, artefatos que produziriam artigos variados e em série. Ele pressentiu o perigo nas bocas estranhas das máquinas. Os artesãos podiam não fazer mais sentido. A palavra tecnologia parecia uma ameaça. Por mais ilógico que fosse ele sentia orgulho em pertencer a um povo que resiste.

"Os judeus, estes turrões ancestrais, insistiam: e se nos bastasse viver?"

O sonho continua. Os gatos estão todos andando juntos, em fila, passivos como condenados que fumaram ópio. Era uma armadilha. Mas não há como avisá-los.

Zult de novo e mais uma vez se desvencilha do sonho e retoma a prédica.

— E se não precisássemos nos definir como seres que produzem? E se este fosse o dia para nada reconhecer a não ser talvez uns aos outros e a força do Incomensurável? Um dia para reparar na energia que mantém céus e natureza dentro dos ciclos de vida e morte. Quem dentre vocês não quer viver na paz de um dia sem as obrigações do sustento? Quem precisa da escravidão da lógica? Conseguem acompanhar?

Percute impacientemente a ponta dos dedos, como se fossem baquetas de tambor no balcão sobre o qual se apoia.

— Não podemos ficar restritos a uma rotina que interdita os nossos desejos. Podemos?

Contemplar e parar de produzir dentro de comunidades paupérrimas como os guetos judaicos da Europa oriental parecia ser mais um atentado à razão. Ele, o defensor do disparate.

— A tradição é clara: o descanso semanal dá a cada homem outra alma, a *neshamá yetzirá*. A alma sobressalente desce em cada ciclo, no sétimo dia. Ela é vital para quem queira penetrar na compreensão dos mistérios do *shabat*. Mas o segredo não é só esse.

O silêncio perturba. Ninguém quer responder, contestar ou opinar. Zult está cansado de falar sozinho.

— O mistério verdadeiro é a administração do tempo. Quando, se não agora? — Encerra o tópico com uma conhecida pergunta.

Como não nota outro ruído a não ser o de sua própria respiração, prossegue:

— Em que outro momento pode-se ver o que já havia sido feito por cada um? E especialmente, achar sentido nisso? Este é o dia em que a cada sete dias rachamos uma fenda no tempo para injetar um destino no ócio mais nobre já inventado.

Nova parada para investigar o silêncio.

Os gatos estão sem vida. O sonho acabou. Sua cabeça se move enquanto os olhos estão deslocados para o lado. Está vesgo.

Zult balança a cabeça e, já que não recebe retorno algum, olha para seus filhos à procura de alguma aprovação familiar.

— Seis dias trabalharás: serás majestoso. "No sétimo dia repousarás e serás como o metal circular da aliança." Sim, sim. — Balança a cabeça afirmativamente não se importando nem um pouco em concordar com suas próprias ideias:

"o metal circular da aliança"

Zult não mostrava perplexidade pelas perguntas dos filhos. Não precisava se esforçar para expor tudo com naturalidade. A explicação, clara: seus filhos cresceram em ambientes festivos e públicos, nada amplos, mas sempre alegres. Toda dúvida era bem-vinda. Nenhuma questão era considerada absurda, fora de propósito ou estranha. Mais que isso. Reconhecia neste detalhe a essência singular da educação judaica. A perspectiva crítica da *chinuch* seria a suprema forma de pedagogia. Mas também enxergava falhas. Senão, não teria ficado tentado a assumir o processo educacional dos filhos. Até que se convenceu de que seu voluntarismo era onipotência disfarçada. Preferia herdeiros inquietos a alunos sem brilho.

— Se uma alma é nova, depois renasce muitas vezes. Pode vir nas mais variadas formas. Podemos ser humanos, árvores, rochas ou cigarras.

As dúvidas destas crianças não eram exatamente comuns. Espantava quem as ouvisse e não só pela maturidade da argumentação. E ainda havia a entonação. A entonação era um processo todo particular. Combinava precisão com brandura, sutileza literária com ingenuidade e um ritmo intraduzível. Tudo poderia ser cogitado, mas uma coisa era certa: as discussões no recinto dos Talb não eram histórias da vovozinha.

Nem *bobe maisse* nem inverossímeis histórias como as dos nativos da cidade polonesa de Chelm. Era antológica a literalidade estranha daqueles habitantes. Certa vez, fizeram o melhor plano já concebido para aprisionar a lua.

— Manasseh, pegue logo deste lado.

— Estou arrastando, mas está muito pesado — Manasseh ameaça largar o peso —, vocês tinham que encher tanto?

— Deixe aí!

— Já estou todo molhado, Yossi, vamos deixar aqui, no meio do nada?

— Ai, ai. A lua bate bem aí. — Yossi aponta para o lugar exato como se estivesse previamente demarcado.

Colocaram o velho odre de carvalho com água fresca ao ar livre numa noite limpa de lua cheia.

— Já viu ela aí dentro?

— Está brilhante, mas ainda ondula.

— Espere um pouco, ela já se acalma.

— Já podemos tampar?

— Espere a maré passar.

Ao identificar o reflexo do satélite da Terra estabilizado na água, tamparam imediatamente o tonel para impedir a fuga. Exultantes, arrastaram o pesado trunfo para um lugar seguro até que pudessem contemplá-la.

* * *

Zult resume com tranquilidade:

— É claro que a energia poderia circular e uma alma humana pode muito bem passar a viver no corpo de uma cigarra. Existem as que hibernam 17 anos embaixo da terra antes de nascer. Vocês sabiam?

Discípulos intelectuais do profeta Jeremias, incluindo Platão, também acreditavam na *metempsicosis*. Alguém pode até prescindir de argumentos religiosos ou místico-dogmáticos para entender o fenômeno. Mesmo um enciclopedista poderia compreender que algum tipo muito particular de memória residual pode migrar e se reciclar entre os seres naturais. Uma alma poderia ser qualquer coisa, assumindo as mais variadas formas depois que o corpo parasse. Nada mais contraditório à defesa da evolução linear. Enquanto a tradição falava da alma, seguidores de Lucrécio preferiam ignorá-la. O velho e o novo ceticismo pregavam desprezo por qualquer sistema de crença. Dentro do mundo dos céticos somente havia exceções para suas próprias teorias, quando muitas vezes eram elevadas à categoria de fé. A alma ficou fora de moda. Foi enxotada pelo iluminismo, renegada nos ambientes intelectuais, ridicularizada nas academias. Mas para os judeus ela estava além do dogma. A ideia de alma era assunto central, constitutivo, uma peça-chave nos ensinamentos de Moisés. Respingou na ética, na cultura, no tempo e nas narrativas.

Zult repara na inquietude de Nay, devolvendo um olhar sutilmente reprovador. Nay movimenta aflitivamente os dedos dos pés e espreme os pulsos num ritmo irritante.

"Quando sua pergunta será respondida?"

Sabe muito bem que o pai a contornaria e não por tê-la esquecido. Talvez não quisesse dividir respostas com os demais presentes. Quem sabe precisasse consultar algum livro, já que preferia não falar sem se forrar com fontes precisas. Mesmo assim, ele está ali para perguntar e, por isso, Nay se indispõe ao comedimento estratégico de Zult.

Crianças são estimuladas a falar a verdade, mas quando a ingenuidade ultrapassa os limites de abstrações genéricas, o constrangimento pode ser a única certeza. Em seguida são logo advertidas para controlar suas línguas. O que vale é falar apenas o que é conveniente para os adultos.

Enquanto Lea pensa em como voaria, faz cara de quem achou repugnante ser comparada a um inseto, Nay encontra-se ainda mais disposto para arrancar algo do pai.

— E por que almas novas precisam renascer? — insiste, desistindo de notar a omissão do pai. — Se temos mesmo outro mundo por que simplesmente não se providenciam almas novas?

Respostas existem

Nay estava realmente perturbado. Além de todas as dúvidas dos adolescentes, com as intermináveis questões do corpo inacabado numa mente instável, o que o afligia ali, agora, era uma passagem de um clássico da psicologia chassídica, o *Tanya,* ou *Likutei Amarim* (coletânea de discursos).

O rabino russo Schnéour Zalman, da cidade de Lyadi, era autor e fundador de um movimento que colocou em evidência vários temas místicos simbolizados pelos conceitos já mencionados no *Sefer Yetzirá* de *chochma*, lampejo ou ideia, *biná*, compreensão ou meditação, e *daath*, sabedoria. Seu livro, com textos inspirados em meditação e escritos em estados extáticos, rapidamente transformou-se numa espécie de guia psicológico-existencial para os *chassidim* europeus. Discutia que o mundo continha muitas almas com experiência. Isto significa que predominavam pessoas de carne e osso com vivências acumuladas em outras formas de vida. Zalman pensa que a maioria das almas dentro dos corpos são sopros divinos com experiência.

Numa célebre reunião chassídica ele deu um raro esclarecimento:

— Para o intelecto divino, restam poucas almas existencialmente intactas. A verdade é que não sobraram muitas almas novas no "estoque regulador" do Grande Mundo.

— *Rebbe*, esse é o centro do seu livro.

— Não é meu livro.

— Desse livro.

— Não. A questão central do livro não é essa. Minha preocupação é uma só, estou tomado por uma única ideia: como um homem pode se tornar, por aproximações sucessivas, um ser justo?

— Como? — Dov está impaciente e preocupado com o que Zalman pensa dele. "Seria um bom interlocutor?"

— Considerando que — Zalman prossegue —, para os judeus, a justiça não é apenas uma gradação jurídica (paira sobre o conceito um valor metafísico agregado), não pode mesmo haver equivalência exata com a tradição cultural dos outros povos.

Dov prefere não contestar.

— Ainda que a palavra ética resulte em um conceito análogo — atalhou Zalman.

* * *

Zult para e pensa em como responder ao filho, colocando as mãos espalmadas com os dedos ligeiramente dobrados um pouco acima do lábio superior para formar uma concavidade.

— Respostas existem. Precisamos dos contextos de cada época e nenhuma, jamais, será conclusiva. Há uma resposta límpida e clara. Existe um fim linear para quem quer ser cada vez melhor: aproximações sucessivas. Isso significa que temos que tentar. Só podemos tentar. O que mais nos resta?

— Aba? Não sei se entendi bem.

O que Zalman tentou demonstrar e Zult ousava reinterpretar é que há muito mais do que um caminho para cada "falante" e que o que vale mesmo são as tentativas de mudar o estado interno de cada um.

Na voz de Zult as explicações ficavam mais compreensíveis:

— O trajeto é impreciso além de ser, ao mesmo tempo, maleável e imodelável. Não há como se comparar com ninguém. E também é bom dizer já: ninguém pode dar garantia de sucesso. O definitivo mesmo é o treino. E o treino nos aproxima do bom e do belo: a justiça.

Como não vê oposição, espicha a lição:

— Eu sei, eu sei. É uma medida exclusivamente individual. E daí?

Zult, outra vez, tem que responder a sua própria pergunta.

— Você só pode se comparar a você mesmo!

Zult amplia a ênfase para provocar a plateia, enquanto observa curioso um pequeno inseto que invadiu a cena atravessando a sala.

— Por isso somos todos intermediários. Usem a imaginação e considerem o seguinte: imaginem-se como uma mariposa que levou um tapa enquanto voava. Ela perdeu a direção e mesmo assim mantém seu voo por instinto. Somos seres tontos que seguem trajetórias *zigue-zague*.

A plateia faz caretas com a analogia.

Zult não se abala. Vai riscando com as unhas sem deixar marcas naquele mesmo móvel para ilustrar graficamente o que estava dizendo.

— Se há um sentido? No final temos que unir pontos para formar algum tipo de figura. — Continua se esforçando para fazer a mímica correspondente já desenhando no ar. — Mas o suspense, o bom suspense, é que não saberemos qual é o desfecho do desenho até que terminemos o trajeto todo.

Nova pausa e nova espera.

— E tem mais um detalhe.

Como não conclui imediatamente é de se supor que ele opere contando com o jogo do silêncio.

— Nós não temos a vantagem de estar olhando do alto.

A vantagem de Deus sobre os homens foi lançada. Agora a audiência precisava reagir.

— Impossível — desanima alguém no canto esquerdo da sala. Para Zult é uma voz feminina.

— Mesmo assim temos que tentar. — Ele ergue o pescoço para buscar sua interlocutora do lado de lá da *mechitzá*[7] improvisada. — Podemos fazer o traçado e reunir os pontos. Mas, de qualquer modo, formando ou não figuras, temos que vigiar e rezar.

Zult prossegue:

— Afinal o Altíssimo pensa, quero dizer, deve pensar — com pequena pausa para falsear sua especulação arrogante — que há necessidade de renovação de almas.

Silencia para depois ir adiante:

---

[7] **Mechitzá:** Do hebraico, "separação". A divisória — de madeira ou treliça — que é interposta para separar os lados masculino e feminino nas sinagogas mais ortodoxas.

— Nas contagens místicas estamos no fim. Estamos quase lá, perto do fim do tempo linear. Um tempo de redenção é iminente. — Eleva as mãos aos céus para transformar sua alegação em duas frentes: autoconvencimento e súplica desesperada.

Depois de esperar por perguntas que não chegam, nosso orador remói mais uma vez.

Após os massacres de Chmielnicki — que o inferno o trague — entre os anos civis de 1648-1649, quando 100 mil judeus foram mortos na rebelião dos cossacos, enxames de pseudolibertadores apareceram. Cada novo falso ungido era respaldado por um líder tribal.

Por isso mesmo Zult hesitava quando se tratava do tema redenção. Lera sobre os enganos com as dezenas de messias — junto com as desgraças correspondentes que trouxeram — que se intensificam em tempos nos quais a falta de perspectiva governa o mundo e principalmente os guetos. Lembrava-se dos alertas do avô sobre engodos como Tzabeai Tzvi. Ali, a angústia criava expectativas distorcidas e os anseios de redenção eram modelados pelo erro.

Rabinos e líderes comunitários justificavam seus enganos, cada um à sua maneira. E, com isso, concediam uma involuntária legitimidade à política de extermínio contra os próprios paisanos. Embora um dos treze princípios formais da fé judaica seja acreditar na vinda de um Ungido, o aceno permanente de sua chegada "para hoje" resultava num sentimento contraproducente. A suposta iminência da salvação agitava as massas judaicas num fervor duvidosamente benévolo. Afinal, não é todo dia que se chega ao fim da história.

— Isso é tudo? É só isso que sabemos? — explicitou Nay num inconformismo que migrava da frustração à curiosidade.

— Sabemos pouco, mas sabemos uma coisa.

— Ah? — disse num murmúrio que aborreceu Zult.

— Almas são turistas a passeio. Transeuntes sem propriedade sobre os corpos que ocupam. Não há escritura definitiva. Existo aqui, hoje, e amanhã posso renascer em outro continente. Aqui, agora, sou lenhador, mas posso ter sido ou ser qualquer coisa, médico, alpinista ou professor.

— Não consigo entender, Aba.

— É possível existir em dois mundos ao mesmo tempo.

— Ah é?

Depois do silêncio resistente de Nay a uma convicção tão veemente, seu pai reforça:

— Dois mundos. — Nesse momento ele levantou os indicadores. — Num outro mundo ao mesmo tempo que neste. — Aponta com as mãos estendidas para o chão de madeira negra. Sorri e, como todo exímio narrador, também faz pausa para intensificar o silêncio e exaltar a cadência.

— A alma divina gosta da liberdade e quer vagar indistintamente.

Zult não afirmava por mero acaso sua simpatia ao neoplatonismo. Muitas vezes imaginou ativamente estar do outro lado do mundo. Sabia que isto não aconteceria com ele, mas faria tudo para que outras gerações deixassem aquele lugar. Em seu povo, a ambivalência nasceu e cresceu perto das cercas, dos muros, do confinamento. Amava aquela terra, mas pressentia os limites de sobrevivência nos guetos.

Rezava todas as noites e, consequentemente, sonhava para que isto acontecesse antes de um novo desastre, de qualquer nova lei confiscatória. Sem contar os *pogroms* do dia a dia.

— Ó, Onipotente, expulse-nos por tua própria mão, antes que sejamos expelidos da vida pelos carrascos, pelos filhos de Amalek.

Mas eram os sonhos que o deixavam irrequieto. Todos aqueles gatos amortecidos indo ao abate, sem mover uma palha! Era um sinal, só podia ser um aviso, mas ele não sabia de quê.

À noite, descia até o esconderijo e enfiava a mão pela fresta só para saber se ainda estava lá. O medo era uma constante, mas ele não podia ceder. Não naqueles tempos. No meio de uma destas noites, na qual os ventos derrubavam mulheres e crianças, resolveu vestir seu capote e saiu. Ao chegar na encosta enfiou a mão como de costume para sentir o couro. Nada. Esfregou seu pulso até que ele se esfarelou, pele e sangue gritaram dentro do caule.

"Alguém roubou."

Voltou até sua casa com os olhos nublados. Belle estava tentando se aquecer e nada falou porque enxergou o semblante diferente no marido.

Ele apenas a olhou depois de apanhar o machado. Entendeu que ele precisava reaver o que havia sumido.

Os massacres daqueles anos impuseram um clima desolador sobre as comunidades. Muitas procuravam uma alternativa ao desespero, a maioria submetia-se a ele.

Amava aquele solo, mais que isto, habituara-se a ele. Nenhuma cidade do mundo jamais teria o *pedigree* judaico de Varsóvia. Zult usava como pretexto os *chaguim*[8] para passear na capital. Bairros inteiros mergulhados na *idish kait*, em quase um terço da cidade era mais raro ouvir conversas em polonês. Ouviam-se dialetos, todos com forte predomínio do idioma alemão judaizado. Jornais, revistas, autores, artistas, religiosos e uma vida comunitária imponente.

Ele resistia, mas, diante de tantas evidências, tinha que concordar com as transformações de um mundo que apagava o precedente. Consultou fontes internas e contrariando suas expectativas concluiu, a contragosto, que a judiaria europeia não perderia por esperar. Tinha uma consciência dolorosa prévia sobre todo aquele conforto temporário. Analisando friamente, Zult sabia que a calma poderia ser uma estação fugaz quando comparada à histórica permanência da turbulência.

A experiência histórica confirmava que os poucos regulamentos civilizatórios que haviam emancipado judeus seriam cassados. Por editos de reis, do czar ou de algum nobre mal-humorado. Arruaceiros numa farra sob uma noite mais etílica ou a implicância matinal de um punhado de fiéis saídos de alguma cerimônia. Pequenos incidentes detonavam reações em cadeia. A fragilidade dos cidadãos de terceira classe era patente. Recusar carne de porco ou postergar trabalhos no sábado para depois do fim do dia ainda podiam ser decisões suspeitas em algumas regiões da Europa. A atividade editorial também era uma aventura incerta. Um tipógrafo poderia aceitar compor um *sefer*[9]

---

[8] **Chaguim:** Festas judaicas, "feriados".
[9] **Sefer:** Livro.

com textos ousados enquanto os homens da inquisição — oficialmente desativada há menos de 50 anos — tinham mãos bem calejadas.

Por tudo isso, muitas vezes, Zult era dobrado ao silêncio.

A história tinha hiatos, claro. Mas nosso *rebbe* intuía que o cronograma daquela nova trégua estava quase no fim. Extravagantes cálculos sobre o tenebroso calendário das perseguições só o faziam concluir por novidades não muito promissoras logo adiante.

Relata para si mesmo em obsequiosa estupefação os cronogramas absurdos:

"Faz uns... trinta anos que não temos massacres pesados." Olha para o alto com o queixo inclinado. "Mais sessenta, setenta anos, quem sabe? Depois novas noites de sombras afiadas. Talvez, seguidas por períodos de alívio."

Colocava as mãos na testa enquanto escrevia num conformismo extravagante.

Rabiscava e rasgava um calendário funesto no qual registrava em filas o itinerário das intolerâncias contra seu povo nos últimos 700 anos. Havia começado com os "libelos de sangue", nos quais se acusavam judeus de usar sangue de cristãos na preparação das *matzots*, os pães ázimos, e do vinho usados nas festas de *Pessach*:

Ano	Local
1114	Norwich, Inglaterra
1168	Gloucester, Inglaterra
1171	Blois, França
1180	Paris, França
1181	Bury & Bristol, Inglaterra
1192	Winchester, Inglaterra
1199	Erfurt, Alemanha
1232	Gloucester
1235	Wolfsheim, Inglaterra, Alemanha
1247	Valreas, França
1255	Lincoln, Inglaterra
1267	Pforzheim, Alemanha
1291	

E essa era só mais uma das modalidades de intolerância. A questão não se limitava a um problema sazonal de páscoa. Não se deve estranhar que Zult jamais tenha terminado a tal lista, pois, como também não deve ser difícil imaginar, ela seria sempre deficitária.

A grande massa seria novamente entregue à própria sorte. Como sempre uns poucos judeus sortudos, os ricos e bem relacionados escapariam. Os outros seriam exilados, confinados, sem dúvida espoliados de seus desprezíveis quinhões. Os céus sabem responder por que muitos judeus desprovidos de quase tudo aderiram aos tentames revolucionários na Europa.

— Pode ser que nasçamos como cigarras em *eretz* — brinca Lea, interrompendo e trazendo outras divagações.

— Claro, podemos! Espero que não! Dezessete anos debaixo da terra esperando para nascer deve ser aflitivo.

— Então por que as almas novas precisam de tantos ciclos para não precisar mais voltar? — Nay fala com aflição.

O pai olha prolongadamente para o filho tentando não estranhar sua precocidade.

Quando Nay tinha exatos seis anos, Zult contou uma história como fez com todos os filhos até ficarem maiores:

— Vivia um príncipe que tinha muitos talentos. Ele era inventor, filósofo, cientista, escritor e artista. Às vezes os problemas surgem do excesso. Sabia tantas coisas e tinha tantas habilidades que um dia acordou aborrecido.

— Com o quê, Aba? — perguntou o filho.

— Ele ficou muito triste porque pensou "como tudo é chato, será que não há nada que eu não saiba?". Foi então que ele resolveu inventar um concurso.

— Um concurso para aprender?

— Para que alguém ensinasse ou falasse alguma coisa, por menor que fosse, que ele não soubesse.

— Ganhava alguma coisa?

— Metade de tudo que ele tinha.

Nay bate palmas.

— Então — Zult prosseguiu — ele convocou pessoas do mundo todo que durante muitos dias vieram ao seu castelo. Foram muitas e muitas pessoas até...

— Aba, já sei...

— Já sabe o quê, Nay?

— O que a pessoa poderia ensinar ao príncipe!

Zult ficou um tanto perplexo, porque nem ele mesmo sabia como iria conduzir o restante da história; mesmo assim prosseguiu:

— E então desfilaram pessoas com as mais variadas ideias: uns sabiam fazer mágicas, outros malabarismos, vieram os inventores de receitas, aqueles que construíam máquinas estranhas de furar e depo...

— Aba, eu sei!

— Fale, então, como é que a pessoa ajudaria o príncipe?

— A pessoa iria até ele e diria: "Eu sei uma coisa que você não sabe."

— E o que ela diria? — induziu Zult.

— Você não sabe o que você não sabe! E aí ganharia a metade de tudo.

* * *

O rabino volta à prédica:

— O Criador se recolheu (lembram-se do *tzimtzum*, da contração divina?) e criou espaço no universo para que pudéssemos viver. Ele se retraiu para que pudéssemos achar um pouco do caminho de volta. O que vamos usar? Ora, o que temos. E o que temos? Um mapa, o mapa da Torá. O livro de Moisés, suas leis e *mitzvot*.[10] Ações, lembrem, sempre foram a base de tudo.

"E temos muitas escadas para fazer com que ele desça até nós."

Complementa com pensamentos.

Zult evita ir até o fim de qualquer explicação para não exagerar na pedagogia e deixar algum poder à interpretação.

— De volta para onde? De onde?

---

[10] **Mitzvá:** Mandamento. Existem 613 mandamentos na Torá, entre preceitos positivos (248) e negativos (365); *mitzvot* é a forma plural.

— Para as finalidades para as quais fomos criados. É assim que não há regra geral. Cada um com a sua missão. Somos nós, só nós que precisamos. Só nós podemos descobri-la.

Ouve algum murmúrio de dissabor ao fundo. Muitos achavam que Zult tinha ideias muito pessoais sobre a tradição e preferiam que ele simplesmente fizesse seu papel: assalariado religioso subserviente. Por isso mesmo o rabino tinha seus segredos. Por isso também, guardava-os bem longe dos olhos de todos.

— Eu sei, eu sei, é solitário, mas não precisa ser doloroso.

Zult é paciente com os descontentes, conhece a fisiologia do sofrimento.

Interrompe o ritmo para recobrar saliva e fôlego e passa a língua sobre os lábios ressecados. O frio penetrava na sala como uma sombra de sono que trazia vapor para cada hálito. Todos apertavam casacos e gorros.

— Se desse para resumir nossa atitude deveria ser esta. A instrução para o primeiro homem foi precisa: povoar e usar a terra. Nessa ordem. Também há outra, que ficou implícita: cuidar e preservar. Como todos vocês sabem desperdícios são considerados transgressões tão graves quanto a imodéstia ou roubo. Por isso gostamos tanto da expressão dos nossos sábios: "trazer o céu para a terra." E antes que alguém duvide, ela é mais do que uma metáfora poética. Temos que tornar a terra habitável para que o Altíssimo se manifeste. De novo. Já, em nossos dias.

Nova interrupção; desta vez a secura da garganta é mais incômoda, recorrente, espessa.

— Nossa tarefa é concreta, coisa que temos que fazer no *ayon yom*, no dia a dia. Pensem na declaração "*Na'assé adam betzalmeinu kedmuteinu*" — "façamos o homem à nossa imagem e semelhança".

Zult pronuncia cada palavra num hebraico exageradamente pausado, como se estivesse soletrando.

— Sempre penso nisso — diz um adolescente bem à sua frente, estalando os dedos e com uma barba incipiente. — Não é muito estranho que sejamos parecidos com nosso Criador? Penso no nariz. Um nariz.

— Pois, por isso mesmo. Mais impressionante ainda é que o Altíssimo tenha direcionado a palavra a nós. Ouvir e falar. Por isso ou nisso talvez sejamos semelhantes a ele. Não sei a aparência. Aí pode estar a resposta: Ele nos ofereceu uma vida com significado. Se ele nos escolheu porque "falaremos e ouviremos" ou porque prefere minorias, não sabemos ao certo.

Zult observa passivamente os interlocutores e percebe que passou longe.

— Deixe-me dizer de outro modo: a escolha DELE não é para que nós sejamos um povo de sacerdotes em nossa própria causa. Isso é que é fundamental! ELE nos escolheu para que trabalhássemos para os outros.

De novo, o monólogo é restabelecido.

— Entenderam?

"Não, ninguém entendeu."

— Não faria muito sentido, isto é, não faria o menor sentido. — Depois de uma pausa e fixando o dedo para o alto: — Quando se é eleito, a responsabilidade vem junto com o mandato.

— Fomos feitos para o mundo, aqui, agora. — Nay ousa concluir.

— *Amém. Umeinnnn!!* — Zult concorda forçando a pronúncia em iídiche e quase beija o filho.

Seu orgulho, logo autorrecriminado, passava do cérebro para o coração, ao pensar que conseguira do filho a dedução que esperava dos melhores alunos, ainda que tenha sido realmente surpreendido pela qualidade sintética da elaboração.

Ao mesmo tempo Zult, do nada, parece ter perdido as forças. Muitas vezes um desmaio súbito o repreendia no meio de uma palavra. E como se nada tivesse acontecido ele voltava exatamente do ponto de onde tinha parado. Às vezes, a interrupção acontecia quando ele estava formulando uma frase, numa interfase silábica. Era uma guilhotina estranha e caprichosa à qual ele estava acostumado. E depois a retomada, do mesmíssimo ponto, como se fosse um descongelamento instantâneo. Acontecia com frequência quando dava aulas na *yeshivá*. Completamente desanimado como quem acabou de sair de uma hibernação, quase emudecendo para reforçar o último som, emitido em timbre mais grave. Tenta se recuperar enrolando a barba do queixo com o dedo indicador para formar duas colunas compridas.

Faz outra pausa, curta, para depois prosseguir naquele tom admoestador e de homilia, o que não era bem seu estilo. Mas era o seu estilo. Estilos o irritavam.

— Se há um sentido ele deve... só pode ser coletivo. Só pode ser por todos nós. — Busca com o queixo algum sinal de aprovação nos arredores, mas está num ímpeto tão veemente que só encontra olhos quiescentes e paralisados. — Que todos possam enxergar a paz e a justiça divina? Devemos nos unir no pacto com os justos de todas as nações. Até que sejam todos justos... ou todos injustos...? — Ameaça finalizar com uma pergunta, tentando manter um suspense que já não existe.

Zult repatria uma máxima talmúdica enigmática que afirmava que a libertação messiânica *só* viria num contexto radical: quando todos forem inocentes ou culpados.

— Quem é que é *tzadik*, Aba? Onde é que estão os tais justos? Onde foram parar os justos desta geração? — Dá de ombros, espreme o queixo e abre os braços para expressar seu sofrimento numa procura inútil, e, de novo, sua voz eleva-se à impertinência.

"Sinceramente não vejo", pensa Zult sem abrir a boca.

Esse tema era um dos poucos capazes de estremecê-lo, já que era essa a própria essência da sua incansável e solitária arguição com o Criador.

— Ó, Senhor? Sei que é uma pergunta imprópria, mas por que os injustos prosperam? Por onde anda a paz? Manda-nos de vez... cumpre logo a palavra e nos envie o justo.

"Ridículo, pressionar o Onipresente com choramingos."

E costumava finalizar com uma súplica forte, que ressoava mais como desejo que como reza:

"Transforma de uma vez este céu em que te miramos todas as noites."

Como era corrente em ambientes judaicos, toda discussão inicial se transformava em debate público desorganizado. Desta vez, quase trinta pessoas se amontoam em volta de um centro imaginário que era a mesa posta para o eminente *kidush*.[11] Muitos são jovens, estudantes de *yeshivot* de outras cidades, familiares, curiosos, e a maioria argumenta ao mesmo tempo. Fica patente que ninguém se escuta e perguntas vão se acumulando sem respostas. A mistura de chapéus, boinas, cabelos e sons das vozes vigorosas deixaria qualquer estranho confuso sobre o tônus religioso daquele aglomerado. Multidões de argumentos transitavam. Mesmo de perto era difícil enxergar o sentido das disputas. Falavam como se competissem por algum prêmio impagável. Perguntas se sobrepunham às respostas e o resultado era uma espécie de zunido vibratório que ondulava em pulsações aleatórias sem que as palavras pudessem ser discernidas. Nem sonhar com conclusões.

Pouco se ouve da voz de Zult, meio apagada ao fundo. Mas há tempos ele tinha desistido de organizar aquele caos.

---

[11] **Kidush:** Sagrado, sacramental, as bênçãos que se faz com vinho nas festas e nos dias especiais (*yom tov*).

Sandaks

Pelo menos dois senhores que aparentam ter mais de 80 anos (estimativa enganosa, pois espremidos entre o verto siberiano e as encostas geladas dos Cárpatos, viam-se adultos jovens com fisionomia de velhos) permanecem sentados e aparentemente alheios no fundo da sala. De qualquer modo eis ali os anciãos da comunidade Pessach Tomb e Nimitz Slaps. Judeus observantes acima da média em Tisla e *sandaks*[12] de Zult. Além de padrinhos, seus maiores apoiadores. Pessach segurou Zult durante o *bris*[13] e Nimitz ofereceu com o dedo uma gota de vinho ao recém-nascido.

— Nas outras tradições fala-se em um mal com nome. Na nossa o nome não é importante. A natureza do mal é incompreensível, ainda que tenha lá seus resultados palpáveis. E é contra esta natureza acusadora do mal que rezamos preventivamente.

Não por acaso o mais sábio de todos os homens acusou a *lashon hara,* a famigerada maledicência, de estar "com a vida e a morte nas mãos". A hermenêutica do direito talmúdico seguiu nesta trilha. Uma

---

[12] **Sandaks:** Padrinhos.

[13] **Bris ou Brit milá:** Circuncisão, aliança. Cerimônia que introduz o recém-nascido judeu no pacto abrâmico. Remove-se o prepúcio, a pele que recobre a glande. Esta cerimônia tem lugar no oitavo dia de nascimento.

difamação caminha com pernas próprias e destroça o sujeito difama-
do sem que mais nada tenha que ser feito além da calúnia.

O apoio dos dois padrinhos foi, nas últimas décadas, o suporte moral
de Zult. Não teria resistido aos cochichos sem eles. Mais que *sandaks*:
seus únicos interlocutores. Pessach fora assistente editorial do pai de
Zult ainda em Varsóvia e prosseguiu a amizade hereditária. Varavam
noites em disputas sobre passagens obscuras do *Tanach*. Com uma ou
outra *maská*[14] na cabeça saíam felizes, já que haviam estado fazendo, de
uma forma ou de outra, *"maholokot leshem shamaim"*, argumento em
prol dos Céus. Ainda que o argumento "em prol" contivesse arguições
fortes, interpelações intensas e súplicas imperativas.

Uma comissão de rabinos de Varsóvia se deslocou até Tisla um
pouco antes da festa de Purim. Vieram para entender melhor as acusações contra o rabino e suas "ideias perigosas". Foram Pessach e
Nimitz que tomaram a dianteira na audiência pública e fizeram a defesa do então jovem Zult. As acusações foram refutadas uma a uma e
algumas quase se transformaram em contra-acusações aos litigantes.
Era o risco de se levar alguém às cortes. De uma forma ou outra, uma
acusação em um *Beit Din,* a casa de julgamento, tribunal religioso
constituído de três juízes, era tanto temida como vital para manter as
comunidades dentro de princípios razoáveis de convívio.

Não faltavam, neste clima de homilia, fortes e apaixonadas contendas políticas. Pessach, oriundo de uma família rica, compreensivelmente estranhava as tendências socialistas entremeadas com fervor místico
do jornalista Menachem Talb, pai de Zult. Talvez o amasse exatamente, ou também, pelas posições contraditórias. Ainda durante dias mais
amenos — quando viviam na capital — foi voto vencido contra o envio
de Zult para a Universidade de Varsóvia.
— Este garoto sairá sem valores judaicos, a tradição será apagada dele.
— Pessach ameaçava com lamentos que não pareciam de todo sinceros.

---

[14] **Maská:** Vodca ou bebida alcoólica.

— Não arrisque, não seja excêntrico, Menachem. — Com o olhar desconfiado dos que ameaçam gravemente, ofereceu outro amigo.

— Você sabe ao que isso leva, não? — Arregalando os olhos e sem nenhuma sutileza advertia o amigo sobre a sina assimiladora dos que ousam abandonar os guetos.

Quando Zult ouvia isso, queria poder dizer:

— Mas esse é o grande desafio: preservar a tradição sem guetos.

Insistia apesar da resignação. A paixão intelectual e o desejo de argumentar eram maiores — e talvez mais necessários aos homens — que a verdade.

O que não se sabia é que Menachem confiava, decerto exageradamente, no tipo de educação que deu ao filho. Tinha entrado em contato com muitas formas de filosofia e Zult participava ativamente das discussões sobre os editoriais do jornal comunitário que seu pai fundara e ao qual ele deu continuidade por algum tempo. Desta forma, Menachem não via nada no ensino laico que pudesse corroer a formação eclética, ainda que sólida e ortodoxa, que dera ao filho. Menachem não se considerava um ortodoxo, mas um crente com muitas críticas. E, ao contrário dos que temiam o ensino das matérias seculares, achava que elas poderiam, em mentes certas, ser ferramentas para que judeus pudessem manter suas tradições. Soava como paradoxo, mas não dava muita bola para os comentários maledicentes dos paisanos que viam nesta abertura as mesmas justificativas dadas por judeus dispostos a abrir mão de sua tradição. Menachem não era do tipo que se deixava intimidar. Pelo contrário, a irritação funcionava como uma espécie de tônico à sua disposição desafiadora. Tinha convicção de poucas coisas, mas uma delas era que o afastamento das tradições era, antes, muito mais um fenômeno ligado à ignorância do que ao saber. Foi por essa diretriz que decidiu oferecer para Zult o melhor em matéria de ensino laico, de ciências a literatura. Ultrapassada a resistência do amigo Pessach e da mãe de Zult, Menachem enfim colocou seu filho rumo à Universidade. E o estudante fez sua parte, estremeceu toda a família com a monografia polêmica *Como Spinoza encontrou a Criação*. Graduou-se em filosofia pouco antes de terminar seus estudos para rabino na rigorosa *yeshivá* de Lublin, a *Jeshybot,* localizada na Polônia meridional, também conhecida como a "Oxford Judaica".

Por sua vez Nimitz, filho de ex-fazendeiros, sempre viveu naquela região, mesmo depois que as terras dos pais foram expropriadas por decreto. Transformou-se em um *chassid,* um judeu observante, quando furtivamente encontrou o lendário Israel Baal Shem Tov, o *Besht.*

Foi durante um período muito difícil de sua vida e poucos ficaram realmente sabendo do episódio completo.

Nimitz era alto e magro e contava com um nariz descomunal. Com vinte anos de idade teve um estranho surto, diagnosticado inicialmente como "confusão mental". No final do século XVIII, o asilo era o caminho mais curto para solucionar distúrbios mentais. Seus pais, desesperados, procuravam os melhores médicos de Kiev a Paris. As notícias não eram boas. O duplo diagnóstico de "hábito melancólico incurável" com "nervos fracos" selaria seu destino para sempre. Instituições asilares, antes e depois de Pinel, eram depósitos de pessoas sem esperança.

Nimitz ficou sabendo que o "mestre do bom nome", o *Besht,* estava numa cidade próxima. Agarrou-se à chance para buscar o milagre da cura.

Numa noite espessa, logo após a *havdalá* de *shabat,* escapou de sua casa mais uma vez, decidido a buscar uma *iechidut*[15] não agendada. Foi ao *mikve,*[16] despiu-se e fez as bênçãos da imersão. Depois do banho ritual, disfarçou-se de criado e entrou na estalagem. O lugar, enorme e desolador. Extremamente limpo para as centenas de minúsculos quartos enfileirados.

Subiu a escada descalço segurando uma tocha emprestada e foi abrindo as portas, quarto a quarto. Seu coração desfilava ao redor do peito. Quase desistiu. Como saber dentre tantos qual o quarto do mestre? Foi quando se lembrou do que o pai falava:

---

[15] **Iechidut**: Encontro particular que um judeu tem com seu mentor ou *rebbe.*

[16] **Mikve**: Do hebraico, "reunião". Banho ou ablução ritual feito em piscina de água recolhida de uma fonte ou de sistemas coletores de chuva, as "águas vivas", que envolvem imersão completa do corpo nu.

— Quando todos os seus sentidos se esconderem guie-se pelo olfato, a última herança da intuição de Adão. — O eco veio claro e ele inspirou fundo.

Devolveu a tocha à estaca que iluminava os corredores e foi sentindo cada aposento. Depois de muitas inalações, achou um cheiro que misturava mirra e almíscar, a senha com a qual os justos marcam os lugares. Abriu a porta. Escondeu-se em cima do armário, acima da cama onde o sábio dormiria. Esperou horas. No momento em que os portões celestes foram entreabertos, precisamente à meia-noite, o *Alter Rebbe*[17] entrou pela porta cantando uma marcha enquanto orquestrava o ritmo com os braços. Nimitz suava frio.

Fez-se um silêncio de segundos.

— Irmão, desça daí — falou o *Besht* sem alarde, com a voz elástica. — Pode sair, irmão — insistiu.

Nimitz gelou. Estava tudo escuro dentro do quarto. Como poderia imediatamente tê-lo detectado? Desceu e, no meio de uma condensação amarelada, conversaram a noite toda.

— Uma frase, o homem me disse uma única frase e aquilo mudou minha vida — relatava, inconformado, com um tortuoso dedo indicador levantado.

A famosa frase que o *Alter Rebbe* havia lhe pedido que meditasse ficou em segredo. Mas os fatos, patentes. Sua confusão desnoitou-se.

— Fiquei mil noites acordado, e nem chamo aquilo de insônia.

Milagre ou interferência psicológica perfeita, pouco importava. Nimitz silenciou sobre outros detalhes.

Um indescritível arrepio fazia vibrar meu corpo, dia e noite. A energia de Deus estava em meu corpo, estava entregue, submetido a um amor que até então ignorava. Durante cada calafrio jurava — protegendo-se com a velha fórmula *bli neder*, sem juras: — "...vou escrever um livro" Mas nunca o fez.

---

[17] *Alter Rebbe* **Baal Shem Tov** (1698-1760): Rabino, místico e refundador do chassidismo na Polônia.

Sibel e os médicos

— Não tenho certeza — afirma Zult com as mãos espalmadas para cima. — Quando se trata de alcançar o intelecto divino sempre ficamos nas teorias.

Cabisbaixo, Zult pensa que os procedimentos típicos das ciências não são afinal muito diferentes da especulação metafísica. Geralmente o que as duas têm em comum é o fervor da convicção. Não se tratava de desgosto Constata apenas que já foi muito mais devoto da ciência e decididamente mais adepto das fantasias de exatidão e da precisão analítica. Hoje, não consegue se recordar mais como chegou a encontrar tanto conforto nas predições iluministas. Constata isso do modo mais doloroso possível, já que fora bem menos descrente em relação aos homens.

Sua recente misantropia gerava um mal-estar inviabilizador para um rabino que vive das e pelas relações. Seu amor pelos irmãos judeus era genuíno, *mas* nem tão natural assim. Zult lutava contra seu temperamento antropofóbico que se encorpou ainda mais durante sua vivência filosófica. Bem que ele tentava refrear essa tendência. Lutava contra sua autorrepulsa, e contra o desejo de receber honrarias. Teimava para se manter concentrado no que eram suas prioridades na vida, sua família e a comunidade. Porém, sua vaidade deitava se persistente sobre o chapéu.

— Com segurança? Quer que eu diga uma coisa com toda segurança? Garanto que o Criador tenta evitar que soframos. Os homens é que dificultam seu trabalho.

— Por que as pessoas têm que sofrer tanto? Você ouviu a mãe da Sibel Sonj. Estávamos juntos, lembra, Aba? — Nay força o pai a recordar (como se isto fosse necessário) a terrível doença que acometeu a criança, uma espécie de mascote do vilarejo.

A filha do meio dos Sonj caiu doente do dia para a noite e ficou oscilando entre a vida e a morte durante quase dois meses. A doença veio com grande sofrimento, agravada pela ausência de um diagnóstico preciso. A ausência de vitalidade, a recusa em comer, a febre intermitente e o declínio progressivo eram os únicos sintomas. Nas últimas semanas, a situação parecia irremediável, o fim, iminente.

A mãe de Sibel, Nadja, não parava de perguntar em um lamento alto, que chegava a perturbar vizinhos e transeuntes que rondavam a casa.

— Por quê? Por quê? Por que conosco?

De modo algum parecia alguém com semblante confortado pela fé. Via-se, antes, uma pessoa comum, atormentada pela inexatidão do destino e da morte.

— Por quê? Que fiz eu? Que fiz eu?

A fusão da culpa ancestral com a carga penitencial da doença a fizera envelhecer décadas em semanas. Sua pele perdeu o brilho. A secura fixou-se como máscara em seu rosto, uma lâmina fina como a mica, que ameaçava desabar a qualquer momento. Passou a não cobrir mais a cabeça como um sinal público de que sua fé estava esgotada. Como sempre, o conforto eficiente e o apoio material solidário eram entremeados com comentários carregados, maledicentes, dos curiosos e aflitos.

— O que será que fizeram para merecer isso?

O fim da pequena Sibel ficou patente especialmente quando duas eminências clínicas de Lodz decretaram-no, logo após desembarcar em Tisla. Foi uma visita rápida. Ao sentir o pulso filiforme da garota, o mais velho fez um sinal de desaprovação ao seu colega. Durou menos que uma vela de pavio comido. Isso, pouco antes de receberem seus honorários e reembarcarem de volta no coche especial, forrado com penas de gansos russos.

Zult realmente preferia não se meter em assuntos médicos. Conhecia a vaidade de perto e enxergava os limites dos descendentes de Hipócrates. Neste caso, o impulso teve mais voz que vez. Então, um estranho episódio interveio. Ele se envolveu diretamente no caso e o milagre, sempre inesperado, mas sempre presente, resolveu acontecer.

Chamado à noite pela família em desespero, o que mais poderia fazer? Uma reza protocolar? Recomendar um medicamento? Orientar uma dieta? Usar seu poder de persuasão para confortar os pais com uma resignação da qual desconfiava? Nenhuma destas medidas parecia razoável, nem mesmo justa. O cético absoluto é aquele que é obrigado a conviver com sua fé extrema. Pediu apenas que aquecessem a menina — que de sua oscilante e distante consciência protestou em vão —, cuja febre esquentava o mundo. A respiração de Sibel apagava-se.

Zult jejuou.

Não pronunciou uma única palavra por três dias e duas noites.

Até a família Sonj se afligia com sua privação.

— Rabino, nem água?

— Um pouco de chá?

— Rav, entre para se aquecer, o senhor treme.

— Não quer mesmo se sentar à mesa conosco?

Zult estava sentado no terraço gelado, num pequeno banco de palha, apoiando as costas numa pilha de lenha verde, e apenas balançava a cabeça com negativas, enquanto seus lábios pareciam piscar. Sua boca se movia numa articulação discreta sem que a laringe fosse acionada. Permaneceu imóvel todo o tempo, repetindo cura completa, cura completa, cura completa:

"Refuah shlemah"

No final do primeiro dia, a garota transpirou brutalmente até que a umidade externa da janela sumisse. Ao final da segunda noite, Sibel recuperou a cor e pediu uma maçã. Da terceira noite em diante, foi ficando mais saudável.

A experiência de campo do rabino não era desprezível. Zult temeu a "despedida da saúde", um estado clínico maroto que finge cura, mas antecede o colapso final. Mas a melhora se confirmou, consolidando-se nos dias subsequentes. Na manhã do quarto dia, quando Sibel teve energias para lançar vitupérios ao irmão, nosso curandeiro entendeu que o perigo, aquele perigo, havia passado.

Zult levantou-se do chão, com enormes dificuldades e a dor que sentiu nas vértebras lombares foi controlada por um urro que só pôde dar no caminho de volta para casa.

Nay e Lea saíram pela estrada correndo em direção ao pai como se nunca mais fossem vê-lo. Zult deixou-se abraçar como um peregrino que foi morto no trajeto.

Claro que admitia que talvez estivessem testemunhando uma história sobrenatural. A única certeza sobre o que aconteceu foi a comprovação de que saúde é mistério.

Entre populares atribuiu-se maravilhas às "intervenções cabalísticas" de Zult. Mas só mesmo um observador distante para assim concluir. Esse rabino negava, não por modéstia, mas por radical convicção, o uso prático que as pessoas faziam da cabala.

Na verdade, tanto a ideia de uma vulgata esotérica como da mistificação precipitada lhe inspiravam desprezo. Mas, para quem poderia confessar a verdade? Que seu silêncio era um protesto, uma contestação rancorosa contra a banalização do sagrado? Que era um invólucro para sua indignação, e não um ato puro de submissão? Que ele não era um taumaturgo travestido de rabino, mas um homem com rompantes de homem que não entendia, não conseguia simplesmente compreender, por que tudo aquilo era necessário.

Zult recebia a cabala com respeito, como todo assunto místico e devocional. Colocava-a exatamente no lugar que deveria ocupar: só uma dentre as muitas tradições.

— Cabala é um instrumento de cultura e suporte espiritual. É mais um ambiente para que o Criador seja reconhecido e nos reconheça.

— Toda tradição serve para que possamos encontrar formas mais cálidas de agregação, onde alegria e justiça podem ser mais efetivas — explicou num dia qualquer.

Este rabino resistia, mesmo que a tendência à mistificação tivesse importante demanda nas comunidades que constantemente visitava. O apelo popular que o uso equivocado da tradição trazia só o preocupava ainda mais. O uso operativo de uma tradição mística limitava-se à veneração do Criador através de invocações do alfabeto sagrado, uso de amuletos ou ritos mecânicos e repetitivos.

Perturbava-o nada poder diante da exigência de que as demandas materiais pudessem ser resolvidas por formulações mágicas, alfanuméricas, supersticiosas, folclóricas ou não, ainda que *halachicamente* autorizadas.

Por tudo isso não aceitava bem a ideia de uma versão mistificadora, ainda que tacitamente tolerada, com base em ordenações alfabéticas que às vezes lembravam mais magia egípcia que hermenêutica judaica.

Zult tinha outras metas: queria construir uma sintaxe mais aproximada da existência. Identificava perigos no uso muito pragmático das tradições.

Numa reunião de líderes em Varsóvia, sua voz reapareceu com força entre olhares desconfiados:

— Senhores, precisamos ser mais corajosos. É necessário pensar criticamente e até, conforme o caso, recusar uma tradição. Muitas vezes uma tradição pode ser só mais um engano bem estudado ou mais outra má interpretação.

E continuou usando, sem pena, o peso de sua voz.

— Que tal recusar hábitos e folclores baseados nas idiossincrasias de quem os formula? Vamos negar todos os simulacros que tentam se fazer passar por tradição! Mas não vamos ficar nisso, vamos inovar. Nossos jovens estão se cansando da repetição. Vamos falar tudo de novo, mas, *bevakashá*, trazendo um novo.

"O meu está lacrado e bem escondido"

Quando terminou, o silêncio da mesa no *fabreign*[18] desta vez não foi definitivo. Uns poucos rabinos e estudantes começaram a sacudir suas

---

[18] **Fabreign:** Reunião festiva de comunidades chassídicas onde se estudam trechos sagrados e místicos, fazem-se cantos, e bebe-se um pouco, às vezes um pouco mais que um pouco.

xícaras contra a tábua da mesa até que a contaminação foi completa e Zult foi inesperadamente ovacionado com a acidez da vodca. A única vez.

Não poderia revelar isso em público, mas se identificava com um *maspiach*[19] que estava começando a ser conhecido no meio chassídico, o *rebbe* de Kotzk, para quem "a verdade não foi feita para ser revelada, apenas era preciso buscá-la. Isso era tudo".

Zult balança a cabeça com a discrição habitual, era uma quase imobilidade. Tão tênue é seu sinal que Nay duvida se houve qualquer deslocamento. Timidamente exige do pai um signo mais positivo, pelo menos algo bem mais sonoro. Num murmúrio apagado, quase mudo, Zult consente com um invisível movimento de mandíbula.

— Sim, parecia um sofrimento inconcebível. Qualquer moléstia, especialmente uma criança enferma, confesso, é demais. É incompreensível. É este, exatamente este, um dos motivos de minha arguição diária com Ele.

Zult pega as pontas das franjas do seu *tzitzit*[20] e aponta discretamente e com olhos modestos para cima, levantando as sobrancelhas, tentando disfarçar seu bom humor ao buscar um dos esconderijos do Altíssimo.

— Podem acreditar, muitas das minhas noites são dedicadas a esta escuta.

Zult não se importava em dialogar com os 14 anos de Nay, já o considerava adulto, especialmente para estes assuntos.

Mesmo que judeus não pudessem entrar oficialmente nas faculdades de medicina — e ainda assim tivessem fama de excelentes médicos —, Zult desistiu de ser médico depois que escolheu a filosofia. Sua desistência foi modelada por um evento que seria decisivo na sua opinião em relação à arte de curar.

Não o abandonavam as feições que enxergara no semblante de dois médicos que vieram consultar seu avô, Simchá Talb. Analisando suas fisionomias não as considerou, digamos, terapêuticas. Lembrava-se de

---

[19] **Maspiach:** Mentor. Aquele que dirige, orienta ou encaminha alguém para os estudos.
[20] **Tzitzit:** Franjas. A observância da prática do uso de franja nas quatro pontas do manto *(talit)* está referenciada em Nm 15: 39-40 e Dt 22:12, e significa a demonstração pública dos mandamentos e a união de Israel.

ter somente sete anos e pensou que não desejaria ser tão frio e vaidoso na presença de semelhantes em agonia. Memorizou sua avó argumentando sem um único soluço. Lembra-se perfeitamente de ter puxado a barra da saia de sua *ima*[21] para que ela, apenas com o olhar, lhe explicasse o que estava acontecendo. Mas ela não conseguia.

— Nada, doutores, nada? Não se pode fazer nada?

Ela só queria saber se não havia algo para ser tentado. As imagens vinham junto com as respostas frívolas, ecoadas contra as madeiras negras empilhadas para dar a impressão de parede.

— A senhora duvida dos nossos diagnósticos? — falou o primeiro seguido de um pigarro afônico e áspero produzido com artificialidade.

— Isto é tudo! — respondeu o mais jovem, limpando as mãos e fechando com agilidade displicente uma maleta com os materiais não usados: um jogo para venissecções, medicamentos à base de ópio como o láudano, e um estetoscópio de última geração importado de Paris. Enquanto guardava seus honorários em uma caixa de madeira bem fina e vestia de novo suas luvas de pelica, deu um sopro que deixou patente seu autocontrole frente ao aborrecimento causado pelos Talb.

— Vamos indo? — dirige-se ao colega que terminava de se arrumar levantando a outra sobrancelha, desta vez a esquerda, com incompreensível orgulho.

Zult conheceu muitos médicos, gentios, cristãos, judeus, muçulmanos e céticos. Alguns bons. Mas sua decisão de renunciar à medicina foi mantida pela conservação daquela cena dolorosa que migrou para o enredo de seus sonhos durante anos.

De um jeito ou de outro, o assunto dos médicos sempre estivera presente na mesa dos Talb. Lembrava-se destas discussões que às vezes pareciam repetições. Em geral envolviam o pai e o avô de Zult, respectivamente Menachem e Simchá:

— Nossos sábios perguntaram: se a moléstia é uma circunstância trazida pelos céus e, portanto, está de acordo com a vontade do Criador, por que é que deveríamos procurar médicos?

— A tradição registrou que Noah, o patriarca, escreveu um livro para curar todas as enfermidades e o entregou a Sem, seu filho. Este

---

[21] **Ima**: Mãe.

sefer desapareceu. Os obscuros temiam que o domínio da cura perfeita disseminasse descrença entre os homens.

— Que bobagem! Daria tudo para reaver este livro.

— Uma parte dos rabinos achava que os médicos eram desnecessários.

— A maioria não. Rambam escreveu que não só precisamos deles como é obrigação das pessoas buscar médicos e tratamentos conforme justificado em Shemot, Êxodo 21:19.

— Aba, não existem consensos sobre algumas posições...

— Algumas? Não existe nenhum consenso. Nosso povo tem dificuldades em consensos.

— Hã?

— A Torá insiste na importância em cada um escolher um médico.

— Há quem discorde.

— Por exemplo?

— O contemporâneo de Maimônides, Ibn Ezra. Ele achava que médicos só deveriam tratar doenças externas. As outras deveriam ser respeitadas como o curso de uma vontade superior.

— Mas o outro lado tem uma boa munição. Por exemplo, Nachamanides e Abraham Ben Solomon entendiam que os médicos eram essenciais. E respeitavam tanto a crença individual das pessoas que, mesmo não acreditando no poder dos amuletos, achavam que eles poderiam ser usados, se isto aumentasse suas esperanças de recuperação.

— Ben Sira achava que as *tefilot* eram quase suficientes para sanar os problemas de saúde. Se algo mais podia ser feito era pedir ao médico para rezar junto. "Aquele que não acredita nos céus também não acreditará em médicos."

— "Mesmo o melhor dos médicos vai para o *Gehinom*."[22] Lembra-se disso, Aba?

---

[22] **Gehena** ou **Gehinom**: Lugar perto de Jerusalém chamado *hinom*. Equivalente ao Purgatório em outras tradições. Ali ocorriam sacrifícios humanos de crianças, praticados por povos idólatras que viviam em Canaã. Lugar para onde iriam almas que não teriam compreendido o que deviam fazer neste mundo, e por isso vagam indistintamente. Suas punições são quase autoestabelecidas de acordo com a natureza das transgressões que cometeram.

— Pegue o comentário de Rashi. Para ele a *Mishná* era severa com os médicos por duas razões: sua excessiva autoconfiança e a comercialização de seu saber. Assim, essa famosa frase que você mencionou ainda está como uma ferida aberta, sem solução satisfatória.

— Como toda questão tipicamente talmúdica — aduziu o tio mais novo, Zacharias.

— Como assim?

— Você acaba de dizer: "Mesmo o melhor dos médicos acaba no Gehinom" — repetiu mecanicamente Zacharias.

— Ah! Não tão rapidamente. Samuel Edels explicou: "Aquele que se acha o melhor dos médicos é que está destinado ao Gehena." Esta é para mim a melhor interpretação já feita. — Com ar mais pausado, Simchá está recolhendo a discussão.

— Ah, sim? E por quê, Aba? — quis saber Menachem.

— Porque o excesso de confiança, a arrogância sobre suas próprias habilidades... É esse tipo de orgulho que cega os médicos, que esquecem de fazer o que é vital para ajudar os doentes.

— Não. Não acho que seja isso — discorda Menachem. — Para mim, Aba — encostando as mãos contra o peito —, a *sichá*[23] mais original é a do famoso cabalista de Praga, Loeb. Para ele, o Gehena é só uma representação do mundo material.

— E o que ele concluiu?

— Que o Gehena é a perfeita negação da real existência, isto é, do mundo espiritual. Por analogia, o médico que só enxerga o mundo material e se restringe às explicações baseadas em interpretações naturais vai terminar na "não existência".

---

[23] **Sichá:** Aula.

Por que continuamos rezando?

— Mas, pai, isso não é estranho?

Zult se volta para Nay com um enorme olhar acolhedor de bom compreendedor.

— Se é inconcebível, então por que continuamos rezando?

O filho insiste numa escala tonal abaixo da impertinência que faz com que o pai sacuda levemente a cabeça para dissolver suas lembranças, voltando para casa.

— Pai, se você mesmo diz que é inconcebível, então por que é que continuamos rezando?

— Meditação e amor não podem depender de respostas! Não devem depender de nada, de nenhum retorno. A proximidade ao Onisciente pode ser uma troca, mas de nossa parte ela é incondicional.

— Além de um Criador invisível, conversamos com o nada? — Nay retruca com insolência arriscada e acompanhado de um rumor de aprovação ao fundo. — É isto que o Senhor quer dizer? — O filho de Zult sobrepõe suas perguntas com vigor em tom mais grave e carrega na veemência de gestos como agitar as mãos e colocá-las juntas com os dedos unidos, reforçando a indagação com mímica.

— Sim, dialogamos com Deus, mas ele não é obrigado a responder! — Zult se acomoda na resposta dogmática.

— Ele não é obrigado a responder? Como? É isso mesmo? — Nay não pode controlar seu espanto, mas a indignação dirigida ao pai fica por conta da serenidade artificial com que Zult está lidando com a tensão.

— Por que seria obrigado? — provoca, tentando dissimular a reação.
— A resposta vem sim. Às vezes Ele muda pequenos aspectos da realidade, às vezes não o escutamos. Mas o Altíssimo tem a prerrogativa do silêncio!

Fechou os olhos e lembrou-se da noite em que saiu com o machado para demolir a árvore seca que guardava sua relíquia. Derrubou a árvore com inédita violência. Ao massacrar o caule indefeso viu, quase no final, que ele ainda estava lá. O tubo, quase intacto. Só um pequeno talho diagonal no couro provocado por ele mesmo. Inspirou aliviado. Precisava de outro esconderijo e sabia que não podia se arriscar mais. Imediatamente passou a vasculhar de novo aquele bosque até encontrar a nova cripta.

As feições sonolentas de Zult já haviam sido substituídas por pesada tensão na fronte, a testa se enrugara na maré das ondulações irregulares. Ao franzir o cenho significava que sua convicção poderia se equiparar à sua bem disfarçada irritabilidade. As anônimas vozes ao fundo o perturbam. Por algum tempo, chega a achar que exagerou na pedagogia crítica. Criou filhos e estudantes como pessoas questionadoras ou eram só mimados e impertinentes?

— E mesmo assim somos obrigados a conversar? — Sem ter uma resposta que o satisfaça aborrece-se o insistente Nay.

— Falamos por nós mesmos e não por uma obrigação qualquer. A desproporção é só aparentemente injusta. Ela é um dos mistérios da criação.

— Pai — diz, abaixando muito o tom de voz e fazendo uma expressão natural de súplica ansiosa que parece mais estratégica que verdadeira. — Então o que é que querem de nós? — Novamente esperando por uma definição que não chega.

Apoiando a mão na cabeça do filho e encostando os lábios nos cabelos impositivamente vermelhos de Nay, aconchega-o pelo ombro.

— Tudo. Isto mesmo. Tudo. Exigem muito de nós. Querem mais do que temos. Mais do que podemos dizer. Está bem além de ser um problema de linguagem. — Zult, então, depois de breve pausa, suprime um iminente suspiro, numa tradição para a qual "um suspiro quebra o mundo".

— Nós somos conhecidos também como um "povo de pescoço duro", e isso não diz só da nossa teimosia. Não há como negar. Temos que admitir nosso atrevido descaramento, nossa santa petulância. Esta *chutzpá* esteve na expressão das nossas ideias nestes cinco milênios.

— Isso mesmo! Nosso pescoço não se curva fácil. — Nay faz a exaltação orgulhoso, enxergando virtude na rigidez.

— Alguns acham que foi essa dureza que nos fez sobreviver, que nos trouxe até o presente vivos como povo e como nação. — O argumento que Zult usava tinha forte inspiração empírica. — Nossa tradição sobreviveu enquanto povos muito mais maleáveis sucumbiram. Evaporaram junto com suas identidades sem deixar rastros. Muitas dessas tribos não estão nem nos museus.

"O velamento da história não pode ser uma virtude."

— Rabino, não sei se entendi bem... quer dizer que, no final, temos que fazer um *"le chaim"*, e dar "vivas" ao gueto? — disse um dos presentes, tímido, mas desafiador, devidamente protegido pelo anonimato.

— A modernidade trouxe liberdade (com a qual infelizmente nós ainda não fomos agraciados), mas ela também impôs dilemas. Nos deixou imobilizados, menos pela prisão que criou e muito mais pela ilusão de autonomia que gerou.

Reaproxima-se do rosto de Nay como quem quer contar um segredo ainda que saiba que não reservou nada de extraordinário. O desânimo provinha do fato de ele, no fundo, saber que segredos são intraduzíveis.

O rabino lembra-se de como rodeava o *sefer* Torá hipnoticamente nas noites de Simchá Torá, a festa do livro. Todavia era uma canção não-judaica, uma marcha militar francesa, que não abandonava sua cabeça. Judeus de tradição chassídica costumavam entoá-la, sem a letra, como tributo a Napoleão por seu papel decisivo na remoção das muralhas do gueto italiano. A manutenção incólume do confinamento judaico em Roma era, ao mesmo tempo, uma prova e um símbolo do estatuto de que os judeus gozavam entre os povos europeus. Às vezes Zult cantarolava mentalmente a Marselhesa, desta vez com a letra.

No fim dos dias de descanso, túneis de sol geométricos sustentavam a poeira maciça da secura que assolava Tisla no outono. Os grãos de pó suspensos da cidadela escapavam das bocas como se pudessem se desviar da ingestão passiva.

Galut e assimilação

Os arredores cedem, segue um silêncio incômodo; Zult passou do diálogo para uma exaltada prédica. Ainda que a reforma das luzes e sua expansão trazida pelas invasões napoleônicas tivesse espalhado alguma emancipação para os judeus europeus no começo do século XIX, ainda eram enormes as restrições à cidadania e à liberdade de culto.

Reagindo ao silêncio, o solitário rabino de Tisla fala sozinho em voz alta:

— Mas o que será que eles querem? Que troquemos nossa fé por um punhado de novos dogmas? É isso? E me digam, por que é que deveríamos aceitar esta permuta desvantajosa?

Zult insiste:

— Muitos dizem que sim, talvez sem cinismo, mas com escárnio. Mas eu, engraçado dizer isso, não me sinto um apátrida por ficar feliz em fazer parte de uma minoria.

Vast Drominesk, professor do Departamento de Filosofia da Universidade de Varsóvia, foi designado como seu tutor. A escolha foi a dedo, afinal ele era um intelectual discreto e um refinado cético. Tolerava judeus por uma idiossincrasia de sua própria personalidade: o poder de resistência deste povo ao *status quo*. Esta resistência tinha uma dimensão política, mas continha também um apelo subjetivo.

Durante um chá na sala dos docentes, a discussão entre colegas titulares do Departamento de Filosofia chegou aos ouvidos de Zult.

— É muita petulância... acho inacreditável essa teimosia deles!

— Teimosia? Eles são doidos!

— Isso eu não sei. Mas é muito curioso ver como se pode permanecer fiel a uma tradição que aparentemente não traz nenhuma vantagem.

Vast ficava realmente intrigado por sua condição de povo injustiçado, imemorialmente perseguido, e sentia compaixão especial por minorias.

— É uma cultura cheia de singularidades hermenêuticas. Os detalhes, o argumento arrebatador, particularmente aqueles que trilhavam num meio do caminho entre o ilógico e as soluções desconcertantes — ponderou Vast. — Vocês já leram o Talmud?

— Você vai se converter? — gritaram, às gargalhadas, dois colegas, decanos da história da filosofia que estavam sentados em cadeiras reclinadas.

— De fato — Vast foi falando com sua calma peculiar —, até eu conhecer esse estudante, Talb, eu não tinha a menor noção do modo como viviam. Não fazia ideia de suas peculiaridades, do calendário bizarro que eles têm. Por acaso vocês sabem que existem dois gêneros de tempo?

— Como é que é? — estranharam todos.

— Eles adotam o tempo linear e o cíclico! Para eles a história teve um começo e terá um final.

— A história terá um final? Mas que bobagem é essa, Drominesk? — enfrentou o titular de lógica, Wadslaw Jowtlilaw, enquanto bebericava uma bebida com cheiro repugnante.

— Tempo cíclico explica as festas, a rotina, o ritual do dia a dia — Vast tentava explicar.

— E o outro?

— Não sei, Zult nunca explicou direito.

— Talvez seja o fim do mundo! — E novas gargalhadas atolavam na garganta dos catedráticos.

— E se for um novo começo? — filosofou Vast.

Embora Zult e Vast sempre tivessem mantido relações cordiais, só conseguiram isto por um tácito pacto de abandono da fantasia de mútuo convencimento. Ainda que tudo fosse meio sem sentido, para ambos.

O clima na Europa endurecia. A preocupação de algumas lideranças judaicas europeias, destacando-se as polacas, russas e húngaras — e excluindo os *yeks,* os tradicionalíssimos judeus alemães, que se sentiam muito seguros no acolhedor e progressista império prussiano —, era com o esboço de um movimento organizado de emigração de judeus para a Judeia. Ainda não era um movimento político, mas começaram a se autodeterminar como os passageiros da *"merkavá shel sion".* A carruagem, uma analogia com a nave descrita pelo profeta Ezequiel, era apenas um slogan, mas seu significado tinha, definitivamente, o apelo motivador.

Zult acompanhava de perto estes debates, eventualmente opinando nas discussões por cartas durante e entre os congressos das lideranças, os quais, com o passar dos anos, passou a deplorar.

"Depois de um exílio de 2.000 anos, já era hora de os judeus voltarem a ter um Estado nacional onde se reagrupar e, quem sabe, viver a prometida *shalom* — duradoura ou provisória."

Somente muito tempo depois os jornais de Viena e Budapeste, primeiro timidamente, depois com frívolo sensacionalismo, começaram a chamá-los de sionistas. Era plausível, e ficava cada vez mais claro que as alternativas eram um pouco mais do que ridículas. Zult indignava-se com algumas destas soluções absurdas. Entre outras, e talvez a mais estranha, a que vez por outra reemergia em tempos de crise e perseguição: os "batismos coletivos" para crianças judias, que, segundo os que legislam sobre outros, acabariam de uma vez por todas com o antissemitismo. Era o que se ouvia pelas ruas do império austro-húngaro, nos contornos de Praga, das ruas de São Petersburgo até os cafés de Viena.

Entre os milhares de rumores um se destacava: com base em uma suposta concentração étnica de judeus, largas porções de terra na Sibéria em Birobjan, no Alaska, na bacia Amazônica, ou na província de Entre Rios, na Argentina, estavam sendo cogitadas para pôr fim à diáspora. Mapas chegaram a demarcar fronteiras e foram reproduzidos em jornais. Outras alternativas apareceram, geralmente em sarjetas esquecidas pelos cartógrafos.

Nos últimos anos Zult concentrava quase todos os seus esforços no problema da assimilação. Examinara atentamente todos os perigos:
— Essa é a mais grave ameaça dentre todas à preservação da nossa identidade. O maior risco à continuidade da tradição.
— *Nu*? Bobagem, Zult, no fim tudo se ajeita. — Os laicos adotavam a *idish kait,* a cultura judaica, como uma bandeira da etnia não religiosa.

Mas o principal não podia ser dito abertamente: a distância que desejavam de qualquer menção às suas "origens judaicas". Nos pequenos grupos o problema aparecia:
— Queremos mais é ser filhos da modernidade.
— Se o clima melhorar, podemos ser também judeus — era a voz dos mais liberais, com os quais convivia.
Nove em dez citavam Moses Mendelssohn, pai do "iluminismo judaico".
— Vejam como os *yeks* se integraram à sociedade alemã! — Não se cansavam de repetir sempre o exemplo de Mendelssohn, que interagia de igual para igual até com os membros da Academia prussiana de ciências.

O debate derradeiro aconteceu em sua última visita a Lodz, para discutir a reunião preparatória da grande conferência bianual com o presidente da Confederação de Judeus polacos, Lugo Ninsburg. O tema era o de sempre. Queriam chegar a um diagnóstico: o que afinal estava acontecendo com as comunidades, especialmente fora das pequenas cidades e aldeias?

— Admiro o diálogo que os mais liberais conquistaram, mas veja por aí os resultados práticos propostos por Mendelssohn! Como são duvidosos esses exemplos. Me diga, Lugo, o que ele fez pela identidade judaica de um *yid*?

— Zult, esta é uma reunião de propostas práticas. Chamei um por um, quero sugestões. O que você quer fazer? — cobrou Lugo.

— Estou com a cabeça naquele aforismo que todo mundo prefere contornar: judeus bons são judeus assimilados!

— Você é um moderado e por isso está aqui, então me diga: onde isto tem nos levado? O que ganhamos com esta insistência em manter uma vida lastreada num tempo que é só nosso? — Lugo bate a ponta do cachimbo seco na mesa e o reacende com ar de superioridade. — Os mais entusiastas dizem que os enciclopedistas estão apagando o brilho da religião — finalizou soprando fumaça para buscar a cumplicidade nos olhos de seu interlocutor.

Zult não gozava de muita simpatia no Conselho, mas era um dos poucos que tinha trânsito nos dois lados. Ter sido orientado pelo conhecido Vast, especializado no materialismo da ilustração, também favorecia sua posição de interlocutor moderado. Talvez, por isso mesmo, conseguisse desempenhar o papel de *ombudsman* ocasional dentro da comunidade de judeus poloneses.

— Lugo, penso que o retorno dos judeus à Judeia é um sonho regenerador, romântico e legítimo. — Zult ensina compenetrado. — Mas corre no nosso sangue um atavismo: a balada errante da dispersão! Será que já não nos acostumamos com isso?

Lugo respira fundo antes de responder.

— Você está tentando me ridicularizar? — Lugo afasta-se de Zult como se empurrasse a mesa; sua pletora está acesa e sua gola não cabe mais no pescoço.

— Não! — Zult põe ênfase. — Falo sério. Muito sério, não vejo o nomadismo como castigo. É uma mistura: crise de identidade e pendor para o multinacionalismo, é instintivo. E digo mais: há um sentido nisso, o Pai Universal não faz nada que...

— Um sentido? — interrompe Lugo com deselegância. — Um sentido para que não tenhamos pátria? Para que sejamos os judeus errantes, os párias para todo o sempre? — Ninsburg quer encerrar a reunião, e aperta a pena da caneta com tanta força que rompe a ponta. A tinta goteja como sangue no tapete iraniano.

Lugo sabe muito bem o que quer. Não sabe o que fazer. Se apenas soubesse das pressões que o grupo da Merkavá fazia com persistência, coletando doações, enviando cartas para as redações dos principais periódicos europeus e explicando a importância do retorno dos judeus a Sion.

— Já mostro o sentido: difusão maciça das mensagens mosaicas! Insisto, o aculturamento é um fenômeno muito mais irreversível, porquanto grave, do que a permanente diasporização do povo de Israel.

Em seu íntimo, Lugo já tinha uma decisão e a reunião estava encerrada. Zult está cortado.

— Se não acredita — Zult tenta recorrer — que o pessoal da Merkavá está de acordo com esta posição... Se não acredita em mim, fale com o Max Arlosoroff ou com Reuven Sharett, eles vão confirmar o que redigimos. Queremos um estado, todos concordamos, mas queremos antes compreender melhor como será esse Estado; isso é crime?

Lugo jamais consultaria os dois aliados de Zult. Detestava Max e Reuven. Para chancelar seu silêncio e mudar o registro da conversa finge que assina uma carta endereçada a ninguém. Despedem-se friamente no andar de cima da luxuosa mansão sabendo que jamais se encontrarão de novo.

O rabino sai desolado e arrependido de ter tocado nos temas mais difíceis. Mas se não agora, quando?

Depois que Zult deixa a sala, Lugo convoca imediatamente um assessor do andar de baixo. Ele entra; é um sujeito mais magro que andarilhos iemenitas e com o semblante da humilhação na testa. É Min Sudau.

— Apague o nome dele do corpo de conselheiros.

— Perdão... — fala obsequioso Min. O estranhamento não era inesperado. O representante de Tisla tinha alguma popularidade nos escalões de baixo.

— Não interessa! Ele pode ser um gênio, mas é arruaceiro, um inconsequente! Chega de poetas e filósofos malucos. Convoque a deliberativa final para amanhã à tarde. Dê um jeito para que as cartas não cheguem a Sharett e não mande a convocação de Arlosoroff para o Hotel de Varsóvia, envie para o endereço da residência dele em Viena.

* * *

Nay não compreendia as convicções de Zult:

— Como assim, Aba? A *galut*[24] não é tão ruim assim? Não estou entendendo, ficar dispersos pelo mundo não foi "o castigo", o nosso castigo?

— Uma tradição pode ser preservada pelo rigor! Por exemplo, o hebraico está quase morrendo e, para nós, o idioma é essencial. Não precisamos ser escravos de livro nenhum para observar regras, nem mesmo do *Shulchan Aruch*. Mas o papel do livro, assim como toda *halachá*, foi vital na nossa preservação. Mas lembre-se de uma coisa que posso te ensinar enquanto você estiver em um só pé: só Deus deve ser temido. Só ele, só...

Quando parece que vai falhar de novo, ele termina:

— Encarem a diáspora como uma desgraça que teve sua porção beneficente. — Zult levanta o queixo e olha em todas as direções. — Já se perguntaram como as marcas judaicas vieram parar aqui? Que agora estão no mundo todo? E foi graças à dispersão. Espalhamos a língua, a honra, a culinária, fizemos interações, demos e recebemos de quase todos os povos.

— Não é o suficiente. O esforço foi pequeno. Ninguém nos entende — falou alguém, do fundo. Zult, na ponta dos pés, mais uma vez, a despeito do esforço, não pôde identificar a voz.

— Precisamos conversar mais, não somos uma nação de misantropos; os talmudistas fizeram todas as intermediações, e nós não? Que tal escutar as ciências? Conversar com as culturas laicas? Só cuidado para não sair por aí dizendo que Torá é ciência, nem esconder as contradições. Isso nunca fez sentido.

— Alguém enlouqueceria se tentasse costurar acordos entre razão e fé — responde do fundo, insistente, o mesmo interlocutor anônimo.

---

[24] **Galut:** Exílio. Diáspora dos judeus, situação dos judeus no mundo depois da destruição dos dois templos.

— Precisamos nos convencer de que termos sido eleitos não só não é uma carta branca como exige competência redobrada. Ele aceita tudo, menos a ignorância. Da mesma forma que o Talmud diz que quem pode escrever um livro e não o faz pode ser comparado a um criminoso. Isso significa que não se pode desperdiçar talentos e que temos obrigação de conhecer as outras culturas. Não há pretexto para nos dar ao luxo fútil de nos privar de qualquer coisa pensada pelos homens.

Zult não tem bem certeza se sua plateia está extasiada ou se ninguém entendeu nada.

— Vocês entendem o que eu digo? — resume apontando vagamente com o queixo. E continua empolgado: — Astronomia, matemática, medicina, as leis e todas as ciências. Não dá para não interagir com o mundo e o presente, com tudo que nos cerca. Temos que usar a imaginação para buscar analogias com o mundo real.

Zult para e limpa as mãos no *capot*[25] antes de continuar, está suado.

— O judaísmo não é simpático ao ascetismo, ao isolamento, à misantropia. Não é proselitista, não exige autoflagelos nem martírios. Não estamos aqui para o abandono. Mas para a presença que deve ser cada vez mais maciça. Quem rejeita o pertencimento realmente não sabe do que fala.

> Mais de uma vez usou em seu auxílio o tratado *Shabat da Guemará* (a observação "é bom ser astrônomo") para evidenciar que as ciências laicas não tinham nada de desprezíveis, mesmo para os legisladores mais rigorosos.

— Não canso de me perguntar: será que só os judeus ainda não compreenderam que a Torá é/está neste mundo e que é um patrimônio público?

Sua indagação carregava a marca do espanto e seu semblante uma nuance que, em vão, buscava contornar a exasperação. Zult exaspera-se. Aperta os punhos enquanto fala. Quando se inflama com o discurso, causa desconforto nas audiências. As pessoas discretamente se afastam,

---

[25] **Capot:** Casaco negro comprido muito usado nas comunidades ortodoxas.

imaginando a iminência de algum ataque de nervos, circulatório ou múltiplo e sem qualquer classificação. Sua voz embarcava numa frequência que dá nós nos ouvidos. Sua gesticulação irrequieta move junto quem está por perto: ele roda os braços como se uma levitação nervosa o empurrasse no ritmo das palavras.

Sua voz é outra voz.

Auxiliado pela barba prolongada e envolto na escuridão de sua roupa brilhante, no enorme *capot* preto, ele sabia criar uma atmosfera bíblica e literária que traía o tempo, o que não era pouco. A audiência desfazia suas resistências para se fixar no significado transcendente e confortador de cada palavra. Em vão. As mensagens não confortavam, não tinham compromissos com a tranquilidade.

O orador nato estuda sua plateia. Em sua empolgação há uma mistura de hipnose e ingenuidade. Cada emissão tem a musicalidade instintiva, que, mesmo sem vestígios de triunfalismo, é pelo menos uma paródia disfarçada de um estado de conclamação, de propaganda.

— Trata-se de um objeto coletivo. — Batendo a mão espalmada sobre a mesa e perturbando a atmosfera, tanto e de tal modo que a velha poeira acumulada viajava para além das frestas da casa, repetia sua velha tese por não se conformar com o monopólio do patrimônio vital dos judeus. — Precisamos sair dos guetos! Vocês podem compreender? Sair. Não amanhã, hoje, agora! — Enquanto falava, acelerava na mesma proporção o desferimento de tapas com a mão espalmada sobre a mesma mesa. — Estamos há muito tempo neste estado circular. É perigoso! Ficamos dentro demais, tempo demais! — Suas mãos ardiam.

Não se ouve uma palha.

— Trancados numa fortaleza cheia de paredes! É perigoso, vocês não veem como é perigoso? Nós estamos criando armadilhas. — Nesse momento, Zult rogava com os dedos das duas mãos justapostos. — Não podemos mais ser gatos em gaiolas. Não basta? — Retoma depois de emular uma desistência, assumindo uma posição de desânimo no corpo. — É urgente. Insisto, é urgente!

Como sempre, terminava os parágrafos com um pensamento que não traduzia.

"Ninguém percebe a importância espiritual disso?"

Zult tenta falar com clareza, mas não diz tudo e se desespera como quem não é devidamente ouvido.

Põe a mão entre os olhos, pressiona-os como se fosse entoar um *shemá*[26] fora de contexto.

— Será que vocês podem me ouvir? Ninguém vai trair ninguém se sairmos destes guetos. Não é traição. Talvez seja o oposto, talvez signifique elevar-nos a outro tipo de ligação com Deus. Temos que aprender diretamente Dele.

"Se vocês soubessem que ele pode falar aos nossos corpos."

Zult inspira profundamente antes de cochichar no ouvido do filho:
— Mas isto, filho — voltando-se gentilmente para Nay, que ainda está do seu lado —, é uma velha batalha.

Só pelas expressões das faces não seria possível auditar quanto de seu discurso estava sendo assimilado, mas como o orador está comprometido demais com sua necessidade de expressão, vai em frente.

— Dentro das nossas comunidades, os conflitos são desculpas e, no fundo, apenas duelos entre personalidades. As pessoas vão substituindo os debates nos *fronts* das teorias. O que fica é o ódio gratuito. A verdade pouco importa — prossegue conforme vai retomando o fôlego. Tem a respiração acelerada e um incômodo suor no pescoço; seu lado direito está formigando. Zult pensava em seus desafetos de Varsóvia que queriam sua destituição e há anos se movimentavam ativamente para consegui-la.

Seu médico de confiança em Varsóvia, Hirsch Bloom, havia prescrito sangrias regulares. Ele mesmo aprendeu. Apertava o antebraço com uma tira e usava uma cânula cedida pelo doutor para retirar toda semana entre trinta e sessenta mililitros de sangue. Afinal no sangue

---

[26] **Shemá Israel, Ado-nai elohenu, Ado-nai echad.** "Ouve, Israel, o Senhor é nosso Deus, o Senhor é Um!" Uma das primeiras e mais importantes rezas judaicas. Lida todos os dias, atesta o compromisso dos judeus com a unicidade, reafirmando o pacto abrâmico de geração em geração.

está a *nefesh*.[27] Ficou muito hábil no procedimento. Só havia um problema: como não desperdiçar aquele fluido vital? Como não fazer *bal tashchit*? Zult já tinha pensado na solução, mas ainda não conseguia falar nada sobre isso.

Repete baixinho para que ninguém ouça:

— A verdade pouco importa, a verdade pouco importa.

Zult retorcia-se em suas próprias imagens:

— O Altíssimo é bem menos exigente conosco do que somos entre nós. — Depois da pausa reorganiza-se. — Há um velho ditado que afirmava que "sem Ele tudo seria permitido". Não sei se é verdade, mas como é fácil ver que muito poucos têm a força para assumir a responsabilidade do encargo.

Para e retoma em tom paternal:

— Crianças: há ausência do bem em muitas coisas no mundo. As mais urgentes estão por aí a céu aberto: fome, miséria, desigualdade, as mazelas curáveis, o reverso da boa sorte...

Zult estica o pescoço e o reclina para a frente enquanto se apoia na pequena mesa diante de si.

— Ainda acho impressionante sermos tão primitivos ao ponto de imaginarmos que podemos nos safar sem trabalho duro, que tudo isso está só ao encargo dos outros, mesmo que seja do Onipresente?

— E não está? — A mesma voz anônima, a mesma insolência.

— Não! — ele responde rápido. — O significado do mal é a impossibilidade do *Isso* em nós. A nossa cegueira é que se opõe a chamar-nos à responsabilidade e ao seu peso. Você, por exemplo, quer ser filho até que idade?

— Isso vem ao caso? — rebate a mesma voz, mais prepotente ainda.

— Deus não quer ser pai para sempre. Ele nos emancipou. Quis várias vezes fazer isso e nem tento julgar por quê? Parece que sempre recusamos. Será que ele quer de sua descendência um pouco mais de empenho para se livrar da dependência que temos dele? É como se nos dissesse: resolvam os problemas entre vocês e depois me chamem.

---

[27] **Nefesh:** Espírito, força vital.

— Deus não é necessário? — Ainda a voz petulante protegida pelo fundo.

— Vital... — Zult fica um pouco perturbado, mas assume a resposta. — Mas não para o que queremos que ele seja. Deus é um filósofo. No sistema de notação dele não está previsto atender pedidos de adultos que agem como bebês mimados.

Naquele momento o rabino chamava de volta suas leituras de Voltaire, o filósofo reconhecidamente hostil aos judeus e às religiões. O francês que preferia que seus filhos e esposa continuassem a ter algum tipo de fé, enquanto ele mesmo montava um ceticismo radical, renunciando às crenças para si mesmo.

— O excesso de exigências e as cobranças externas nos sobrecarregaram por uma culpa que não é nossa — Zult continua. — Pelo medo de uma vigilância que, na verdade, não existe. Em nossa tradição não há espaço para polícia espiritual. A atenção é atributo das almas. — Zult inspira e expira com mais força, expondo seu diafragma a um trabalho enorme. — Veja só nossa pequena *shtetl*. Uma aldeia tímida, um lugar tão insignificante! — Muda o tom de voz para exprimir pena. — Qual significado temos para o mundo? Sim, porque não é possível: devemos ter algum!

De novo Zult desliga-se completamente do que está falando. É como se entrasse em outra zona dos sentidos. Talvez uma mistura de sono e fala automática. Um estado nebuloso, embora dentro dele parecesse mais fácil decifrar o que quer que seja. Até alta madrugada ficou estudando. Primeiro o *Chumash*[28] e as discussões radicais. Depois do sono de um olho só, está no final do compêndio de argumentações veementes, quase agressivas, expostas no tratado dos banhos rituais, *Mikvaót*. Em seguida abre no quarto capítulo do tratado das mãos, o *Iadaim*. Até que ficou em uma única frase do Tratado *Ta'anit*, que legisla sobre jejuns. Enfim, se viu encrencado com uma passagem em Jó que o remeteu a um trecho de Daniel 8:12 e depois

---

[28] **Chumash:** Abreviação de "os cinco quintos da Torá", o Pentateuco. Bereshit (Gênesis), Shemot (Êxodo), Vaikrá (Levítico), Bemidbar (Números) e Devarim (Deuteronômio).

às *Lamentações* de *Jeremias* 49:14. E ali, de novo, e mais uma vez, a filosofia o desamparou.

— Não, não, não! O que é isso? — Zult dialoga com o papel como se a tinta respondesse às interjeições. — Tem que haver um outro significado!! — Balançava-se com vigor, seu tronco descendo tão brusco que quase colava as letras contra a boca. Apertava os dedos entre os olhos, espremendo-os, beijava as franjas do *tzitzit,* enquanto oscilava em inclinações sucessivas para a frente e para trás num *shokein* que não era ensinado ou aprendido. Oscilações involuntárias da alma, que imitava pêndulo para pensar.

Simultaneamente, Zult desferia pequenos, calculados e intermitentes murros numa pequena área circunscrita de uma mesa quase vazia. A xícara de porcelana russa, solidária à vibração, tremia sobre a mesa. O turbilhão concêntrico na água mostrava a pequena maré. A mesa de madeira de tom ocre era um lugar aparentemente reservado para esta finalidade e, por isso, apresentava ligeiro abaulamento no centro. Esta manobra o ajudava a não se dispersar do tipo de raciocínio que estava coordenando e, ao mesmo tempo, a manter o tônus no tronco maciço. Uma das filhas, tão insone como o pai, ficava observando-o a meia distância, sentada com os joelhos encolhidos a esperar que o sono voltasse. Nos olhos de Dvora, a estampa da devoção ao incompreensível. Não era infrequente que o vigor dessas pequenas minimarteladas o remetesse às disputas talmúdicas nas antigas noites e madrugadas durante suas passagens pelas *yeshivot.* Sempre inconclusas, elas colocavam em absoluto desespero filósofos e teólogos de outras tradições.

— Qual a conclusão deste tratado? — Liam *Bava Metzia*, que trata, entre tantos temas, da honestidade nas relações comerciais.

— Não há conclusão. Depende de cada caso.

— O que aconselham quando se encontra dinheiro perdido na rua?

— Esperar pelo dono.

— E se o dono não vem?

— Oferecer publicamente e procurar o legítimo dono.

— E se não encontrarem o distraído?

—Aguardar um tempo.

—Até quando?

Mas o mais estranho era que a satisfação coletiva estivesse ligada ao encadeamento de ideias trocadas. A alegria estava nas idas e vindas dos argumentos e eram diretamente proporcionais ao vago e inacabado.

Desde os 17 anos, Zult fazia anotações em um papel amarrado a uma pasta de couro herdada do pai. Todas aquelas mensagens criptografadas involuntariamente — nem ele as entendia correntemente—, enroladas em folhas dispersas, o deixavam mais extenuado ainda. Quando faltava inspiração dedicava noites inteiras a este trabalho redundante e divertido de autodecodificação ortográfica. Nascia o sol e sua energia ainda direcionada para decifrar palavras e contradições. Buscava respostas e esta procura envolvia uma peculiaridade judaica e uma heresia dissimulada para as outras tradições: arguir o Criador.

Fagulhas em palheiros

Um dos dilemas prediletos nasceu do estudo de um comentarista do século XVII. O que mais o ocupava eram as diferenças textuais e hermenêuticas entre os dois relatos de *Bereshit*[29] contidas nos capítulos um e dois. O homem que vinha do pó não o incomodava, mas ele precisava saber. O homem era a poeira que compunha a imagem de Deus? Se sim, por que em uma o homem era a própria *tzlem elokim* (imagem de Deus) e em outra *Afar min haadamá* (pó da terra)? Era comum adormecer com a irresolução pendente. Logo que acordava tinha a sensação de ter resolvido o problema como se tivesse se elevado a uma compreensão que ninguém havia alcançado. Sabia que não era bem assim, mas emergia orgulhoso com a conquista. Logo depois todas as certezas voavam entre labirintos arenosos para, em seguida, ruírem como trapos.

— Vocês querem mesmo saber o que é o paraíso? — Abrindo os braços e estendendo-os tanto que sua envergadura parecia bem maior do que realmente era. — Não há um segredo e não é tão estranho. Sim, nada mais que esta Terra! É, essa terra aqui! — Fazia questão de apontá-la ao se aproximar do velho globo terrestre, presente de um professor. O mapa-múndi tinha as pinturas e configurações quase apagadas pelo tempo e nas rugas do papel precariamente aderido.

---

[29] **Bereshit:** O livro do Gênesis.

— O Paraíso é bem aqui.

Contava a tradição que Zult aprendera técnicas heterodoxas com um filósofo desconhecido da maioria, que vivia emigrando entre pequenas ilhas do mar Egeu. Ninguém sabia como nem quando havia viajado até lá e o que realmente fez ali, nas águas do Mediterrâneo. Dizia-se que, entre uma noite e outra, *Dag*[30] havia ensinado o caminho da *devekut*. O termo se referia a um tipo muito específico de *proximidade a Deus*, um estado místico indescritível que se tornou o mais raro e cobiçado transe místico do acervo judaico. Um momento transitório, especialíssimo, que pouquíssimos experimentariam durante suas vidas. Mesmo efêmero, permitia acesso imediato ao Criador. O diálogo com Deus, efetivamente, ocorria através do corpo. O conceito foi se tornando central para os seguidores de uma interpretação mística do judaísmo. Acreditava-se também que as chaves que levaram a *devekut* estavam tão bem trancadas quanto uma porta emparedada.

As metodologias deste acesso à *devekut* não estavam dispersas involuntariamente, protegidas por um silêncio pactuado entre os que já a haviam experimentado. Construir um tabu ou espalhar muitas soluções era uma máscara perfeita para despistar curiosos. Mas talvez — seria conveniente considerar — o excesso de segredo também falasse algo de sua inexpugnabilidade.

Dag, o último judeu perdido no arquipélago grego, sabia do que falava e ensinava bem em frente ao ponto final daquele mar. Sua família aportou no Chipre e em menos de uma geração seus parentes desintegraram-se naquela sociedade. Permaneceu num autoexílio sem outros judeus remanescentes por perto. Vasculhou de tudo, desistiu, até que um dia achou. O "Peixe" sinceramente acreditava ter recuperado alguma faísca derramada da grande explosão criadora. Uma metáfora da "quebra dos vasos" para a criação do Universo segundo a qual durante o processo de criação dos mundos, faíscas despren-

---

[30] **Dag:** peixe.

deram-se destes frascos derramados pelo que Aristóteles chamava de "primeiro motor".

Zult reproduzia as sínteses que seu *maspiach* trazia:

"O plano do Altíssimo era espalhar fagulhas num palheiro. A missão humana, rastrear essas fagulhas, que são esquivas, migratórias, imprevisíveis e poderiam estar nos lugares mais improcedentes. Dos mais elevados aos mais impuros. Por isto mesmo, homem nenhum deveria ousar ser criatura sublevada ou altiva. Cada sujeito tem papel singular e é um agente a serviço da decifração."

Simchá e Menachem

Antes de embarcar numa canoa nativa para um lugar ignoto, Dag doou para os discípulos seus desenhos e para Zult entregou anotações que entremeavam hebraico arcaico com grego. Este contato entre os dois nunca foi muito bem assimilado. Alguns afirmavam até o fim que o personagem foi criado pelo próprio Zult, que jamais negava ou confirmava. Quanto menor a comunidade, maior o temor de mudanças, mais resistência a qualquer ressignificação. E não seria diferente com a pequena comunidade chassídica de Tisla.

Como todos os bons errantes, a família dos Talb tinha muitas origens possíveis: algum lugar próximo à região franco-basca, mas também podiam ser descendentes da leva de judeus luso-hispânicos que aportaram na Holanda depois da grande expulsão de 1492. Teriam passado pela Inglaterra no começo do século XVI, quando os judeus foram novamente expulsos por ordens diretas de Cromwell, apesar dos esforços pessoais de Menasseh ben Israel para adiar o decreto.

Certezas eram duvidosas. Nunca havia verba suficiente para encomendar a árvore genealógica da família. Estirpe é importante, inclusive para o espírito. A maioria prefere descender do rei David a um ajudante de escudeiro. Os Talb souberam apenas que entre os seus ascendentes estavam o cabalista de Safed, Moshe Cordovero, e o famoso rabino platônico do século XVI, o fatalista Hasdai Crescas.

Zult estava obcecado para reconstituir a tradição que, mesmo sendo ortodoxa, deveria estar aberta para outras formas de acesso. Achava mesmo que os judeus inventaram os mais variados tipos de meditação trazendo a cultura dos diálogos humanos com o Único. Para quem argumentasse que culturas mais ancestrais tinham a mesmíssima preocupação, esse rabino franzia as sobrancelhas, despedindo o interlocutor com um silêncio que só seria indelicado se não viesse acompanhado de feições afáveis. Como todo bom estoico seguia em seus próprios passos, como se não estivesse pisando em ruínas.

Era muito difícil exasperá-lo, quase impossível rebatê-lo. Mais de um episódio sobre sua tenacidade foi contado. No ano de 1826, peregrinos que diziam representar uma antiga tradição vieram para um debate em Varsóvia. Menachem estava com Zult, 18 anos incompletos.

Trajados de forma estranha e com os rostos encobertos, os forasteiros entraram nas ruelas em procissão e invadiram o *shil*. A comunidade tremeu.

Vieram sem nenhum acaso exatamente no meio de uma festa. Era o quarto dia de Chanucá, que comemora uma vitória militar tanto milagrosa como improvável.

Irmãos da linhagem dos hasmoneus, os famosos macabeus, junto com um punhado de insurgentes, impuseram a derrota sobre o expressivo exército greco-assírio. O acontecimento mais exaltado em Chanucá se referia à reconquista do templo que, profanado, precisava ser novamente kasherizado. Acharam menos de um *dracma* de azeite puro intacto. As luzes rituais do templo, queimadas no óleo das olivas, duraram mais do que previam todas as teorias sobre combustões. Mas a verdadeira e mítica altercação foi contra a destituição da cultura dos judeus em prol do militarismo helenista que destruía as costuras tolerantes do pupilo de Aristóteles, Alexandre, o Grande, que conquistou e dominou toda a terra de Israel no século IV A.E.C.

A disputa contra os "debatedores" invasores durou menos que o previsto. Mesmo assim, foram três longos dias sem interrupção. Dia e noite o "torneio" era uma espécie de *disputatio* teológico. Campeonatos eram compreensivelmente temidos por judeus, já que não era infrequente que terminassem em exílio ou fogueira.

Nachamanides — que quase perdeu a vida num desses eventos, dentro da corte espanhola em Barcelona — era o exemplo mais conhecido. Tudo parecia ir bem no *disputatio* quando ele refutou os argumentos diante do rei Jaime I de Aragão — que havia garantido a Nachamanides completa liberdade de expressão. E ele a usou, com toda a potência de sua retórica. Os dominicanos, inconformados com a derrota, fizeram alarde e o médico caiu na armadilha, fazendo publicar os reais termos da discussão e de sua vitoriosa argumentação testemunhada pelo rei. Com a prova impressa nas mãos, os opositores exigiram um processo inquisitorial que acabou sendo negociado pelo seu banimento da Espanha. Expulso, dirigiu-se para Israel, estabelecendo-se na cidade de Acre em 1267.

* * *

O evento não chegou a um término oficial. Foi encerrado porque todos adormeceram, exaustos, graças à loquacidade esquiva de Menachem e à retórica relativizadora de Zult.

Tempos depois, descobriu-se que os contendores eram emissários czaristas. Estavam armados, buscando argumentos para ratificar qualquer acusação de conspiração contra as comunidades judaicas. Como se precisassem disso.

Levas de "russos brancos" — como era conhecida a milícia czarista — surgiam do nada. Geralmente vinham nas noites poluídas pelo descaso. A população dos vilarejos do entorno ocultava a omissão. Expurgavam a ansiedade de consciência fechando janelas enquanto os cavalos hostis voavam para seus destinos fechados. Marchavam sobre vilarejos agrícolas e guetos judaicos saqueando e massacrando a população nos temíveis *pogroms*.[31] Em 1814 estes russos invadiram o vilarejo natal de sua avó, Tchernewitz.

---

[31] **Pogrom:** Massacres.

Numa das muitas brutalidades que incluíam incêndio de barbas, açoites públicos e assassinatos sumários, forçaram o pai de Zult a andar em meio aos braseiros. Da alienação etária dos 12 anos de idade, Zult limitava-se a perguntar:

— Por quê?

Menachem respondia com a estupidez resignada dos agredidos:

— *Rishut*, intolerância, intolerância — gritava alto, tentando dar qualquer consistência ao absurdo.

No mais devastador e articulado desses ataques, que se iniciou em Lublin e se alastrou até a Ucrânia, sob o sorriso cínico dos agressores, Zult retirou calmamente o avô das brasas incandescentes, e limpou os ferimentos com seu *talit* sem erguer os olhos ou descuidar de abafar as franjas chamuscadas do manto hebreu.

Repetidas noites Zult presenciou seu pai discutindo com os amigos na redação do jornal:

— Vejam só, vejam só no que deu os que se aculturaram: estão assimilados. Estão todos assimilados.

— *Nu*, qual o problema? — falaram ao mesmo tempo Chaim Jabotinesqui e David Ben Sokolow, respectivamente o redator e o responsável pela prensa.

— Isso mesmo, assimilados! São obrigados a adotar deuses substitutos. Não são culturas. Precisam do palpável para crer. Não podem suportar quem acredita num Deus invisível, nem numa identidade modelada pela *cavaná*.[32] Nossa fé e determinação incomodam demais. Além disso, odeiam artes e só reverenciam suas próprias ideias. Nunca experimentarão a transcendência — admoestava Menachem conformado.

— E só nós temos razão? — David não está só duvidando; como de costume tem prazer em desafiar o editor-chefe.

Menachem demora a responder.

— Não. Você tem toda razão! É muito difícil... se não impossível, entender como vivemos.

---

[32] **Cavaná:** Vontade, força, determinação. Devoção, concentração.

Certa vez Menachem recebeu, entre outros presentes, o ainda pouco conhecido "manifesto comunista". Menachem o leu atenciosamente. Inseriu no folheto um bilhete contendo um pequeno trecho do *Talmud Blavi*. Era exatamente a famosa passagem que afirma a provisoriedade da posse da terra. A terra devia circular entre várias mãos. Com tinta vermelha especial anotou no bilhete:

Veha'aretz lo temaher letzmitut

(A terra não será vendida em perpetuidade)

— A Torá preconiza a provisoriedade nas posses. Em qualquer posse. O significado é que somos locatários sem posse definitiva de coisa alguma, a começar pelas nossas próprias vidas. Isto também estava na raiz da proibição judaica *bal tashchit*: não podemos destruir nem desperdiçar qualquer coisa, inclusive objetos.

Não era difícil surpreender alguém com este discurso. Quando o pai de Zult viveu em Viena recém-egresso de *yeshivá*, ainda estudante, um dos primeiros judeus admitidos na universidade austríaca, já surpreendia pela originalidade. Por razões diversas, Menachem teve que desistir da formatura, mas não sem antes ter ficado famoso por ter polemizado com a maioria dos professores.

Em 1806, aconteceu o moderno *Sanedrin*, reunião de rabinos e figuras de destaque no meio judaico, convocado pelo imperador Napoleão I. Menachem, apesar de ter nascido num enclave russo-polonês, foi incluído como um dos 111 participantes daquela assembleia de notáveis. Desconfiado, declinou da honraria. Sua esquiva não era fortuita. Se tinha méritos para integrar a comitiva daquele sinédrio, imaginava os sábios verdadeiros que nunca chegaram a ser mencionados em lugar algum. Especulava sobre o papel político das figuras repugnantes que faziam qualquer coisa pela fama, conquista da honra e prestígio. Uma parte de sua renúncia cabia a esta política de solidariedade automática que carregava no sangue.

Entretanto o mais surpreendente em Menachem era a capacidade de sintetizar conhecimentos complexos e torná-los porosos para os que não tinham erudição. Apesar de rejeitar o titulo de novo líder judaico, Menachem tinha um perfil que realmente lembrava as inclinações mais essenciais da autêntica liderança: não a desejava.

Zult também tinha orgulho da chama pouco submissa de seu avô, Simchá Talb. Sabia da existência de um período em que seu ancestral também fora acusado de "não seguir 100% a *halachá*" "sentar-se à mesa com góis e consumir vinho não consagrado" e, a mais grave, "ensinar a partir de livros que deixam os alunos perplexos". Simchá rebateu as insinuações — a maioria invenções — e depois de dois meses, um tribunal rabínico foi convocado pelos acusadores.

A família temeu pelo pior, num medo muito bem fundamentado. Diante do tribunal de pares, citou acusadores e defendidos em outras gerações. Ousou mencionar o que conhecia dos processos de Maimônides e Baruch Spinoza. O juiz principal que presidia o tribunal era de fato uma figura constrangedora, não pela sisudez. Em um semblante tranquilo no qual contrastavam olhos transfixantes tinha a severidade implacável dos que tinham tudo decidido sem se importar tanto com argumentos — os quais gerenciava com desprezo — e muito mais por impressões gerais. Aquela presença desiludia, de cara, quem esperava por qualquer suavidade no pleito. Sua voz era liturgicamente calma, seu manejo dos papéis e da caneta era tão peculiarmente preciso que entreteve, por instantes, a mente concentrada de Simchá.

Naquele 18 de Elul — a mesma data na qual o *Alter Rebbe* havia sido libertado do cativeiro russo —, em sessão secreta, sua atuação de defesa e a qualidade da argumentação das testemunhas de defesa foi tão precisa — nem sempre é fácil defender-se, como o próprio Baal Shem Tov notou — que o evento gerou a jurisprudência conhecida como "responsa de Tchernewicz". Passaram décadas até que alguém fosse levado a um tribunal sob as mesmas alegações.

Zult sempre imaginou o que o avô teria sentido. A pressão violenta sobre guetos e aldeias judaicas criava uma espécie de contrassentimento — gregário e ao mesmo tempo isolacionista — que respingava sobre os sujeitos da própria comunidade. A defesa de ideias originais, especialmente as que vinham daqueles que ocupavam cargos de liderança, era, antes de tudo, suspeita. A suspeição ampliava-se exponencialmente até o limite da difamação. Ainda que considerasse um equívoco monstruoso qualquer polícia do espírito, surpreendentemente não contra-atacava as comunidades que se comportavam assim. Jamais levantou a voz para condenar os acusadores. Muitos classificavam esta tendência pacífica de Zult um exagero, uma ingenuidade no limite da estupidez.

Mesmo muito tempo antes das grandes perseguições houve quem percebesse que, numa história singular como a dos judeus, talvez não houvesse espaço para justificar o conspiratório nem a paranoia: tudo era crível. Daí nosso rabino ter percebido que qualquer ponta da lança alimentada pela imaginação poderia ser também redirecionada contra os próprios correligionários.

Zult sabia que não deixaria herdeiros. Talvez contados discípulos espirituais. Deitava-se tarde e mais tarde ainda quando o clima mudava. Era o vento do norte soprando antes das tempestades de nevascas, quando sua disposição física aumentava. Mas era no final dos dias, depois da reza de *Maariv*, que as discussões filosóficas se adensavam em sua casa.

"Ninguém precisa de mais um 'guia para perplexos'."

As restrições ao clássico de Maimônides eram muitas. Mais de 600 anos se passaram e o livro era muito mais um tratado filosófico (era esta a acusação), com incursões e diálogo com o pensamento dos gregos, do que propriamente uma obra "ético-político-espiritual", como queria seu autor, e ainda era um tabu.

Mesmo depois do término oficial na Espanha, em 1808, da Santa Inquisição, cuja mais relevante produção bibliográfica foi o *Index Librorum Proibitorum* — o famoso monumento da censura eclesiástica —, o

Guia foi incluído em listas de livros proibidos ao lado das tradicionais obras filosóficas e textos canônicos judaicos, onde tranquilamente também poderia constar, por exemplo, algum dos panfletos com ensinamentos práticos de Zult.

O *shabat* está terminando. Zult se levanta e é o centro. Está rodeado pelos que esperavam pela *havdalá*.[33] O ritual de separação do dia de descanso culminava com olhar para o brilho das luzes refletidos nas próprias unhas, inalar o cheiro de alguma especiaria, e finalmente uma bênção feita com vinho. Uma cerimônia que se repetia ao término dos dias especiais, e que no final de todo *shabat* zerava a contagem. O reinício do tempo ordinário nas casas judaicas.

Para Zult esta separação tinha um sentido para bem além do *kidush* e das velas acesas coloridas e trançadas sendo silenciadas pela bebida alcoólica. Separar-se de um dia sagrado era doloroso. Mas esse era o preço da renovação, da recontagem até um próximo descanso.

---

[33] **Havdalá:** Separação. Ritual que oficializa a separação entre um dia sagrado e um dia comum.

Não é religião, são nervos

A manhã vai ameaçando com suas migalhas. Nos olhos lacrimejantes e fotofóbicos de Zult é possível ver o reflexo da janela com os pontos nevados ao fundo. No primeiro plano, acompanha o deslize de carroças, que passam lentamente, transportando, de maneira precária, tambores de madeira contendo leite fresco.

O leite gotejava há décadas nas tábuas ressecadas da carroça. As poucas crianças mal agasalhadas correm ao largo para se divertir com os cavalos do leiteiro. Ganhariam sobras no final da jornada. A cena é bela, mas na tradução interna de Zult, ela se estabiliza como angina melancólica, que, em salvas, oprime seu peito. O ardor que acompanha a sensação estremece a falha de cabelo que ele já tem no vértice da cabeça. Ele coça a testa sem entender bem o que se passa.

Os campos poloneses nunca deixaram de ser altiplanos agropastoris. Os primeiros judeus que ali aportaram remontam à época da primeira cruzada em 1095. Primeiro vieram em agrupamentos para buscar refúgio do clima antijudaico fanático na Europa central, que se tornava insuportável durante os surtos de peste negra. Novas levas, desta vez em massa, vieram depois no século XVI, tentando escapar das longas mãos do Santo Ofício em seguida aos editos imperiais luso-hispânicos. Esperançosos, como sempre, imaginavam-se seguros em lugares cada vez mais remotos e frios.

"Quem se importará conosco aqui?"

Assim calculavam os orgulhosos pioneiros da emigração no Leste da Europa.

Quando as notícias dos primeiros *pogroms* vieram, líderes judaicos tremularam suas mãos espalmadas para cima sinalizando inocência. Desprezavam as notícias vindas das testemunhas. Para eles tudo aquilo não passava de boataria, de alarde popular. Em uma famosa e repetitiva inação criminosa, achavam que liderar era guiar as massas ao treino do conformismo ritual.

"Eis um povo teimoso, que nunca aprende a confiar nos líderes."

O refrão usual com o qual as lideranças se defendiam. Afinal tinham redutos seguros em frente a lareiras bem construídas. Tudo ficava turvo quando a dúvida recaía na transferência deste poder aos que mais precisaram de proteção. Os judeus pobres. Um aspecto particular da desconfiança de judeus contra judeus sempre foi esse. Não era uma luta de classes interna, mas uma disputa oculta, silenciosa. Uma coisa eram os profetas, líderes inspirados pela literatura sapiencial e que, portanto, guiaram com exemplos pessoais. Outra, completamente diferente, eram mentores habilidosos na arte da política que obtinham cargos de poder e, decerto, não haviam passado pelas águas do Mussar. Quando a ação sistemática dos *pogroms* passou da enxada enfurecida de agricultores sedentos por sangue de "infiéis" para uma política de Estado confiscatória altamente rentável, os políticos judeus e lideranças comunitárias balançaram as cabeças. Aconselharam as pessoas a viver em estado de permanente alerta. Os privilegiados, junto com suas famílias, sempre davam um jeito de escapulir antes. Esse era o resumo de uma história que iria se repetir.

No dia seguinte, um domingo, o primeiro dia útil da semana, Zult descansa o braço no mesmo sofá de madeira despedaçado. Está esperando ser chamado para a reza da manhã — o que, aparentemente, não exigiria muito dele, pois o *shil*, a sinagoga, era sua própria casa. Cansase, por um momento, da rotina mecânica com que os afazeres diuturnos tinham que ser cumpridos.

"Não devia ter acumulado tantas funções."

De fato Zult era orador, editor, rabino, escritor, médico, orientador de cabeças, lenhador.

"Confesso, ó, Altíssimo, que tenho medo... medo de descobrir novos talentos... teria que exercê-los."

Zult sorria pouco. Um sorriso? Só quando lembrava do alimento de sua felicidade: seus escritos.

Zult retoma a explicação, desta vez foca o olhar reluzente sobre Dvora.

— Por que estamos sempre tentando controlar a vida dos outros? Damos muito valor às formas. Há excessiva maledicência e ódio gratuito. Isto — gira levemente o tronco para fitar outros interlocutores com os dedos tensos e estirados, forçando as digitais contra um púlpito improvisado — não pode ser religião. Não, não é religião, são nervos.

— Enquanto balança a cabeça com o pescoço tenso.

Invoca o que o deixava confortado quando a intolerância se pronunciava de forma muito hostil. O tratado talmúdico *Shabat* afirma, como exceção, que uma luz pode ser produzida em pleno *shabat* — o que significa violá-lo — se uma criança apresentar pânico de escuro, um medo incontrolável que justifique esta violação.

Depois de alguns minutos de silêncio explode, tentando dissimular seu inconformismo.

— É o caso de se falar em avesso absoluto. É o oposto da exigência do Altíssimo!

Um único gesto?

O alimento da felicidade estava naquele texto que escreveu de cho-fre durante a festa de *Lag Baomer*.[34] Isso o intrigava tanto que se per-guntava quase todo final de dia:

— A existência resumida em um texto?

Chamava pela memória as histórias chassídicas onde uma exis-tência inteira seria merecida por um único gesto. Gostava de pensar desta forma. "Um único gesto?" Combalia-se acusando a si mesmo de usar este tipo de refúgio. Uma delicadeza, retribuir um sorriso, desviar-se de um perigo, preservar a vida de um animal. Conforme o Talmud já havia apontado, uma existência inteira poderia ser resgata-da em uma única hora, alguns minutos, num gesto.

O rabino de Tisla arriscava explicar:

— Uma mudança mínima implica uma interferência de imprevisí-veis proporções. Ainda que a ideia de "missão pontual" fosse sedutora, ela não permitiria compreender aspectos mais complexos da existência e não explicaria vidas aparentemente sem significado.

---

[34] **Lag Baomer:** Festa judaica que acontece no 18º dia do mês de Iyar e no 33º dia da contagem do Omer. Também se comemora este dia pelo encerramento da peste que exterminava os alunos do rabi Akiva em Jerusalém. Fazem-se fogueiras, jogos e brincadeiras.

Vários de seus mestres cultivavam a autoanulação como desejável frente à angústia da impermanência humana. Por isto mesmo, tinha muitas dúvidas sobre este fundamento judaico.

Pensava basicamente no conceito conhecido por *bitul*. Que fosse traduzido por humildade ou anulação do ego, tudo nele o incomodava. A argumentação, as implicações, de qualquer forma, o modo como seus amigos e colegas rabinos o apresentavam e aplicavam.

O conceito de *anulação* era muito caro para parte do mundo *chassid*, ainda que o consenso judaico sobre tal condição fosse ermo e disputado. Esta anulação — identificada à modéstia — referia-se a uma reação ao império do Eu absoluto. Sua expansão impediria as almas de adquirir conhecimentos e instrumentos necessários para aprimorar-se. Era necessário que ele fosse contido. Mas Zult não tinha certeza.

— Não pode ser. Não podemos nos anular! — deduzia facilmente, mas novamente inconformado e solitário no famoso átrio cheio de pó.

— Fomos criados exatamente para justificar a nomeação.

Zult ouve suspiros na pequena sala.

— O *medaber*, o falante, é, na nossa tradição, a primeira referência a Adão. O primeiro homem, é deste ponto que partimos. A argila que conquistou a fala.

Zult abre a mão como quem termina um número de mágica. Depois impõe uma pausa como se estivesse declamando para alguém.

"O Criador não nos trouxe até aqui para a autoanulação."

— Por que o Altíssimo dirigiria uma única palavra que fosse a uma raça como a nossa? E somos obrigados a acreditar que é desejável quase inexistir? Ter que buscar êxtases que alienam? Cultuar o vazio à espera de promessas de conteúdos externos que nem sabemos se chegarão? Esquecer simplesmente do eu? Não, não, não é possível. Temos que criar um mundo interno sem nos retirar da cena.

Zult segura a cabeça entre as mãos como quem quer delimitar uma expansão indevida ou controlar uma dor lancinante. Pensa que se houvesse uma única função espiritual para a alma, aí estava ela: autocrítica sem anulação.

— Era isto! Só podia ser isto!

Não era apenas uma questão de se alinhar com um de seus guias, o *rabbi* do contra, Akiva. O que importava era divulgar uma forma radicalmente diferente de aprendizado, um modo contestatório de pensar.

No que consistia este novo método? Levar em conta o texto e somente depois aplicar a arte da interpretação. Não queria se limitar ao método apimentado do tipo *pilpul*[35] nem ao excessivo racionalismo dos antichassídicos, os talmudistas *mitnagdim*.[36] Também não agradava muito o aprendizado "osmótico" dos místicos das academias da Palestina. Seu método era estimular o estudante a encontrar sua própria forma de pensar e obter respostas diretamente com Deus.

"Eis uma época em que os homens não podem mais acreditar sem experimentar."

Isto só era possível se não enxergassem o Pai celestial como um estranho. Só assim a *devekut* poderia ser atingida. Sentiu esta nova forma como experimento. Por isso punha tudo a teste. Treinava a respiração, ficava quieto, e lá vinha. Foi assim que conheceu a energia de Deus. Às vezes, inspirava-se na repetição persistente e rítmica de frases como *ribono shel olam*. Senhor do mundo. Mas, de Lublin à sua temporada em Varsóvia, fixou-se nas peregrinações que fez com seu *maguid*, o pregador. Guardou uma frase do mestre:

"A verdade lançada ao solo."
Emet Zaruk Laritzpá.

Enfim encontrou a metáfora, escrita em Daniel 8:12, que jamais saiu de sua cabeça:

---

[35] **Pilpul:** Método de estudo talmúdico. Dialética.

[36] **Mitnagdim:** Antagonistas, da oposição. Assim eram conhecidos os judeus lituanos, que se opunham ferozmente aos *chassidim*, a ponto de terem sido interditados, por um período, casamentos entre as duas facções.

"E lançou por terra a verdade."
Vatashlech Emet Artza

Sozinho às vezes pegava-se tentando organizar o pensamento enquanto gesticulava com os dedos indicando posições, fazendo avançar, parando. Zult dialogava com os textos com tanto realismo que se poderia jurar que o autor estava ali, bem na sua frente, rebatendo, insultando ou concordando. Talvez por isso aconselhe-se estudar em duplas.

A interpretação daquela leitura obsessiva remeteu-o a vários caminhos até que os reduziu a dois principais: a verdade está no chão, a verdade foi por terra.

"Não é isso. A verdade não pode simplesmente ter sido desperdiçada na terra. Os sábios pensavam que a verdade fluíra em direção à terra."

"Adam, adamá — homem, pó."

— As gradações que conhecemos são três: a "margem da verdade" é uma verdade intermitente, mas possível, há a "verdade", mas existe também "a verdade da verdade", dessa não saberemos e não provaremos. Vocês podem entender isso?

Às vezes pegava-se pregando para ninguém, mas isso não o impedia de prosseguir.

"A tendência da verdade, sua natureza era o próprio solo. Só a Terra, o farelo povoado, um amontoado de poeira indispensável que deu nome ao planeta e uma alusão à criação do primeiro homem."

"Somente este mundo poderia ser o abrigo possível para
uma singular raça de homens. A novidade aqui é: o
homem é um teste."

"A verdade é representada pela terra, símbolo do barro no qual o homem pode existir. De Adão como cocriador dele mesmo. Que Criador ouve a opinião de seu próprio projeto?"

Zult se sentiu compelido a exemplificar:

— São duas correntes de orientação para a arte de interpretar.

Segundo as regras de *Hilel, o velho* — um descendente do rei Davi —, há 70 níveis de compreensão da Torá e até sete milhões se incluirmos *Mishná* e *Talmud*.

Zult se recupera fazendo expirações forçadas. Os interlocutores passam a ficar preocupados.

— A verdade seria o símbolo do homem criado. Somente assim para que ele tivesse um corpo com alma. Mas não qualquer tipo de alma: sua consistência deveria ser permeável para assumir os fragmentos que cabem em cada um.

Zult parece cansado e devolve o silêncio à sala.

— O homem não é um acidente fortuito, produzido por uma sucessão de acasos na transgressão cósmica. — A plateia entreolha-se. Ninguém sabe para quem Zult está falando.

O *Talmud* deduzira, muito tempo antes do fundador da moderna embriologia, que era o encontro entre o líquido masculino e uma semente feminina o fenômeno responsável pela geração dos novos seres. A tradição oral já tratava, então, da antecipação da hipótese epigenética do século XVII — a teoria que acreditava na fusão entre óvulo e o fluido masculino. Até o século XVII a maioria dos médicos e pensadores eram adeptos da teoria pré-formacionista: o embrião já viria pré-formado dentro da semente masculina e era apenas implantado na fêmea.

— Se houve um erro? Um erro formidável. Mesmo que o homem fosse um efeito colateral da criação.

Zult tinha noção de que muitos aspectos revelados só seriam compreendidos quando o homem decifrasse códigos preexistentes no mundo natural. Incomodava-o ter lido no texto de um médico medieval "um dia todas as causas sobrenaturais terão uma explicação natural". Talvez Theophrastus Bombastus Von Hohenhein tivesse mesmo razão. Mas tinha que admitir que a especulação metafísica só poderia mesmo ser desdobrada dentro do mundo visível, criado na concretude da matéria-prima mais crua.

Sempre ficava surpreso como suas postulações cuidadosamente reprimidas insistiam em vir à tona.

"Se tudo é predefinido como é que rezamos todas as manhãs pedindo para nos livrar da morte prematura? Isso não é um paralogismo, um contrassenso?"

E sem conseguir interromper se autointerpelava em voz alta quando não havia ninguém por perto:

"Se Ele, o Único, é o que não erra, como é que cometeria erros? Todo engano seria, já, de antemão, um planejamento? Uma distorção calculada? Já estava lá, em *Bereshit*, que Eva e Adão iriam deslizar. Não seria engano, mas uma grafia perfeita executada nas tais linhas tortas. Quais "planos errôneos" seriam apenas simulacros da providência exata? E esta, sim, era a mais apta para mudar o mundo, a natureza, as pessoas."

Esteve durante o inverno investigando as origens antropológicas da culpa. Avaliou o dilema que resgatou a genealogia da primeira dúvida. Primeiro deparou com a antiga tradição judaica de *Adam Kadmon*, o primeiro homem, uma versão antropomórfica de Deus. Depois, tentou compreender o episódio do Bezerro de Ouro, uma espécie de epicentro da culpa judaica.

Entretanto Zult sabia perfeitamente o risco que corria: defender a hipótese de que há uma raça em busca de aperfeiçoamento seria muito chocante... e arriscado.

Imaginou como defender isso em público! Desconcertaria os idealizadores de um universo plano e estável, os adeptos de uma calmaria idealizada para o cosmo, um ordenamento estruturado que só existia no desejo. Não que ele não amasse a ordem, o *seder, a* simetria, a sincronicidade e as sequências, mas, no íntimo, percebia o vigor anárquico pulsando nas coisas extensas. O mergulho na alegria mística o afastava das recaídas à razão. Era um pouco mais difícil convencer um sujeito fiel às escrituras do que leitores de Kant ou Galileu. O problema poderia ser resumido no que este aprendizado místico-teosófico consistia em verdade. Qual sua razão prática? Se tudo é tão simples assim por que a maioria não consegue acompanhar ou precisa de uma simplificação que compromete se não o conteúdo, ao menos a beleza?

"Mas, para o 'povo do livro', o amor aos livros era uma representação do amor nupcial entre similitudes de carne e osso, o próprio espírito da interação com um Deus único e invisível."

O amor verdadeiro estaria na afinidade que o Criador colocou nas criaturas por semelhança. Neste sentido talvez não tenha havido erro ou lapso, mas era como se o Criador, ele mesmo, tivesse oferecido um insólito autodesafio. Criar o homem como instrumento de desenvolvimento — não de evolução nem do progresso normalmente associado a ela. Portanto, mesmo sem fórmulas possíveis, devíamos melhor amar os homens e assim Deus. Rambam escreveu em *Os oito capítulos* que "todo amor é legado do conhecimento" e Baruch Spinoza repetiu quase o mesmo: "Quando se conhece melhor é possível amar." O amor ao mistério não deveria ser dedutível de um medo opressor. A falta de intimidade é que gera descrença. A chave estava bem ali, e precedia todas as outras: a intimidade. Deus não poderia ser um completo estranho. Deus tinha que falar pelas entranhas.

Vagar indistinto

Meio ucraniano, meio polaco, nascido depois do fim da inquisição, Zult Talb era — mas não se via como — o rabino-chefe da vila chamada Tisla, encravada nos limites extremos da Polônia. Foi ficando alienado. Ler demais o esvaziava. Desistiu dos jornais, nem comprava mais livros. Sua última aquisição tinha sido uma curiosa reedição da *Origem dos americanos* de Menasseh ben Israel e uma edição em latim do poema em prosa "Consolação às tribos de Israel", de Samuel Usque.

Do livro de Ben Israel ficou impressionado com as informações de Aarão Montezinos, que, sob juramento, confirmou ter testemunhado membros indígenas da América Central e do Sul guardarem antigos costumes e cerimoniais judaicos.

O livro lançava hipóteses muito ousadas: parte da diáspora primitiva de Israel veio desaguar no delta amazônico, região que atraía, desde sempre, fascínio e fantasias sobre as cabeças de quase todos os povos do planeta. Neste caso, era como se uma parte das doze tribos perdidas de Israel vagassem, buscando assentamentos. A tese era perturbadora. Como se índios-judeus ainda errassem pelo mundo desde a dispersão primitiva em busca de identidade. Identidade que virou apenas um vago resquício sincrético. A peregrinação decerto se espalharia por um espaço enorme. Alguma longitude ignorada absurdamente ampla; entre os igarapés do alto Solimões e as serras rústicas da Colômbia.

Aarão Montezinos aportou em Mauritiópolis dois anos antes. Viveu por lá numa pensão no centro, à rua dos Judeus, do lado do *shil*, até conseguir a anuência, por escrito, do próprio Maurício de Nassau. Passou a recrutar gente para sua ousada aventura de exploração, que incluía quatro soldados holandeses, duas dúzias de mulas com provisões e mais de quarenta guias e mateiros, de mamelucos a índios atikum.

Driblou as tropas portuguesas, e os insurretos que tentavam isolar Recife para expulsar os holandeses, indo sempre para cima até alcançar Marajó. Dali seguiu de barco até Georgetown para poder reentrar na selva e rumar até a Colômbia, tomando o delta do Orinoco. Não encontrou nada do que procurava, nada que o interessasse. Agregou alguns índios waiana apalai ao grupo.

Nos noventa e três dias entre navegação fluvial e caminhadas — de uma expedição programada para vinte dias —, a selva impôs cipós com dedos, umidade escura e muito medo.

Cogitou atravessar a Venezuela, mas teve um mau presságio. Apesar dos riscos, mudou a rota para o interior do Brasil. O objetivo era o centro da selva. Dessa vez, trocou os mateiros, e agora guiado pelos baniwa seguiu sua trilha teimosa através dos igarapés do rio Negro até chegar ao rio Amazonas, por onde se arrastaram vários dias.

Com alívio, alcançou o território descampado no coração da região amazônica, logo depois do cruzamento com o rio Madeira. No final, sobrou um pequeno exército mambembe de doze homens, três feridos, dois doentes com tremores intermitentes e quatro deles ainda armados com os bacamartes, além de meia dúzia de índios fiéis. Os baniwa foram os primeiros a serem contratados pelo intérprete holandês junto à várzea de Olinda. Exauridos, a tropa infame entrou em território dos Nadëb quase no final da tarde de sexta-feira.

Chovia muito na região do rio Japurá.

A pele aclimatada à selva já tinha a rugosidade dos insetos. Para sua surpresa — e apreensão — foi recebido como herói. O colonizador dos Países Baixos ficou hospedado na oca do cacique da tribo, convidado especial. Uma grande honraria decerto.

"Mas por quê?"

Pouco antes de anoitecer, deitado na palha, a preguiça o esmagava. Estava preocupado com a ablução ritual. Usaria a cachoeira de lama? O rio amarelo? E como iria achar velas e bebida alcoólica para fazer o *kidush*?

A chuva cessou. Saiu da tenda um pouco antes das 18h e viu que o sol ainda estava 25 graus acima da linha da terra. Restavam trinta e oito minutos de luz. O sol do equador era outro sol. Uma grelha fosca, laranja, que rodava a apenas alguns centímetros do seu nariz. Naquele entardecer soube o que era uma esfera.

O que o deixou arrepiado foi outra sensação. Os sons rítmicos e familiares que vinham da parte setentrional da aldeia. Foi andando, ladeado de dois de seus guardas. Ainda brigava com as cãibras. Eram centenas de índios compenetrados que repetiam sons quase conhecidos. Não conseguia enxergar adiante. Tentava chegar mais perto, pedindo licença em tupi-guarani ou se alavancando com os braços. Queria chegar ao epicentro do evento. Depois da cerca de bambu, os guardas foram barrados por guerreiros, ameaçados por setas longas embebidas no timbó. O som pesado, de vozes uníssonas, era hipnótico e desorientador.

Aarão pediu aos guardas que aceitassem a barreira, enquanto prosseguia só.

Faltou o ar. Seu peito precisava ancorar a sobrecarga dos vasos. O coração se acelerou como um moinho sem pás. Estava imóvel. Nenhum esfíncter parecia funcionar mais. Olhou para os guardas que ficaram para trás e pelas caras solidárias imaginou o fim. Eles choravam.

No centro, na soleira da oca do pajé, um ritual estava tendo lugar. Pensou nos relatos de Hans Staden.

"Sacrifício humano, são canibais."

Quando se preparava para rezar um *Shemá*, foi acordado. A língua ele ignorava, mas o que faziam aqueles índios, não. Seguravam um pequeno cesto e entoavam o que Aarão identificou como uma *Tefilá* gutural, seguido de améns coletivos! Em seguida, repartiam bebidas e uma espécie de pão — que ele teria dificuldade em distinguir dos pães trançados vendidos no bairro judaico de Amsterdã, na Jodenbreestrasse.

Não havia mais uma tese. Era agora fato que algumas das tribos judaicas, em algum momento da diáspora universal — escapando de Roma —, subiram, se esmagaram através do estreito de Bering e dispersaram através do continente americano. Muitos desceram e enfim descansaram, chegando às praias do mar fluvial.

Ficou lá apenas dois dias. Com as novas notícias do perigo português e da Insurreição Pernambucana, Montezinos deixou a Amazônia através do Suriname, aguardando a embarcação que o levaria de volta para um porto seguro europeu. Foi em Paramaribo que escreveu, em seu diário, o único relato que sobreviveu:

B'H
2 de adar de 5405 (1645)

Não sei se porão fé, pois que eu mesmo havia lido sobre o que estou por relatar, e jamais quis dar crédito verdadeiro. Mas hoje, graças à generosidade do nosso protetor e Augusto Imperador, Príncipe de Orange, Iohanne Mavritio Nassau, passei de leitor a testemunha.

As tribos no interior dessa região são incontáveis, primitivas e muito diferentes entre si. Há caçadores de cabeça, canibais entre os índios e entre os brancos. A gente é dócil e todos tratam bem os hóspedes. Quando se misturam, geram uma pureza e alegria de espírito que nunca presenciei antes.

Porém, para minha perplexidade, deparei, no centro da Amazônia, com algumas que adotam tradições inesperadas. Não trabalham no sábado, leem num inconfundível ritmo um texto que lembra um dialeto corrompido da Lashon Há-Kodesh[37] *da forma mais impressionante possível. Se minha transliteração é precária não se importem, pois o ritmo continua a ser muito semelhante*

---

[37] **Lashon Há-Kodesh:** A língua sagrada, hebraico.

ao de um Shemá. *No final da tarde de sexta comem pães trançados, bebem um fermentado feito de* manihot,[38] *e não escravizam
as mulheres. E o mais impressionante: como quaisquer descendentes de Avrahram não rezam para totens. Se me perguntassem,
diria que só falta uma arca e um rolo de* sefer *torá mas... isso é
exigir demasiado das evidências... Provas são sempre indiretas
e imprecisas. Concluo que os filhos de Moisés vivem na América
há muito tempo.*

Se meu testemunho tiver algum peso, juro que relato a verdade.

Repito o que aqui declaro na frente de testemunhas, em qualquer
beit din, *e dou minha palavra sobre tudo que acabo de escrever.*

A. Montezinos

* * *

A renúncia de Zult à leitura afinal se justificava:

"Como tantos podem ter faltado ao mesmo tempo às lições da história? Era impossível que ninguém soubesse de todas as tiranias contra as
famílias convertidas? Será que ninguém leu sobre a discriminação dos
marranos, a expulsão dos que tinham alguma gota de sangue hebreu?

Conforme constava em letras capitulares num auto de fé lusitano
do século XVIII que explicitava as "motivações espirituais" para o
extermínio: devem ser castigados "mesmo que tenham abraçado a
única fé verdadeira"?

No século XVII, Menasseh ben Israel se manifestava com precisão
sobre a falsidade dos monarcas espanhóis d. Fernando e Isabel — "os
maiores inimigos deste povo que vieram ao mundo". Foi o episódio
que precedeu a expulsão dos judeus da península ibérica em 1492. Os
reis espanhóis prometeram imunidade aos judeus convertidos. Con-
fiscaram suas posses. Insinuaram tolerância. Passaram-nos pelo fogo.

---

[38] **Manihot:** Do tupi, mandioca.

Na metáfora montada por Ben Israel, a Inquisição e seus executivos faziam jus à imagem bestial.

"O silvo ou a voz com a qual com maior presteza o poderoso basilisco mata: dos olhos e bocas contínuas chamas e labaredas de consumidor fogo lhe saem."

Zult consultou o tratado *Anatomy of Melancholy*,[39] de Robert Burton, escrito sob o pseudônimo de Demócrito Júnior, e ali ficou convencido de que a melancolia era um mal que poderia ser saneado. Uma das terapêuticas eram as brincadeiras de *Purim*. A troca de máscaras induzia a confusão, ressaltava a natureza ambivalente de heróis e vilões.

Às vezes Zult necessitava de alguma "eliminação" do excesso de impressões. Para eliminá-las fazia expurgos diários dialogando com os textos ou escrevendo.

Como todo rabino honesto, sabia que precisava estar preparado para ser muitos ao mesmo tempo. Se tivesse que decidir por uma formação especial, já teria tomado partido: seria médico *e* cuidaria das cabeças aflitas. A quantidade de perturbações emocionais, afetivas, traumáticas e existenciais com as quais tinha de lidar todos os dias, às vezes várias vezes num único dia — já o habilitaria pelo endosso da prática, como clínico honorário.

Às terças e quintas ficava no escritório improvisado até o último "cliente" deixar o lugar:

— Pode ir, vou até de madrugada. Faltam quantos aí na saleta?

— Trinta.

— *Todá*.

— Boa noite.

Mas o rabino sabia que precisava de mais. Talvez ampliar sua consistência teórica nas artes seculares. Sem a menor chance. Não havia tempo.

Zult abandonou a aldeia de seus pais em Tchernewicz (cidade russa na Ucrânia onde nascera a mãe de Menachem, sua avó paterna), quando

---

[39] Anatomia da melancolia.

tinha somente 12 anos, para seguir um promissor *maguid* itinerante que passava pelo leste.

— Quais as condições para seguir teus passos?

— Só aceito discípulos que podem argumentar com ideias próprias. Dispenso papagaios repetidores.

— Como posso saber?

— Descubra!

— Seu julgamento é sempre tão sumário?

— Fique!

O mestre, ele mesmo, usava um *shtreimel*[40] que ocupava quatro andares sobre e acima de sua própria cabeça. O chapéu tinha formato circular e era bem forrado internamente com lã de cabras montanhesas. Por fora, um símbolo da ambivalência, a pele de raposa. Um animal não-*kosher* para demonstrar, por paradoxo, a elevação da matéria. O aprendizado de campo durou pouco. Todos foram obrigados pelas perseguições, mas, sobretudo, pela fome dos campos, a mudar para os arredores de Varsóvia. Semanas depois Zult foi cursar a faculdade de filosofia.

Com 22 anos, já formado em filosofia e considerado exímio redator, Zult foi se extraviando de sua busca original, a qual também ignorava. Limitava-se a tentar enxergar saídas em meio a cada nova crise que se avizinhava do *ishuv*.[41] Tinha visto de tudo nas comunidades: sábios, ladrões, bondosos e malandros.

Desceu até a região de Gretz, onde um violento *pogrom* acabava de acontecer. Massacres não têm cor, mas cheiram mal. Nunca tinha pensado nas tragédias colaterais até presenciá-las: escravização de crianças e produção em série de órfãos instantâneos. Acabou vendo revoluções de leste a oeste e atravessou grandes distâncias como migrante e curioso. Seguindo aquilo que interpretou como orientação de

---

[40] **Shtreimel:** Chapéu feito de pele de raposa, circular, usado por algumas correntes de judeus ortodoxos.

[41] **Ishuv:** Comunidade.

seu *maspiach*, foi ser andarilho para ver como as pessoas viviam no mundo real:

— Vá enxergar o que é viver no mundo prático, longe de todo conforto...

Zult testou-se, chegou ao extremo. Primeiro passou por centros como Ostrog, Lublin e Chelm, foi de comunidade em comunidade e não viu nada. Experimentou então ser voluntário vagando em pequenas propriedades inspiradas no compartilhamento dos meios de produção. Chegaram a ser milhares na Europa Central. Viveu na periferia das grandes cidades russas. Derretido pela fome, experimentou ser lavrador. Testemunhou miséria, fome e sofrimento mental.

Como em enxames parcialmente incendiados acompanhou comunidades dispersas que iam a esmo, sem destino, sem critérios, com juízos suspensos pela privação crônica de quase tudo. Principalmente fome. Longe da proteção do gueto, enxergou pela primeira vez, e bem de perto, pessoas pastoreadas pelo nada.

Zult anotou:

"Legiões inteiras vagavam como peixes atordoados que seguem correntezas decretadas pelo acaso. Sempre em estradas ásperas, muitas vezes logo depois da erosão feita pelo degelo. Populações em peregrinações erráticas e indistintas. Deparei com comunidades esfaceladas, e, esporadicamente, cruzava com olhos familiares."

Belle Lindt

Na *yeshivá*, onde a idade média de entrada era dezesseis anos, ele foi um dos estudantes mais velhos. Não era discriminado graças aos exemplos de sábios tardios na tradição, como Akiva e o próprio Rashi, que somente depois dos quarenta foram alfabetizados em hebraico. Sua experiência, entretanto, não o protegeu das crises. Pelo contrário, elas eram tão próximas e tão frequentes que já não se podia saber quais eram suas prioridades: sobreviver ou sonhar. Como não pôde decidir-se a tempo, casou.

Depois de apenas algumas semanas de noivado comprometeu-se com a filha de um justo húngaro da cidade grande, Belle Lindt. O pai era um dos mais eruditos e reclusos talmudistas europeus. Shim Lindt, figura das mais prestigiadas na Polônia. O casamento acabou sendo um mérito inesperado para alguém sem dotes materiais como Zult.

Circunspecto, Shim pronunciara umas poucas dúzias de palavras na vida. Muito mais que austero, preferia falar o "estritamente essencial". Suas sobrancelhas cruzavam-se formando um nó bem na raiz do nariz. Shim não enxergava na fala comum uma perspectiva estimulante. Mesmo imaginando todos os momentos do dia, não via assuntos relevantes que merecessem sua opinião.

Afora os momentos de *iechidut*, os encontros para aconselhamento da comunidade, não conseguia fixar-se em falas extensas mesmo quando obrigado a fazer discursos. Muitas vezes, usava pequenas expressões monossilábicas para promover o "conserto" entre casais que perdiam a tolerância mútua. Então lançava mão de não mais do que dez palavras, e isso não diminuía em nada seu índice de acertos para recuperar a *shalom bait*.[42] Excelente ouvidor, deixava-se levar pelo fluxo da exposição dos consultantes, e então, apontava para um disparo certeiro de duas ou três frases para fazer o *ticun*.[43]

— Rav, não amo mais minha esposa. Ela não é mais nada do que eu queria. Quero ser livre de novo. Não quero ficar preso. Por que o compromisso? Sumiu o amor, ficou o dever. Quero o *get*,[44] estou decidido. Tenho direito ao divórcio.

Separações eram permitidas na *halachá*, mas isso não significa que os rabinos não soubessem dos desastres subsequentes. Shim esticava a ponta da barba direcionando-a para cima enquanto ruminava ininteligíveis expressões em iídiche. Mirava fixamente para os olhos do interlocutor, que em geral evitava esse contato.

— Rav, há algo que eu possa fazer?

Só quando a pessoa levantava os olhos para cobrar o silêncio, Shim disparava:

— Ame-a!

Tinha respeito pelo sofrimento e suavidade, que não combinavam bem com seu semblante comprimido. Talvez o segredo fosse exatamente este, levava à radicalidade o respeito ao modo particular com que cada sujeito interpretava sua própria situação. Depois da catarse autoelucidativa, um leve rearranjo poderia ser feito. Às vezes, uma única palavra. Foi assim que Shim tornou-se mais do que apenas um erudito que caminhava à revelia da vida prática: colocava o que estudava em ação imediata.

Sua presença tinha um brilho físico, um resplendor que não refletia. Parecia partir da pele do rosto. De qualquer modo era um homem simplesmente incapaz de passar desapercebido.

---

[42] **Shalom bait:** Paz do lar.

[43] **Ticun:** Conserto, retificação no sentido psicológico ou espiritual.

[44] **Get:** Lei do divórcio.

O *mazal*[45] de Zult com Belle Lindt foi costurado do alto. O *shiduch* veio pronto. Sem saber, combinavam com um requinte improvável. Belle amava a vida prática, Zult oferecia referencial teórico. Ela dominava a arte da culinária, ele degustava. Belle, hábil e pragmática, Zult, desastrado e filosófico. Ela, intuitiva, ele, romântico e impulsivo. Nela, excessiva *guevurá*, uma formal severidade, nele, a *chessed* era o atributo emocional intenso. Mas a bondade não era incondicional e então a mistura gerava mais beleza.

Com tantos contrastes a identificação era pobre e a complementaridade, interessante. Conforme o multimilenar costume, as famílias arranjaram o casamento. Shim Lindt tinha restrições ao jovem Zult, afinal sua fama de polemista desde os tempos da faculdade de filosofia vazara nos meios chassídicos. Mas as reservas do sogro não eram exatamente afetivas, pois de alguma forma apreciava a autenticidade libertária do genro. Desse modo tudo transcorreu bem no noivado, que durou cronometrados vinte dias. Só muito tempo depois Zult ouviu de Shim que compartilhava sua aflição pelo que enxergavam no meio judaico.

No começo da vida no *colel*, o local de estudo para religiosos casados, Belle seguia a tendência constrita e reclusa do pai. Esse estado mudou depois que Zult começou a seduzi-la com poesias. No puro estilo bíblico o poeta demonstrou, mais uma vez, que esta habilidade ainda é apreciada quando se trata de agradar o outro gênero. Belle separou o que mais adorava entre todos os poemas. Guardou o pergaminho original, dobrado in-quarto. Acondicionou-o numa caixa de prata tcheca com entalhes delicados de motivos florais, que usava em um colar, junto com a tradicional *maguem David.*[46]

Na presença do escudo da casa de Davi, a poesia, que poderia ter se inspirado no *Cântico dos cânticos*, estaria aderida como um talismã. Como se fosse um salmo apócrifo, Belle recorria a ela em momentos de aflição.

---

[45] **Mazal:** Sorte.

[46] **Maguem David:** Escudo de Davi, representado por uma estrela de seis pontas que se tornou o símbolo do povo judeu.

> "À tua flutuante passagem árvores iluminam-se,
> na distância forçada dos teus enfeites,
> elas se guiam,
> nos teus olhos, dentro deles,
> mergulho em busca do quê?
> da tinta sedosa que nos alimenta."

Ali, como em todo o reino da poesia, nada havia para ser provado. Belle tomou aquele trecho como uma declaração tão importante quanto sua *ketubá*, o contrato nupcial.

Durante o casamento, como era de praxe, Zult usou a camisa do seu *maspiach* na cerimônia nupcial. Teve uma experiência e entrou no estado de *devekut* espontaneamente. Ele escreveu:

Saí do chão para beijar uma *ketubá* celestial, encadernada como um majestoso *sefer* com pequenas letras do *tetragramaton* em delicado formato. Meu corpo vibrava, enquanto os olhos alcançavam o livro oculto:

Iud, key, vav, chey.

O impronunciável nome sagrado.

O gigantesco livro pairava abaixo de um *aron há kodesh* simples, um pouco acima de um portão muito fino adornado com flores de reflexo prateadas. Brilho opaco no qual nada era refletido. O alfabeto sagrado figurava no céu baixo e pude sentir que os mestres acertaram, as letras grafadas podiam ser tão importantes quanto os espaços negativos que elas criavam. Comecei a ler os brancos e minha pele granulou como o abismo.

Notei que a micrografia representava uma *menorá*. O candelabro de sete hastes reinava em minha mente, pairava longe, em outro estado de consciência. Tentei voltar para me concentrar nos passos que era preciso que dar até a *chupá* ao ser escoltado por papai e Shim, mas tropecei.

Uma união espiritual é a rotina com as histórias trocadas.

Com o casamento, Belle mudou muito mais do que qualquer um imaginava. No primeiro beijo todo recato foi humilhado, a intimidade faiscou instantânea. Uma relação endossada pela *kedushá*, por regras de pureza introjetadas, os magnetizou por toda a vida. Tiveram sete filhos, três meninas e quatro meninos.

Belle era uma mulher alta, impregnada de beleza sarracena. Cabelos castanhos, sobrancelhas grossas, de traços muito definidos e nariz ligeiramente pontiagudo ainda que incomodamente retilíneo. Seus ossos finos contrastavam com os quadris largos, o que lhe conferia um perfil e contornos atraentes. Sua face longilínea lembrava uma camponesa romena que estivera a vida toda abrigada da luz solar.

Sua pele, aos quarenta e nove, apresentava a maciez dos dezesseis e sua expressão era a de quem acabara de sorrir com imperceptível discrição. A *tzniut*, a discrição e o recato, era anulada pela sua positividade. Toda suavidade era substituída por uma implacável dureza à menor contradição. Seu humor era um enigma para Zult, que apenas entendia que sua beleza emparelhava com a dureza.

Acolhedora com os filhos e estranhos, ela fazia questão de cumprir cada preceito com devoção. Por ser filha única, um caso incomum entre ortodoxos, estava sempre preocupada em ter a casa cheia de gente. Hospedava estranhos, os passantes, as crianças que não tinham com quem ficar durante o dia. Levava a *mitzvá* de gentileza com estranhos ao exagero.

Às vezes sua casa podia ser confundida com um orfanato. Além das suas, dezenas de crianças, que penetravam nos quartos, na sala, no átrio e, no verão, tomavam o jardim. O barulho era terrível, e nem sempre o ensurdecimento era recompensador. Sua relação com o marido era indestrutível, mas às vezes as desavenças acordavam de madrugada, geralmente miudezas cotidianas que minam os casais.

Mishpachá

Como era comum, as filhas de Zult casaram jovens. Ele poderia ser avô antes dos cinquenta. Concedeu *brachot* especiais para cada uma delas. Mas ele não tinha ilusões sobre a continuidade das suas ideias. Nem os filhos nem os genros — homens de negócios ou professores — intuíam a importância de seu segredo. Sua imagem na família não era a de um líder, mas a de um bom homem que precisava das encrencas para viver. Nem seus amigos íntimos desconfiavam do alcance potencial de suas reformas. Ninguém sabia que Zult poderia iniciá-los nas técnicas para alcançar a *devekut*.

Nay era um menino ruivo, quase alaranjado. Tronco amplo como o do pai, mas sem vestígios de sua palidez. Era suficientemente forte para acompanhá-lo como segundo lenhador. A formação que Zult dera aos filhos garantia um arco enorme de interesses. Da arte de *sofer* à de construtor, que, junto com a equipe familiar, exercia na construção das cabanas na festa de *Sucot*. Mas sua verdadeira área de interesse sempre foi a leitura.

Quando Nay fez dezoito anos anunciou que depois da *yeshivá* seria escritor e seguiu à risca o que planejou. Nay já perdera a conta dos volumes lidos. Talvez um quarto da biblioteca do pai. Seu interesse maior estava nos relatos do *Midrash*, a "interpretação" ou método homilético de interpretação bíblica, mas pode-se dizer que lia de tudo. Do hermético Moshe Cordovero ao romântico Ibn Gabirol, de Iehuda Halevy às sofisticações semânticas de Ibn Erza. Sabia que, neste quesito, era particularmente privilegiado. Afinal, a casa dos Talb abrigava uma das boas coleções de livros das quais se tinha notícia.

A biblioteca fora voluntariamente soterrada e escondida pelo menos três vezes. Duas delas, quando os Talb viviam nas bordas do território ucraniano e uma, mais dramática, nas cercanias de Varsóvia. Um dos episódios mais frequentes em *pogroms* era a incineração de livros. Por motivos diversos, os agressores tinham um particular ímpeto contra registros impressos. Detestavam livros, talvez pela concessão destrutiva graciosamente franqueada pelo Santo Ofício contra a invenção de Gutenberg, talvez porque não soubessem ler. Ninguém achou que aquela biblioteca sobreviveria muito, até que um ancestral dos Talb resolveu criar aquilo que seria um *bunker* abaixo do porão e que salvou tanto pessoas da família como a biblioteca. Uma das principais fontes de pesadelos de bibliófilos sempre foi o famoso incêndio da biblioteca de Alexandria. Os Talb desprezavam a polêmica a respeito de os livros incinerados serem idólatras ou suspeitos. Como impõe a história, a compassividade não se daria por uma inexequível solidariedade entre os povos banhados pelo Mediterrâneo. O fato é que a clareira de letras na cidade egípcia provocava calafrios entre os amantes de livros.

Em uma ocasião tiveram que queimar alguns volumes de comentaristas para produzir calor durante um violento inverno semipolar que assolou a Polônia, com ventos que apodreciam até as rochas. Toda madeira escondeu-se sob a cobertura branca. Não tiveram escolha. Escolheram *work copies,* edições em duplicata ou livros que julgaram menos relevantes. Mas era quase impossível. Às vezes os dedos ficavam roxos até que se encontrassem os tais "menos relevantes". Numa tradição em que um livro tem que ser formalmente sepultado podia-se entender melhor o drama. Ao fundo do esconderijo era possível ouvir uma versão de reza para as exéquias de um impresso. E também soluços pelas letras para sempre perdidas. Não é, portanto, tão difícil compreender a versatilidade literária de Nay e sua aptidão para as letras. Nem o amor desproporcionado que se tinha pelos livros naquela casa.

Nay casou-se com uma judia de tradição sefardita, Ida Carvajal, e teve 12 filhos que rapidamente se dispersaram pelo mundo, tendo somente um ficado na Europa Oriental.

O filho primogênito dos Talb, Mazal, havia se fixado na América do Norte — como seus primos tinham feito há uma década —, primeiro nas cercanias de Boston e depois próximo de Nova York, em Morristown, no condado de Nova Jersey.

A companheira de Mazal Talb já nascera na América do Norte. Em mais um casamento combinado, como pede a tradição, os arranjos foram todos feitos por cartas. Casaram e logo mudaram para Boston. Apesar do drama da perspectiva dolorosa de ausência permanente do primogênito, todos apoiaram a travessia oceânica. O noivo não tinha nenhuma aptidão notável a não ser pela força descomunal. Mazal também se formou rabino, aprendeu as lições básicas, mas não tinha a *emuná*[47] nem a liderança do pai.

Zult gostava de pensar que fizera o máximo pela educação de cada filho. Na América, Mazal teve algum sucesso com a comunidade judaica que fundou. Uma grande colônia agrícola ortodoxa onde os bens de produção eram compartilhados pelos trabalhadores. A comunidade faliu depois· de atrair milhares e causar alguma sensação nos anos iniciais.

Dvora, aos doze anos, já era a mais esperta das meninas da aldeia; sagaz e rápida, tinha o hábito de interpelar as pessoas com uma sinceridade desconcertante. Por mais que os pais tentassem demovê-la, ela já tinha incorporado a verdade nua e crua como hábito. E como não mentir era um incontestável mérito na tradição, ficava muito difícil dissuadi-la com argumentos da própria lei. Além disso, desenhava extremamente bem, ainda que a arte não fosse exatamente uma vocação supervalorizada entre os judeus da primeira metade do século XIX, especialmente os que viviam em guetos na zona rural. Autodidata, Dvora demonstrava talento como retratista.

Zult e a esposa tiveram atritos sobre o tema. Divergiam sobre pedir ou não ajuda para ensinar a técnica e aprimorar a habilidade de Dvora.

---

[47] **Emuná:** Fé, devoção.

— Temos que achar... e cuidar dos talentos das crianças.

— E as outras prioridades? — cobrava Zult.

— Mas já estava decidido. Não íamos dar mais chances a eles? Ela pode se desenvolver? Você sabe o que Aba pensava sobre as limitações impostas às mulheres.

Zult consentia, mas o fato é que a penúria e a opção pelo sacrifício eram demasiado evidentes na desanimadora fila de necessidades. Na frente estavam os mais pobres, os mais enfermos, os que não tinham chances. De forma que, voluntariamente, sempre acabavam cedendo as oportunidades aos outros membros da comunidade. Seus filhos sofriam a "síndrome dos corvos", mas compreendiam, balançando a cabeça de desgosto.

Lea era a mais bela. A mais solícita também. Recatada e disposta, quase sempre meticulosa e discretamente arrumada, era uma espécie de provedora. A gerente principal da casa ao lado da mãe. Além de enfermeira honorária, Lea fazia às vezes de parteira quando havia mais de um parto ao mesmo tempo. Ainda com catorze, portanto, apenas dois anos após seu *bat mitzvá*, ela foi requisitada para ajudar num parto difícil a pelo menos seis horas de distância de Tisla.

Com cavalos velozes guiados por um cocheiro afoito, levaram cinco horas para alcançar mãe e bebê que estavam em grave sofrimento. A ameaça de morte era real e Lea pressentiu o perigo. Viu que não era um caso simples. Um parto com apresentação pélvica. Com cautela e precisão levou quase 12 horas para salvar mãe e filho. Presentearam-na com dois cabritos, o que correspondia à tabela informal de honorários.

Havia ainda os gêmeos Lev e Jeramel, que nasceram muito pequenos. Aos três anos já exploravam o ambiente e mostravam talento para a bagunça. Lev era extremamente curioso. Com apenas cinco já havia sido salvo pelo menos algumas vezes pela providência divina. Subir em lugares altos, desfilar em frestas de janelas e brincar com objetos cortantes eram passatempos comuns. Jeramel, por sua vez, era tão pacato que seu pai pediu opinião do médico amigo de Varsóvia. De fato, Jeramel mostrava-se hábil com o único brinquedo da casa, um jogo de xadrez. Quando ele tinha dois anos, seu pai já ensaiava os primeiros movimentos de peça e estimava que lá pelos seis poderia fazer uma partida completa. Mas já aos três movia as peças com desenvoltura. Com quatro ficou praticamente imbatível em Tisla. Lev e Jeramel tornaram-se comerciantes de tecidos e depois emigraram para Eretz, fixando-se nos arredores de Tzfat.

Ainda estamos no deserto?

O tempo tinha um encontro com a velocidade e Zult precisava reavaliar sua vida todos os dias. Não era uma obrigação, mas achava que fazer considerações sobre o dia a dia era o mínimo que deveria se exigir. Tinha saudades dos filhos mais velhos Mazal e Chaya, que havia dois anos regiam suas próprias vidas. Chaya Talb casou-se com Elias, filho mais velho de um dos melhores amigos do pai de Zult, da família Morgenstern.

Num dia sem nuvens a primogênita dos Talb estava exultante. O casamento tinha ocorrido na recém-refeita sinagoga da cidade de Obuda, reduto judaico-húngaro, a alguma distância de Budapeste com bons cavalos. O evento atraiu pessoas dos arredores. As comunidades de Buda, Peste e Sopron compareceram maciçamente.

O pai de Chaya conduziu pessoalmente a cerimônia e, para espanto geral, durante as tradicionais sete voltas da noiva ao redor do noivo na *chupá*, a tenda sob a qual se casam os seguidores das leis mosaicas, muitos relataram sensações estranhas. Eram mais que relatos: fenômenos. Durante anos Elias repetiu a história do que testemunhou naquela tarde:

— O tempo real parou, eu vi, o sol girou mais lento sobre si mesmo.

O pai do anfitrião desmaiou. Uma neve totalmente extemporânea — bem no meio do verão — tumultuou a cerimônia. Zult falava naquele exato instante do maná como provisão celestial inesgotável.

— Não há hora para que o Criador mande o que quer que seja necessário para todos. O maná? Tinha sua hora determinada para cair e na dosagem apropriada para cada um.

Referia-se metaforicamente à epidemia de fome que rondava todas as comunidades judaicas e apelou contra o adormecimento do espírito de solidariedade de Israel. Faltava *achdut*,[48] palavra que pronunciou muitas vezes.

— *Achdut, achdut*, onde é que foi parar essa qualidade entre nós?

Em sua prédica abordou a questão de forma dura e direta. Os ricaços de Budapeste, Moscou e Varsóvia franziram a cara de desconforto, entremeando preocupação e desaprovação.

Belle era sua âncora. Disto, afinal, Zult estava certo. Fora ela, ninguém entendeu porque em *Shavuot*, "semanas" — festa de Pentecostes no dia 7 de Sivan, que marca as comemorações de peregrinação e colheitas e é também o dia no qual o decálogo foi revelado a Moisés —, seu marido decidiu tirar todos os móveis de dentro da sinagoga. Espalhou flores silvestres em volta da *bimá*, a plataforma de onde se lê os rolos da Torá. Sentou-se na grama úmida e ficou esperando as consequências da leitura ao ar livre. A comunidade veio tímida e foi se acomodando. Conforme o costume, viraram a noite.

Zult não escondia sua excitação:

—, Ações públicas. Precisamos disso! Tudo precisa ser público para que testemunhem nosso casamento. O pacto do Sinai deve ser mostrado. É esta a prova de nossa pureza, da nossa tranquilidade. Nossa calma nasceu da tradição de não ter que converter ninguém; não precisamos convencer ninguém. Para fora. — Prosseguia com voz rouca, estirando o braço esquerdo e conclamando os outros com a mão formando uma concavidade.

Os presentes, meio inermes, acompanharam Zult e sentaram no chão. Ninguém parecia compreender bem o que se passava. Alguns interpretaram a inovação como uma afronta, um ato de desafio à tradição. Os comentários tímidos viraram gritos e ganharam imodéstia nas vozes de sujeitos ocultos:

— Será que ele quer que mudemos as tradições? Voltemos aos tempos das tendas?

"Não seria má ideia!"

---

[48] **Achdut:** União, solidariedade.

— Ou ele pensa que ainda estamos no deserto?

"Estamos no deserto."

Ele tinha lacônicos diálogos guardados só para si. Estava certo de que bem pior que incompreensão são as más interpretações. Pois Talb, é bom que se diga, jamais questionou a *halachá*, a tradição legalista do judaísmo, nem o rigor exegético. Aceitava-os como dogmas construídos, justificados, sobretudo necessários. Nas dúvidas práticas consultava o *Shulchan Aruch*.[49]

Então de que duvidava em sua tradição?

Ele já tinha tudo bem enumerado em sua cabeça:

"Dos costumes que faziam as vezes de dogmas. Das superstições paralisantes. Dos fogos ameaçadores. Do mal como alternativa ao bem. Do luxo pernóstico. Das exigências tirânicas da vida comunitária. De uma visão de um Deus inconsútil, impessoal, burocrático, movido por uma constância inercial alimentada pelo medo. De qualquer pacto com Deus que não viesse cercado de amor por *kal Israel*,[50] e que não atendesse à dignidade da promessa da aliança original.

"Todo amor requer intimidade e, se pode haver um resumo, só desejo isso."

Mas era isso, exatamente isso, que a comunidade temia. Que Zult mexesse nos hábitos para expor conteúdos que se recusavam a ser examinados pela leniência, pela procrastinação, pelo medo. Hábitos tornavam-se zonas de conforto e o conforto segrega. Nele, por exemplo, Zult enxergava estagnação e na paciência excessiva, resignação. Na rotina não via ação disciplinadora alguma, só uma regulação canônica maçante, que anulava todo esforço criativo. Tudo porque queria que sua comunidade ficasse viva.

Desejava que qualquer que fosse a relação que seu povo tivesse com a tradição, ela se baseasse em autenticidade. Isso implicava um conceito relativamente simples de operacionalidade complicada: alegria.

"Se eles apenas experimentassem a *devekut*, ousem experimentar."

---

[49] **Shulchan Aruch:** Código de leis elaborado por Iossef Caro no século XVI.

[50] **Kal Israel:** O povo de Israel.

Mas a autêntica alegria — *simchá* — sempre foi conceito intraduzível. Seria uma mistura de júbilo pela proximidade ao Altíssimo e, ao mesmo tempo, uma alegria sobrecarregada pela condição humana. Pura e simplesmente isto. Uma condição na qual o tempo não é regido intuitivamente, mas cadenciado de modo que, por exemplo, ao final de qualquer luto, siga-se vivendo. Milênios de perseguições, exílio, *pogroms* e genocídios não conseguiram extirpar este traço, digamos, racial.

A especialidade desta alegria?

Não era uma alegria típica do consumo. Nem a euforia que acompanha a posse, tampouco a inércia sorridente do acúmulo, dos triunfos pessoais ou da ostentação. Preferia não admitir, mas reconhecia na face de seus paisanos a preocupação, a máxima preocupação, a quase exclusiva preocupação com a *parnassá,* o sustento. Ah! Como era pensada e cantada esta tal *parnassá.*

Quantas paródias depreciativas que faziam casar este povo com o dinheiro. De uma perspectiva histórica, Zult reconhecia como altamente legítima a prioridade. Enxergava os atenuantes numa etnia subjugada. Que sempre viveu à mercê de confiscos, impedida de possuir terras, explorada com taxações inacreditáveis, expropriada, humilhada continuamente desde o exílio babilônico. Isto explicava, ainda que não justificasse, a enorme quantidade de referências — diga-se de passagem, na maior parte das vezes injusta — à avareza dos hebreus.

Preconceito que dimensionava bem a completa ignorância em relação às condições de sobrevivência impostas a este povo durante milênios. Mesmo assim, e apesar de tudo, Zult achava exageradas as precauções para garantir a vida material. Não compreendia internamente por que os negócios e a matéria ocupavam lugar tão central na mente de um povo originalmente destinado à vida sacerdotal. Preferia que a plenitude viesse da alegria do espírito e das ideias.

Ainda estudante, ficou interessado em livros de economia e sociologia. Bisbilhotou e leu os livros do pai. Somente décadas depois recuperou da segunda fileira as obras laicas, entre elas a famosa edição do *Manifesto comunista*. Mas sempre vagou em busca de edições impossíveis que contassem alguma coisa compreensível do socialismo e das comunidades que se espalhavam por toda a Europa.

Zult era sempre cobrado pelo seu ecletismo:

— Vai mesmo teimar em ler estes ignorantes, analfabetos em nossas leis?

— São vozes que falam de igualdade. Falam de um paraíso material na terra! E quem é que não deseja isso?

Mas nosso rabino, diferentemente dos socialistas práticos, não acreditava em processos revolucionários que se impunham pela força das armas. Recusava a retórica populista, e tampouco tinha fé na luta de classes. Doutrinado por um livro que menciona a palavra *shalom* quase uma centena de vezes, não concebia o caminho da violência e da guerra mesmo que, ao final, todos pudessem viver melhor.

Desprezava a opinião dos filósofos sobre a questão judaica e na verdade enxergava bem ali provas da narcose analítica dos pensadores.

Perguntava-se:

"A distribuição das posses é o caminho da justiça? Nossos sábios pensavam a pobreza como acaso ou necessidade? Seria possível que estes autores laicos tivessem se inspirado em trechos do *Midrash* e do *Talmud* sobre a reforma agrária e a regularização da posse provisória das terras?"

As hipóteses seduziam Zult.

— E como este estado de "alegria igualitária" virá?

— Não tenho a menor ideia!

— Você vive fora deste mundo, Zult. Todos querem ser ricos, famosos e acumular. No fim, quando se trata de finanças, a conta é simples: são todos contra todos. Quando há dinheiro envolvido não há comunidade, irmãos ou benesses.

Era assim que seus convivas da cidade grande costumavam ironizá-lo durante os *fabreigns,* quando todos passavam a noite em claro, estudando algum tema talmúdico ou místico, sempre regados por aguardente húngara ou *maská.*[51]

Porém nosso amigo sabia como rejeitar a empolgação anedótica dos zombadores.

Zult continua:

---

[51] **Maská:** Vodca.

—A posse não é uma *averá*. Não há transgressão alguma em desejar coisas. Mas como a Torá não é uma coisa só e é pródiga em mostrar isso, é como se ela sempre nos provocasse para perguntar: "Para que você quer acumular?"

Como sempre, o único barulho é de gente se acomodando nas cadeiras.

— É por isso que a alegria só virá do diálogo com o Criador, num mundo mais próximo da justiça — reagiu Zult, dando um belo tapa na mesa para chamar atenção ao que estava dizendo, depois de um silêncio que não fazia justiça à importância da resposta.

O rabino de Tisla temia, com razão, e mais uma vez, não estar sendo bem compreendido.

Disciplina aparentemente libertária

Zult sabia que a disciplina era só aparentemente libertária porque muitas vezes domava a alma para além do ponto certo. O excesso de regras ditava eficiência, mas congelava o processo criativo. Precisamente ali, perdia qualquer significado.

Frustrado, Zult jamais conheceu pessoalmente os discípulos diretos do Baal Shem Tov. Implorara, sem sucesso, para saber mais detalhes da experiência de Nimitz com o Alter Rebbe.

Ouvia com assombro os relatos das performances do mítico rabino. As famosas noites de floresta na Bielorrússia. Apesar de nunca ter lido nada além desses relatos e partilhar da entonação de canções sagradas, os *nigunim*[52] que encantavam os passantes. Conforme contavam só se tinha certeza que o autor era Israel ben Eliezer quando a música arrepiava a parte interna do ouvido. A tradição oral rezava que seu canto não provinha da boca ou da laringe, aparecia no topo da cabeça.

Aquele homem, não o mito, também dançava para mostrar seu empenho na adoração. Podia imaginar sua dança, que tinha vigor perturbador.

"Ele sabia da *devekut*!"

O próprio tempo parecia sofrer os impactos dos pulos de Baal Shem Tov. Era como se ele pudesse sentir todo o povo de Israel, todos juntos

---

[52] **Nigunim**: Cantos, melodias.

na sonoridade de uma única alma. Em toda geração há justos. E o justo daquela geração movia o mundo.

Lembrava-se de um episódio contado em um *fabreign* no ardor de sessões de *maská*. A vodca absoluta era definitivamente uma desculpa dos viciados, mas, no fim, acabava ajudando a atmosfera, e o clima abria corações e mentes.

Em mais uma das madrugadas gélidas, a seguinte história veio à tona.

Estavam perto da cabeça do mês de *Av* e o *Alter Rebbe*, durante uma viagem, fez todos descansarem perto da entrada de Praga. Ninguém ousava perguntar por quê.

Dias e noites estacionados no meio do nada. Ele e mais dez homens entoando *nigunim* em ritmo místico com a voz quebrada de emoção. Os sons penetram mais em almas impermeáveis. O *Besht* inclinava a cabeça, parecia particularmente interessado na fisionomia dos céus, dia e noite.

Shimon Tor, o mais ousado dos discípulos, resolveu enfrentar sua própria paralisia:

— Rebbe, por que é que estamos parados, olhando para os astros? — Não era época de *kidush levaná*, santificação da lua, e estavam há vinte e dois anos distantes da *bircat hachamá*, a bênção do sol.

— Os céus choram e a lua está sem brilho! — Apontava à lua fazendo um contorno generoso com o dedo. — Depois do que ela testemunhou, é nosso dever retribuir.

Quem, a não ser uma alma dessas, se preocuparia com um corpo celeste como uma entidade viva? Mas a história poderia ter também outro destino: Baal Shem acordou de madrugada acossado por um sonho recorrente. Todos os sonhos são particularmente aflitivos na semana que precede o 9 de *Av*. Baal Shem Tov parecia um radar à espera da chegada de alguma informação, seus movimentos de cabeça eram como uma antena em busca de uma frequência a ser encaixada. De repente, depois daquelas quatro noites, o sobressalto. Sem contar o que acontecia, anunciou que desviariam 200 milhas de seu caminho original. Parecia uma urgência.

Baal Shem levantou-se, sacudiu um por um, ajeitando-se para partir sem esperar por ninguém. Saiu em disparada, com os amigos ainda com olhos grudados. Recolheram tudo e rumaram para um entroncamento perto da fronteira alemã.

— Precisamos ajudar alguém.

Certo, era este e sempre foi este o plano nestas andanças sem destino definido. Como de costume, ninguém entendeu nada. Não era algo inédito. Ninguém entende nada quando se trata das emergências metafísicas.

Estavam quase sem água e a trilha mirava um deserto.

— Podemos parar, mestre?

Israel apressava o passo toda vez que ouvia isso. O silêncio veio rápido.

Depois de um dia e meio de caminhada chegaram, na quinta-feira pela manhã, numa vila qualquer. Baal Shem estava montado em um de seus dois maltrapilhos burros. Suas pernas tremiam pelo jejum involuntário. Com ajuda dos que o rodeavam aportou-os na estalaria e foi em direção à casa de orações sem ir ao *mikve*, o que não lhe era nada habitual.

— Faremos o *mikve* aqui — indicando o lago Dvoriste.

A ablução ritual destes banhos nas "águas vivas" mudava drasticamente o estado do corpo e da alma. Afetava a pele, os órgãos internos, a vitalidade, a fertilidade. Dispensá-lo não só não era usual como beirava a irregularidade em alguém tão observante.

O "mestre do bom nome" chega faminto e afoito, é nítido que está sem ar. Ao chegar não consegue falar. Segura o peito com as mãos espalmadas. Depois dobra seu corpo para apoiá-las sobre os joelhos. Levanta-se e encosta-se na madeira retorcida de uma estalagem, sob o olhar agônico dos pupilos. O ar entra lentamente.

Aborda diretamente um menino pequeno, anormalmente pequeno. Só de perto pode-se ver um adulto. Um semianão de trinta anos. Tem os membros encurtados e óbvios problemas de desenvolvimento. Ele está sentado desbastando algum graveto, olhando com a cabeça na diagonal para um horizonte pequeno. Baal Shem aproxima-se e pergunta diretamente, sem rodeios:

— Irmão, por que essa tristeza?

— Tenho motivos para não ficar assim? Sou um pária defeituoso. — Falava calmo, apontando para seus membros encurtados que balançavam sem apoio. — Me impedem de fazer *aliá*, então fico por aqui, afiando madeira.

— Qual o seu nome?

— Israel bat Mazal — ele responde com incômoda servilidade.

A prestigiosa leitura do Livro, a *aliá*,[53] era uma espécie de consagração de qualquer judeu, a redenção do dia a dia. Ali, na aliança, se igualavam judeus comuns e ricos, eruditos e iletrados. Mas há muito tempo este acesso como símbolo de equidade esfacelou-se. O simbolismo da equidade foi sendo substituído pelo ritualismo vicário e por uma hierarquia que espantava a justiça.

Baal Shem perguntou pelo autor do veredicto:

— Quem foi que impediu a leitura?

O pequeno homem de mãos toscas apontou para dentro do *shil*, abanando com dedo em dúvida. Achou um bedel que confabulava com o *chazan* e o gerente local, o *gabbai*.

Baal Shem invadiu a sinagoga e agachou-se. De forma grotesca arrastou-se até o bedel. Somente ao chegar, rastejante, a orgulhosa dupla notou a bizarra presença, chocada pela afronta. O bedel ficou incomodado por ter notado o desconforto entre os presentes que se preparavam para a reza de *shacharit*. Tinha pavor, mas só de escândalos.

— Hã? Pois não, o que o senhor deseja? — Sua voz tremulava no cinismo, seu olhar era tão falso como obsequioso.

— Ler... a Torá? — prosseguiu, sem constrangimento e com um olhar centralizado no interlocutor.

— O senhor não pode ler em pé?

— Não.

— O senhor é Cohen?

— Israel!

— Mas quem é o senhor? — devolve o gerente, desta vez petulante.

---

[53] **Aliá:** Subida. Momento em que as pessoas são convocadas para subir na *bimá* e ler porções da Torá. Também usado hoje para designar a imigração de judeus para a terra de Israel.

— Israel! — Baal Shem Tov não queria ser identificado, mesmo porque, dependendo de onde fosse, isso poderia ser perigoso. Ao mesmo tempo, não ousaria mentir.

— Seu nome? — Com sólido desprezo.

— É isso que importa? — Baal Shem sabia muito bem que informar seu nome completo era necessário para ser chamado à *aliá*, mas queria falar o nome do novo amigo para dar como consumada sua chamada à leitura. Diagnosticou a irritação: o obstáculo interposto pelo gerente não era defeito corporal do outro Israel, apenas um controle excessivo maquiado, justificado pela simplicidade do cidadão. Após cogitar um tanto e sem muita convicção, o gerente local ordena contrariado ao servente da sinagoga — com o queixo imperativo dos que acumulam pequenos poderes:

— Preparem a *aliá*...

Baal Shem chama o pequeno homem, indicando a posição que deve assumir. Ele então se interpõe com timidez e desliza seu corpo para ficar entre nosso rabino e o do *chazan*.[54]

— Israel bat Mazal! — anuncia o *Besht*. — Se eu rastejei e posso, um leitor que pode andar precisa também ter o privilégio.

Só então dá o caso por encerrado. A perplexidade age decisivamente em seu favor. O anão, de sorriso alienado e sem sinais de vingança, leu seu trecho da Torá com perfeição.

Não foi por acaso que a perseguição do *establishment* judaico aos *chassidim* era implacável. Mais de um processo foi movido contra Israel e seus seguidores pelas ideias perigosas e desestabilizadoras.

Zult torcia, íntima e secretamente, para que a saga destes quase-expulsos desse certo. Sempre que podia, defendia-os da impiedade dos *mitnagdim*. Eram os "opositores", em sua maioria judeus da Rússia Branca. Invejosos da popularidade do chassidismo, eles se concentravam na capital da Lituânia, no grande centro judaico de Vilna.

---

[54] **Chazan:** Cantor ou leitor que dá o ritmo das rezas nas sinagogas.

Contra a nova erudição

Uma luta oculta, das mais importantes, travava-se ali. O formalismo religioso enfrentava a autenticidade espontaneísta. Zult sabia perfeitamente que era uma batalha central. Ela ia para bem além de um conflito político dos judeus lituanos, os *litvaks*, para isolar as "células" insurgentes que chegavam com suas ideias subversivas. O mérito não estava só nas ideias, e sim no caráter popular com acesso universalista que o chassidismo estava ganhando em forma e espírito.

O rabino de Tisla chegou a testemunhar os quase cem mil discípulos do mestre se dispersando rapidamente depois da morte de Israel. Mas sempre que possível oferecia abrigo, alimento e, sobretudo, apoio político para um movimento desterrado e já em declínio.

Desde seu berço original, o movimento atravessou muitas transformações com Iehudá, o Hassid, mas desde a Alemanha da Idade Média, a solidariedade desse grupo tinha como embrião uma percepção visionária das ameaças que pairavam sobre judeus e judaísmo.

Zult não estava pronto para enfrentar sua divisão interna: sentia pena dos afastados da tradição, mas ao mesmo tempo tinha uma repulsa pela inflexibilidade, ainda mais se acobertada pelo rigor religioso. Rejeitava a teoria de que o único acesso ao Criador fosse o intelectual e negava o predomínio hegemônico da erudição sobre a intuição.

Costumava dizer:

— A intuição foi esmagada pela arrogância, pelas racionalizações sobre todos os outros caminhos até o Altíssimo.

Mas igualmente desconfiava das demandas do misticismo frenético que exauria a razão.

Explicou durante um *fabreign* na grande sinagoga de Beltz:

— Nosso conflito nunca foi entre erudição e intuição, nem entre intelectuais e místicos. O impasse é porque a força das interpretações que não mudam se confundem com a preservação da tradição. A falta de renovação se instala contra todas as formas de criatividade. Assim todos parecem se conformar com a mesmíssima coisa e isso os tranquiliza. Mas isso não é o desejo do Onisciente.

Antes de concluir, Zult faz uma pausa, olhando atentamente para toda a audiência com o dedo indicador levantado e em rotação, como se estivesse escolhendo a palavra certa de um menu imaginário.

— A resistência às mudanças é violenta, inclusive contra qualquer nova erudição.

Zult queria denunciar a meticulosidade excessiva, excludente, que desperdiçava a tradição até fazê-la sangrar por todos os poros. Era muito mais do que uma intuição teórica: todos os dias testemunhava a herança perdendo sentido. O esvaziamento dos significados era uma tortura constante para ele porque sabia que depois dos significados eram as pessoas que escapariam.

Ele não publicaria suas previsões pessimistas:

"A diasporização será expandida e até pregada como solução. Parte expressiva dos judeus será progressivamente assimilada em um futuro muito mais próximo do que se espera."

Para visitar o novo esconderijo, Zult precisava viajar. Não ousaria mentir, mas não poderia revelar para ninguém a localização exata. Nem mesmo para Belle. Sabia que o texto, se descoberto, era prova documental para suscitar um linchamento. Desagradaria judeus e antissemitas. Não gostaria de se deter, mas precisava do cavalo para ir antes do nascer do sol. Viajava com um pedaço de pão, duas roscas de farinha com manteiga e um pouco de água e vinho. A região perto de Varsóvia era perigosa e havia bandoleiros nas estradas. O rabino seguia por atalhos entre as montanhas enquanto a neve virava lodo nas patas do cavalo cinza, trocado por duas pilhas de lenha fresca. Ao chegar deitava-se no tapete enrolado que deixara na caverna e abria os rolos. Quem desconfiaria de um cemitério abandonado? Não sabia se o perigo ou a sensação de ter escrito o que lia e relia o deixava sob a paz da realização. Ficava apenas algumas horas, fazia pequenas correções com a tinta que tirava de si mesmo. Depois embrulhava tudo de novo e voltava como se fosse um gatuno aproveitando o véu noturno para se livrar dos olhares inoportunos.

Assimilantes e assimilados não se davam conta do equívoco. Mas aos que o acusavam de sempre pintar o pior cenário reservava o seguinte episódio:

Zult tinha excelentes relações com o coronel de brigada da 2ª Divisão do Exército polaco, o cristão católico Raspov Dimenko. Não foi somente o rabino que chegou a considerá-lo um gentio justo. Graças a esta relação favorável e arriscando a própria pele, Raspov tinha salvado comunidades inteiras de *pogroms* fornecendo dicas para o prévio esvaziamento das cidades programadas para ataques. Chegou a invadir território russo para avisar pessoas. Pois esse mesmo coronel um dia confessou sua tristeza.

— Por que diz isso, Dimenko? — quis saber Zult.

— Era bom ver vocês se preparando para as festas. Vocês não existem! — Dimenko parecia receoso em revelar tudo a Zult. Acabou falando:

— Mas nos últimos anos... tem alguma coisa estranha acontecendo... e talvez você possa me dizer o que é. — Dimenko fez uma longa pausa e Zult nada perguntou. — Por que é que de uns tempos para cá vocês se vestem e se comportam como velhos polacos? — Durante esta última pergunta aproximou-se do ouvido do amigo, agarrando-o pela gola do *capot*, como se estivesse para confessar algum segredo perigoso.

Mesmo não sendo pego de surpresa, Zult estava boquiaberto e teve que mentir para si mesmo para controlar a realidade.

— Se você não se importar, rabino, prefiro nossas diferenças — prosseguiu o veterano coronel.

"Um polonês tradicional chocado com a pulverização gradual das diferenças? Ele, justo ele, preocupado com a diluição das culturas, pressentindo o desastre?" Zult pensava fundo enquanto Dimenko concluía:

— Que graça teria se vocês fossem como nós?

Zult só não ficou perturbado porque encaixou rapidamente a informação. Ao contrário do que poderia ter acontecido com seus pares, também não tomou aquela observação como preconceituosa, indicando uma possível distinção negativa. Aquilo não podia ser mais uma efeméride bizarra vinda de um gentio.

Seu semblante se recolheu e ele elaborou o diagnóstico sombrio. Imaginou um futuro de homogeneidade onde todos fossem insuportavelmente semelhantes. Não viu graça nenhuma na imagem de uma congregação de símiles. Uma bola de aglutinação das minorias, de todas elas, até que uma massa amorfa de subindividualidades fosse a única raça a caminhar sobre a terra.

"Prefiro encarar o fundo do solo a ver este dia."

Sentia seu corpo sofrer com palpitações fortes todos os dias, além de engolir suspiros com mais frequência.

Zult fazia enorme força para não julgar. Mas não estava cego para a abundância de juízes. Quando via que as pessoas apontavam na rua para um *rachá*[55] ou um *chacham*[56] com a mesma resolução, duvidava — com o mesmo fôlego — daqueles julgamentos instantâneos.

"Só Ele julga."

Ao mesmo tempo, este autocontrole se tornava cada vez mais difícil.

Diagnóstico similar ao de Dimenko dera seu tio-avô, Isaac Talb, irmão do pai de Menachem. Ele já morava há décadas em Moscou. Numa das raras hospedagens que fez, desabafou para Zult contando o que estava mudando nas ruas, sinagogas e guetos em Moscou.

Depois da longa preleção foi taxativo:

— Parece que isso é uma amostra do que ocorre em todo império — falou displicentemente, com o olhar incendiado por nãos.

---

[55] **Rachá:** Transgressor, pecador.
[56] **Chacham:** Erudito, versado nas leis. Talmid Chacham, um estudioso versado no Talmud.

Isaac era um tipo gigantesco. Um semita escuro. Um asquenaze de pele tão azulada que poderia ter vindo do Congo. Dos seus dois metros de altura, virava os olhos enquanto falava, o que provocava medo entre as crianças. A um desavisado aquilo poderia parecer um pequeno ataque epiléptico. Esse Talb teve formação rabínica, depois rompeu com cada corrente, até também se tornar dissidente do chassidismo.

Desgostoso com os *mitnadeg*, resolveu fundar sua própria sinagoga em Moscou. Ali se juntaram intelectuais dissidentes, religiosos perseguidos por lutas sectárias e membros do "chassidismo autêntico", como ele gostava de frisar com orgulho.

Isaac usava roupas que haviam pertencido ao tataravô e ostentava um chapéu típico dos franceses medievais, mas definitivamente não era mais a indumentária típica do gueto.

Zult ruminava isso em voz alta para si mesmo enquanto mexia levemente na barba, enrolando-a com dois dedos para esticá-la como numa roca.

"A assimilação é um fenômeno silêncioso. Mesmo assim, por que é que não consigo aceitar que deva ser encarada como um problema em si?"

Com apenas dezesseis anos — apesar das proibições e ameaças —, durante uma excursão de fim de semana comprou, em um sebo de Varsóvia, uma edição francesa do *Tratado teológico-político* de Baruch Spinoza. Havia poucas livrarias na Europa e os escassos alfarrábios ainda eram alternativas de acesso a um objeto caro e difícil como livros. Isto numa época em que as "grandes bibliotecas" particulares tinham por volta de cem volumes. Ficou muito amigo do dono da livraria, Meister Tilin, um calvo senhor gentio de origem servo-croata que se divertia com os clientes, às vezes à ofensa. Aconteceu também com Zult. Num primeiro momento Tilin encorajava os clientes a expressarem suas teorias — afinal todos parecem ter alguma —, colhendo o máximo de detalhes possível. Ele induzia, estimulava e provocava. Chegava a anotar as ideias. Suas coletas rendiam as piadas dominicais, os dias de caça aos faisões na Baixa Silésia, quando Tilin gargalhava alto ao relatar para os amigos ricos as histórias insufladas dentro de sua livraria. Aos poucos compreendeu que Zult era diferente, intrigante, e até inspirava respeito. Por algum motivo desconhecido a atmosfera do jovem apaziguava o antissemitismo sanguíneo do livreiro.

Agora não era só um desejo, Zult estava obcecado com a ideia: como salvar as gerações seguintes da assimilação? O que seria de seus descendentes? Foi um ano em que esteve particularmente motivado pela redescoberta de um fato histórico, um achado do qual ele foi o protagonista indireto.

Na sua única visita à Lituânia, dentro da biblioteca central de Riga, enquanto mexia nos livros, deparou, acidentalmente, com um incunábulo de 1462, aparentemente pouco consultado. As referências bibliográficas eram de um historiador belga do século X que relatava um impressionante holocausto — pouco conhecido ou documentado — ocorrido na Terra Santa.

Zult fez uma tradução livre do flamenco e guardou a compilação:

"Entre os anos 132 e 135 da era comum morreram 570 mil judeus, 970 cidades foram destruídas, Jerusalém arrasada. Sobre seus escombros, o imperador romano Adriano mandou construir *Aelia Capitolina*.

"Aelia Capitolina, cidade fechada aos judeus."

Decerto já ouvira falar no episódio dentro das academias talmúdicas, onde era conhecido como o período da revolta de Bar Kokhba. Mas o impacto foi bem diferente ao testemunhar os registros em uma fonte bibliográfica não-judaica. Percorreu cada linha com uma avidez de sobrevivente. O contexto era uma repetição, mas valia a pena explicitá-lo.

Complementou a tradução do comentarista:

"O império romano queria sufocar qualquer semente de sublevação e, assim, conter a expansão das ideias messiânicas em curso. Somando-se todas as rebeliões contra Roma, naquele período de aproximadamente três anos, um milhão de judeus foram mortos nos combates ou assassinados."

Com dezessete anos Zult lera praticamente escondido todo o *Guia dos perplexos* de Maimônides. Aconchegava-se perto de uma antiga fonte abandonada — congelada de novembro a fevereiro — nos arredores da cidade e colocava-se recostado na escadaria de acesso, relendo e sublinhando os trechos mais interessantes ou dos quais discordava. Naquelas margens, surgiram seus primeiros poemas. Como sempre, não se contentava com o rótulo de restrição "herética" atribuído a muitos autores. Tampouco se resignava com os argumentos de "antissemitismo" que seus companheiros de *yeshivá* frequentemente usavam para desqualificar de antemão leituras "perigosas". Tinha lido autores que destilavam ódio aos judeus, mas sabia, ou deveria saber, distinguir estes daqueles críticos que faziam girar as referências e, ao final, colocavam o leitor de ponta-cabeça em relação às convicções anteriores. Às vezes, tinha que lidar com contrapontos abusivos: dentro do centro de estudos, na minúscula sala em que dormia com os pés descobertos, estava com as páginas abertas no *Midrash* ou consultava um tratado talmúdico e do lado da mesa tinha os grifos e anotações em velhas edições deterioradas das obras de Pascal ou Thomas Hobbes.

Naquela idade chegou à conclusão de que tinham mesmo razão quanto aos perigosos descaminhos que a interpretação de vários sábios, em distintas épocas, sugerira quanto ao *Guia* e seu perfil aristotélico. E foi mesmo a partir daquelas leituras que ficou repleto de novas analogias. Completaram-se inéditas ligações mentais, conexões não pensadas. Uma delas referia-se à própria perplexidade.

"Somos todos perplexos", cogitava o jovem leitor, agora autor, pois não há como enxergar a história, nossa própria história, sem doses de espanto.

Num dos últimos *shiurim* antes de desaparecer, explicou:

— O perplexo pode estar menos munido de fé que o crente, mas há nobreza suficiente na perplexidade. A arrogância é somente possível numa raça que espera sempre o máximo e já não se espanta mais — ou esqueceu — com os *nissim*, os evidentes sinais e milagres, que aconteceram em *Mitzraim*.[57]

---

[57] **Mitzraim:** Egito.

Em seu caso particular, o acesso ao texto de Rambam foi mais transformador que o contato com o *Zohar* ou o *Sefer Habahir*, o livro que retomou a cabala no século XII. E, no final, nem entendeu tão bem assim por que o aristotelismo do sábio cordobês foi tão ofensivo para o *establishment* judaico da época.

Foi assim que concluiu no dia da defesa de sua monografia:

— Um judeu pode ser permeado pela cultura geral, conservar sua fé e, principalmente, expandir sua inteligência em interações que não envolviam o sacrifício de nossa cultura.

Afirmou em seguida:

— Ainda que sua contribuição fosse maximizada exatamente pela abrangência das ideias assimiladas e desassimiladas na tradição.

Antes de concluir chamando trechos de *Ética* de Spinoza, se lembrou ainda do meio instável do discípulo de Averróis, Maimônides, e de sua fuga às pressas de Córdoba para o Marrocos por causa da perseguição imposta pelos islamistas na Espanha. Também enxergou a importância da relativa tolerância mútua entre judeus e muçulmanos, pelo menos naqueles tempos em que essas culturas estavam muito mais trançadas e interdependentes.

— O que estava buscando nestas leituras? — perguntou-lhe bondosamente, mais por desencargo que por real interesse, o *rosh yeshivá*,[58] quando soube de sua aventura no *Guia dos perplexos*. David Flawner, o mentor da escola rabínica, bem que se esforçava, revirava-se, mas seus esforços pedagógicos com aquele rapaz sempre malogravam. Simplesmente não entendia. Ele não conseguia alcançar o tamanho do incômodo em seu aluno.

"Por que ele não se contenta em aprender como todos? Por que sempre tem que complicar?"

Por sua vez o jovem Talb, já perto de ter o seu diploma rabínico, sabia muito bem que tipo de informação estava buscando e era capaz de traduzi-la em palavras. Como pavimentar pontes entre céu e terra?

---

[58] **Rosh yeshivá:** "O cabeça" da escola rabínica. O mentor ou tutor de uma comunidade religiosa.

As ligações entre o homem e Deus ficaram tão artificiais que estão desaparecendo da face dos crentes. Por que falta significado na maior parte do trajeto entre os homens e o céu? Assim a religião — que os céus nos protejam — pode não fazer mais sentido. Pelo que entendeu do caldo denso das escrituras, muitos ainda são adeptos formalistas da lei, mas sem crença nenhuma.

Zult repetiu tudo isso ao Rav.

Havia mais um ponto delicado. Zult identificou o abismo: dialogar com Deus não era necessariamente a emissão hipnótica e repetitiva dos sons nas *tefilot*. As rezas tinham que continuar, mas será que assim? Sabia que a sequência de preces havia sido uma forma de garantir constância para chamar a lembrança dos céus desde que o *beit hamikdash, o* templo sagrado de Jerusalém, havia caído. Zult justificou que poderia aceitar esta substituição — das rezas pela entrega espiritual — com prazer e até ficar com os dois procedimentos. Mas, se tivesse que escolher apenas um, já tinha tomado a decisão.

O *rosh yeshivá* foi ficando cada vez mais desconcertado. O incômodo foi migrando do pedagógico ao pessoal. Seu mentor não podia imaginar a perplexidade picando-o de forma tão nociva. Zult não era mais um estudante qualquer. Foi o suficiente para provocar uma reunião extraordinária do conselho de rabinos da cidade grande que dirigia a escola.

— Ou ele é um gênio ou um louco, de qualquer forma parece perdido.

— Os dois? — Alguém zombou, olhando com orgulho para os colegas, a ver se conseguia a aprovação da maioria.

— Estamos formando um inapto para conduzir a comunidade — aduziu outro.

David ficava constrangido mas concordava com acenos discretos.

"Cumprir *mitzvot*, isso é que importa, só isso importa, só isso importa. Ele pode ter razão: melhor se entendermos!"

Saíram em sua defesa os dois mais velhos do conselho, que rechaçaram todas as alternativas e mantiveram o *status quo* do aluno quase formado, mas antes recomendaram expressamente que as leituras fossem mais controladas. Alguns textos de Maimônides ainda eram perigosos e uma moção de censura ao *Guia* foi mais uma vez emitida.

Mazal Tov

Final de tarde de fim de inverno, Zult e Nay estão acomodados próximos à árvore gigante perto da cidade grande. Há neve fresca, recém-dissipada pela chuva. A névoa esconde a raiz que está na superfície e é enovelada como um torniquete. Nay não compreendia bem por que o pai sempre o levava lá.

Murmuram uma canção da qual não é possível distinguir a letra. A vibração aumenta até que Nay olha para o pai, apontando para algum lugar acima da árvore.

— O que tem lá em cima, Aba?

— Não sei — responde sem compenetração.

— Ali, bem atrás da árvore, não é um espelho?

Zult dirige o olhar para cima, fazendo continência com a mão para não ser ofuscado pelo sol mais inofensivo da Europa.

— Reflexos, não há vidro nenhum!

— Esta árvore vai estar bem aí depois que formos embora?

— A árvore, não as folhas.

— Podemos nos encontrar de novo, Aba? Promete?

— Viveremos mais vezes.

— Aba? E as perguntas?

Sentados num pequeno banco de madeira sem encosto, repartem um figo fresco e comem *chalá*, o pão trançado.

— Quais? — Zult despacha, enquanto mastiga o penúltimo pedaço e se livra dos farelos em sua barba, usando a mão direita como espanador.

— Todas que fiz ontem.

— Não tenho respostas.

— Pai, não quero respostas.

Zult, surpreso, apenas olha com um "não?".

— Só quero saber o que achou das nossas perguntas?

Zult está paralisado de alegria, mas só deixa escapar uma cara pensativa.

"O Todo-Poderoso me deu um filho que sabe perguntar.

Quando não existem respostas é que se conhece quem pergunta."

— "De onde vem a boa sorte?", essa foi a melhor pergunta!

— Não tem resposta, tem?

"Como para nenhuma das outras", Nay respeitosamente complementa em pensamentos.

— *Hayim!* A vida é *Mazal*!

Zult estende a mão ao filho e entrega-lhe um bilhete. O papel está dobrado e lacrado.

— Só abra isto aqui quando você não souber o que fazer, promete?

Nay aceita e como uma ovelha submissa enterra o papel no bolso com um sorriso.

Imediatamente levantam-se. Começam a girar. Sem som nenhum, cantam uma rapsódia ancestral e dançam, enquanto olham as folhas que caem para molhá-los a distância.

Deus não precisa de nada

— Pai... Pai... — insiste Nay

— Onde é que eu estava mesmo? — Zult parece ter sido acordado com um susto.

— Você parou em "que querem tudo de nós...".

— Ah, sim! — Ainda com a expressão abobalhada. — Quero dizer que nos pedem demais. Não podemos dar tanto. Já deveriam ter compreendido.

— Quem são eles, Aba?

— Os outros, as pessoas.

— Mas e Deus?

— Deus de nada precisa.

— Como assim, nada?

— Ele nos doa a vida. Essa é a maior prova de que ainda temos algum prestígio. Mas Deus, ele mesmo, se retirou do mundo. Não temos mais notícias diretas, isso está assim desde o desaparecimento do segundo templo. Se pudéssemos exigir qualquer coisa Dele, pediríamos que Ele enfrentasse o que criou. Que nos desse a chance de mostrar que crescemos e que vamos proteger o mundo.

Um silêncio agudo, de segundos, espera por algum desfecho.

— Nossa Terra é sagrada!

Zult prossegue:

— Uma hora qualquer a natureza também se esconderá. O que fizemos com as florestas? O que aconteceu com a cor do céu? — aponta para a única janela da casa, de vidros turvos e empedrados.

A plateia fica confusa, mas parece sem energia, ninguém interrompe.

— Já devastamos o vale do Nilo. Secamos o rio Jordão. Enormes máquinas surgem em Londres e em Nova Amsterdã para substituir as pessoas. Aqui mesmo, na Polônia, fazendas enormes queimadas para dar lugar ao quê?

"O que será que ainda nem sabemos?"

Novo silêncio, que, desta vez, pesa.

— A natureza também contém Deus, Ele está mimetizado numa criação que nós negligenciamos, da qual só cabia a nós cuidar.

Zult era cuidadoso e propositalmente hermético. Tinha sempre a preocupação de separar-se das acusações que pesaram contra Spinoza e que culminaram com seu *cherem*.[59]

A expulsão da sinagoga era um evento pesado e dramático. Ainda que nem mesmo os tribunais mais reconhecidos pudessem destituir um judeu da condição de judeu. Uma expulsão que não era uma expulsão. Mais uma curiosidade desta peculiar tradição.

Depois que o recinto se esvaziava, pensamentos de perseguição ameaçavam Zult:

— Nay, cuidado, veja lá com quem você comenta nossas conversas. Muitos não entenderiam. Iriam trazer olhos acusadores sobre nós. Você sabe, há mais juízes que réus.

— E do que nos acusariam?

— De qualquer coisa. Que você andou comendo alimentos *taref* ou que leu livros proibidos ou ainda que suas dúvidas são miragens da descrença.

Nay se esforça, mas realmente não consegue compreender.

---

[59] **Cherem:** Cerimônia pública, também chamada de *nidui*, que indica a exclusão e o repúdio da comunidade frente ao transgressor. Faz-se soar o *shofar*, apagam-se as velas, e maldições são proferidas.

— São meus pensamentos. Não posso permitir que você assuma a culpa nem que sofra as consequências.

Nay faz silêncio antes de terminar:

— Mas o que posso fazer? As dúvidas vão e voltam na minha cabeça!

Zult fica pensativo e calado. Nay persiste:

— Aba, quem é que vai responder?

Diálogos nascem do movimento dos corpos

— Mas qual tipo de diálogo? — Alguém que, no início sentado lá atrás no pequeno *shil*, levantou a mão para se identificar.

— Diálogos nascem do movimento dos corpos. Precisamos de ação e fala. Nessa ordem. Principalmente ação. Afinal, como afirma o tratado *Kidushin*: *gadol haTalmude shehaTalmud meivi leiedei ma'assé, a* grandeza do Talmud está no fato de que ele nos leva à ação.

Interrompe para fazer uma expiração forçada e dar um ritmo final à conclusão.

— E as ações só podem ser pelo bem coletivo, o conjunto de consciências prestou atenção: faremos e ouviremos.

Seus poucos alunos aprendiam uma coisa em primeiro lugar. Olhando de fora parecia uma dança. Irradiava-se como movimento. Repetia de forma veemente enquanto sua fórmula carregava um signo hipnótico:

— Ouçam.

Enquanto falava prosseguia movimentando-se, a cabeça para cima e para baixo, como se um transe ocupasse toda a sua vontade.

Primeiro sentava-se no chão e tentava adormecer a mente. Depois se levantava e se movia de tal forma que suas mãos e pés entrelaçavam-se como roscas. Passava a girar como se estivesse acenando para alguém com uma vela acesa na mão. Falava uma língua desconhecida. Misturava gemidos, grunhidos e idiomas. O mais bizarro era que os sons pareciam fazer sentido pelo ritmo. Um significado dado pela frequência.

— *Ah maret, maret, donni aleph. Tovit, tovit, graum, mazeinshh nesh, bazamit, bazmit, baaai, unhhhhhhh. Tekoch, tekosh, le o lam uhhhhmmm.*

Cantava como se sua cabeça ficasse mais leve, e sua pele tinha um agradável formigamento. Apenas por testemunhar a coreografia da *devekut*, mesmo aqueles que nem sabiam do que se tratava se diziam instantaneamente afetados. Se não transformados. Seu corpo era torcido. Um indefinível cheiro adocicado embebia o ar. Nenhum deles sabia dizer que novo estado era esse. Curiosos passaram a ter coceiras na língua. Zult passou a tomar mais cuidado ao escolher os lugares para a prática dos exercícios espirituais.

Segurando um desfigurado chapéu, impunha expressões alternantes de alívio e sofrimento. Uma mímica errática cobria sua face. Só nessas ocasiões sua terrível palidez cedia lugar a uma brancura aceitável. Suas pernas eram tão rápidas nos solavancos e impulsos contra o solo — bailarinas francesas poderiam invejá-lo — que não era possível mais identificá-las com a visão. Uma dança estranha, sem planejamento, sem estudo. Quem o visse, no vazio coreográfico, não hesitaria em chamá-lo de *mishiguene*, um completo maluco. Sem uma única gota de álcool no corpo, era fácil ver que estava tomado pelo vapor etílico do espírito.

Girava, pulava, batia as asas e deitava-se no chão.

Era tão fácil:

"A Grande Presença sempre esteve aqui, é só deixá-la entrar. Meu espírito é livre!"

Sua alma adorava aquilo! Não havia obrigação, só prazer.

Como prática regular, costumava rodopiar com os filhos e esposa. Para praticar a *devekut* em família, preferia os domingos. Esperava pela dança sagrada. Já não poderia viver sem isso. Sagrada e frenética, já que tudo começava como um rumor interno. Gradualmente surgiam movimentos que excitavam o corpo com calafrios agradáveis. Primeiro ele ia só, em seguida os filhos e a esposa. Podiam ser todos malucos, mas estavam unidos.

Junto com os discípulos praticava três vezes ao dia:

— Agora!

As vibrações sugeriam mistura de fasciculações musculares e pequenos tremores em minicatarses com entoação simultânea de palavras fortes e... muitas vezes incompreensíveis para quem as pronunciava.

— Aihhn, iassset cussat.

A linguagem que misturava idiomas, termos indecifráveis, tinha um significado para quem ouvisse. Até poderiam acusá-lo de praticar um mantra, mas era um canto de entrega que acompanhava o ritual. Uma música de vogais.

— Aiii ai, aiii ai ai ai ai, i aiiii.

— Antes mover-se que olhar — prosseguia esbaforido com a intensa agitação, estremecido pela desarmonia dos movimentos.

Esta educação que ele chamava de "prioridade dos sentidos" foi fundamental para construir seu projeto próprio de escola. Quando reformou a grade curricular do *heder*[60], a oposição no educandário judaico foi mínima, não por respeito a Zult, mas pelos resultados práticos que conseguiu com os alunos.

Sua pedagogia era dominada por exemplos. Era raro censurar alunos. Jamais em público. Repreensões deviam ser recitadas como elogios. Ficava entusiasmado com a ideia de que durante cada nova leitura estava mais treinado e, assim, apto a descobrir novas relações entre as palavras e as coisas, entre movimento e vontade. Compreendeu a natureza oral-musical do judaísmo. Carregava seus alunos junto com suas ideias e fazia isso às vezes em rondas peripatéticas. Ganhou alguma fama por sua sagacidade pedagógica, enquanto aumentava drasticamente a pilha de desafetos.

— Mas de onde ele tirou essa tradição? Quer misturar coisas? — Era o que se ouvia de Tisla a Varsóvia.

Era muito difícil, senão impossível, explicar a uma comunidade rígida que o que fazia era baseado em princípios conhecidos que o judaísmo estimulava. Por isto não se explicava, nunca explicou. Não valeria a pena qualquer novo desgaste.

"A adoração ao Criador sempre foi um mistério. Foi bom até aqui. Mas não mais. Chega!"

---

[60] **Heder:** Escola judaica de ensino fundamental.

— Chega!

O sagrado não permitia compartilhamentos pelo ensino, só pela experiência. Avisava que para compreender seria necessário entrarem juntos nos transes, que eram ao mesmo tempo irrepetíveis e pessoais.

— Ninguém mais deve ser movido pelo temor.

Ali, empiricamente, provariam em suas próprias peles a experiência de testemunhar a sagrada presença, a *Shechiná*. Esta avaliação de que a qualidade dos exercícios espirituais era a essência da entrega, de que o que importava, acima de tudo, era a experiência espiritual, lhe valeu, de novo e mais uma vez, inimigos no conselho rabínico polonês.

A cidade se agitava às vésperas de toda reunião desses líderes. Esperavam-se sanções contra as exaltações místicas dos *chassidim*, Zult entre eles. Entretanto elas não ocorriam.

Zult não estava mais preocupado com sua imagem pública. Assumia que era um líder espiritual, não um emblema político. Sua ingenuidade era patente, mesmo assim mergulhava nela como se num cobertor apertado. Sua simpatia pelos dissidentes era óbvia. Pois descobriu mais uma: a opção trapista do polêmico rabino Nathan de Chernobyl.

Nathan se vestia em farrapos, pregando o desapego à aparência, às posses e renúncia à matéria. Segundo ele, eram estes "vícios" que dificultavam qualquer proximidade sincera ao Criador. Mas a admiração de Zult pelo erudito andrajoso provinha de muitos lugares: o desapego involuntário, a anarquia das formas e o desafio que se impunha como vanguarda. Nathan usava o desleixo corporal como provocação aberta à ordem. Por onde passava deixava rastros que alternavam consternação e escárnio, além de alguma sujeira.

No inverno de 1831, Nathan cruzou a Morávia e foi apedrejado por crianças na passagem do rio Tvesca.

— Olhem o judeu mendigo, olhem o judeu mendigo! — Crianças cantavam o jargão jogando pedras que não alcançavam seu corpo.

Nathan entrou na mata para se despir e banhar-se.

— Um judeu sujo, mais um judeu sujo.

Desta vez o coro vinha dos agricultores que, passando, presenciaram o banho.

Nathan movia-se docilmente, como se não sentisse a dor da picada do insulto, nem a alegria do elogio. Recolocou a única muda de roupas limpas e ajeitou sua barba e cabelo antes de entrar na cidade:

— Judeu mercenário, judeu mercenário.

Agora era a vez de os comerciantes da cidade acusarem-no de ser o emissário cobrador de um agiota qualquer.

* * *

Ainda em Varsóvia, enquanto rodava as máquinas de prensar para imprimir o semanário *A Voz Iídiche*, seu pai lhe ensinava, improvisando a fumaça num cachimbo de palha búlgara:

"Desordem. Depois, se possível, algum progresso."

Do Alto houve uma resposta

Foi já casado e líder da minúscula comunidade que seu decisivo partido — ficou claro. Foi numa noite gelada onde todos desceram para festejar *Lag Baomer*. Era outono do ano de 5604. Enquanto aquecia as mãos perto da fogueira festiva teve um lampejo que incendiou seus dedos.

"Preciso registrar essas experiências, a *devekut* é a única esperança."

Alguém precisava saber. Tomado por um ímpeto criativo atípico, selvagem, precisou de grande quantidade de pergaminho e tinta, um escasso pigmento vermelho, para escrever o texto. O texto que, talvez, fosse sua única contribuição à humanidade. Nunca se esqueceu da sensação aflitiva intolerável: escrever ou morrer.

Belle se preocupou com sua expressão de alheamento. Naqueles dias, um torpor soberano invadira seu marido, roubando seu empenho para as tarefas ordinárias. Zult sentou-se durante uma semana sem levantar. A casa esfriou. O papel era manufaturado a partir do tradicional tratamento dado para a pele de cabrito, e a tinta, obtida artesanalmente. Escreveu, modificou tanto, aplicou tanta força, que várias vezes a pena perfurou e rasurou o pergaminho.

Zult experimentou outra alegria. Não sabia se era o regojizo típico dos autores quando finalizam um texto. A alegria ímpar percorria sua mímica, invadia pele e extremidades, passando de todos os limites.

"Não é calor, mas meus olhos estão modificados por uma infusão ardente que me dá a sensação de ter ampliado de forma impossível o campo de visão. O brilho dos objetos e das pessoas mudou. Completamente. Como se a pulsação distorcesse o panorama visual. Como se a visão e o batimento das artérias fossem um só. Como se uma maturidade instantânea e uma alegria infantil tivessem se instalado em mim ao mesmo tempo. Havia uma certeza, uma única, que até então eu, confesso, não julgava possuir."

A pena correu com inspiração loquaz, enunciando um automatismo que, de início, o chocou. Duas partes, a primeira digressão, e a segunda, a menor, a síntese do que precisava falar. O título, deixou para colocar depois. Ao reler as 36 páginas que o consumiram naquela tarde, Zult chorou. O choro nem interpelava suas pálpebras porque eram as infalíveis lágrimas da exaustão. Um choro por todos os choros. Tinha conseguido sintetizar, juntou todas as correntes em uma e conseguiu: apresentou a *devekut*.

"Depois de tantas tentativas... não há página perfeita, mas esta coincide comigo."

Não o fazia pela alegria do acabamento, mas pela matéria bruta, normalmente não lapidável, que acabara de produzir. Jamais mostrou o que escreveu para ninguém. Trabalhou no texto por 12 anos até que achou um nome. Aí assinou o documento com suas iniciais, dobrou e enrolou as sessenta e três páginas, guardou num pequeno tubo de couro cilíndrico gravado a ferro com a letra hebraica *shim*.

Diante do espelho improvisado no vidro da sala notou que suas lágrimas estavam diferentes, com uma espécie de cristalização semiopaca. Um tom lacustre que lhe embaralhava os olhos. Lembrou-se das noites

198

nas florestas e, por horas a fio, resistiu a acreditar que uma crise ainda maior se avizinhava.

"Os gatos, onde estariam?"

Era *Lag Baomer*. Não podia imaginar que, no meio daquela noite, aquecida por fogos instáveis, o sol pararia bem à sua frente. Dali em diante, Zult compreendeu que precisava retirar-se gradualmente da vida que levava.

— Chega!

No dia seguinte, escreveu três cartas, nas quais renunciava ao posto de rabino-chefe da cidade. Também não seria mais o presidente vitalício da casa de benefícios ou do conselho do *chevra kadisha*, que administrava os cemitérios e os recursos das doações. Por fim comunicava seu afastamento de uma das comunidades que, de uns anos para cá, mais sistematicamente o convidava para falar: a grande sinagoga de Varsóvia.

Renunciou ao cargo de editor do cambaleante *Idish Kol* herdado do pai. Nunca mais rodou nenhum número: não havia mais interessados.

Naquele mesmo dia, uma incerta calma impôs-se ao seu corpo. A exultação se espelhava nos órgãos. Se a *Shechiná* existisse do modo como ele a imaginava, exatamente assim seria a sua manifestação. Queria que seu corpo lembrasse do momento. Forçava o punho para gravar a memória do que estava experimentando.

A anotação final daquele dia espelhou bem os sentimentos de Zult:

"Ali, naquela hora, uma devoção fina, trabalhada, incrível, me fez entender a Torá da mesma forma que, num ilustrado dia, Moisés olhou para o Alto e soube, das extremidades até o coração, que aquilo fora um ápice para a humanidade. Que o Deus de nossos pais, o Deus oculto, aquele da redenção, o Único, havia finalmente relampejado em minha face."

Zult pensava em Belle como a pessoa certa para a propagação das suas ideias. Dois anos antes, ela agira cogitando uma publicação. Recolhera do meio do caos muitos textos, a maioria não assinados ou datados. Arquivou os manuscritos, etiquetou-os, numerou-os e imprimiu-lhes uma sequência catalográfica.

Mas Zult não conseguia a paz. Sua estadia no Oriente ainda era usada como pretexto para acusações de "práticas estranhas". Sua responsa e defesa foram incluídas por Belle neste acervo, que deveria ter sido entregue a um dos mais consistentes editores judaicos em Amsterdã. O plano era publicar as obras completas, em edição bilíngue hebraico/polonês.

Nunca aconteceu: os originais desapareceram.

Zult estava dividido. Incerto sobre a imortalidade, duvidando da bem-aventurança de sua alma. Confiava na transcendência, mas era um autor vaidoso o suficiente para querer ser admirado por legiões anônimas. Sabia que um livro impresso poderia ser mal recebido. Ou era só mais um dilema vulgar que atormenta os escritores? Como qualquer outro texto, o seu tinha potencial para provocar dúvidas de que nem ele suspeitava. Mas o poeta já havia se adiantado: decidiu que o livro seria considerado inadequado nas comunidades judaicas em quase todos os países. O mal-estar do período das *yeshivot* se repetiria. Ele seria acusado formalmente de usar referências extemporâneas e suscitar "dúvidas nos corações dos crentes". Os poloneses e oficiais russos ficariam irritados. Os filósofos o desprezariam e os críticos literários, bem, com eles não valia a pena se preocupar.

"Para que publicar com todas essas desvantagens?"

Soube por um *shohet* embriagado que o cemitério da rua Wolska estava sendo reformado. Tremeu quando ouviu a confissão de meias-verdades do alcoolista:

— Encontraram um monte de esconderijos por lá!

Zult sabia que estava perdido. Seus olhos não encontravam parede para se acalmar. Precisava saber o que acontecera com os arquivos. E não podia sair antes do fim do dia. Deu um jeito, saiu e voltou.

Naquela noite acordou com o vento e pensou:

"O que está acima de tudo? O segredo! Alguém precisa receber isso."

Na mesma noite, entrou mais silencioso que de costume nos quartos, pediu pelos filhos adormecidos enquanto modelava os corpos com as cobertas. Concentrava-se numa devoção definitiva. Beijou a testa da esposa que dormia tensa com algum sonho, e a mesma petulância de sempre no semblante.

Rogou que tudo, menos o supérfluo, lhes fosse concedido.

Zult fez uma pequena trouxa com roupas, agasalhou-se em dobro. Depois, em absoluto silêncio, acondicionou a segunda parte do manuscrito, tendo o cuidado de rasgar a parte inferior direita da última página.

Picotou-a até construir a forma de um triângulo, retocou a letra B e colocou-a na caixa de prata de Belle, junto com todo o dinheiro, uma pequena miséria, que estivera guardada dentro de uma tábua solta da parede do quartinho.

Selou com a língua as outras páginas e dobrou tudo até caber no tal cilindro de couro. Tampou e com pressa desceu a montanha rumando, dentro da madrugada áspera, na direção oposta à de Varsóvia.

Do Alto houve uma resposta, e Zult compreendeu que terminara.

Livro II

A balada de Yan e Sibelius

Notícias de horizonte

Sibelius gira o pescoço, a rotação é anti-horária. Busca notícias do horizonte inexistente. Abaixo, só as estações desertas. Acima a penúltima, a inatingível estação VIII, a um passo do cume da montanha pelo lado leste.

Segue prolongado suspiro, um murmúrio que podia ser sentido à distância.

— Então, vai, fala logo, o que é que está incomodando?

— Do início?

— Tanto faz!

— Eu vim com você até aqui, isto implica responsabilidade, sabia? Estamos juntos nessa.

— Pelo amor aos céus, olha onde é que estamos! Isso aqui é uma jornada para lá de perigosa.

— Posso terminar?

— *Go ahead*!

A noite cai pesada dentro da tenda abaulada por rajadas fortes. Revezam de lado, já que dormir do lado abaulado é uma enorme desvantagem. O vento molha.

— Meu voto é que temos que subir. Estamos perdidos. Todo mundo já tinha descido na estação VI. Somos só nós dois agora.

— E daí?

— Nós somos os responsáveis. Nós é que decidimos arriscar. Agora não dá mais para descer e ninguém vai desistir.

Sibelius faz silêncio,

"Você é quem manda, doutor."

Yan prossegue:

— Lembra? Saímos juntos da clínica de reabilitação. Hoje não sei bem se eu precisava de mais ou menos ajuda que você. Foi mero acaso eu ser o médico e você, o paciente com dependência química. Mas eu não podia...

— O quê?

— Não podia ter te metido nesta encrenca!

— *Too late*, você não acha? Vamos ser mais claros com os nomes?

A barraca armada atrás de uma pequena reentrância na rocha está agora sendo sacudida pelo que esperam seja só mais uma explosão de vento e não prenúncio de deslizamento maciço de gelo. Tudo é precário no acampamento deserto.

É preciso interromper e passar à descrição mais detalhada do lugar onde estavam Sibelius e Yan. Trata-se de uma encosta rochosa, a apenas dois dias de distância da cidade suíça de Davos em marcha acelerada ou três horas e catorze minutos por trem, incluindo uma baldeação cronometrada e neurótica na estação central de Zurique. Como homenagem à Shakespeare resolveram apelidar a expedição de *Fortimbrás*. O elogio tinha caráter duplo. Charles M. Ganfres, o iendário professor e tutor de Sibelius na universidade, também quis batizar um lugar ainda não mapeado no alto Amazonas com este mesmo nome. Lá, no alto das montanhas, não havia rochas aparentes. Só neve endurecida há milênios, e ar rarefeito. Naquela altitude, a sensação térmica podia chegar a -10°C durante o dia, e a -20°C à noite. Tudo isso, antes das modificações climáticas chamadas erroneamente de aquecimento global. É verdade que as temperaturas aumentaram entre 6 e 9 graus em média. Ainda assim o ar, de tão gelado, tinha a densidade iônica das facas, a suavidade da superfície do jade, a limpidez ardida da rarefação.

— Ok. — Esperando que Sibelius conclua com uma afirmação da qual discordará em seguida.

— Eu era "o" heroinômano terminal. — Sibelius arredonda o dedo indicador e o polegar para formar um "o" enquanto pronuncia com sarcasmo a palavra heroinômano.

— E isso importa? De qualquer jeito, dependências químicas. A não ser que você me venha com maniqueísmos.

— Maniqueísmo? Mas de onde você tirou essa?

— E não é? Vocês ainda têm a coragem de me dividir as drogas em lícitas, ilícitas, meio lícitas. Faça o favor! Naquele primeiro dia você franziu a testa e disse com aquela pompa médica típica (lembro direitinho da sua voz): "Isso é bem grave." — Sibelius usa uma voz adocicada grave e irritante.

— Tudo bem, foi meio tosco. Eu não me envolvia direito com os pacientes. Hoje seria diferente.

Talb para e quer mudar de assunto; faz uma expiração prolongada, o silêncio de Sibelius aumenta sua ansiedade.

— Estamos nesta situação e sei que deve haver um jeito, algo que possamos fazer.

— Tem sim, vamos dormir. — Sibelius vira-se para o lado e tenta se cobrir.

— Certo. Não decidimos nada!

— Eu por mim subia! Vamos arriscar. Perdido por perdido — diz Sibelius sob bocejos, chamando a responsabilidade da iniciativa.

O médico não responde.

— Você está ouvindo?

— Fechado!!!

— Fechado o quê?

— Vamos subir.

Roncam imediatamente após tomar a decisão.

Sibelius sonha com um dia de céu limpo, Yan com a sobrevivência.

Entre duas estações

Yan e Sibelius acordam junto ao *crayon* solar dos Alpes depois de decidir que é menos perigoso tentar chegar até a estação VII que retroceder à VI. Uma dúvida ilusória como o silêncio.

Aquela foi a única decisão possível. Encalham entre as duas estações, a VI e a VII, atrapalhados por um bloqueio, uma nevasca persistente que apagou qualquer sinal de trilha que os conduziria adiante. Nenhuma marca nem à frente nem de onde vieram. A maior referência visual, o pico da montanha, agora estava negada aos dois. Descer se tornou impossível. Estão ilhados. Sem escolha, precisam inclinar seus corpos à subida traiçoeira.

— Estamos perdidos, a estação VII deve ser o fim da linha. Por que não voltamos enquanto podíamos?

Não tinham como saber disso, mas a estação VI havia sido varrida do mapa pela avalanche da noite. Se permanecessem lá embaixo, dentro ou fora da barraca deteriorada, já estariam mortos e sonevados.

— Você sabe onde é que estamos?

Yan está tentando desdobrar o mapa com o plano da escalada, luta contra o vento.

Estavam muito cansados depois da tentativa frustrada de montar a cabana laranja atrás da barricada de gelo endurecido. Desistiram, e agora estão andando montanha acima. A reserva do oxigênio pulmonar é contada. A cada vinte passos param para captar mais ar. Por isso, às vezes, as respostas só chegam 50 metros adiante das perguntas.

— Não tenho a mínima ideia.

— Vamos sair, há alguma chan...

— Você diz isto porque é médico... para variar está tentando salvar pessoas, dando uma de herói. Por que você está sempre dourando a pílula? Que tipo de ancestrais você teve? Francamente!

Yan continua à frente. O branco pode chegar, é a nifablepsia. Coloca a mão adiante dos óculos de neve para se livrar do sol. Sibelius persiste, e, se pudesse, gritaria.

— Não tem nada a ver bancar o salvador, olha em volta.

A cada conversa precisam repreencher o ar residual, o que os obriga a reflexões mais prolongadas entre pergunta e resposta. Fora os hiatos alongados quando mudam de assunto.

— Médicos enganam, mas não é por querer.

— Ah, não?

— É uma estratégia com os pacientes para não ter que encarar... — Yan se arrisca, pode parecer defesa corporativa.

— Isso é sedução! Pura sedução.

O dr. Talb para. Descansa as mãos sobre os joelhos para conseguir respirar antes de falar. A falta de ar devido à rarefação é diferente das outras. Ninguém se adapta com facilidade à escassez do comum.

— Tentamos encontrar alguma linguagem possível... pode até ser que sejam fetiches... artimanhas da linguagem para fazer com que os pacientes acreditem...

— Na cura?

— Sei lá, o que seja, cura, recuperação... — A respiração está acelerada demais para qualquer desdobramento filosófico.

Param de falar. Arcam com o peso dos corpos na subida contra o ar, cada vez mais raro. O movimento das pernas e braços era uma cena heroica desenrolada em câmera lenta. Passos na neve recente são traiçoeiros. A argamassa grudada na sola das botas faz tudo parecer mais impossível ainda. A boca dos dois está permanentemente aberta e ressecada, há horas não encontram um platô, nenhum lugar para descansar.

Sempre precisam subir. Qualquer parada é queda. Inclinados a 45 graus para suportar a pressão do vento, precisam torcer para não sofrerem fraturas em alguma grua disfarçada no meio do gelo. Ali uma torção leve seria mortal. Os pés queimam, as mãos, insensíveis. Quantas vezes Yan pensou em se desfazer da mochila para se livrar de 14 quilos obsoletos? Sibelius jogou fora os *cliffs* e os grampões no início da última subida, economizando míseros 3 quilos. Yan pressente que algo grave está acontecendo com a ponta de seus dedos, o formigamento preocupa. Mas não é hora para prognósticos. A ponta da cara dói e ele deduz que seu nariz pode estar comprometido.

Já são sete horas andando sem parar. É quase noite. Os dois ainda tentam buscar o paraíso no final do aclive.

No meio do anoitecer enxergam. Enfim um platô. A névoa despista, mas lá está ele. Ao fundo, um minúsculo abrigo envolto numa nuvem azulada.

A estação VII.

Era um barraco de madeira. Numa escala universal de graus de vulnerabilidades, o lugar até parecia resistente. Leem juntos uma pequena placa de madeira grudada em cima: "Ímpar."

Então era esse o nome da salvação.

"Odds."

Sem suspirar, entram, mas está escuro. Uma casa é o céu. Tateiam até encontrar um lugar para se esticar. Depois de dois dias rangendo o primeiro gesto deles foi retirar as botas. Yan não consegue remover as luvas e pede ajuda, mas Sibelius está com suas próprias dificuldades. O médico enfim consegue arrancar as pelicas e faz um pequeno facho de iluminação com o relógio digital. Na máxima solenidade cochilam. Dormitam intermitentemente. Logo acordam.

— Ajude aqui com isso, por favor. — Sibelius espalma as mãos.

Yan está forçando os olhos e mal vê o que está dentro da barraca escurecida por pinhos enegrecidos. Não enxerga a mão de Sibelius, que está já pensando no que fazer para poupar a pseudoenergia do minigerador obsoleto deixado pelos antigos visitantes. O objeto deve ter uns cinquenta anos de idade. Yan se aproxima daquela silhueta como se a máquina fosse um animal arisco. Dá uns tapinhas no capô da lata velha para tentar acioná-la. Acha a corda. Está grudenta, parece escorregadia, escurecida por fungos. É um gerador de arranque. Puxa uma vez, duas, a terceira tentativa. A magia poderia estar de volta. Inútil. O gerador está inerte há décadas. Em compensação as cãibras chegaram para sempre.

O abrigo era pequeno e retangular. No canto direito um fogão rústico a lenha. As prateleiras da estante embutida no canto direito estão vazias. Latas abertas mofam perto da janela quebrada. Sibelius espana a neve fresca que entrou através do vidro rachado. Pensa que está salvando a comida da "despensa".

— Por que você está emburrado?

O silêncio de Sibelius incomoda.

— Eu fiz uma pergunta.

— Não vem ao caso...

Enquanto isso, Stradivar se sacode para sair do barraco estourado e ouvir a resposta do amigo do lado de fora.

— Era o assunto de ontem, não é? Isso deixou você bravinho? Ok. Você quer a verdade nua e crua? Quer falar sobre a morte, como ela pode ser menos sofrida?

— Não podemos fazer nada. — Olhe só, apontando o dedo enrolado na luva para o termômetro do relógio digital, quase sem bateria. O mostrador, umedecido em volta, registra:

-3°C

— Percebe? Três negativos. Ainda bem que não temos como medir a sensação térmica! — Coloca as mãos na cabeça. — Não podemos nem ir para cima com a tenda detonada desse jeito, não temos mais oxigênio. Nesse gelo duro é que não vamos cavar abrigos de neve... Faz mais de 18 horas que deixamos a estação mais próxima. E agora?

— Temos a base VIII lá em cima. Deve estar equipada, ela é a união dos dois lados, recebe gente de todos os cantos, da face leste à oeste.

— Se é que ela ainda está lá... duvido que tenha suprimentos. Como os guias lá embaixo deixaram claro, "a base VII está abandonada, não tem comida, a base VIII... bem, lá ninguém sabe".

Os dois voltam para dentro sem interromper o que tinham começado.

— No mínimo lá tem outra cabana. Deve ser de madeira. Exatamente como esta aqui. Tem que ter algum recurso. Não podem ter deixado ela tão desfalcada assim.

Sibelius responde com uma respiração forçada.

— Você não perdoa, mesmo!

— Ah?

— Quem tem esperança! Por você nem teríamos chegado aqui. — Yan retoma a sessão de acusações.

— E você diz o que aos pacientes que estão à beira da morte? Oculta que estão à míngua? — Sibelius para o que está fazendo e olha fixamente para o ex-psiquiatra como quem pondera o que vai ser dito. — Faz bem seu estilo ficar se escondendo atrás das palavras. Quem sabe você não faz o belo discurso e forra a passagem do desenganado para o além?

Menos de uma semana e Talb também não aguenta mais as críticas de seu paciente, mas disfarça, retira seu olhar para que ele prossiga.

— Se prepara para o discurso do velório? Enche-o de promessas para o outro mundo? É o que todos fazem. Os céticos são mais diretos e honestos: afundam rapidamente o moribundo, mas pelo menos falam a verdade. Cansaram de "investir" no paciente terminal. — Sibelius encara Talb antes de concluir: — Conhecendo bem você, eu mudaria o acordo. Neste minuto!

O médico estranha.

— Não tem mistério, de agora em diante: só a verdade. Aceita? — Sibelius quer definir um pacto qualquer.

A inquietude dos dois é evidente. Não param quietos. Vão para o lado de fora mais uma vez.

Sibelius exalta-se na voz, mas agora está imóvel como um felino saciado. Usa uma escala tonal acima da usual, grita, fica loquaz. Sua voz tem aquele timbre surrado dos que desperdiçaram todo o fôlego. Yan cogita que há sempre risco de avalanche. Falar baixo evita desastres.

— Não precisa gritar, estou bem aqui. — Tentando colocar o dedo indicador em cima do lábio enquanto se ajeita atrás do banco de gelo endurecido com as costas protegidas pela madeira podre.

— Desculpe!

Esforçando-se para alcançar algo que está em seu bolso posterior esquerdo, Yan retira o objeto com excessiva cautela, apresentando-o a Sibelius que treme de desinteresse.

— Veja isso aqui. Às vezes parece que você acha que eu não sofro. Muita gente pensa isso dos médicos.

Há duas maneiras de não sofrer: esquecer a história ou morrer.

Isto bastou para intensificar o desconforto de Yan. Lamentou quando viu que a foto da família estava umedecida, guarnecida apenas por um plástico enrugado. A foto já tinha se transformado num esboço impressionista sem vestígios das feições originais dos figurantes.

— Que nos aventuramos nisto aqui arriscando tudo e que não percebo que estamos sem saída? Só queria ser... — Então balança a foto para fingir que pode recuperar os rostos varridos pela umidade.

— Você quer ser terapêutico? Francamente, Yan, até aqui? *Give me a break!!!* Vamos acabar com as formalidades!? Você não pode mais ser mais médico — nem meu, nem de ninguém.

— Ah não? E por quê?

— Os papéis originais acabaram.

— Papéis? Quais papéis? — Estranhando.

— Perdemos. Eu já era um sobrevivente, então para mim é como se já estivesse aqui há muito tempo.

— Mas... — O estranhamento aumenta.

— Escapei da ditadura, daqueles párias que mandam nas colunas dos jornais, fugi da política. Não dá para entender que é como se eu já estivesse aqui a vida toda?

— Direto ao ponto. — Yan ironiza o reducionismo.

— Sou um exilarca e todo o resto você conhece muito bem. Consegui sair da heroína. Sei que não foi tão heroico assim, tive que entrar na metadona, mas fazer o quê?

— "Programa de redução de danos." — O terapeuta fala como se tivesse acabado de ler uma placa na entrada do ambulatório.

— E ainda deixei o álcool — suspira —, não é mesmo uma beleza?

— Eu beberia.

— Vinho ou vodca?

— Eu... deixa pra lá. — Desiste, percebendo a catarse em curso.

— Você sabe? Tem ideia do preço? O tratamento me custou o desejo de viver, mas quem é que liga para isso? O que vocês querem mesmo é arrebentar com todos os vícios. Deixei as drogas, superei a promiscuidade, as seitas radicais, amei, detestei as religiões, desprezei todas as militâncias.

Antes de prosseguir, Sibelius coloca as mãos no joelho e respira vendo o vapor do seu hálito sendo distorcido no chão passivo:

— Não estou perdido! Sabe por quê? — Continua sem dar nenhuma chance de resposta. — A maioria das pessoas estaria apavorada com tudo isso. Se alguém nos ouvisse não acreditaria que estamos discutindo assim, pareceria inverossímil. Mas já me conformei em não ser herói. — As palavras saem em ritmo agônico, intercaladas pela busca de oxigênio.

— Estamos competindo?

— *Nein*, doutor Talb — agita a cabeça —, é só um desabafo.

Yan desfoca o olhar para pensamentos inconstantes, não quer continuar no ritmo hostil imposto por Sibelius. Como podem estar às voltas com picuinhas infantis quando a situação toda é uma grande emergência?

— Doutor: vai ficar mudo agora? Nessa altura o silêncio é uma agressão, sabia? Civilidade estudada é uma das coisas que mais me irrita. Prefiro murros!

Yan olha para Sibelius cobrando qualquer coerência. Sibelius continua.

— Não pense que sou um ingrato! Sei muito bem o quanto sua ajuda foi fundamental. — Sibelius compete com as lágrimas, e se balança para tentar se controlar.

— Então o problema todo é a assimetria, Sibelius? É isso? Você encarava nossa relação médico-paciente como uma desvantagem, e se conformava com ela. Mas agora, nesse limbo, ficou tudo zero a zero. — Yan reconhece que é verdade, mas está com ciúmes da independência de Sibelius.

— Desculpa, mas é isso! É nessa solidão, só aqui uma simetria poderia se impor. Mas eu tenho uma enorme vantagem.

— Qual? Que vantagem? — Sem fingir surpresa.

— Tenho uma barra de cereal a mais e vivi dois anos vagabundando. E você há de convir que um cigano como eu tem uma bela vantagem sobre burgueses sibaritas como você. — Sibelius provoca e agita o invólucro da barra no ar.

(Risos)

Param por instantes fingindo ignorar a situação absurda. Amanhece. Com o sol correndo no céu turquesa podem avaliar melhor onde estão. O abrigo de chão losangular da estação VII mede 2,5 por 3 metros, no máximo 3 por 3. Tem uma pequena janela com vidro temperado riscado e outra minijanela, trincada e incompleta, por onde passa vento, às vezes neve. Precisam bloqueá-la. Na parte da frente a única porta da habitação, uma madeira semidestruída pelas glaciações seguidas de degelo.

Na única prateleira do lugar, que deram um jeito de chamar de despensa, latas vazias ou amassadas. Tudo já consumido, à exceção de dois vidros de tempero e uma lata de peixe em conserva. O rótulo semiapagado indica que está vencida há muitos anos, mas não é possível saber ao certo. O chão tem manchas bordô escuras, que Yan teria preferido nem ter visto, já que era sangue. O que aconteceu ali dentro, que homens desesperados o "Ímpar" já abrigou, nem quis imaginar. Mas logo se convenceu de que o ferimento do mais jovem tinha cicatrizado e eles viveram duas semanas até que a equipe de resgate os salvou de um fim anônimo como é a morte por congelamento. Em seguida, pensou que poderia ser um casal; a mulher se ferira gravemente numa queda e o marido, obsequioso, inventara uma tala para fazê-la recuperar a firmeza no tornozelo até que pudessem caminhar. Só vinham fantasias com enredos de sobreviventes cheios de sequelas.

— Posso continuar?

— Vá em frente.

— Não sei bem como te dizer, mas quando aceitei vir... teve um fator que pesou demais na minha decisão. — Yan hesita, passa a filtrar cada palavra.

— Não diga? — Demonstrando curiosidade pela notícia com a qual estava sendo ameaçado.

— Ironia?

O casaco de Yan enrosca-se na haste do esqui semi-inutilizado, que está apoiado na parte de dentro do abrigo. O abrigo balança. Todo vento frontal faz com que a casa de tapumes vibre e, nessas horas, ela parece uma barraca de plástico. O rasgo em seu casaco é simplesmente enorme. A barraca foi usada como tapete, um pano alaranjado estendido no chão.

— Droga...

Sibelius não dá a mínima enquanto massageia sua perna dormente. Passa a socá-la com vigor para ver se o membro responde, mas a dor só se acentua.

— Não estava sendo irônico. Esse tipo de notícia, precedida de todo esse cerimonial, é um alarme. Mas pode falar, doutor, solta logo essa bomba que está entalada aí.

— É que pode te chocar... — Mais hesitante ainda.

Yan parece arrependido por ter tocado no tema, mas se não falasse agora, naquele exato momento, nunca mais iria ao assunto e o amigo não o deixaria em paz.

— Já estou chocado. Conte logo, duvido que algo me choque.

Sibelius abre os braços com lentidão e aponta para os arredores, onde estão incrustados. Apresenta a terra como se já tivessem um destino selado.

— Fiz um seguro de vida que incluía acidentes. — Yan fala baixo.

— Um seguro? E daí? Combina bem com você. Eu nem paguei os últimos condomínios — brinca Stradivar aliviado.

— Estou *bemdoente*.

Yan tentou desferir de supetão a sentença para evitar que o amigo detectasse a gravidade do anúncio. Isto não aconteceu, pelo contrário, o anúncio produziu o reverso do efeito desejado, sobressaltando Sibelius, que se sentiu picado como quem acorda de um sonho em queda livre, no breu absoluto, e pode sentir o iminente fim do abismo bem ali, na cara. Reage com paralisia no olhar. Sua cara tem a silhueta dos desavisados, a soma de todos os sorrisos dos que foram traídos por irmãos.

— Doença grave?

— Não sei!

— Você não sabe? Você não sabe! — O sociólogo vira a cabeça e sai batendo as mãos no colo. — Você veio sem diagnóstico; é isso, não é? Sem fazer todos os exames? — Apoia de novo as mãos sobre os joelhos para se desesperar de indignação. Tenta se acalmar olhando as nuvens. Não há nuvens.

"Mas que droga de doença seria aquela?"

— Bah! Não é possível — murmura inconformado, espremendo os olhos, quase não abrindo a boca.

O silêncio de Sibelius persiste, está ocupado imaginando quais médicos foram consultados.

"Médicos!"

Não quer contornar seus julgamentos:

"São os campeões do relaxo, não há categoria mais relapsa com seus corpos e mentes."

Chegaram à conclusão de que não era a sabida onipotência dos médicos que os tornava omissos quando se tratava de suas próprias condições de saúde. Na verdade, era exatamente o oposto. Era a impotência a principal responsável pelo desleixo. A hipótese era armada nas seguintes premissas: parecia apenas razoável que aqueles que se dedicam a cuidar dos outros enfrentassem um dissabor permanente por ter que presenciar cadáveres em decomposição, pacientes agônicos, vidas em declínio, relatos de jogos sórdidos, competição, destrutividade na vida social, vitalidades esvaídas, sem esquecer o trabalho sem sentido de todos os dias até o fim da vida. Sempre existiriam curas bem-sucedidas, mas estas não seriam suficientes para retirar a enorme carga de vulnerabilidade que os médicos são obrigados a testemunhar. São muitos os responsáveis. A educação alienante que recebiam era um deles. Um passivo que não sumia facilmente, e que os fazia agir resignados com suas próprias sortes, ou, quem sabe, a falta delas. A má fama que conta sobre o desprezo olímpico que os médicos têm por si próprios era, antes de tudo, um reflexo da certeza do fracasso.

É interrompido por Yan.

— Sem diagnóstico, como tantas pessoas.

— Você suspeita do quê?

— Uma doença rara, de origem desconhecida, idiopática.

— Qual o nome?

— Não tenho o Cid aqui comigo (risos), mas está no capítulo das analgesias progressivas, uma dessas neuropatias. Provavelmente autoimune. O que não quer dizer muito, hoje em dia a maioria é mais ou menos autoimune.

— Isso quer dizer exatamente o quê? Cada vez menos dor? Mais dor? Menos sensibilidade? Quais os sintomas? Pare de ficar enrolando. — Sibelius fala muito rápido.

— Insensibilidade para a dor... e para o prazer.

— Não sofre e nem... nem se alegra?

— Calma. Ainda não está assim. Desconfiei que alguma coisa não ia bem.

— Que loucura! — Sibelius agita os braços. — Quer dizer que você já veio para cá com o raio dessa **a-nal-ge-sia**? — Separando as sílabas maliciosamente e cobrando respostas mais conclusivas. — Mas que jogo mais sujo, doutor! — Sibelius leva a mão à boca para repisar a indignação. — Você não devia ter vindo, n-u-n-c-a. E ainda me colocou junto nessa sua... inconsequência.

Quando termina, tenta alcançar sua nuca para coçar, mas logo percebe que naquelas condições de vestimenta todos os seus tiques, mesmo os mais ancestrais, deviam permanecer reprimidos.

— Como te disse, não está nada definido, nem a doença veio completa. — Tentando dispersar o desconforto.

— Completa, como assim "completa"?

— Ainda sinto dor. Mas não é só isso.

— Pena você ter desistido da psicanálise.

— Desisti dos psicanalistas! De todos eles.

— Tanto faz!

— Essa patologia afeta minha cabeça de uma forma análoga.

— Explica, Yan. — Sibelius fala mais calmo.

— É uma lesão na afetividade. Me distanciei emotivamente de quase tudo. Não tem localização precisa. Percebi primeiro com a família. O dia a dia foi ficando mais sôfrego, a rotina insuportável. Abrir a caixa de mensagem dos e-mails, girar a chave da ignição no carro, chegar e sair, assinar as prescrições, nada, absolutamente nada fazia sentido.

Sibelius está com a mão no queixo, esmagado pelo que ouve.

"É, isso é depressão."

— Só achei mesmo que era grave quando fiquei indiferente à leitura. — Yan tem uma expressão na voz de alguém que sente culpa, mas quer se justificar sem ser notado.

— Eu te entendo muito bem. Ninguém tem ideia de como é difícil achar antídotos para a indiferença. — Sibelius abre um sorriso compassivo.

— O engraçado é que não é todo dia que acontece — concorda Yan, balançando a cabeça.

— Como é que era mesmo o seu projeto? Escrever uma tese "contra a modernidade". O título era mais ou menos: "Guerra à modernidade ou dissonante por instinto"?

Yan ignora a cutucada, e mesmo com o título trocado nota a boa memória do colega.

— A poesia ajudava. Claro que não com todos os poetas, tinha que ser Mallarmé, Baudelaire, Coleridge ou Rilke. Nos últimos tempos, poesia bíblica, Blake, Iehuda Halevy.

— Celan? Paul Celan?

— Também... junto com os contemporâneos desconhecidos de sempre.

— Por favor, mate minha curiosidade: como é que a poesia pode ajudar alguém? — Sibelius afronta.

— Sabe aquele estado de alma onde você não enxerga saída?

"Nem imagino."

— Era quando eu ia entrando nesse estado. Se bem que há quem ache que isso é que é saúde. Para muitos curar é não sonhar. Mas eu segui os conselhos de Goethe: poesias? Só se te levam à melancolia.

De repente, sentem o chão estremecer, o ruído é de um trovão, o fenômeno, montanhas escorrendo. Levantam-se ao mesmo tempo para se espremer na janela de vidro temperado. Está tudo se despedaçando. Sibelius se segura num pedaço de madeira que colocaram como contrapeso à porta que, sem fecho, abre com qualquer rajada mais forte. É muito assustador. Parece um terremoto, e, mesmo assim, não emitem uma única palavra, nada de gemidos. O susto passa. As bocas estão entreabertas. Yan escorre pela parede para descer esfregando as costas até o chão.

A montanha também tem transtornos de humor.

— Como assim? — Sibelius tenta fingir que nada está acontecendo mas ainda está atento aos movimentos do lado de fora, contorcendo o lábio inferior e se encolhendo um pouco como se fosse espreguiçar. Seu relaxamento é inútil.

— Muitos acham que a missão hipocrática é tornar os homens autômatos, que as paixões devem ser extintas, que o equilíbrio é a palavra final quando se trata de saúde.

Sibelius fica esperando.

— Eu ficava inerte, entrava num embotamento horrível. E aí, amigo, só Or sabia como me tirar dali. Eu me esparramava e ela lia poesia. Às vezes a indiferença chegava no limite e ela deixava um livro aberto, em outras, usava um marcador.

— Adorável! — Não se sabe se Sibelius está sendo irônico ou muito sincero, mas está com o olhar bem fixo no teto do abrigo que agora treme de novo com o vento enquanto Talb prolonga o discurso.

— Era maravilhoso, só que os efeitos não duravam. Eu precisava ouvir uma voz. Discuti isto com um colega psiquiatra que me...

O médico para no meio da frase como se tivesse se esquecido do que ia dizer e, quando Sibelius está prestes a interferir, desperta de novo:

— Me ironizou. Ele, como muitos médicos, acha que o estado mental das pessoas só pode ser modificado por manipulação farmacológica específica, uma dessas alquimias industriais.

— Mas esses caras não aprendem!

— E o meu psicanalista ficou calado. Ficou com medo de me seduzir se concordasse com o que ele supôs serem as minhas resistências. Sei lá. Me enchi de todos eles e criei meu próprio grupo.

— Você já me falou, mas eu não...

Yan se empolga e, mais uma vez, corta a fala do amigo:

— Era uma mistura: leitura de poesias, trechos literários, artes e música. Cada um trazia uma coisa. Publicamos os *papers* com as evidências favoráveis. Deu uma empolgada, pode imaginar? Voltar a ouvir de verdade o que os doentes tinham a dizer?

— Insensível. O dr. Insensível. — Sibelius batuca na madeira e adula seu bigode enquanto calcula se há ou não consistência. — Insensibilidade não é uma patologia, doutor — Sibelius continua, dando seus prognósticos. — Não há de ser nada, você só precisa dos estímulos certos. Isto aqui — movimentando a cabeça e abrindo a porta do abrigo como se apresentasse arredores inéditos para o companheiro de escalada — pode ser sua chance de sair disso. Caiu do céu. Só pode ter caído do céu! — Parece estar realmente feliz com o prognóstico ingênuo e mais feliz ainda de não ter mais que dar pareceres para artigos científicos chatos.

— Não, isto não é o pior. — Termina e faz um suspense estraga-prazeres.

— Ah, sim? O que pode ser pior do que ser *blasé* com sua saúde? A esclerose total? — Sibelius não controla a ironia, quer brigar. Deixa a porta do abrigo se fechar de novo.

— Nem se importar!

— Com a insensibilidade? Você não está se importando?

— Não. — Dr. Talb é resoluto.

"Me importo, mas o que posso fazer com um diagnóstico desses?"

— Isso é meio paradoxal. Vou ter que tachar você com algum diagnóstico. — Estala os dedos e esfrega as mãos enquanto balança a cabeça tentando achar um nome para toda aquela situação. — Falta aquele livrinho mágico onde vocês encaixam tudo quanto é doença!

O doutor ignora a piada.

— Prefere que eu confesse de uma vez ou continue imperturbável?

Sibelius prefere ignorar a provocação.

— Abri minha vida para você, mesmo sabendo que ninguém podia fazer nada com isso. E quem mais se importa? — Ele mesmo responde: — Talvez Ganfres. É verdade, ele se importava. Aqueles diálogos valeram cada segundo.

Quase final do terceiro dia, e quando embalam nas conversas não parece que estão encurralados a quase 3.000 metros de altitude, não parece que estão sem provisões, não parece que estão isolados do mundo com poucas chances de sobreviver, ninguém juraria que tudo começou como uma aventura que prometia a libertação.

— Eu é que agradeço por você me deixar entrar no seu mundo. — Yan está exausto e com um chiado no peito consegue ênfase com leve aceno afirmativo de cabeça. Stradivar acompanha as palavras como se fossem objetos sólidos deslizando.

— Hoje...

Yan fala e para de novo, o outro fica esperando apreensivo a continuação.

— Eu era limitado. Eu resvalava, passava pelos pacientes meio constrangido, como quem encontra alguém com o qual não se sente à vontade. Por um fio não abandonei a medicina, no fim desisti dos hospitais. Fiquei só com a clínica.

— Acabo de sentir que você não está tão insensível assim e olha quem está te falando isso: alguém que nunca trocou a luta poética por tráfico de armas. Não sou nenhum Rimbaud. — Sibelius está com as pernas irrequietas, o frio volta junto com a dormência, seu calcanhar está cortado e lateja.

— Se pudesse saber como tudo me afetava antes veria como estou bem menos vulnerável.

— Isso pode ser bom!

— Não vejo como. Qualquer "capinha química" que age como bloqueador do sistema límbico faz a mesma coisa. Você sabe, por acaso, há quanto tempo não escrevo nada?

— Para. Pode parar agora mesmo. Você publicou muito nos últimos anos. Diga o que quiser mas isso não tem nada a ver com crise de baixa produtividade.

— Não é disso que falo. Falo de criação de verdade.

— Qual é a "criação de verdade"?

— Poesia, literatura. Cansei dos jargões da ciência e não é possível que ninguém critique a "paz artificial" desses fármacos. A intervenção do homem sobre o homem só faz sentido se for autêntica. Mas não sobrou ninguém para denunciar. A indústria farmacêutica comprou todo mundo, eliminou a oposição.

Sibelius silencia, abre os braços como quem vai patinar, atento a uma vibração grave que ondula o chão.

— Você sabe do que estou falando, não?

Distância da medicina

O dr. Talb realmente teve motivação e oportunidade para se distanciar da medicina. Ficar calado diante dos pacientes ingratos, suportar crises pseudomediúnicas, conviver em reuniões clínicas absurdas, lidar com a onipotência genética da classe médica, fora todas as burocracias e politicagens do meio acadêmico.

Ficou chocado com um jovem músico que tentou se matar depois de usar por alguns meses doses progressivas de fluoxetina, prescritas por ele. As discussões que se seguiram ao resgate do sujeito foram tanto memoráveis como surreais. Depois reestudou a bula dos antidepressivos e conseguiu ler, com a ajuda da lupa, "pode induzir ao suicídio". Tomou a decisão radical. Seu primeiro passo, abandonar a psicofarmacologia de vez. Só não descartou a psiquiatria, naquela época, por conseguir imaginar uma perspectiva muito mais abrangente para ela do que a prescrição de "paraísos artificiais" prometidos pelas revistas médicas patrocinadas logisticamente pelo marketing dos laboratórios farmacêuticos. Mas ficou sinceramente desolado por dois aspectos. O mais sério envolvia o tipo de atitude mental que o médico deve ter frente àquela ficha corrida das bulas que estão sempre crescendo. Respeitá-las pode significar jamais prescrevê-las, desconhecê-las, um descuido científico grave.

Juan Gonze, o paciente, era um músico colombiano radicado em São Paulo. Violoncelista da orquestra sinfônica do estado e um virtuose na América Latina. Gonze havia deixado dois bilhetes suicidas. Um endereçado a ele, Yan, e outro à namorada. A justificativa — sempre uma racionalização em um mar de idiossincrasias, a maioria escrita durante transes e estados inconscientes — estava no bilhete redigido para a namorada.

O trecho final mexeu com Yan:

Vocês podem achar isso da vida mas não eu. O medicamento deu um pouco de ânimo, e me tornei mais disposto. Mas estas qualidades podem ser vistas de dois lados. Também me tornei mais decidido e muito mais corajoso para achar que a vida não tem significado algum. *Fue la droga*, esta droga legal que todos parecem estar tomando, tanto *normales* como *locos*, que esclareceu... sou grato a ela, un simples remédio.

Na madrugada do dia 31 de julho de 1993, Gonze sobreviveu milagrosamente a um salto impulsivo.

Tereza dormia ao seu lado. Juan descobriu-se lentamente do lençol que o atrapalhava, raspou o tacho com os amendoins da noite anterior e foi à janela. Sentou no parapeito e enquanto mastigava rabiscou o que se leu acima.

— *Me voy, no me voy. ¿Voy?*
— *No puedo más, la mola está abajo, bien abajo.*
— *¡Adiós mi santa!*

Da janela ao solo foram quase 30 metros de descida, aterrissando no telhado de uma garagem erma no Jardim Paulista. Os moradores só o descobriram duas horas mais tarde, quando amanheceu. Ficou com sequelas ortopédicas graves e teve que voltar como cadeirante para a Colômbia, onde vive agora sob os cuidados da mãe junto com os irmãos, um deles paramilitar.

* * *

— Claro que sei — continua Yan, lacônico depois de um longo suspiro que Sibelius respeita com autêntica simpatia. — Não veria mais sentido naquele tipo de intervenção. Imagine você que eu queria aproximar ciências naturais e humanas, pela enorme importância que isso teria na formação dos médicos. Mas que ilusão absurda. — Yan não disfarça a expressão de autocomiseração e emenda: — Meu diagnóstico é que ninguém mais se importa. Quer que eu explique?

— Por favor.

— As pessoas não perceberam que o pensamento moderno está dando sinais de esgarçamento, e a fé tecnológica está gerando fundamentalistas da ciência.

— Yan, muitos são uns imbecis; digamos que a maioria é limitada. Mas alguns estão respondendo ao crescimento da espiritualidade pasteurizada, reagindo à pregação eletrônica.

— Não, não. — Produzindo um som irritante de recusa, estalando a língua enquanto mexia o dedo indicador com a mão imóvel. — Antes de me arguir... — Interrompe com um engasgo. — ...isto não é uma reação barroca. — O pigarro continua. — As pessoas estão rasas. Relutei, mas é *vero*, estão muito rasas.

Interrompe para tomar mais fôlego:

— Só preciso dar um exemplo: há uns meses encontrei um editor e numa conversa relaxada ele perguntou: "Vocês querem saber qual o tom dos livros daqui em diante?" E logo respondeu: "Só os de passatempo rápido, mística vulgar ou enaltecimento narcísico." E ainda bateu o martelo com uma decisão do tipo "agora só editaremos entretenimento".

Sibelius quer interferir:

— E há por que indignar-se? Pense bem, é mais que coerente. Talvez, infelizmente, ele esteja mesmo certo, absolutamente correto. Toda inflexão fora da matéria e da vida social não fará mais sentido algum numa sociedade utilitarista onde o imperativo é o imediatismo, fama e sucesso a qualquer preço. Que tipo de livros consumiria uma sociedade movida por uma ideologia dessas?

— O que dá raiva é saber que uma minoria plantada nas redações dos jornais ou nos bastidores das notícias pode definir o que é bom para a sociedade. A revisão por pares também não funciona, só ajuda

233

a organizar melhor a farsa. — Yan parece querer socar o ar, alonga o discurso e o diálogo vira comício. — A sociedade é educada para encarar a selvageria do consumo como artigo vital. O que penso parece meio moralista? Querem dizer o quê? Que o supérfluo é vital? Que toda defesa da profundidade é baixo-astral, nociva? Que a aquisição de uma consciência coletiva está na trajetória do lixo histórico? Que ninguém mais tem paciência para ler Coleridge, Tolstói, Joyce, Thomas Mann, os Salmos ou a Poesia das Escrituras? O que é que podemos fazer?

Sob a eloquência o doutor perde o fôlego e abaixa a cabeça para se recuperar, enquanto Sibelius nem pisca.

— Isto só reforça minha resistência. Não é birra, não! — De novo seu dedo médio balança. Não há mais energia.

— Yan, você está dramatizando!

Sibelius não quer ouvir mais nada. A visão está turva e ele tem a sensação de que não sente as unhas, os dedos formigam, mas prefere ignorar tudo e não tirar as luvas. Recusa a se examinar.

O médico não se importa com a alienação e quer o ex-paciente de volta ao diálogo.

— Sei que parece meio absurdo, mas mesmo que tudo vire lixo, e que as culturas menores evaporem, tenho orgulho de ser um daqueles ameaçados de extinção. Será que eu sei o que represento?

— O quê?

— A consciência que se opõe.

— Se opõe ao quê? Você era dos mais engajados! — Yan está aliviado, enfim uma resposta de Sibelius.

— Durou pouco o engajamento. A medicina vinha recuperando o discurso, tentava uma reação humanista. Aí apareceu a crise econômica mundial e enterrou todo o esforço.

— Crises passam, Yan!

— Passam, eu sei que passam!

— Mas eu não...

Yan interrompe.

— E o mundo sempre volta ao pragmatismo cru e seco por resultados. As pessoas não sabem como são dependentes do que não podem controlar.

Um longo bocejo antipático de Sibelius assegura a interrupção, mas não a quebra do raciocínio de Yan.

— Ainda amo a profissão. Na minha tradição a medicina é artesanal e insuportavelmente incerta. Mas não quero ser mais um desses xamãs urbanos, nem usar jaleco em hospitais.

— Qual a sua medicina?

"Ele devia ser rabino."

— A medicina que desejo nem existe mais, ou ainda. E também não acredito que ela só sirva para combater doenças.

Yan prossegue em pensamentos:

"A poesia era a resposta perfeita à paralisia. Conveniência duplamente eficiente: abrigo e instrumento. Um reduto da diferença, que se insurge contra a passividade atordoante."

Escritores bissextos

O tempo parece mais amigável. Os dois fazem a primeira exploração mais ousada para fora do abrigo a fim de buscar coisas. Qualquer coisa para queimar. Vasculham o ambiente, um raio de uns duzentos metros quadrados. Não querem se afastar do "Ímpar". Yan pelas fantasias, Sibelius por preguiça. Nos arredores, nem um graveto. Uma única folha. A natureza, sob a neve, é morta. Estão acima da "linha de neve", o que, nos Alpes, significa 2.500 metros. Só se queimassem as paredes do próprio abrigo, as mochilas ou os casacos sujos. Entram de novo e se estatelam no chão quase sem ar. Yan arrisca e quer abrir a lata de peixe, mas Sibelius tem medo do botulismo. Comem e dormem por quase seis horas.

— Descansou? — Acorda Yan dando um pequeno empurrão no antebraço.

— Acho que sim. — Ele se espreguiça com esforço exagerado, mas para no meio por uma cãibra que sempre o persegue de manhã. Começa a tossir. A tosse é seca. Um miado de gato aparece.

— Vai querer o que para o jantar? — Sibelius está mais bem-disposto inclusive para provocações.

— Deixe ver, hummm! — Yan esfrega as mãos na cara aceitando o menu. — Salada de frutas, sanduíche de queijo branco... aproveite e arranque uma poesia aí do seu caderninho.

— De novo poesia?

— Por que não? Você é como quase todo mundo.

— Como todo mundo?

— Acha poesia literatura de segunda.

— Por favor! Vamos falar sério? Você está fugindo.

— Conversar agora é fugir? São exercícios poéticos.

— Um poeta bissexto! — Sibelius está realmente bem-disposto.

— Como?

— Você mesmo se dizia bissexto!

— Você entendeu mal. Emily Dickinson publicou umas poucas dezenas de poemas em vida mesmo tendo escrito mais de sete mil. Deve ser divertido desqualificar bissextos. Os poetas profissionais adoram isso.

— Hummm! — Direcionando o murmúrio ao rancor dissimulado de Yan.

— Bissextos nunca se defendem, não dominam os meios, não têm nem onde publicar. Os outros podem imaginar-nos bissextos apenas porque não publicam. Pensando bem, publicar por quê, para quem?

— Isso é aquilo? — Sibelius se retrai um pouco fazendo uma mímica de comparação. — Faz parte dessa doença não escrever mais?

— Faz dois anos. Fiquei dois anos sem escrever nada. Até marcarmos as passagens eu tinha praticamente abandonado a atividade. Rabisco uma coisa aqui, outra ali: mas são só indignações gráficas, rascunhos que apago na hora.

— Você largou tudo?

— Não!

— E todos aqueles slogans? "Medicina e narrativa, ethos, cuidado"?

O titubeante seguidor de Hipócrates suspira sem controlar a nostalgia.

— Essa era a chance, seria um *risorgimento* da medicina. A tecnologia soterrou a arte médica. Isso é progresso?

— Tem razão, é um massacre, doutor, um massacre.

Novo silêncio incômodo e Sibelius vai em frente:

— Você me falou daquelas brigas entre os médicos. Isso foi... não lembro. Ah! Lembrei, isso foi bem antes da minha terceira internação.

— "Isso" já faz quatro anos. Nessa hora é que vejo que precisava mesmo de um anestésico, a analgesia veio em boa hora!

— *No lo puedo creer.* VOCÊ? Louvando a doença?

— Metáfora, é só uma metáfora! — Yan se afasta enquanto o rubor lixa suas bochechas.

— Daquelas metáforas obsedantes?

— Não se trata disso! — Vira o rosto demonstrando insatisfação por não estar sendo compreendido.

— Você acabou de justificar a doença!!!

— Já me arrependi! — Em seguida faz um gesto com as mãos que sinaliza arrependimento para se justificar: — É que tem uma hora que cansa só ficar sendo intérprete dos outros. Nem que seja como treino, os médicos deveriam ser obrigados a experimentar outra profissão... melhor ainda, antes de ficarem doentes eles deveriam se colocar no papel dos pacientes.

— Não, não é isso. Não tem nada a ver com controle. Já sabemos como funciona este jogo e o que ele faz com a doença. O jogo é outro: nós estamos morrendo e você insiste nesse estoicismo barato, doutor? — A acusação de Sibelius vem séria e agora de olhos fechados.

Ele está desarmado, sem saber como reagir. Sibelius olha nos olhos de seu ex-médico, quer ver a catarse, quer desmontar seu discurso. Será a fome?

— Chega. Pode parar. Não dá para ser terapeuta sempre, médico, rabino, ou sei lá o quê. Por que você não fala só o que está pensando? Não é possível, você não enxerga? Não entendeu ainda que estamos o tempo todo mudando de papel e que nessa situação nada é definitivo? Mas isso aqui — Sibelius gesticula apontando para o chão — está acontecendo agora, é real. Zerado. Está tudo zero a zero.

Os dois ficam exatamente na mesma posição: se encolhem abraçando as próprias pernas e encostando as bocas nos joelhos.

Um barulho grave acontece e parece ser um trovão, mas faz com que os dois, ao mesmo tempo, tentem colocar as caras para fora do abrigo. Como novas ondas de vento e nevasca acontecem intermitentemente, retrocedem para dentro da caverna. Ficam pouco. Mais uma vez hesitam, mas decidem sair. O ar lá de dentro está viciado. Aguentam minutos e voltam para se deitar no chão forrado com a tenda esticada.

— Sibelius, não podemos... como assim deixar nossos papéis de lado e...

— Por que não doutor? — Não deixando ele terminar. — A morte se aproxima e é cada vez mais provável. Você sabe disso melhor do que eu, que a maioria. O que temos? Água da neve e migalhas. Quem sabe em outra temperatura, outra estação, num lugar distante? O fim está chegando.

O professor fala olhando para o lado, tenta se alongar esticando as pernas e colocando as mãos sobre os joelhos.

— Por isso mesmo estou falando: não precisa ter medo, não vamos deixar nenhuma caixa-preta.

— É que eu acredito em milagres. Pode me gozar.

— Eu também, para os outros. Mas venha cá, seja realista. — Abre as palmas em sinal de pedido para Talb. — Estamos no meio do drama e o gênero teatral está mais para tragédia do que aventura. Por que é que você não admite de uma vez?

Sibelius quer ver desespero, cerra o punho com raiva pela resistência do médico. Só aí percebe uma dor aguda, transpassante, que fica alucinante quando fecha as mãos.

— Por que não admito? Não sei, sinto que vamos sair. Tenho certeza. Vai acontecer alguma coisa. — Ele fala pausadamente, a mesma calma fanática que acomete desesperados e crentes.

— Vai mesmo: cadáveres.

— Sibelius, vamos sair dessa!

— Por quê? Por que justo conosco? Por acaso merecemos milagres? Eu sou até fichado!

— E daí? — Yan não entende por que o amigo fala como réu condenado.

— Vou repetir o que já te falei mais de um milhão de vezes: o bem é uma completa exceção. A natureza do bem é insondável e só uns poucos vão ser resgatados dos tropeços do destino. Enquanto isso alguns abrem a porta do elevador e somem para sempre. Estão andando na rua e uma árvore os enterra. Brincam no campo e são evaporados por descargas elétricas. Parece que existe um mistério guardado a sete chaves. Se é que ainda sobrou algum mistério!

Yan reluta em contestar. As sílabas saem indecifráveis e ele já fala com dificuldade. Está trêmulo e sua fraca voz mal vibra. A respiração está fechada. Quer pegar ar fresco de novo, parece um contrassenso, mas era um sintoma antigo. De tempos em tempos, precisava sair daquele abrigo. Sibelius tenta contê-lo. O magnésio tinha acabado há muito tempo e o calor corporal dos dois poderia aquecê-los. Por algum tempo.

Por mais algum tempo.

Os dois fora.

A neve é o evento climático natural mais peculiar que existe: os flocos não são uniformes, sua descida é espantosamente irregular; alguns flutuam, outros afundam, e há os que se dobram para cima como se fossem voar de volta.

Yan ficou imaginando os flocos gigantes passando pelas nuvens antes de chegar ao tamanho que ele via, encolhendo-se como insetos invertebrados em cima de sua luva. Depois contou o número de flocos que caíam por metro quadrado em dez segundos. Chegou a um cálculo absurdo: 620 mil por hora.

Sibelius sente o barulho dos flocos caindo contra o vidro dos óculos, era um som quebrado, como pequenos mosquitos que tostam ao se acidentar na luz quente.

Aqueles que só frequentaram estações de esqui protegidas ou *resorts* domesticados com teleféricos climatizados na cordilheira alpina jamais saberiam distinguir um escalador de um alpinista.

A cada tanto espanam-se para retirar a neve dos gorros e limpar os óculos. Intermitentemente o suor nas sobrancelhas de Sibelius se petrifica. Elas ficam ridículas, parecendo confeitos de creme. Ele limpa o gelo que se esfarela no chão. Cada operação de entra e sai deveria envolver uma série de procedimentos que eles, instintivamente, foram abolindo. A porta sempre entreaberta irrita Sibelius, que está obcecado em fazer com que o contado calor não se dissipe cada vez que saem.

A precariedade da situação leva os dois a conversas estranhas e comportamentos cada vez mais automáticos. Sibelius reconhece, embora não faça ideia do porquê, que lá fora é melhor do que dentro.

— Aqui fora é bem mais frio — diz Yan, esfregando uma luva na outra.

— Então por que me sinto melhor fora? — Sibelius tem que admitir.

243

— Não faço a menor ideia. — Mas Yan faz. Inventou mais uma história para o passado daquele abrigo.

Dois amigos chegam e lutam. Enfrentam-se. O ferimento foi feito a canivete. A briga foi por comida. O mais forte, depois de esfaquear o ex-colega, arrasta o morto pela neve para eliminar vestígios, mas não é bem-sucedido e também morre atolado no trajeto de volta ao "Ímpar". Isso explica por que sobrou uma lata de peixe e o vidro com temperos. Mas isso teria acontecido há mais de vinte anos.

— Falávamos do que mesmo?

— Que eu era fichado pela polícia. Ia te dizer que milagres não foram feitos para delinquentes.

— Dá para colocar contexto nisso? Você foi fichado por pegar uma caixa de barbitúricos num posto público de saúde. Faça-me o favor, Sibelius!

— E daí? Eu é que sei quantas portas se fecharam depois disso! Funcionou direitinho como desculpa quando negaram as bolsas de estudo e adiaram minha contratação como pesquisador efetivo na universidade.

— Sibelius gira os olhos como sempre quando inconformado.

— Um erro! Que tenha havido um erro! Uma biografia se dissolve num erro? Você era dependente químico, alguém levou isso em consideração? Você mesmo defendia a indulgência para lidar com a complexidade da vida prática.

— Você sabe muito bem como é que se constrói a imagem dos viciados por aqui.

— Como?

— O diagnóstico geral para drogados é "falha de caráter". Ninguém encara uma transgressão como um problema histórico, existencial ou psicológico. Todos estão objetalizados. Tanto a sociedade como os profissionais de saúde abstraíram o contexto dos aditos. Não enxergam o horizonte que tornou o vício possível. Para boa parte deles tudo se origina na pulsão.

— E não é?

— É! Mas é pulsão com contexto, este é o *leitmotiv* dos drogados. Mas quem é que quer saber disso?

Sibelius abaixa a cabeça.

Yan levanta-se. Não quer sair de novo. Para se distrair desenha um diagrama curioso no vidro embaçado. Sente o corpo trêmulo. As pernas fraquejam, mas a concentração no desenho parece atrair energia extra. Vai falando no ateliê enquanto continua pincelando com a ponta do dedo o entalhe que está fazendo no vapor. Os traços despretensiosos são feitos por intuição, ele nada planeja. Seu capricho é irritante. Sibelius está sentado olhando para baixo com as mãos apoiadas nos joelhos num corpo resignado.

Do nada, recomeça:

— E por que isto faria de você alguém que não merece milagres? Profetas não eram exatamente seres adorados nas comunidades nas quais pregavam. Lembra? Os ostracismos só acontecem nos lugares conhecidos. É redundante lembrar como todos foram perseguidos, assassinados.

— Um minutinho... você me comparou, chamou de profeta? Eu tenho perfil para isso? Era só...

— Como podemos saber?

— Não enrole, Yan. Morreremos logo mais. Temos mais uma semana? Alguns dias? Nossos pulmões resistirão? Você conhece muito melhor a fisiologia dos alvéolos do que eu. O mínimo que você devia fazer a esta altura é me dizer tudo que você pensa. Quantas vezes você teve uma oportunidade dessas?

— E quantas vezes você quer que eu repita: vamos sair vivos daqui! Tenho certeza de que não morreremos. Quer um palpite? Um dos guias lá embaixo vai perceber que faltam dois. Ou senão o dono da loja que alugou as roupas de neve. Este abrigo vai nos segurar nem que tenhamos que nos aborrecer um mês aqui.

— Você está de brincadeira, doutor... só pode estar.

— Quer parar de falar? Se contássemos para outros, ninguém iria acreditar que ficamos conversando sobre tudo isso.

— Não é isso, eu...

— Espera um pouquinho. — Yan interrompe de novo para abrir a porta, pois quer se aliviar. Tem que virar de lado para evitar mais uma rajada, mas a nevasca parece ter dado uma trégua e o céu está clareando. Seu colega também está para sair.

— Você pediu para te dizer exatamente tal e qual me ocorre. Aquela rocha ali do outro lado, perto da porta sul, se lembra dela? — Sibelius se encapota e sai de vez para ver do que Talb está falando.

— Claro, a Banhof. Desde lá embaixo comentamos, ela é impressionante.

— Do ponto em que estamos é o único caminho para voltar. E se tentássemos nos deslocar e passar por trás dela? Pegaríamos a trilha oeste, a mais fácil. Contornamos e...

— Morreríamos no meio do caminho!

Yan se cala, o outro prossegue.

— Não temos fôlego, nem oxigênio, nem músculos para voltar ou descer à estação, e você sabe muito bem o que é aquele portal oeste. O mais fácil, mas só depois que circularmos a rocha e o glaciar. Uma rajada e tchau. Ela nos levaria para bem longe, para o abismo, isso se não nos esmagar naquelas pedras pontudas.

Yan percebe que a armadilha funcionou:

— Se achamos mesmo que a morte é certa, se temos tanta certeza, por que é que não arriscamos? O que temos a perder? O que é que estamos esperando? Não seria um risco razoável? Se passarmos para o outro lado, contornamos a montanha.

Sibelius olha para cima antes de responder.

— Todo mundo tem suas fantasias. "Quases" sempre foram salvaguardas contra certezas. É mais que normal ir esconjurando a morte até o fim. Fomos programados para esquecer dela, por isso mesmo ela é negada todos os dias com os pés juntos.

— Exato. Disto é que falo. Acredito nos milagres, você chama sua imaginação de utópica para tentar distrair sua expectativa positiva. É o velho conflito entre esperança e resignação.

— Esperança ou resignação?

— As duas, mas a esperança...

O professor já pensou em tudo e não quer ouvir até o fim.

— Eu não sou místico nem nada. Na verdade, estou mais perto da descrença que de qualquer outra coisa.

— No caso da Banhof, você tem a liberdade de ir até lá ou não. E também escolher entre morrer agora ou em mais uns dias. No fundo, você imagina que eu possa ter razão e é isso que te aflige.

Diante do arregalamento depreciativo nos olhos do amigo, Yan fica grosseiramente preciso e didático.

— Podemos reduzir tudo a uma cifra epidemiológica: lance as probabilidades num *software* e verá que, sem nenhum fato novo, teríamos... 1% de chances de sobreviver.

Os outros é que morrem

Gastam mais uma noite. Agora que o céu tem um pouco de sol, os amigos se sentam do lado de fora do abrigo. Usam dois banquinhos de gelo recobertos com um dos cobertores umedecidos e mofados que, para arejar, Yan improvisou com restos da tenda que estavam socados na mochila. Com a pele bronzeada e os óculos espelhados, parecem ricaços ociosos numa estação de esqui.

Enquanto isso pensa:

"Como somos teimosos! Diante da invicta negação parece mesmo que a morte nunca chegará até nós. Assim sobrevivem bilhões todos os dias. Negando, negando, negando. E ainda atribuindo a ela aqueles predicados estranhos para uma coisa tão rotineira: distante, imprevisível, adiável. Como certa vez disse um filósofo argentino, 'são sempre os outros que morrem'."

Pela primeira vez desde que saíram, Sibelius abaixa a cabeça para entregar-se à reflexão. Um estado em que ele costumava entrar para lutar contra suas convicções. Perdia sempre, mas tentava se deslocar para enxergar o revés de sua própria argumentação.

Ele insiste contra Sibelius.

— Acuados nessa toca, mas admita, você não gostaria de ter mais uns dias? Nem precisa de tanto. Quanto você daria por mais alguns minutos? Você sabe que segundos já fariam diferença. Não é verdade? Estou inventando?

— Nossa principal diferença, doutor, é que resisto intelectualmente contra este delírio. Recuso-me a enxergar virtude nesta redução patrocinada por uma fé que sinceramente...

— Contra o quê? — Mostra espanto tirando o gorro.

— Contra um sentimento de esperança sem sentido? Tudo isso é irracionalismo de base religiosa, sobrenaturalismo. Lutei toda a vida para desconstruir e agora parece me assolar todos os dias de novo. Como numa guerra civil, há sempre inimigos muito parecidos com você por perto.

Uma pausa tensa ajuda Sibelius a formular melhor seu incômodo:

— E você não ajuda muito tentando me doutrinar.

"Nada a ver, é só outro jeito de interpretar."

— A esperança, assim como a fé, é irreflexiva. Ter fé não é exatamente uma aposta no irracional? E não é o mesmo com o perdão, a bondade, a gentileza, a solidariedade, o altruísmo? — Suspira fundo antes de continuar. — Ou por acaso você quer justificar estas qualidades como socialmente determinadas? Ah! Já sei! Para você toda gentileza e qualquer altruísmo é ingenuidade estúpida, e só pode ser construído na base do recalcamento dos instintos?

— Assim não dá. Não caio nessa armadilha para a qual você está tentando me arrastar, estou dispensando o irracionalismo. Eu sei o que está acontecendo e isso não tem nada a ver com meus catorze anos de análise, três vezes por semana, religiosamente. O "trauma do nascimento" nunca fez tanto sentido. Sinto que nasci melhor do que estou hoje e saio meio lesado dessa experiência. Pode me acusar de determinista mas uma coisa garanto: não existe altruísmo.

— Eu acho que...

— Tudo bobagem, Yan. Todas estas gentilezas são estratégias inconscientes. — Sibelius interpela o médico e ao mesmo tempo se recupera do aparte. — O mais altruísta dos homens quer qualquer coisa de quem ajuda.

— Estou com sede. Sede de água.

— Pode me xingar, me chamar de pernóstico, mas no fundo no fundo somos bastardos calculistas. Sobrevivemos graças à civilidade artificial que nos custa uma fábula. O esforço emocional que temos que fazer para viver nesse desgaste é absurdo. Vamos parar já com isso antes que...

— Antes que o quê? — quer saber Yan.

— Antes que você venha com mais uma dessas ingenuidades imperdoáveis.

— Como o quê? — Entorta a boca para falar.

— Altruísmo de base anímica? Almas boazinhas que só querem o bem! — O professor atalha irônico, entrelaçando as mãos para mostrar que voa para o céu.

É inevitável que Yan pense de novo em seu enredo C para justificar as manchas no "Ímpar". Duas pessoas confinadas num *bunker* como aquele podem mesmo acabar muito mal.

— Você não suportaria, não é mesmo? — Enquanto se opõe sua boca está seca de saliva.

— Não tem alma nenhuma tomando decisões, Yan. — Não só não se abala como é cada vez mais firme. — Somos movidos por desejos inconscientes em busca de saciedade.

— Posso falar? — Yan levanta a mão como se estivesse pedindo a vez a um professor. — Pode ser gozação, mas é provável que seja uma reação cautelosa à retórica agressiva.

Sibelius ignora Yan.

— Então qual a hipótese? E se formos só arranjos moleculares provisoriamente aglutinados? Amontoado de matéria que só se dissipa quando morremos. Aí ficamos vagando por aí com uma espécie alternativa de consciência até encontrar um novo abrigo em uma carne vivida ou em um embrião que está dando sopa por aí? — Sibelius faz movimentos mímicos com os braços tentando representar o que está dizendo. Malogra, já arrependido por ter conduzido a discussão naquela direção.

"A que ponto chegam pessoas desesperadas."

Os dois entram de novo porque subitamente sentem medo. Não sabem do quê.

— Posso falar? — Continua com a mão espalmada para cima.

— Pode ser. Pode ser, uma memória que sobrevive de outro modo.

— Sibelius ignora o pedido de aparte, o embalo é mais forte que a autocrítica. — De qualquer jeito não dá para escapar da versão biológica da evolução... em sua aplicação mais perversa.

— Mais perversa...?

— O darwinismo social, o mais adaptado vive, ou sobrevive.

— Ora, ora, vejam só, temos um novo Settembrini. — Bate no joelho, forçando uma analogia qualquer com os personagens de Thomas Mann.

— Bom, você também não é nenhum Hans Castorp, doutor. Ninguém se aborrece mais com este tipo de preocupação. Nós somos anacronismos fora da pauta. Só na filosofia ou nas religiões estas coisas apareceram como dúvidas, mas bem comportadinhas... só mesmo dentro dos guetos e das academias. Infelizmente chegamos tarde para o debate, eles já têm um consenso e até fizeram a deliberação.

— Eles quem?

— Nós somos o passado que todos querem esquecer. Estamos na lista dos quase extintos.

— Na minha religião elas...

Sibelius avança antes que a sentença termine.

— Sua tradição? Conheço sua tradição. Conheço bem. O que você quer dizer com isso? — Parece irritado. — Pode até ser que os judeus sejam geneticamente mais dialógicos. Isso tudo é patético... — Sibelius corta o meio da frase. — Ganfres até que se divertia com as passagens talmúdicas, as... discussões apimentadas?

— O que na verdade...

De novo Sibelius não está disposto a ouvir Yan.

— O que interessa não é avaliar a eficiência do método pedagógico de ninguém nem de tradição nenhuma. Um jogo de perguntas e respostas pode ser cosmético. O que conta de verdade o que é? Quem é que dá a palavra final?

— Aí é que está! — Yan consegue recuperar a fala e finalmente se afasta da janela. — Não há palavra final, o dialógico, as discussões são o próprio produto. Havia uma recusa da conclusão e a meta era o próprio processo.

— Bárbaro — vibra sem ironia. Ele está feliz porque Yan destravou a luz da janela que esteve monopolizando. A outra *finestra* está tampada com remendos improvisados de tecido e papel molhado. Levanta-se e continua. — Isso é muito moderno para um livro de mais de três mil anos. Até gosto da ideia de um *ethos* de base espiritual. Mas admita que isso é defender um viés antimoderno! Onde é que você quer chegar, com tudo isso, Talb?

Yan assente com a cabeça sem pensar muito na gravidade da acusação disfarçada de pergunta afirmativa. Senta-se. Está mesmo preocupado com as pontadas que passou a sentir na cabeça. Morde levemente a língua cada vez que a dor belisca. E elas vêm, com intermitência cada vez menor. Para aliviar só neve, mas ele vai aguentando. Levanta rápido, se agasalha e sai de novo do abrigo. Tomar um pouco de ar talvez melhore seu mal-estar.

Sibelius sai em seguida, falando vingativo na orelha do antagonista.

— Mas para o restante de nós, os sem fé, não é bem assim. A filosofia destruiu qualquer base histórica para *believers* e agora somos, todos nós, filhos do materialismo. Perdemos a ingenuidade e, com isto, todo potencial de santidade, e a busca transcendente não faz mais sentido. Só duas coisas contam.

— Até que você reduziu bem os problemas humanos. — O ex-médico entra no jogo: agora é cinismo contra cinismo.

— Desejo e vontade de poder, os motores de Nietzsche. São eles que comandam tudo por aqui. Não há mais nada, não sobrou nada. *The dream is over*, mas o pesadelo continua. Yan, acorda!

Yan ignora Sibelius.

— ACORDA!! — Sibelius repete com raiva. — ACORDA!! — Agora gritando alto.

Um mal-estar registra o momento. O silêncio tépido entre os dois só é rompido por blocos de gelo que escorregam ocasionalmente, amortecendo ainda mais o eco residual da conversação.

Vão se acostumando com a vibração. Quando lá dentro, sentem nos pés como o assoalho do "Ímpar" treme. Ninguém pode se acostumar com aquilo. A vibração corresponde ao despencamento de rochas geladas que arrastam junto milhões de toneladas de tudo. A montanha é um organismo.

Yan recolhe um pouco de neve fresca do chão para gerar água e coloca um pouco na tigela jogada na soleira do abrigo. Vai derretê-la porque quer líquido. Cansou da consistência dos farelos. Sem paciência para esperar, mete outro punhado de gelo na boca. O alívio é imediato — um frescor radioativo — e ele fecha os olhos de prazer.

Não param de sonhar com um banho. Yan pensa no vapor quente de um box, Sibelius na água que alegremente desperdiçaria. Treme de frio, mas arrisca interpretar o mal-estar.

— Sinto muito conspirar com essas especulações. Sei que são estraga-prazeres, mas você fica provocando. Desculpa. Mas não dá para ficar quieto.

Atenas — Jerusalém

O quarto dia. Mais dois dias embrulhados entre madeiras mofadas. Com um pequeno gesto Yan tenta ajeitar os óculos de neve para sair "à caça". Já não comem nada há tempos, talvez trinta horas de jejum, estão oficialmente queimando proteínas e gorduras. Podem sentir isso pela pouca fome e pelo desagradável hálito de acetona. Já evitam conversas frontais. Lá atrás, no último fogo que conseguiram, bem que tentaram cozinhar cintos e botas para extrair a cola — resíduos da proteína poderiam ser metabolizados —, mas o resultado, pífio, só trouxe pés mais frios e calças escorregadias.

Resolvem entrar de novo, agora que o sol está esfumaçado.

Sibelius abre o vidro de tempero sueco que parece ter tomate na composição.

— Mas não seria justo se eles — fé e razão — sobrevivessem num mundo como o nosso? Era o sonho de Filo, o sonho da humanidade. — Yan finaliza enquanto inspeciona o caldo.

— Qual sonho? — Sibelius estranha.

— A estrutura lógica de Atenas e a ética transcendental de Jerusalém. Luzes e paixão espiritual. É disso que se trata. Não faz sentido que sejam rivais, concorrentes numa autoanulação mútua. Alguém já disse que, no final, nossos problemas são religiosos. — Yan para por alguns segundos antes de arriscar: — Por que é que te incomoda tanto que eu seja um crente?

Diante da pausa e subsequente silêncio de Sibelius, Yan tenta prosseguir, apesar da fome. Sibelius passa o vidro de molho para Yan, na verdade tomate bastante apimentado com alguma raiz escandinava que não sabem reconhecer. Yan prova e logo pensa em cuspir, mas lembra que não está em posição de desprezar nada.

— Quer um exemplo pessoal? Foi no chassidismo que enxerguei como a revolução poderia chegar ao mundo espiritual. Poucos se deram conta disso. O culto informal, a entrega no fervor espontâneo, a rejeição a toda discriminação pelo eruditismo, a emoção autêntica da santidade devocional. Só isso me interessou... Caramba, minha língua está pinicando.

— A minha está adormecida.

Consomem todo o vidro. Sugam até a tampa.

Sibelius continua impassível, está preso a uma nuvem branca que paira vagarosa sobre o pico. Irrita-se e limpa a janela com a manga do casaco, apagando, com prazer, os rabiscos de Yan no vapor.

Sibelius queria se desligar daquela conversa. De todas as conversas. Não precisava ouvir mais nada. Duvidou se estava confuso ou entregue, completamente entregue a uma sinceridade absoluta meio repulsiva. Não queria racionalizar mais nada. Estava se lixando para qualquer coisa. Queria gritar, xingar, ofender. Sua raiva era a única certeza.

— Sempre é uma tentação dar uma rotulada. Falo como judeu, só o povo e seu livro.

Yan espera, em vão, para ver se a frase de efeito deixará Sibelius amolecido. Se soubesse como o ódio inflamava seu colega, teria preferido ficar calado.

— Hebreus. O povo que atravessou o rio, o povo do livro. — Yan tenta controlar o triunfalismo ridículo que tomou conta de sua entonação. — Isto é que era importante. Providência divina individual, *asgarah prati*.

— Importante? — Sibelius não disfarça o desinteresse, mas se tivesse um objeto à mão, arremessaria. A irritação pode ser fome, mas isso não diminui em nada a vontade de agredir.

— Uma consciência e um livro. O estranho é que é dessa assimetria que podemos fazer a dignidade do sujeito.

— O pó! — Saliva se acumula na boca de Sibelius, que agora fica enjoado. A pimenta vermelha reflui.

— O "pó", o pó que foi escolhido para ser "O interlocutor" do Criador. "Mas não é possível, depois de tudo que eles passaram!!"

— Então fale com Ele — Sibelius aponta ao alto — e veja como saímos deste inferno!!! Aí é que está nossa dissidência — reage rápido Sibelius, antes que Yan engate de novo. — Mesmo que admita que um Criador seja plausível, não acredito em justiça, nem na evolução, muito menos em bem que tenha caráter unívoco. — Enquanto fala, bate no parapeito da janela com os punhos fechados, não quer quebrá-lo, mas se visse sangue não se incomodaria.

— Mas eu...

Agora é Sibelius quem repele interferências e repete o gesto do médico para derreter mais gelo no calor da boca como se fosse batom.

— Esse termo evolução serve para camuflar quase tudo. Isso inclui todo movimento que a revolução industrial fez para justificar o estatuto moral da adaptação. Por isso Ganfres repetia sempre que a história é insensivelmente repetitiva. É o recrutamento da teoria biológica a serviço de uma ideologia industrial qualquer. Não pode ser!!

Sibelius coloca as mãos, desajeitadas para qualquer mímica, sobre o próprio gorro e segue.

— Não é possível que exista um bem autoconsciente. Não é com a linguagem que vamos desarticular o longo domínio que dividiu o mundo em cartas.

— Ópio do povo?

— Mas nem pense que me identifico com uma oposição aos *non-believers*. Nem ouse rir, estou falando sério. — Finaliza.

(Risos.) Fazia algum tempo que ninguém ria.

— Também falo sério — retoma Yan, esboçando um sorriso descrente no canto de boca. — Para poupar sofrimentos chamamos tudo isso de muitos nomes menos do correto.

— Qual o nome correto?

— O *mainframe* — dos jornalistas aos cientistas, do aparato industrial às corporações que controlam as patentes do genoma — encontrou, enfim, consenso: aderiram à superstição em que se transformou o cientificismo contemporâneo.

— Yan, você está se repetindo. — Sibelius coloca as mãos nos olhos e balança a cabeça para indicar inconformismo.

Ninguém percebeu que a nevasca estava encobrindo o abrigo. Só não podem deixar que a neve se acumule na porta.

— Que posso fazer se eles transformaram a ciência nisso? Todos militam para descartar a possibilidade de qualquer vida fora da matéria. Tentam se acalmar com explicações para quase tudo. O não explicável ou não existe ou é tolice. A ciência deveria estar mais atenta ao desconhecido, afinal é isso que ela investiga. Mas, para eles, o sobrenatural é uma não perspectiva. Isto porque sabemos que existe um bilhão de galáxias com pelo menos um bilhão de estrelas em cada uma delas.

Sibelius calmamente levanta as pestanas como quem inspeciona um vegetal antes de dar um veredicto taxionômico desagradável.

— Yan, é com este tipo de reducionismo que você pretende me convencer?

— A água!

— Água? — Sibelius não está gostando do rumo do debate.

— A água não se explica... suas ligações químicas são estáveis e ninguém sabe por quê. E esta neve compacta, a água clara, o leite da montanha? — Yan fala enquanto esfarela um pouco de neve na luva e recita um poema.

"A neve quebrada,
    a porosidade de um osso infeliz,
        o azul-negro das manchas cretas."

— Por isso você prefere os Alpes ou a Patagônia a uma temporada numa praia do sul da Bahia?

— Não sei, pode ser. Pode ser o azul do gelo que os glaciologistas dizem que não pode existir, já que é só neve compactada.

"O gelo é transparente, imbecil, o azul é um efeito ótico."

— Um efeito ótico, Yan, não é uma visão. — Sibelius cogita se não foi por isso que ele de uns anos para cá dava preferência para fotos em preto e branco.

— Quem se importa?

— Ninguém.

Sibelius já não compreendia as opções existenciais de Yan. Cada vez menos. Talvez cobrá-lo pelas opções estéticas, como um colonizado que dava preferência a tudo que vinha de fora de seu país. Era isso. Acusá-lo de atrasado ou usar aqueles jargões que geralmente grudam nos caluniados.

Yan bafejava dentro do capuz para ver se suas bochechas voltavam a funcionar.

— Mesmo assim, antes que esqueça, tenho que registrar sua gentileza.

— Ah? — Sibelius boceja, mas está menos irritado e já se sentou do lado oposto à janela.

O riso seda a fome. Uma risada.

— Você deixou para mim a última ampola de aminofilina lá atrás, na outra estação.

— E daí? — Sibelius está de novo afiado. — É uma estratégia para poder cobrar de você, depois.

— Depois do quê? Não parece que teremos exatamente um futuro... — finaliza sem sorrir, a esperança definha.

"Finalmente."

— De toda forma sou grato, você é um irmão.

— Chegamos ao ponto!

— Ponto. Qual ponto?

— Vamos colocar pingos nos is. — A voz de Yan mudou, está firme, resoluta. — Todas estas reflexões aqui, neste final de trilha? Tudo isso é muito inverossímil, que tal discutirmos a sobrevivência e ponto?

— Como assim? — Sibelius ainda está estranhando e vibrando com a virada "cética" do dr. Talb.

"Desde o começo sabia, eu prevaleceria."

Ambos sabem muito bem que se escapassem ninguém acreditaria no que discutiram em menos de seis metros quadrados. Nem mesmo sabem — em caso de uma salvação — do que recordariam. A realidade é que a verdade enterra qualquer ficção, mas só se sabe disso depois.

Notam a trégua da nevasca e Sibelius se prepara para sair e limpar a neve com uma pá feita com os restos do esqui que se acumulou na frente da porta. Quer impedir que o fim os exume antes do prazo. Yan nem se incomoda mais em levantar.

— Irmão? Estamos dividindo um espaço e vamos morrer. Mais uns dias aqui e vamos nos matar. Eu percebi isso!

— O quê? — Yan está legitimamente curioso.

— Ainda lá embaixo. Seu olhar, você estava bem interessado na minha provisão de comida. Como é que você se preocupa comigo se estou convicto de que o altruísmo não faz o menor sentido? O que vejo, isso sim, são as evidências de um comportamento pouco racional. Uns dias a mais e...

Sibelius sai do abrigo convencido, e até certo ponto orgulhoso, de suas argumentações. Tem muita dificuldade para abrir a porta. Força tanto que termina por rachar mais um pedaço da madeira podre. Empurra usando o peso do corpo até se enfiar pela fresta e escapar. Já está do lado de fora com mais um pedaço do casaco rasgado e uma lasca extra na entrada.

Um famoso biólogo evolucionista afirmou que os genes não estão apenas encarregados de alcançar a sua perpetuação no "salto" para as gerações seguintes, mas também de um "desejo de união" que acabou determinando o surgimento de estruturas moleculares cada vez mais complexas. Entomologistas observaram o comportamento das formigas operárias, fêmeas estéreis, que não vivem para passar adiante suas reservas genéticas, mas apenas — num sentido surpreendente de cooperação e sacrifício — para alimentar a rainha, estabelecendo uma inconcebível sociedade solidária no mundo entomológico.

Yan bate o gorro no joelho e tenta arrumar ânimo para acompanhar Sibelius, que continua esperando por alguma contestação.

— Quer saber a reação dos cientistas quando alguém fala "altruísmo"?

— Imagino, eles têm alergia.

— Não, você não imagina! Semanas depois enxurradas de trabalhos apareceram para refutar a hipótese das "formigas fêmeas altruístas". Para eles só existe um sofisticado mecanismo de seleção e o sentido final volta ao ponto de partida: só existe "preservação da espécie". No fundo, estão alarmados com a declaração de cientistas de que Deus é, também, uma hipótese. Preferem sacrificar até a lógica. Você quer mesmo responder sobre a motivação desta reação furiosa?

Um novo silêncio. Desta vez é Sibelius quem avalia o perigoso acúmulo de neve bem atrás do abrigo. Os dois estão lá fora. Sibelius limpa a neve, Yan tenta ver se há caça por perto.

"Se aquilo despenca seremos cobertos, ficar lá dentro é perigoso, sair é mortal."

— Qualquer hipótese que duvide desta convicção precisa ser respondida de forma vigorosa, às vezes apressada.

— Entendo o lado deles. — Sibelius não quer se comprometer. — Precisam lutar contra o que consideram obscurantismo.

— Pode até ser. Mas a cruzada fracassa pela incapacidade de dialogar com as várias tradições. Como reagirão internamente as pessoas ao testemunharem suas fés atacadas? O proselitismo religioso ou contrarreligioso é uma agressão. — Yan está em clima de exortação.

— Você se refere aos perigos reais: terrorismo jihádico, cruzadas contra o Ocidente pervertido, conservadorismo fundamentalista religioso ocidental.

— Se a intolerância é engatilhada, o tiro vai retroagir. E não pense que não enxergo como algumas posições religiosas vão dando álibi para os ataques. Do jeito que as coisas vão, não somente as religiões, mas mesmo Deus fica parecendo um delírio de mau gosto.

"Só Ele existe."

Yan prossegue enquanto Sibelius de novo liga sua visão ao que acontece nos arredores. Parece que uma nova tempestade está confabulando lá no pico. Sibelius fica em dúvida se entra ou não. De repente, pula para trás como quem lembrou de uma urgência.

Restos de uva-passa ficaram jogados, esquecidos numa pequena bolsa, na lateral inferior esquerda da mochila. Disfarça e entra naturalmente no abrigo. Antes que possa pensar está mastigando. Todas.

Entrementes, Yan continuava matraqueando contra a porta semiaberta sem sequer imaginar que a última energia nutritiva dos arredores estava sendo consumida.

— Não me refiro somente ao 11 de Setembro, mas a tudo que aconteceu depois.

Sibelius mal ouve do lado de dentro e nem faz questão. Seu murmúrio é torpe. Está cheio de ouvir Yan, que nem se importa e continua.

— Para eles biologia molecular, astrofísica e aceleradores de partículas acabam com a ideia de um Criador. Este e só este é o limite aceitável para aquilo em que o homem deve crer. Conheço cientistas que precisam ocultar suas crenças para poder publicar *papers*. Ao que chegamos, isso é ridículo.

Galileu talvez não achasse crível que os algozes tivessem mudado de lugar histórico na mesa. Provisoriamente talvez se sentisse vingado, depois veria a ameaça que a transposição do espírito censor representa para a liberdade. A rigor, talvez ciência e mundo espiritual sejam mesmo culturas de baixa compatibilidade. É preciso renunciar à ideia de que é como se houvesse uma conexão oculta, mas óbvia, à espera de um gênio que as costure.

— É inadmissível, mas entendo. — Sibelius aceita.

"Não vejo o drama, quem tem a melhor hipótese que a apresente."

— Novas versões para os velhos autos de fé... não importa dar nome, chame como quiser, mas é assim mesmo que a coisa vem funcionando.

O inusitado é que, desta vez, é tudo patenteado pela investigação científica. É patético, para não dizer ultrajante.

Yan pensa:

"Isso não prova, nem deveria provar, a existência de um Ser supremo. A prova talvez esteja na impossibilidade de refutação. 'Se não é falseável não é ciência!' Então não é ciência. E daí? O que será que eles querem?"

Enquanto isso, outras questões especulativas crescem: seria o Criador, ele mesmo, uma espécie de organismo? Sem forma? Dever--se-ia admitir, talvez, que não há nenhuma lógica. Quando racionalizações dementes começam a operar sob o motor ideológico, tudo fica muito mais perigoso.

— Você não acha que o iluminismo aparou demais as margens do conhecimento para fazer caber, e valer, suas conclusões? Espremeu muita coisa numa fôrma estreita demais, deixando só o que convinha. Foi então que o saber e a arte se fragmentaram na mesma proporção em que se diluíram? Como um livro fraco numa bela encadernação.

Neve decidida

A neve nascia dispersa e descia infiltrante, cada vez mais decidida. Flocos duros, espessos, que dificultavam vislumbrar qualquer simetria. Sibelius olha em torno antes de voltar-se ao amigo.

Avalia que o clima emocional no trato da tragédia do aquecimento da terra não passava de manipulação e ventriloquismo moral.

Quem foi mesmo que institucionalizou a industrialização selvagem? Quem não sabia do conceito de Francis Bacon: "Torturem a natureza" e assim avançaremos? Eis um plano que foi seguido à risca. Não houve nada no *script* que já não estivesse lá, na maquete original. Ou foi um acaso a construção desse monumental reino de ilimitação tecnológica, de modernidade instrumental? Nada disso. Como uma engrenagem de relógio a tecnologia moeu toda oposição, e o progresso se tornou um sentido natural, introjetado na humanidade. O único sentido. Foi tudo planejadinho, tintim por tintim. A supremacia do intelecto deveria reinar contra tudo que não fosse antropocêntrico. Não era o próprio homem o protagonista desta farra que mistura consumo e descarte numa composição tão sinistra como consensual? Dos combustíveis à custa dos fósseis, da usurpação das florestas, das matas reduzidas a carvão, da eliminação gradual do mangue celeste chamado de biosfera, do descarte do planeta como reduto máximo da vida? E não é que o *homo fabris* achou mesmo que sairia ileso deste desperdício?

Sibelius para e pensa ter ouvido algum pássaro. Não havia nenhum. Não hesitaria em matar para comer, e se a fome continuasse seria capaz de qualquer loucura. Esfolaria qualquer ser vivo. Atacaria o pescoço. A ideia logo se embaralha como repugnante, mas chegou a pensá-la. Recrimina-se, mas nunca confessará, muito menos para Yan. Prefere fazer de conta que a fome não existe.

— Além disso, o homem não era há muito um ser adaptado à natureza. O sujeito não se associou por acaso à erosão, ao desterrado, à desertificação. Não, não foi por acaso. Não se pode chamar de "danos colaterais" este estado de mal-estar ambiental atual e que pelo que parece está muito longe do fim.

Então para de novo, hipnotizado, pensando ter ouvido alguém chamar. Desta vez não fica tão impassível, o que permite que retome o que estava dizendo com a voz mais áfona que o normal.

O desenvolvimento e as relações de produção industrial evoluirão "até onde forem necessários." Trata-se de evolução, para o melhor ou pior. Neodarwinistas sociais assumiram o poder. Uma neutralidade pragmática que não vislumbra ética virou a norma. Legitimaram-se globalização e a maximização da miséria. Para estas almas esclarecidas, os bem-pensantes de hoje, estava tudo planejado e na trilha da maldição cabotina chamada de "desenvolvimento sustentado". Havia, como pano de fundo, uma culpa, mínima, a ser expiada. Mas qual é mesmo a função do progresso? Liberar a humanidade para consumir, isenta de toda culpa. Afinal não era ele, o homem individual, o grande protagonista, o sujeito de sua própria história?

— Mesmo que o futuro não nos julgue — continuando em tom mais elevado —, já me nomeei: EU sou o juiz. — Yan fala enquanto bate no peito. — Nunca antes a hipocrisia atingiu essa proporção. Não acredito em consensos. A culpa está pulverizada no conjunto de vozes, e em vez de ouvirmos os sons do mal-estar de cada um, preferimos que eles se diluam em coleções anônimas.

Sibelius boceja com discrição.

— Você me fez lembrar da provocação de Claude Bernard, "a estatística é uma verdade para o geral mas uma mentira para o particular". Alguém ainda se sente culpado? É um sentimento cada vez mais anacrônico, um horror moralista que deve ser afastado pela modernidade. Na nova ordem mundial, sentir culpa é um tremendo vexame.

Sibelius está visivelmente espantado pelo ritmo da resposta e nem contesta.

Pensa nas reservas de oxigênio do companheiro. Mas Yan está *out*. Se pelo menos ainda tivessem tubos de oxigênio, um sistema de localização que funcionasse, ou mais provisões de comida...

Yan discursa inflamado como se num palanque, apartes são impossíveis, mas ele consegue cortar.

— Certo. Respire fundo antes de responder: é tudo muito lindo, qual a conclusão?

— Conclusão? — Esfria Yan. — Sem conclusão. Sobre a aminofilina? Você sabe que morrerá também, e me abandonar não te acarretará implicações jurídicas, civis ou criminais. Ficam apenas as questões éticas, a sintaxe moral. E a pergunta é: o que te leva a este instinto solidário? Estou de saco cheio do pragmatismo. Você deve estar louco para me perguntar se acho o evolucionismo uma hipótese consistente? E já respondo: ele é a única viga moderna do pensamento cético.

— E daí? — contesta Sibelius, percebendo, pela primeira vez, o tamanho da divergência entre eles. Está sorrindo, o descontrole de Yan é um alívio.

— Querem fazer uma guerra disso? Pois façam, estão fazendo. — Suspira. — Era só o que nos faltava, uma *jihad* científica. Já não tivemos "massacres santos" em número suficiente?

Sibelius está entretido demais para responder. De novo, procura alguma coisa para comer ou se aquecer. Seus pés gelam e a entrada da noite decerto não o ajudará muito.

— Não sei se alguém poderia desejar que a evolução fosse explicada pela teologia. São sistemas de notação incongruentes, simplesmente não batem!

— Mas eu... — Sibelius insinua e retrocede numa outra menção que iria fazer.

— De qualquer forma — pondera Yan —, as milícias darwinistas não podem explicar a diversidade cultural, a necessidade de expressão artística. Nem entender a peculiaridade da autoconsciência ou compreender a duração das religiões. Dispensar o Criador para explicar o universo é algo um pouco precoce, e um erro ainda maior é defender a presença Dele como se estivéssemos diante de um pilar científico natural.

"Milícias darwinistas", "Céus, ele está em guerra."

A conversa fica confusa; Yan não faz pausa. Os dois falam ao mesmo tempo.

— O problema, Yan, é ter que admitir o sobrenatural! — Sibelius altera o tom enquanto estica as mãos nervosamente expressando indignação. — Yan, dá para me ouvir? O sobrenatural não vai, não desce, entende?

Aproveitando a brecha na respiração do colega, Sibelius está mastigando uma tira de palha seca que encontrou no chão do abrigo, como fazia quando era criança.

— O registro do sobrenatural é testamental. Para aceitar o inexplicável só se considerarmos os parceiros de pacto, a espécie humana. Um não anda sem o outro.

Do fôlego inexistente Yan insiste:

— Isto não reduz a insatisfação. Está tudo errado!

— Tudo?

— Por exemplo, detesto a economia de palavras que vocês identificam com modernidade. São só desculpas para desqualificar a boa argumentação como acadêmica, pedante, e o amor pelas palavras é...

— O quê? Eu? — Sibelius vai ficando mais impaciente enquanto aponta para si mesmo.

— Grandiloquência.

— No fundo você é mais pessimista que eu! — acusa Sibelius.

Yan parece enfurecido.

— Todo valor intelectual de hoje está nos textos cheios de slogans sintéticos, complexidade expertocrata impenetrável, *haicais* jornalísticos, palavrões e principalmente, deboche. Letras de aluguel junto com embalagens estupendas, além de um marketing tão eficiente que inviabiliza qualquer conteúdo.

— Aqui estamos de acordo. Literatura sob demanda é embuste. Editores também já me disseram: "Se é bom? Vamos ver como reage o mercado."

— Ou "vamos ver quem é que escreveu" — complementa Yan.

O único consenso em horas cala a tensão.

— O pior é que isso não é uma brincadeira jornalística. As notícias todas estão sempre a serviço de algum interesse.

Yan interrompe-se — isso ameniza o novo surto de irritação de Sibelius, que se controla para não mostrar a chateação que o atormentava — pensando ter ouvido um ruído, os caças Mirage da Otan que, dia e noite, patrulham com fumaça os céus do país neutro. Logo depois, um som bem diferente que poderia ser o de uma avalanche. Reparam em pássaros voando em formação, traçando uma flecha na direção norte, talvez uma confirmação dos movimentos maciços na neve.

Estão bem conscientes de que se o abrigo, mesmo protegido pela encosta rochosa, estiver na trajetória de um destes deslizes, não sobrará muito. Precisam urgentemente de um plano B. Sibelius pensa em deixar do lado de fora do abrigo a tenda laranja e alguns equipamentos. Ou, quem sabe, fazer um buraco, um túnel de interligação, para que, se sonevados, possam chegar ao lado de fora.

Sibelius também aproveita para retomar a palavra enquanto entra de novo no "Ímpar". Quer dar um fim à conversa para discutir estratégias: devemos ir para cima? Andar até a Banhof? Armar a barraca de plástico vulcanizado do lado de fora enquanto ainda podemos?

— Ora, ora...

Mas Yan é mais rápido.

— Tem de tudo: demonização da ciência à beatificação de cientistas iniciados *pop stars*, apostando seu prestígio para atacar outras tradições? Estufam o peito e usam os palanques para atrofiar um debate ontológico importante até encolhê-los à sua interpretação personalista da história natural. É ridículo, mas parece que ninguém mais nota.

— Já vimos este filme antes: cientistas em campanha contra os crentes, e *believers* reagindo para cada um produzir sua própria versão de ciência. Não vejo por que o espanto. É a velha história de sempre. — O médico termina e está inerme.

— Yan, vamos discutir o que realmente importa agora?

Talb reage:

— E o amor? Você acha que o amor é uma manifestação irracional ou só mais uma cláusula do contrato social?

— E não é?

— Não, não é. Percebe que sua preocupação comigo é irracional e não faz sentido?

— O que importa no final é avaliar o jogo e ver como estamos lutando. É meio inconfessável, mas pense bem. É uma competição! Não passa da velha lógica da seleção natural. É um de nós dois. A afetividade é pouco realista. Vamos ao mundo de carne e osso eu...

— Sei. — Yan usa a voz alongada do desprezo paa impedir a conclusão de Sibelius.

— Dá para calar a boca um minuto? Se um de nós embarcar no sono da morte o que o outro comerá?

Yan engole em seco sem falar o que pensou e se limita a um:

— Tudo bem!

— Tudo bem nada!! Você me chamava lá embaixo da montanha de quê? "Hedonista ético" — explode Sibelius, que agora grita. — Achar uma classificação para mim parece que te acalmou! Como se ninguém pudesse buscar prazer sem que isto implicasse ausência de escrúpulos.

— Não quero ter nenhum "monopólio da dignidade"! Mas você percebe como só *ethos* é insuficiente? — encolhe-se Yan, agora falando bem baixo.

— Sinceramente, não!

— Então pense nisso.

— Um dos nossos autores preferidos falava que a meta era "ocupar-se de si".

— Sem citações — interrompe Yan antes que Sibelius desate no pedantismo acadêmico. — Já combinamos que aqui tentaríamos esquecer as fontes. Aqui deve ser só a vida. Pelo menos aqui não seremos esmagados por referências bibliográficas.

— Não sei se você vai poder cumprir a promessa! — Esticando o dedo da acusação.

— Para contrabalançar, André Gide: o trabalho mais importante talvez seja esquecer todos os livros.

— *Cierra los ojos y abrélos: no hay nadie ni siquiera tu mismo. Lo que no es piedra es luz.* Octavio Paz. — Sibelius impõe-se pelo sotaque perfeito.

— Você começou, eu termino com "Ombra": "*Uomo che speri senza pace, Stanca ombra nella luce polverosa. L'ultimo caldo se ne andra a momenti. E vagherai indistinto.*"[61]

— "Vagar indistinto", de quem é?

— Ungaretti.

— Que seja, só o "vagar indistinto" nos resta. Mas vamos andando dentro do nosso pacto: sem livros, sem autores, sem referenciais. — Yan reafirma o pacto.

— O Criador com os anjos...

Sibelius ri sozinho.

O consenso entre os dois fazia sentido e foi combinado antes da subida: queriam descobrir novas formas de pensar, se livrar das repetições. Precisavam arriscar, ir até as últimas consequências, desafiar as convicções. É claro que não ajudava muito voltar ao velho vício acadêmico de se esconder atrás de ideias consagradas.

— Argumentos jogados no vento. — Yan e Sibelius se acalmam.

— Precisamos arrebentar essa camisa de força em que nós dois fomos trancados. Você tem razão, Yan, é um dos nossos acordos mais antigos, combinamos no avião.

— Vagar indistintamente — filosofa Yan.

---

[61] **Ombra:** "Homem que esperas sem conhecer a paz, sombra cansada na luz polvorosa, o último calor se moverá. E vagarás indistintamente."

Difícil desaprender

O dia de novo. Sibelius está acordado estudando o mapa com o plano de subida. O "Ímpar" tinha apenas dois banquinhos ao largo de uma mesa com a madeira apodrecida na qual ainda era possível alguma atividade. Posiciona o toco de lápis mastigado sobre o papel amassado e se pergunta "Onde foi que erramos?". Nem notou que adormeceu numa posição estranha que fazia suas pernas formigarem. O hábito de esmurrá-las virou tique. Sibelius prefere não tirar a meia, nem as luvas, para ver como andam as pontas de seus dedos. Yan dorme com a respiração pesada e engasga com tosse a cada expiração. O sol está ali na janela e um vento súbito entra pela fenda na porta. Sibelius coloca de novo seu abrigo sujo para bloquear a entrada do frio. Apesar de ser dia, a temperatura caiu. Não neva e o ar de dentro parece mais hostil. Yan acorda lembrando da citação da noite anterior.

— Sonhei com alguma coisa que discutimos ontem à noite. É bem mais difícil desaprender, já dizia teu poeta.

— Não é "meu" poeta.

— Para descobrir qualquer coisa nova temos que citar menos. Se não fossem estes pensamentos não estaríamos tão enredados.

— Entende?

— Já tínhamos concordado.

— Onde estávamos?

— Não sei — Sibelius fala isso de coração, perdeu completamente a noção dos dias e das horas.

O relógio só informa a temperatura. Precisam de fogo. O calor mudaria tudo. Sibelius decide: vai executar um plano alternativo, à revelia de Yan.

— Vou dormir de novo — Yan fala de forma estranha.

— Já te disse... melhor não, Yan.

— Estou pifando. — Pode sentir sua cara inchada, o enrugamento dos ossos, a pele está cada vez mais rala e ele pressente a palidez terrosa da desidratação.

— Pense em algo diferente. Que tal algum acontecimento da sua militância política?

— Você quer acelerar meu colapso? (Ondas de risos frouxos.)

— Por que não?

— Faça o favor, você sabe muito bem!

— Não. Não sei.

— Eu falei da última reunião?

— Não.

— A reunião anual dos clínicos no hospital? Isso deve fazer... uns oito meses.

— O que aconteceu?

— Brigamos e foi aquela confusão medonha, o presidente do sindicato dos médicos partiu para a agressão.

— Por quê? — Sibelius se esforça para ficar espantado.

— Tudo porque ele queria que uma paciente que estava em nosso ambulatório fosse excluída da psicoterapia para colocá-la num regime farmacológico pesado. Ela era minha paciente e você sabe como eu penso. Não gosto de fingir que trato dopando as pessoas. Brigamos e olha que nem discuti minha teoria sobre os suicidas.

— Há uma teoria sobre suicidas?

— Os que sobreviveram às tentativas me contaram que esperam uma espécie de recompensa.

— Recompensa? Pelo quê? De quem?

— A maioria fala de uma transcendência mágica. É estranho, mas eles cultuam o ato. Parte deles imagina que optar pela redução do conflito a zero implicará um bônus extra. Autópsias psicológicas mostraram um pouco isso.

282

Sibelius faz uma cara estranha que obriga o médico a mais explicações.

— "Autópsia psicológica" consiste em entrevistar pessoas e pesquisar o contexto nos arredores dos suicidas e, eventualmente, os próprios sobreviventes que falharam na ação. Era minha pesquisa do doutorado. E os médicos tinham uma visão ainda mais mágica, imaginando que a sedação pesada atenuaria a tendência.

— E não atenua?

— É controverso. Depende.

— E depois, o que aconteceu?

— Ele nos acusou de estar fazendo corpo mole só porque recomendamos a retirada gradual do coquetel de fármacos, além de imersão total em psicoterapia. Ele defendia a superdosagem e partiu para cima de nós balançando o *New Neuropsychiatry* e gritando "Isso é charlatanismo!".

— Como?

— O cientificismo é tão absurdo e truculento quanto o fanatismo religioso. Mas enquanto um é tratado como convicção científica exagerada, o outro foi rotulado de "fundamentalismo".

O frio se espalha. A temperatura declina. A fome começa a provocar cãibras duras no estômago. Talvez se exercitar ajude, mas não há um pingo de energia. Pensam se não seria melhor se parassem de falar tanto. Não sabem, mas mesmo que tentassem, não conseguiriam. Deglutir o ar enquanto se fala melhora a sensação, ou simplesmente a conversa compensa. Saem do abrigo para captar ar, mas voltam correndo. Não sabem a temperatura, só que está insuportável.

Yan começa a amontoar roupas e rasga páginas do guia turístico suíço que mal consultaram. Tem enorme prazer nisso. Uma fogueira iria salvá-los. Sibelius vê perigo num abrigo tão pequeno, mas não fala nada. Correria o risco, porque duvida que Talb consiga acionar a chama. Há dias não conseguem faíscas. Sem faíscas, sem brasas. Os fósforos acabaram e o isqueiro de Sibelius quebrou e perdeu o fluido nas primeiras horas, logo que deixaram a estação VI.

— Explique. — Sibelius fricciona as mãos vendo Yan desistir de tentar bater duas pedras para criar fagulhas.

— Fui convidado para um congresso na Alemanha. — O ar falta e Yan usa uma careta estranha. — Pensei que jamais pisaria naquele país, mas fui. A categoria profissional que mais aderiu ao nacional-socialismo? Os médicos? Sim, eles mesmos! Mais de 50% dos médicos alemães apoiaram a causa de Adolf.

Talb acha que provocaria estranheza.

— Faz sentido? Faz todo sentido — Sibelius pergunta e responde.

— A promessa era de um superministério da Saúde, tentações para seduzir doutores que queriam aprimorar a raça.

— E depois?

— Pode haver um depois? — zomba Yan. — Já estavam fisgados, seduzidos pela eugenia num projeto de saúde total.

Sibelius tenta ser solidário abaixando a cabeça, balançando a fronte desolado.

— Falei sobre uma reunião no Conselho Nacional de Saúde? — Yan fala enquanto volta a bater uma pedra na outra contra papéis amassados e os cordões de sapatos ajeitados no meio do abrigo. Malogra sempre, mas o calor do esforço o agrada.

Sibelius está confuso com as informações, e a ideia de mastigar alguma coisa o deixa distraído. Como parece alheio, Yan continua alienado e fala como se ainda houvesse interessados.

— Eles estavam preocupados com a propaganda de bebidas alcoólicas para menores, mas não se mostravam tão preocupados com a automedicação ou com a universalização da prescrição de antidepressivos para qualquer mazela humana, das pequenas infelicidades ao cansaço.

Sibelius encontra farelos antigos grudados na barba e automaticamente os mastiga. A mastigação lhe dá um pouco de energia. Sente que pode voltar ao combate:

— Como esperar que fosse diferente? Na lógica na qual estamos metidos parece não fazer mais nenhum sentido trocar uma relação fármaco-mediada por outra, humana, sensível, romântica. Uma delas, simples, supostamente eficaz e rápida. A outra, trabalhosa delicada, imprecisa e sempre precisando de um interlocutor. Não é exatamente isto que está na raiz da decadência das psicoterapias no hemisfério norte e em vários lugares depois de um período de êxito?

— É verdade... — Yan espanta-se ao ver como Sibelius recuperou a energia.

— Os médicos estavam agitados e tinham aqueles dois pacientes que não sabíamos se aceitávamos ou não. A briga se deu inicialmente por isto. Como Freud previu, nos conflitos primeiro irrompe o pessoal, depois é que aparecem discordâncias teóricas. É preciso racionalizar a disputa!

— E tudo ficou mais claro nas eleições — lembra Sibelius. — Na época da disputa presidencial. — De repente, Sibelius interrompe o que ia dizer para fazer constar que seu frio recuou. — Tem toda razão, amigo, isto aqui estranhamente esquenta o sangue.

Yan para, retira a luva e experimenta olhar para os dedos com a esperança de que a cianose e o início de necrose periférica tenham cedido. Nota que o quadro está estável e não há mais curativos nem medicação para usar. Ele aproveita o minuto sem luva para testar a temperatura de seu hálito. Está esfriando. Veste a luva e continua, fitando Sibelius bem de frente.

— Aquela eleição? Lembro. Revolucionário corrupto contra reacionário probo.

— Lembro, claro! — Na verdade, Sibelius esteve bem envolvido. Tenta desviar o olhar não querendo enfrentar sua imagem nos óculos de neve de Yan.

— Isso faz quanto? Uns... quinze anos?

— Por aí.

— As questões dos pacientes foram postergadas e as pessoas ficavam se matando.

— Tudo era postergado pela discussão política. Foi aí que desandei: das drogas leves às pesadas.

— Você era daqueles que dava sangue pelo partido?

— Eu era o sangue. E você? — Com a pausa Sibelius cobra de Yan. — Não era filiado?

— Bom, foi meio tumultuada minha passagem pela política.

— Tudo parecia tão justo, o lado certo nunca pareceu ser tão claro: estar ao lado do povo, ser o herói das causas populares.

— Abstrações numéricas, "o povo", as velhas palavras de ordem e nós, acreditando. Eram slogans e hoje perderam todo significado. — Yan anulou o voto.

— Mas o que conta não é onde está a maioria? Não é ela e só ela quem sempre importa? Não é ela quem dá as cartas nas democracias representativas? — Sibelius quer se convencer de que havia dignidade no que fez.

— Em condições normais, sim.

— E em outras? Não entendi. — Mostrando surpresa.

— As minorias importam mais!

— Ah é? Quem? As oligarquias?

— Não. — Balançando a cabeça. — Oligarquias estão sempre protegidas.

— Quais minorias importam? — Sibelius vira a cabeça para medir Yan na diagonal.

— Todas. E já digo por quê. As minorias são a marca homeostática, as que equilibram uma sociedade. Quando elas desaparecem ou estão ameaçadas, pode ter certeza, alguma coisa vai dar errado: a sociedade vive ou caminha para a autocracia.

Sibelius sai em busca de ar, Yan o acompanha.

Como caipiras, ficam agachados de cócoras na frente da porta. Não sabem se continuam naquela posição, se saem ou entram de novo no barraco. A neve recente mais uma vez encobriu a maioria das rochas no chão ao redor. O som ininterrupto de vento atento ao desvio das escarpas. Em volta não há nenhuma vegetação, nenhum animal, nada vivo a não ser os dois entreolhando-se como aves confusas. Ambos têm os olhos úmidos e brilhantes. Quando tiram os gorros parecem mais loucos. As unhas estalam como garras curvadas. Um eco da conversação parece ficar retido nos arredores. Se pelo menos houvesse alguma coisa para comer. Um milagre seria o único acontecimento importante ali.

Entram de novo conforme o frio oscila.

— Veio aquele sono... de novo — revela Yan.

— Não durma, não faça isso. — Sibelius está realmente aflito, não quer que o amigo durma. Sabe que isso pode ser perigoso e não suporta a solidão.

— Não estou aguentando também. Vamos cantar alguma coisa juntos, jun...

O torpor o encaminha diretamente para o passado.

Yan fica às voltas com sua primeira autópsia. Estava ali, pela primeira vez, como terceiro ajudante do titular do Departamento de Anátomo-Patologia. No começo quase desmaiava ao presenciar órgãos humanos fatiados. Desta vez era um fígado recém-removido de um cadáver na bandeja de alumínio. A consistência ainda o enojava, mas muito mais o cheiro da sala. *Sui generis*, com tecidos humanos embebidos de formol a 60%, criavam um clima de cozimento químico dos órgãos. Não tinha nada a ver com a aversão ao sangue que tornaria futuros médicos inaptos para a profissão. Era só a percepção da indignidade da condição dos corpos mortos. A vida clínica se desenrola dentro de um pesado processo involuntário de dessensibilização: o estudante de medicina passa da mais sublime promessa de regenerar enfermos para o descaso absoluto. Seria ele sensível demais para arcar com uma naturalização pura e simples do fenômeno e libertar-se de vez de toda noção de uma sacralidade presente nos corpos humanos? Um corpo sem vida é uma coisa. Para isso teria que se desvencilhar da carga milenar de costumes. Inviável. No primeiro ano precisava sair frequentemente para tomar ar no corredor. Mas não era o mesmo quando ele ouvia o professor olhando a mesa e deduzindo todo caso — da etiologia primitiva à *causa mortis* — por pistas mínimas. O professor anatomista clínico fazia a inspeção das feições, o modo como rodeava o corpo em busca do invisível ao senso comum, sua face circunspecta, seus olhos gentilmente escurecidos, a posição de suas mãos entrelaçadas e tensas atrás do próprio corpo enquanto examinava a mulher aberta. Hamlet não seguraria um crânio com tanta propriedade. Sua posição era a de um maestro rígido à espera dos acordes que somente ele era capaz de escutar. Mesmo assim ninguém poderia imaginar os diagnósticos inusitados e surpreendentes que, no entanto, sempre se repetiam.

— Asfixia mecânica. — Inspirando longamente com indignação, não se sabia se lamentando ou orando. Eram muitas expectativas sobre aquele cadáver, que, para ele, também era singular como qualquer ser vivo.

— Mas, professor — sempre havia os que achavam seus diagnósticos indiciários delirantes —, esta paciente procede de um asilo para doentes mentais. Era vigiada todo o tempo, na hora do óbito estava só. Não pode ser.

— As-fi-xia me-câ-ni-ca. — Repetiu umas duas ou três vezes. Seu pequeno tamanho era uma oposição ao volume desproporcional da cabeça. Frisava com entonação agressiva no disfarce suave da separação das sílabas, o que tornava o efeito, mais que didático, irritante. Um escárnio parecia sempre iminente. Mas ele não se deixava embrutecer. Era possível ver que tinha ciência do sentido fugidio da estada humana. E ainda que raramente mencionasse o mundo transcendente, ajuntava as pernas e dobrava os braços de forma muito peculiar para tentar compreender os céus. Era como se ele se perguntasse sem descanso — 80 mil autópsias bastariam?

— Abra-a — ordenava num tom imperativo. Contra sua peremptoriedade alguns titulares de outras pastas da Faculdade de Medicina às vezes vinham, sentavam-se na periferia das arquibancadas do anfiteatro e colocavam-se a xeretar entre comentários maledicentes para ver que tipo de sensação a "medicina de mortos" — como pejorativamente a chamavam — produzia em suas mentes. Ouviu-se a estridente e metálica abertura do tórax seguida do *clack* típico da remoção violenta do esterno. A evisceração e o desossamento em uma autópsia talvez sejam os mais dessacralizantes eventos que acometem corpos sem vida. Depois, o acesso às vias aéreas superiores. Novo corte. E lá estava ele: um ovo duro, cozido, inteiro, entalado na traqueia da pobre mulher. Três médicos recém-formados e um estudante do terceiro ano voaram para fora do recinto com náuseas. Dois professores também saíram. Não era só pela descerrada repugnância da cena. O que não podiam mesmo tolerar — em uma sociedade cheia de bastões luminosos em hospitais cibernéticos — era que um franzino xamã viesse lhes ensinar uma medicina com a qual nem sonhavam. Repetiu, desta vez triunfante, e com timbre mais lúgubre, saboreando a chegada das sílabas agora novamente reunidas.

— Asfixia mecânica.

Yan e Sibelius não resistem

Nem Yan nem Sibelius resistem. Dormem por cerca de uma hora e quarenta minutos. Já eram noventa e seis horas num ciclo sono-vigília, onde o sono era uma ameaça constante. O sol sai em meio ao hélio ácido acumulado pelos oito minutos de viagem que a luz leva para chegar à superfície terrestre. A radiação assenta sobre suas peles desprotegidas que já enrugaram desproporcionalmente nos onze dias desde o primeiro dia desta fracassada escalada.

Estão queimados. Os lábios espessos e friáveis, cortados ao meio, ardem muito. A desvitaminose e a desnutrição vieram cobrar sintomas. Sangram pelo nariz, às vezes pelos lábios. Já as dores, não secretam mais nada. Até que — dadas as condições — a vida tinha uma continuidade surpreendente. O sono começou a impor medo. Era mais difícil despertar, demorava mais para se aquecer, os formigamentos de Sibelius não cediam mais aos murros. Yan calculava que, sem novidades, durariam no máximo mais alguns dias, isso se contornassem a desidratação e continuassem a macerar gelo na boca. Estavam numa fenda temporal. Tudo era uma questão de tempo.

Os apagões vitais ameaçam com mais constância. Como se sabe, durante as sobrecargas, os cortes na energia às vezes se tornam *clicks* tanto frequentes como fundamentais para que o sistema biológico alongue a sobrevivência. Por outro lado, naquela situação específica, a interrupção acelerava o resfriamento geral dos órgãos e, neste caso, isto poderia virar um pesadelo ainda maior. Isto significa que o sono recuperador acabaria favorecendo o congelamento e, como resultado final, aniquilamento mais eficaz. Sibelius estava um pouco mais alerta que Yan sobre esta possibilidade. Conversas, músicas e jogos de despertar tinham sido usados à exaustão. Nada no entanto parecia poder adiar a fatalidade.

Sexto dia. Mais dois dias e por mais prolongamentos que se vissem, Yan e Sibelius rumavam com desenvoltura à suspensão das atividades vitais. Esqueceram da rotina, ninguém retirava mais a neve da porta e nem passava a manga do capote no vidro, que ficou cada vez mais fosco. Às vezes, saíam do abrigo para necessidades ou para mascar gelo. A morte, observada desta ou de qualquer outra distância, parece em evento bucólico. Os dois mimetizam figuras mortas, como recortes despregados da paisagem geral, mas, de alguma forma, pertencentes à moldura. Num exame mais atento identifica-se respiração curta. Apalpando a artéria radial de ambos, o pulso lento, arrítmico e filiforme denota que o fim pode mesmo estar próximo. A temível figura da morte parece estar nas imediações, escondida em algum buraco com tampa.

Um único detalhe impede Sibelius de ser atraiçoado pela aproximação do sono mortal. Inventou um sistema de despertar primitivo, mas eficiente. Guardava seu "instrumento" na aba do boné felpudo. Quando sentia perigo de sono o retirava de lá e grudava o palito de aço espesso e pontiagudo — em outros tempos usado para teclar/resetar seu telefone celular — na lapela do casaco. Na hora em que seu pescoço atingia um nível de relaxamento extremo e pendia para a frente, ele era acordado pela sensação dolorosa. Graças à arquitetura precária, porém precisa, de seu invento, ele não entrava há dias em sono profundo. Isto já os havia salvado muitas outras vezes do fim.

Quando o fim pode ter uma face, ele chegou.

A porta do barraco estava semiencoberta de gelo; pela primeira vez desde o início da escalada eles nem cogitavam retirar o gelo da frente nem o que voava pela fresta da janela quebrada para cobrir seus pertences, as mochilas com as facas, as cordas, os mosquetões, as polias; as roupas imundas, o minigerador, as lanternas, tudo isso já havia sido abandonado.

Ainda carregavam um GPS que não sabiam usar e agora, sem bateria, não era exatamente um objeto útil. A fraqueza progressiva juntava-se à dor muscular severa. Às vezes Yan pegava a bússola para olhar, mas já havia perdido há algum tempo o referencial do significado dos pontos cardeais. Norte ou leste tinham o mesmo valor, às vezes batucava na tampa de acrílico para ver os ponteiros balançarem e respondia com um sorriso inútil. Era uma distração, uma brincadeira. O único sentido de sobrevivência ainda ativo era a sede. A neve passou a ser alimento universal.

— Acorda, Yan! Acorda!

Sibelius, não era a primeira vez que ele recorria à estratégia:

— Yan, Yan... — Cutuca-o com força, usando apenas a ponta do dedo, empurrando e largando abruptamente: — Cachorros, cachorros farejadores!! Estamos salvos, e é o teu milagre!

Ao usar o enredo de filmes nos quais sobreviventes relatam terem sido salvos por estereótipos como são-bernardos com rum no pescoço, a intenção de Sibelius era tanto legítima como inoperante.

— Yan! Acorda, Yan... acorda, porra!! — Esbraveja pela mentira sem resultado.

Se apenas soubesse que gatos talvez tivessem um efeito muito mais eficiente.

Sibelius tenta se levantar várias vezes, mas os joelhos simplesmente não respondem. As articulações estão semiparalisadas pela inércia forçada na mesmíssima posição de horas. Uma aflição improdutiva toma conta de sua mente. A inação e o pressentimento do fim o tornaram alvo de uma espécie de *anxietas*.

"O desassossego dos moribundos?"

A vida parecia não ser mais autossustentada, nem auto-organizada. E aqui começaria o desespero de qualquer biólogo que já refletiu sobre a peneira seletiva que aparta vida e morte.

"A vida se esfacela bem na minha frente, posso ver ela como ondula, sinto sua ativa decomposição."

Não que a vida fosse para Sibelius exatamente uma metáfora da composição. Neste caso, ela poderia ser escalas musicais combinadas sem critérios, arranjos de características harmônicas, complementares, às vezes dissonantes, dispostas em certas proporções, que se não atingiam a perfeição poderiam, pelo menos, servir de argumento para apontar sinais indiciários de que ali havia uma regência: um Grande Orquestrador que opera por signos acessórios, secundários, no púlpito dissolvido em carbono. Sibelius agita a cabeça e move os pulsos ouvindo notas de Débussy, seguido de outro piano romântico.

A agitação de Sibelius dizia respeito muito mais a um problema imanente, surgido e mantido no mundo real, e que parecia completamente injustificável.

"O que estamos fazendo aqui? O que estamos fazendo aqui? O que estamos fazendo aqui? O que estamos fazendo aqui? O que estamos fazendo aqui? O que estamos fazendo?"

Ruminava alternando voz alta, baixa, movimentos de lábios, diálogo mental.

A pergunta era monofônica e invariável, agora pronunciada:

— Mas o que é que fazemos aqui?

Num certo momento o volume do rádio interno diminui e Sibelius acorda da distração sem enxergar respiração visível em Yan. Não há nenhum espelho para testar o embaçamento a fim de diagnosticar inatividade respiratória. Sabe muito bem que é um teste duvidoso.

— Yan, Yan. — Pequenos esbofeteamentos se transformam em sacudidas fortes.

— Venha, aqui. — Sibelius puxa Yan e procura deixar sua cabeça em posição mais confortável.

Passa a esfregar as bochechas, depois fricciona os pulsos. Suas manobras são inúteis.

"Desmaiou, é só um susto."

Mesmo assim tenta usar a tampa da bússola, mas, como se sabe, em pacientes no fio da terminalidade nada é esclarecedor. Passa a sacudi-lo até o limite da sua ridícula capacidade muscular.

— Yan, caramba, acorda. Yan, não vem com essa! Não brinca com isso! Vou quebrar a sua cara se estiver me gozando. — No ódio, Sibelius começa a sacudir o corpo, a cabeça de Yan vai e vem como um marionete zonzo. Em segundos interrompe os solavancos com medo de quebrar o pescoço do médico. Agita-se como convém às ações improdutivas, a inquietude típica dos estados desesperados.

Fração de vida

Costumava se interpelar enquanto balançava a cabeça pendular-
mente com um *tic-tac* funesto e cadenciado sem a menor pretensão
de sincronia: onde foi parar sua fé? Os resultados palpáveis das aulas
de ioga? Da calma movimentação do lian gong? O estado alfa induzido por respiração profunda? Seu contato com as tradições contra-
culturais que orientavam, passo a passo, a preparação para enfrentar
o estado agônico final da passagem da vida à morte? Não era afinal
a sequência que ensinavam nas aulas de meditação, que ele anotou
com relutância? É verdade que ele se frustrou com o dirigismo iluminista e com o animalesco em política. Mas e daí? Não foi isso que lhe
deu a oportunidade de se tornar um dissidente lúcido? Não foi essa
reviravolta que o fez enxergar, ao mesmo tempo, o valor do rigor
conservador e as virtudes que as dúvidas modernas trouxeram para a
vida prática dos homens?

"Calma nessa hora, muita calma."

Ajoelhado em frente a um corpo sem sinais de vida, recebe mais
uma rajada de vento gelado e volta a divagar nas conhecidas auto-
acusações:

"No final, sou apenas o velho mecanicista de sempre. O cético que
enxerga na matéria seu próprio fim. Um adepto da hipótese espiritualista que capitula toda vez que qualquer dúvida me ameace."

Dez anos atrás Sibelius submetera-se a sessões de psicoterapia com a filha de uma pesquisadora que colecionava itens da inquisição. Um dia, ao lado dela, passeou no consultório, um casarão no Brooklyn, inspecionando as peças da medievalista. Deparou com uma estupenda edição de um *in-fólio* encadernada em pergaminho.

Sibelius primeiro cheirou o livro, que jurava ser um incunábulo; depois folheou a esmo as primeiras páginas usando os lábios, umedecendo a ponta dos dedos. O sabor do livro era um atrativo extra para bibliófagos como ele. E foi aí que não pôde deixar de notar que se tratava mesmo de um exemplar realmente especial:

"Um belo livro, nervuras proeminentes, margens largas e não aparadas."

Não parava de balançar e alisar o objeto.

Quis saber com a cicerone, Neuva Vaspir, detalhes daquela edição:

— Consegui este livro em disputa num leilão em Madri — Esticando a mão para pegar de volta o livro de sua mão, enquanto Sibelius a retraía para tentar manter o incunábulo. — Era o resquício de uma biblioteca de uma família muito tradicional e religiosa, os Morillo de Sevilha.

— Neuva, você sabe de mais algum detalhe marcante do exemplar? Parece uma edição muito especial. Gosto de saber a trajetória e a proveniência de cada exemplar. — Sibelius avançou um pouco nos detalhes. Na verdade, pensava em fazer uma proposta pelo livro.

"Vou perguntar, preciso dele."

Não seria a primeira vez que gastaria limitados recursos num impulso.

— Na verdade — notou constrangimento na voz de Vaspir — a edição é muito rara... — mais constrangimento. — A encadernação... essa é a coisa mais interessante.

— Não é assinada. — Sibelius girou habilmente o exemplar, como quem analisa uma maçã antes da mordida.

— Não, mas o tecido...

— O couro, a senhora diz? Um pleno couro.

— Parece um incunábulo mas não é. Esta é a edição *princeps* do *Index Librorum Proibitorum*. Mas o verdadeiro charme — Neuva toma coragem — deste exemplar é a encadernação.

Sibelius volta a inspecionar o exemplar, vira-o por todos os lados com tanta habilidade que Neuva não tem dificuldades em imaginá-lo como bibliotecário, um guardião para seus livros raros. Também pensou numa proposta.

"Ele é a pessoa certa, um pesquisador decadente."

Sibelius está ligeiramente decepcionado com a notícia. É um livro impresso! Analisa a data na página de rosto: MDLIII.

— Parece uma encadernação posterior, um pouco posterior, couro de cabra, ou quem sabe — interrompe o que dizia para aspirar de novo a lombada a ver se detectava mais indícios — mas...

— Já foi para uma análise: pele humana!

Sibelius interrompe qualquer movimento.

— Manufaturado com pele humana — martela Vaspir.

A investigação de Sibelius é interrompida com susto, enquanto ela segue na gélida dissertação — é um "couro", devidamente polido, muito provavelmente preparado por um vassalo que prestava serviços ao Santo Ofício. Essa pele, bem curtida, deve ter pertencido a um herege inculto.

Sibelius não era de se deixar impressionar com facilidade, muito menos com a frieza de professores pernósticos, mas naquela tarde não houve sabão que o livrasse da náusea.

Debatia-se internamente, sempre murmurando em voz baixa.

— Tentei mudar e agora vejo só uma fração de vida remanescente, como um pavio curto que vai trilhando seu rastro, que consome a si mesmo?

— Vim aqui para quê? Vivo um pânico que todo dia se renova para possuir meu espírito?

Complementa pensando:

"E o que posso dizer da minha lentidão para o aprendizado? Só agora, depois de quase meio século para perceber a literalidade pouco prática com que a vida se instrui no dia a dia? E por que tardou tanto a aquisição da maturidade mínima? Esta que todavia me escapa? E se ela chegasse antes, teria tido tempo de se instalar? Valeria a pena ter esperado tanto por um estado que a vida toda soneguei?"

Uma pausa era necessária, afinal sua boca esperava o decreto da pergunta maior, aquela que ofusca todas as restantes:

— Vale a pena?

Lembrava-se bem da polêmica que se instalara nos jornais por conta de um menino brutalmente arrastado por um carro por bandidos cariocas que foram rigorosamente sentenciados à reeducação e acompanhamento psicológico permanente. O mesmo tipo de instrumentalização se deu com o assassinato de uma menina, trucidada pela madrasta com a ajuda do pai — depois de todas as discussões ficarão menos de oito anos presos — e, finalmente, uma brutal sequência de acidentes aéreos no país onde os demorados laudos técnicos jamais apontavam para a ganância das companhias aéreas ou as condições das pistas. Tudo isso acontecia sob uma corrupção generalizada, renomeada como fisiologismo pragmático. Bem que tentaram mandatos indefinidos para presidentes, legalizar o assistencialismo em troca de votos, e, por fim, o centralismo partidário com o aparelhamento do estado e do funcionalismo federal. Sua percepção tinia de tanta lucidez: ninguém enxergava que parte da sociedade age sob anomia? O que se pode dizer quando toda oposição à anomia é dedurada como "golpismo" da pequena-burguesia? Cada vez que repassava os argumentos enojava-se com a demonstração de narcisismo que destruía seu país. O momento exigia não transigir quando se tratava de defender a indignação e todo tipo de ódio à injustiça, mesmo os ressentidos e vingativos. Quanto à corrupção, bem, essa não tinha jeito mesmo estava tão incorporada que já constava dos manuais

O que todas essas especulações tinham a ver com o óbito de Yan e a morte iminente de Sibelius, já faturada em seu nome?
Nada.

Preparando-se para a cessação absoluta

— Que faço agora? Yan morto! Ele era o médico. Não deveria me deixar nesta situação — lamenta-se. Vai deitando a voz devagar até chegar a Yan, Yan... Sua mesquinhez desvela-se. A transparência é sempre chocante.

Sibelius soluça, não se lembra de ter sofrido tanto. Só então percebe como ama o amigo, como se irmanou, como dependia dele.

Stradivar desdobra o corpo de Yan, que agora fica com os pés para fora do "Ímpar". Tenta uma manobra de ressuscitação. Um, dois, três e uma respiração boca a boca. De novo. De novo. E mais uma. De novo. Tocar os lábios de Yan era estranho, e pensar nele morto, uma experiência única. Nenhum resultado. Uma pequena gota de sangue escorre do canto da boca do médico. Sibelius está sem ar e desiste.

— Devo chorar? O pior momento da vida e ainda tenho tempo para racionalizar.

"Lágrimas congelam em temperaturas negativas."

Sibelius não resiste, chora. As gotas sobrevivem como líquido. Razão alguma resiste à pulsão. Lembra tudo pelo que passaram. Não vê corrente de pensamentos velozes, nada de imagens, nem anjos. Nenhum sinal de transe místico. Nada mesmo. Ele realmente se esforçava para alcançar algum estado extático. Bem que desejaria se sentir especial. Apenas uma sensação de que lhe gelava os pulsos e comia as extremidades. Pulso e calor vão juntos.

Depois de anos "limpo", Sibelius enfim sente falta da droga. Logo se regenera, pois nota que qualquer intensificação da situação seria tortura extra. Para o momento, a droga mais desejável seria mesmo ter qualquer tipo de aquecimento. Arrependera-se muito de ter gasto todos os envelopes de aquecedores químicos como um fanfarrão, de não ter trazido mais provisões, de terem, durante a subida, jogado vários objetos que agora seriam úteis. Especialmente por não terem vindo mais alertas ao imprevisível.

— Não preciso de mais nada.

Usa da soberba estoica para escapar do sofrimento, mas recai sempre na culpa. Na velha culpa. Respira mais fundo desejando permanecer vivo, mas a vida está se esvaindo. Yan Talb está sem vida. Inerte com a desfaçatez da morte e sob transe.

Sibelius entrega-se à sorte. Cansou de lutar, afinal quase oito anos de luta contra todos e superando seus vícios e sobrevivendo aos colegas de partido, para terminar em um congelamento impotente a 3.537 metros de altitude e a quase 20 mil quilômetros de casa?

3.537 metros

Muito mais distante do que gostaria de estar e ainda longe de qualquer oceano? O que aconteceria com seus corpos? Seria mais um caso de túmulo alpino? Já ouvira falar de pessoas que estavam ali ou nas cordilheiras andinas, perdidas sem fim, insepultas. Nem sempre o extravio de corpos era involuntário. Havia até quem colocasse em seus testamentos prévios à subida que, em caso de acidente, preferiam deixar seus corpos ali para sempre. É claro que o degelo atribuído ao aquecimento do globo tenderia a mudar de forma constrangedora esta situação. Fixara-se na seguinte imagem mórbida, mas previsível: quantos corpos apareceriam espalhados agora que a neve eterna se derretia?

Estava em Paris na data exata do anúncio da comissão oficial que divulgou o relatório de mudanças climáticas com enfoque especial para o degelo da Terra. Isso depois dos sucessivos fracassos de Kyoto, Copenhague, Bahia Blanca e Vladivostok. Por questões igualmente idiossincrásicas detestava o aquecimento, mas julgava improcedente o teor dos manifestos que fez anunciar como grande surpresa quem era o supremo predador do mundo.

E quem é que ainda não sabia que o homem é o lobo do homem? Por que a predação não incluiria o *habitat*? Sibelius fez então um protesto silencioso escrito às pressas num guardanapo de Montmartre, enquanto os franceses, para mostrar alguma disposição ao sacrifício, expiavam a culpa apagando por uma noite as luzes da torre Eiffel:

Uma terra sem norte
Vi mais de uma Torre
Eiffel apagando-se
Mas não me convenço

Ainda que uma terra sem norte
Sem eixo e sem Polo
Deixe de criar os sons que
Sopram devagar
Enquanto o sul murcha
Como lêmures sem parque
E troncos descolados
Ao surgir nos tempos
Meus pés sangram o chão
Esfolam e desfolham
Até que nenhum poro subsista
Até que nenhuma

"Outra poesia inacabada!"

Fé e ceticismo conviviam naquele corpo privado de quase tudo. Sibelius sempre sentira orgulho de sua capacidade criativa, de suas migrações conceituais rápidas, da sua plasticidade. Ganfres certa vez — numa alusão a Henri Bérgson — referiu-se a ele como um "movente em memórias". Alguém que não se fixara em escola alguma, ainda que, rigorosamente, tivesse passado por quase todas. Sentia que sua mente não estava exatamente exaurida mesmo depois da presença maciça e destrutiva das drogas.

Quando volta a fixar a visão, lembra-se de que a pedra adiante era um objetivo legítimo se não tivessem, antes, vetado a aventura como um esforço infrutífero.

— Vou arriscar. Preciso tentar.

Sibelius rompe o silêncio iludido pelo autoconvencimento e relega sua agonia ao plano das frescuras. Nem pensa em reconferir o pulso desaparecido de Yan. Ele precisa admitir que dá-lo como morto atende a sua exigência imediata de libertação. Submerge a ideia trocando-a pelo imediatismo de uma aventura. Mas quem disse que ele suporta admitir?

Seu suspiro, deglutido a seco, combina muito bem com a paisagem. Põe todos os agasalhos e pega o que pode carregar. Vai tentar atravessar os quase duzentos metros que o separam do seu objetivo com passos travados em direção ao portão sul.

Os alpinistas o chamavam portão sul, pois a face sul do Gateway fazia enorme sombra sobre aquela parte da montanha e formava o que alguns imaginaram ser "um portão". Estava delineado pela sombra onde somente um filete de sol aparecia inclinado, lançando sua luz como uma cunha e produzindo reflexos azul-alaranjados que tornavam a aparência do gelo uma brilhante superfície cremosa de sorvete. Uma radiação amarelada subia da neve na forma de vapor em resposta ao sol parvo, o que só fazia aumentar a sensação de portão entreaberto enfeitado com fumaça do degelo e evaporação. Sibelius estava com os sentidos aguçados como se tivesse topado com os canabinoides endógenos que fazem tremer os neurorreceptores.

A cada passo ouvia atrás de si o rangido irritadiço da neve comprimida, depois esfacelada estridentemente pelas próprias botas. A dor nos joelhos estava presente como se uma argamassa pesada estivesse aderida ao seu fêmur. Foi inevitável lembrar-se de Yan morto e da última festa de *Pessach* em que ele era o único gói convidado.

"A metáfora do cativeiro dos judeus e suas cotas de tijolos no Egito dos faraós."

A sensação era de uma articulação completamente seca, como se o líquido sinovial estivesse escapando por algum furo imaginário. Não ouvia o rangido ósseo, mas podia perfeitamente senti-lo, tracionando seus ossos sob uma dor escaldante, descamativa como ferrugem, pesada como o esmagamento. Perdido em sua abstração corporal, Sibelius está agora a apenas duzentos passos da almejada rocha.

— Agora é só alcançá-la, depois dou a volta! — Seu pulmão está chiando.

"Yan não conseguiria, seria peso morto. Sozinho ainda tenho energia. Alguma chance pelo menos. Contorno e quem sabe encontro ajuda, ou desço com mais facilidade pelo lado oeste."

"Sozinho, posso conseguir."

Na amnésia de seu aturdimento lembra-se de novo do companheiro. Não consegue se concentrar na nostalgia recente e sabe que sua morte também é inevitável.

Compara-se a um caduco aparelho receptor de TV que muito em breve não receberá mais imagens. Pensou como definir sua sensação. Não se sentia como um radar que está à beira da desativação, mas um fio de cabelo que se soltará da raiz e não tem ideia do rumo que o vento decidirá.

Prepara-se para a cessação absoluta. Não teme a morte. Faz anos que não sente medo, mas, ali, teme por seu destino transcendente.

"O final da vida dos sentidos."

Vai adiante, passo a passo, compondo uma pequena marcha para cantar enquanto se desloca:

313

— Andando até uma pedra, a rocha móvel, andando até a pedra, a rocha móvel, um passo a mais um peso a menos, um passo a mais um peso a menos, um passo a...

A neve aperta. Mais uma vez para, olha para baixo. Gira a cabeça e com o canto do olho mira o barraco abandonado. A rocha está a menos de 100 passos. Precisa da marchinha para ir em frente:

— Andando até uma pedra, a rocha móvel, andando até a pedra, a rocha móvel, um passo a mais um peso a menos, um passo a mais um peso a menos.

Quando se vira e já se põe a andar de novo pensa ter observado algum movimento nas pernas de Yan, que estavam estendidas na beirada da porta do "Ímpar", saindo pela soleira.

— Mas o que é isso?

Sacode a cabeça e coça a nuca. Produz sons na boca balançando as bochechas como se precisasse eliminar uma tragada.

De novo protege-se com a mão espalmada a ver se a luz não ofusca. Yan estará mesmo morto? Seriam convulsões? Teria se certificado de que o companheiro estava sem sinais de vida antes de sair? Com qual rigor? Talb está vivo? Bobagem. Não é médico, mas já viu acontecer. Sabe identificar um corpo sem vida. Ou não?

Esbofeteia o próprio rosto com a delicadeza da fome. Quer recobrar alguma orientação, de preferência uma que cochiche "ilusão de ótica". Sabia que os espasmos de tetania e o princípio de rigidez cadavérica traziam pequenas animações sem vida. Mas poderiam ser aquelas distorções um tremor pelo ar glacial?

"Não parece nada disso."

Teria sua mente novamente se deixado levar pela convicção preexistente? Sibelius volta-se, irresoluto, para a pedra — uma rocha cristalina recoberta que parece minério de ferro fincado no gelo eterno de mais de 300 ou 400 mil toneladas, aparentemente ali desde o mesozoico. Gasta alguns minutos olhando para cima a fim de medi-la contra o céu. Parece deslocada dos arredores. Seria um meteoro? Alguma partícula errante e desastrada aterrissada ali desde a explosão primordial? Sibelius pensa, com certo orgulho pueril, que é provável que ninguém a tenha tocado antes. Acusa imediatamente sua abstração fútil.

Quantas insignificâncias acometem nossos disfarces, chamados de desejos?

Mas até que pensar assim o apazigua. Amortiza sua felicidade inconsequente, aquela que talvez devêssemos frequentar mais.

Nos anos 70 deparou com um manuscrito do século III descoberto nas mais recentes escavações a sudoeste do Mar Morto. Neste documento, o compilador inverteu todos os pontos de interrogação e afirmava mais de uma vez no correr do texto:

"Erro e dúvida são superiores ao acerto e à certeza¿¿¿"

Em seguida:

"O homem foi a questão, de qualquer forma a dúvida mais admirável do Criador."

As frases "erro superior ao acerto" e "a dúvida mais admirável do Criador" estavam ali reproduzidas em hebraico. Este volume, diziam os colaboradores íntimos, estava sendo uma espécie de texto-chave para as últimas pesquisas do professor Ganfres, antes que ele se enfurnasse e desaparecesse na selva tropical.

Sibelius toma a decisão

Sibelius toma a decisão andando rumo à pedra. Despedir-se de sua rocha sem ao menos tocá-la? Encalha na abnegação fútil. Inclina-se para obstar o vento que ameaça desenraizá-lo. Finca com toda a sua força o bastão único com a ponta de aço que sobrou. A âncora está descida. Parou. Está em operação mais uma divisão do espírito: voltar-se ao amigo ou entregar-se à aventura. Compara distâncias. Espreme os olhos, e gira o corpo de novo ao "Ímpar".

Yan parece tremer cada vez mais. As distorções visuais do frio, poucos sabem, são similares às do clima desértico. Duvida do que vê, mas, como todo cético, pensa que precisa tocar para desconfiar melhor.

Ao mirar a rocha sua decisão somente é carimbada ao levar um tombo tentando contornar o marco. Só não quebrou o nariz por milagre.

Sua volta ao ponto de partida não estava carregada do drama inicial. O trajeto foi muito mais uniforme do que previu, como se os passos pudessem retroceder bidirecionalmente. Verifica que a endorfina — solução endógena para todas as dores, das decepções às doenças agônicas — está sendo violentamente liberada em alguma área do cérebro ainda não mapeada.

— Não acredito, Yan, você está vivo, vivo, vivo... — Vai voltando arfante, conversa consigo mesmo eufórico.

"A cada passo ele vive, a cada passo ele vive, a cada passo ele vive."

Reviravolta completa. Agora está cheio de esperança. Convence-se de que o diagnóstico anterior era incompetente. As pálpebras não precisam esconder as lágrimas nem o brilho da emoção. Sibelius experimenta uma felicidade distante da explicação. Bem distante. Para ele, o testemunho chama-se, ali, ressurreição. Olhando de fora — pensa rapidamente Sibelius — é quase um insulto chamar de felicidade o entusiasmo inútil de um condenado.

"Há uma constante: os autoenganos."

Sibelius acena puerilmente

Enquanto se esforça para voltar com máximo de rapidez ao abrigo. Sibelius acena puerilmente para seu amigo, que não pode responder

Do alto do mundo acontecem muitas coisas ignoradas na planície. Nela, há escassos registros de humanos. Como no fundo dos mares, há poucas testemunhas que sobrevivem no palco dessas experiências. Uma delas é a neblina dos negativos. Uma ilusão de ótica que aflige alpinistas — acredita-se que por algum tipo de sofrimento do nervo ótico — e que leva a ver imagens escurecidas no lugar dos contrastes brilhantes. Parecido como ver através das chapas de raios X ou negativos de um filme. Junto com a rarefação de oxigênio pode criar ilusões, delírios e paranoia, dependendo das idiossincrasias de cada um. O segredo, guardado entre os conhecedores de topos e astronautas, vem junto com uma sensação, ainda não classificada, mas que poderia ser inserida no CID com o nome de "síndrome de Adão". Homens que assumem esses riscos tendem a se ver como fragmentos únicos, seres solitários que bradam suas demandas a um Universo surdo.

Ao chegar de regresso, sem ar, ao "Ímpar", está no limite da hipóxia. Yan está morto, ele quase. Sibelius deita-se do lado de Yan e agita a mão desfalecida do amigo. Apesar de sua tontura pela saturação de carbono, rompe o casaco e rasga as três camadas de camisas. Esfrega o peito do morto com vigor esfolante, usando a última gota de linimento canforado que lhe restava. São dois minutos que competem contra o desmaio iminente.

"Espera. Espera. Espera. Alguma respiração!"

Conta, enquanto se desfaz do gorro. Ao mesmo tempo, sem desgrudar a mão do peito, levanta o braço de Yan para encostar a orelha esquerda e conferir se há qualquer murmúrio no pulmão. Registra ruídos e só dez incursões por minuto. Está muito superficial, lenta, mas ritmada. O pulso existe, muito fino. Sibelius continua esfregando sem descuidar do vigor. A irregularidade impede a precisão, mas acha que contabilizou 39 batimentos cardíacos em um minuto. Desgruda seu ouvido de um trecho de tórax nu do amigo com alívio. O pulmão ainda se expande. A pele que treme encontra-se levemente umedecida. Sibelius se controla para não chorar.

Volta à posição de sentido para reorganizar os pensamentos.
— O que fazer?

Sibelius não era nenhum misantropo

Sibelius não era misantropo, mas desenvolveu aversão aos sujeitos agrupados. Não significava fobia social. É que ao ver comportamentos tipicamente humanos como fila de bufês, jornalistas entrevistando vítimas, conglomerados faturando com acidentes, o acúmulo de gente e cheiros nas "praças de alimentação", definiu um incômodo diagnóstico de que não havia mais a mínima esperança, muito menos para a política.

Sibelius não tinha sido lapidado por nenhum rigor intelectual desvitalizado que pensa — em seu próprio benefício — que a leitura e o pensamento analítico são os os únicos acessos ao mundo. Tratava-se aqui, antes, de uma espécie muito refinada de "osmose cultural". A famosa "hipótese osmótica" foi evocada por Rainer Maria Rilke como resposta aos opositores:

— Como é que você ousa montar um sistema de pensar forte? Como fez isto sem ter lido todos os clássicos da literatura ou passado pelo longo inverno cultural em um liceu acadêmico europeu? Como você — uma pessoa sem titulação formal, um não-intelectual — pode ser superior a um livre-docente que, este sim, pode determinar o que é boa ou má literatura?

Por que Stravinski, Kandinski ou James Joyce, Matisse e Van Gogh, Orson Welles e Ingmar Bergman fizeram revoluções reais em suas respectivas áreas? Como todos eles deslocaram o ponto viciado de um único observador para uma multiplicidade irredutível de perspectivas?

— Nenhuma vanguarda é majoritária. Ela pode muito bem ser de um só homem. A diferença ou, vale dizer, a prova talvez esteja no futuro, não no presente, teria dito Rilke.

Sua falta de esperança sempre fora um bom *motto*. Nos últimos meses, usava o aforismo como desculpa para não sair da cama pela manhã.

Sibelius Stradivar detestava aduladores. Teve suficiente contato com estes tipos nas academias universitárias e no cotidiano para enxergá-los como alpinistas sociais cuja força provinha do enfraquecimento progressivo das relações entre os oponentes. Os jogadores sociais eram artificialmente afáveis, até que a disputa chegava e eles não tinham o menor pudor em despejar seus mentores. A lealdade sempre foi um artigo ultrapassado. Estava farto de vê-los jogando, do jogo que jogavam e da legitimidade social que o jogo — sustentado pelos programas televisivos — passou a ter nas relações. E eles sempre triunfavam nas partidas que Sibelius não poderia mais suportar, nem jogar.

Intermináveis cadeias hierárquicas tornaram as cátedras universitárias ninhos de perpetuação de espécies consagradas. Até que havia as boas cepas, mas a maioria se indultava ao "tocar para a frente" a política acadêmica. Não suportava concorrer com o disruptivo nem achava a competição um critério razoável. A universidade não poderia mais privilegiar pessoas que não se importavam com a originalidade das teorias e pesquisas conquanto elas estivessem publicadas.

E Sibelius era testemunha de que tudo aquilo não era ficção denuncista. O mais repugnante, talvez, fosse o clamor autorreferente de autenticidade da maioria dos seus colegas. Quantas vezes testemunhou teses aprovadas ou reprovadas, não por méritos ou falta deles. O julgamento a ser feito — sem que o candidato soubesse destas regras — era uma combinação entre a posição política do candidato e como ele estava no *ranking* de alianças dentro do departamento.

O trecho final de seu último artigo publicado no jornal da universidade reafirmava o tom de renúncia:

"Mas por que é que isto ainda me preocupa? Por que será que o meu nicho, a academia, virou um lugar onde, acima de tudo, prevalecem habilidades políticas? Vejo colegas pesquisadores sustentados pela fama tentarem impingir suas doutrinas pessoais aos leitores. Numa guerra não declarada, ateus tentam convencer crentes de sua supremacia, fanáticos exorcizam descrentes e aí está a corrente estúpida. Na prática, significa que todos perderam a delicadeza e esqueceram que a vergonha pode ser uma qualidade. Presenciamos o desmantelamento do recato intelectual e o início de uma era de relações promíscuas onde não é só privado e público que se confundem, mas legítimo e ilegítimo, verdades e mentiras."

Sibelius estava tão queimado pelo reajuste das contas que preferiu guardar seu catálogo de ofensas para si mesmo. De certo modo, sabia que seu ativismo no que anacronicamente chamou de "radicalismo não violento" era uma saída tão sem solução como a melancolia da tolerância. Tinha que admitir que nem a dúvida moderna nem os *statements* conservadores circunscreviam mais suas questões. Da mesma forma, recusava a obsoleta e ridícula discussão sobre o transtorno político bipolar direita/esquerda. Estava preocupado com outro tipo de problema; tal como saber qual lugar poderia ainda se ocupar das tradições que sumiam ou como lidar com a dessignificação e com a falta de sentido?

Numa das penúltimas discussões no diretório do partido a clareza invadiu sua cabeça:

— Como pode ser que os inimigos de ontem sejam os aliados de hoje?

— Isso aqui é política. Isso é a política. *Capicce?* — gritava sem sotaque o presidente de honra do partido.

Mas "isso" não entrava em sua cabeça. Não era possível que isso fosse correto, ético ou acima de qualquer julgamento. Ou melhor, poderia até ser, mas então teria de abrir mão de seu senso de decência.

Aquilo em que custava a crer era na sua incapacidade para detectar seus próprios paralogismos. Claro que ainda parecia marcante a frase de um filósofo carioca contemporâneo de que a universidade brasileira tinha rigor, mas faltava-lhe vitalidade criativa. Mesmo assim, Sibelius achava que valia a pena. Não se tratava de achar nas pesquisas o que esperava, mas o oposto exato disto. O contato com seus alunos ainda era um alívio. Uma história o havia marcado demais. E foi isto que o fez prosseguir mais alguns anos naquele departamento.

Nos anos 70 a universidade organizou um colóquio junto às universidades europeias. O professor homenageado era seu futuro professor livre-docente, mentor e amigo, o antropólogo Charles M. Ganfres, especialista em aculturamento indígena, e de minorias, que havia vivido semi-isolado por mais de vinte anos na Amazônia central. Concentrou seus estudos etnográficos nas tribos latino-americanas autóctones e não-assimiladas. Fez experiências radicais e passou longos períodos de tempo em matas fechadas. Não escondia seu temor de que os índios aculturados sucumbiriam e seriam transformados em testas de ferro dos grandes interesses latifundiários. Depois viveu entre aborígines australianos, e enfim pesquisou os índios patagônicos que viviam às margens do canal de Beagle. Era contra um relativismo cultural anacrônico, mas, ao mesmo tempo, não via sentido em levar tomógrafos para as aldeias.

Entretanto, o que Sibelius enxergava nos ambientes como professor visitante não deixava nenhuma dúvida: a universidade impedia que a criatividade tivesse lugar garantido. Em vez de berçário criativo ela tornara-se perversa. E dali era apenas um passo para atuar como procrastinadora de suas próprias e mais elementares premissas.

Sibelius foi ser assistente de um professor da filosofia graças à intermediação de Ganfres e lá ficou até ter que sair às pressas nos anos de chumbo. Fora ali, no refúgio angustiante da universidade, que se encontrou com as drogas. Inaugurou a adição com antidepressivos legalmente prescritos. Drogas, que, segundo a promessa dos psiquiatras consultados, aplacariam sua desordem interna. É claro que foi na comunicação quase subliminar destes profissionais que se descortinava um paraíso artificial. Na prática, criaram a dependência e talvez jamais pudessem imaginar o tamanho da nocividade destas primeiras prescrições.

Aliás, trata-se de um problema um tanto comum, os clínicos prescrevem psicofármacos e se afastam dos pacientes, e ao perder o rastreamento imaginam ter resolvido os problemas sem saber que aquilo era a etiologia de uma moléstia crônica. Sibelius migrou do lícito ao ilícito. A droga do desatino, a droga da combustão e as fontes renováveis de coação psíquica. Um veneno recíproco que consumia e era consumido. Assim conheceu Yan, e o reconheceu imediatamente como aliado naquele mundo sem perspectivas.

Um animal despolitizado

— Sibelius, Sibelius Stradivar, quem diria, guinou para a direita...
— Uma voz ríspida, tenebrosa, mas que não chegava a meter medo, infiltrava-se pela porta. O tom áspero era como o de alguém que teve alguma doença grave ou pólipos recém-raspados da laringe. A voz se esforça para não parecer disfônica.

— Quem está aí? — responde Sibelius em legítima curiosidade.

— Sua consciência política. — A ironia cobre a aspereza. Desta vez a voz é intencionalmente trêmula. Aqui já se ouve o deboche. Pelas características da voz e por parecer um simulacro de filmes de terror, Sibelius desconfia quem seja o dono e brinca.

— Mas que bom, agora a consciência política já vocaliza argumentos. Quem me dera...

— Você pensa que consegue apagar a gente, mas vamos estar para sempre aí nessa sua cabecinha confusa — bramiu seu velho companheiro, Alceu Coelho, agora mostrando melhor a silhueta detrás da porta.

— Que desejam? — Notando que ele está acompanhado por um bando de caras não muito amigáveis.

— Ter uma palavrinha contigo.

— Entrem.

"Já invadiram mesmo."

— Ouvimos dizer que você está duvidando dos rumos do processo revolucionário — diz, cutucando um lápis cego que está quase caindo da mesa de Sibelius.

— Você está mal informado, não tenho mais dúvidas sobre isso.

— Não? — Ergue os ombros e fricciona rapidamente as mãos como quem vai realizar uma transação qualquer.

— Não!

— O que pensa agora?

— Que não valeu a pena!

— Para quem não valeu a pena?

— Para ninguém, Alceu, para ninguém — Sibelius responde cabisbaixo para não ter que ver de novo aquele rosto.

— Você abandonou a luta... o bem-estar coletivo, soube que agora tudo virou baboseira para você. É isso aí, não é? Vim para poder ver com meus próprios olhos.

— Não é nada disso! Vamos ter que voltar o filme e repetir tudo de novo? — Em poucos minutos já perdeu a paciência. Sibelius se recrimina por dar satisfações para um facínora.

— Virou sarcástico agora?

— Quer me obrigar a dizer tudo de novo? Tudo bem. O que disse naquela farsa que vocês chamavam... como é que era mesmo, refundação do partido? Disse e repito: duvido dessa política fisiológica, infestada por desejo de poder a todo preço. Duvido dos jargões, dos *slogans* festivos. Vocês ainda querem se aproveitar da megacrise no mundo e aumentar o controle das massas; não aprendem mesmo... Mas eu sei muito bem o que querem. Comer pelas beiradas até fechar o Senado, desmoralizar o Legislativo, lotear o Judiciário e aí, fortalecidos no programinha de vocês, vão brincar de fazer a fórmula do Estado manipulador e autocrático, ou seja, é a reafirmação da indecência.

Sibelius já havia feito mais de um artigo com críticas pesadas à cúpula dirigente e seu desejo de centralismo partidário como se fosse aceitável que um Leviatã[62] contemporâneo dominasse as sociedades impondo a violência contra os cidadãos.

— Vocês rasgaram todos os acordos. Era para buscar justiça social com consenso, respeito, diálogo e decência. Vocês fizeram um Estado intimidador, forrado com uma coalizão fisiológica e pragmática que deturpa todos os contratos sociais e coopta o medo das massas. Tudo para aprimorar a iniciativa violenta do Estado onipresente e fazer os indivíduos renunciarem à cidadania e em seu lugar aceitando a categoria de "obreiros da nação". Um estado que promove a litigância de má-fé entre grupos sociais, impondo-se sobre um exército famigerado de artistas e ex-intelectuais que abdicaram da crítica para reverenciá-lo. Nessa administração a impunidade é o único contrato legítimo.

Alceu está rígido como um militar no comando do pelotão de fuzilamento.

— Nessa altura o partido é uma bula adulterada e sem direito ao *recall*. O plano era esse. Congratulações — continua Sibelius levando a mão direita ao peito e estendendo a outra em sinal de cumprimento cívico cínico. — Vocês acabaram com o Estado legal, desmontaram a frágil consistência institucional, neutralizaram toda resistência moral à falta de decoro, empulharam a divisão dos poderes. Reinstalaram a *nomenklatura* e um *Viva* à anomia! *VIVA!!* Meus sinceros parabéns, Alceu!

Bate palmas tocando somente as pontas dos dedos na mão aberta, sempre olhando para o chão, e indo com as mãos para cima e para baixo a fim de aumentar a gozação.

Alceu fica mais vermelho mas finge dar de ombros e se alonga, com os olhos interessados no desabafo de Sibelius, que, insistente, continua.

— E tem mais uma coisa: que beleza o toque provinciano que vocês deram para o desmonte institucional. — Sibelius desacelera, muda o tom de voz. — E nem me venha com essa de que minha atitude é elitista, o que tenho mesmo é...

---

[62] **Leviatã** ou **Behemot**: versão terrestre de um monstro marinho mais agressivo que aquele que Hobbes descreveu em sua época.

— Medo? — Alceu aplica um sorriso que apenas muda a curvatura do lábio inferior sem se incomodar em mexer qualquer outro músculo.

— É isso aí! Medo, mas meu medo mesmo era de ter que ver de novo a faina nesta sua cara. — A palavra que Sibelius usaria não seria esta, ele pensou em usar "nojo", mas não se sabe bem porque resolve aceitar a interpretação de Alceu. Este controle o obrigou a pular da cadeira e erguer os ombros para tentar chegar à mesma altura de seu ex-amigo e atual desafeto, e assim voltar à carga, agora como um orador mais agressivo. — É medo de ver estampado tudo que eu previ nessa sua cara de pau... isso é o sinal de que vocês usurparam mesmo toda legitimidade do discurso da justiça social. E colocaram o que no lugar? Uma agenda monológica, sectária, beócia.

Alceu está inquieto, batuca o pé no chão esperando o discurso terminar.

— Esta coalização medonha que vocês montaram com os piores. Vocês fizeram de um belo projeto um governo de facções, indispostos ao diálogo e sem autocrítica. Isso é imperdoável. — Sibelius ainda não está concluindo.

O raivoso Alceu tenta se divertir com a cena e com a ingenuidade que atribui a Sibelius, enquanto pensa:

"Este aí pensa que o que ele fala vai fazer alguma diferença. E ainda há quem se importe com sua opinião. Vive num outro mundo e não se dá conta de que é um discurso de despedida. Se o partido o deixar viver — eu por mim liquidava o assunto aqui mesmo — ele ficará encostado em alguma repartição pública carimbando protocolos sem sentido. Para ele, esta modalidade de *paredón* até que *é* eficiente. Este cara já deu muito trabalho."

— Vocês estão com a bola cheia, não é mesmo? Oito anos não foram suficientes, fizeram o novo presidente e agora vão emplacar mais uma reeleição, agora com aprovação recorde, cada vez mais carregados de autorreferência. — Sibelius balança a cabeça pensando se deve: — Eu analisei e cheguei à conclusão de que é um caso patológico: vocês se acham mesmo o marco zero da nação. O que é incrível é como vocês conseguem ficar incólumes. Mas também, com uma oposição domesticada e caladinha destas. Que presente! Que presente! — Sibelius vai erguendo as mãos aos céus e ainda não terminou. — Mas, Alceu, você não me engana, nunca me enganou. Eu sei, sei direitinho tuas pretensões. E conheço os métodos. — Sibelius fica ameaçador e volta a falar monotonamente. Não se trata de encenação, ele está realmente vivendo um novo ataque de letargia, há quatro meses convivia com o programa "Droga Zero".

— Sempre está com essa linguinha afiada — Alceu rompe o silêncio estremecendo a bochecha —, mas não entendi, nunca vou poder entender por que você ficou com tanto medo da revolução. Escuta, nós podemos, cara, nós podemos.

— Medo? Tenho pânico de "homens de partido". — A palavra foge da boca de Sibelius. — Vocês só se autoproclamam revolucionários... abusam do justificacionismo, são uns atrasados. Você sabe como é: a história tem efeitos e o que se viu é o resumo de toda revolução, basta ela se institucionalizar para perder o vinco, abandonar o sentido transformador que deu origem a tudo. Aí são favas contadas, só pode mesmo gerar tiranos como você.

— Ok. E daí? Você permite que eu traduza sua crítica? Você não passa de um traidorzinho pequeno-burguês.

— Velho Alceu, você não aprendeu nada com a militância? Você não se cansa? Não estamos mais em assembleias deliberativas! Acabou, Alceu, acabou. Isso aqui não é o fórum do partido. Diga logo o que quer e suma.

— Teu ex-partido.

— Que seja! Milito numa coisa que você nunca entenderia: estou no ramo de ceticismo místico. — Sibelius interrompe o que estava dizendo para apresentar um sorriso aberto e satisfatório. — Mas tudo certo, fique aí com suas impressões. — Sibelius prossegue, ao mesmo tempo finaliza.

— Está tentando me confundir com sua dialética? Agora me lembro, foi por isto que você foi expulso do partido. Aliás, eu bobeei, deveria ter forçado esta expulsão bem antes.

— Não vou prolongar este debate, não vejo mais sentido, nenhum sentido. É tudo injusto, mas há um juiz. A única justiça na qual acredito hoje vem de uma tradição com a qual você nem sonha. E ela tem origem em outro tipo de mundo. As revoluções, nenhuma delas, corrigiram ou minimizaram o fardo. É incrível — gesticulando e levando as mãos à testa, inclinando e escondendo o rosto com estupefação —, será que você não aprendeu nada, absolutamente nada, da história recente?

O silêncio se redobra. Faz da sala um espaço milimetricamente dividido. A luta contamina cada molécula do ambiente, até que Sibelius decide ir em frente:

— Estou cansado, Alceu. Quero só dizer que não vejo virtude em justificar os fins por meios que são, estes sim, o terror. Eu vi prisões da direita virarem calabouços da esquerda. Sem tirar nem pôr. Testemunhei substituições dos donos das trancas, uma pela outra, sem qualquer traço de mudança vertical. Como é que vocês puderam?

"Fascistas do pior tipo, fascistas vermelhos."

Como o professor gesticula muito, Alceu retrocede alguns passos para alfinetar com segurança.

— Quem te viu... e pensar que foi você quem me aconselhou os primeiros livros — reconhece o invasor.

— Nem vem com essa farsa da coerência. Mas se você quer mesmo cobrar coerência, o hiato está bem aí: entre você e essa sombra carnívora em que você se transformou.

Por algum motivo que Sibelius desconhece e detesta — como costuma acontecer na presença incômoda de desejos impertinentes —, sente que deve dar satisfações. Não é ao partido e nem mesmo ao seu presente arguidor, mas a uma sensação geral de que ele traiu.

— O que vocês não conseguem perdoar é minha independência. E reforço aí para sua gravação — um fio mal escondido mostra um pequeno retorno eletrônico, já que Alceu, como de praxe, está registrando toda a conversa —, diga ao chefão, ao presidente vitalício e a todos eles: não ficarei quieto, nunca. Só matando mesmo.

Alceu balança os ombros e apalpa o paletó como se procurasse um isqueiro.

— Só se vocês me apagarem. Vamos, façam isso! — A ameaça de Sibelius é frouxa, mas o conteúdo convence. — Se tiverem a ousadia, façam isso: o país explode!! Não sou um idiota, deixei armadilhas espalhadas por aí... sim, sou, posso ser ingênuo, mas ainda tenho artimanhas. Agora sim está tudo registrado aí, nos teus arquivos.

Sibelius tinha o blefe como trunfo. Só o blefe.

Alceu não se amedronta, mas se preocupa com a ameaça.

"O sujeito é inteligente, não o subestime, não o subestime."

Sibelius retrocede no tempo para tentar achar uma explicação razoável — sabe que não há. Como sempre, voltamos aos estados policiais: o estado aparelha o partido, que por sua vez, torna o cidadão alvo preferencial de todo tipo de controle. As câmeras e as escutas legais e ilegais falam por si, mas só quando é o momento certo, quando a TV compra, quando um dossiê precisa ser vazado. Ganfres poderia sintetizar muito bem tudo aquilo: conluios estratégicos flertam com desastres éticos. Não que Sibelius se julgasse um inocente, mas consegue vislumbrar exatamente a preocupação de seu velho professor com a metáfora irônica do Estado amigo.

— Tudo bem, tudo bem, relaxe, ninguém vai te queimar. — Alceu atalha em pensamentos um "ainda" e no tom da falsa condescendência. — Entendo sua ira, mas e a doutrina, e os princípios? Você esqueceu Marx?

— Bah! Você não só não sabe de nada como nunca vai aprender.

— O quê?

— Não há princípios. Princípios se transformaram neste lamentável justificacionismo do qual somos protagonistas e eu a vítima, no momento mais vítima que você. Você deveria me tratar melhor pelo menos por um aspecto muito, muito especial — Sibelius dissimula.

— Ah, é? — Alceu se mostra curioso, mas faz questão de manter o tom depreciativo.

— Neste momento, sou a única consciência real de oposição. Foi por isso que fiquei atolado nessa resiliência melancólica. Eu só prometo uma coisa: como os partidos acabaram para mim, minha forra será não aderir nunca mais a coisa alguma! Vou dedicar minha vida ao que interessa. Chega de massa, multidões, só me interessa o sujeito único.

— Discutimos isto aí no diretório tantas e tantas vezes — simulando condescendência —, você precisa de partido, sem ele você não é nada, a pessoa fica isolada. Você vai ter que pagar para alguém, não vai? Que mal há nisso, por que não fazer uma caixinha para o partido?

Alceu faz uma cara de que o que separa a ameaça da execução é só um telefonema. Era a mesma cara que metia medo nas reuniões do diretório e a eficiência de sua intimidação era patente: nunca sofreu uma derrota.

— Você sabe como funciona. A mídia se retrai, os subsídios secam, os coletores de impostos caem sobre você. Não é um bom negócio — explicitando a ameaça com a típica expressão falsa dos políticos.

Sua fala mansa por instantes chega a confundir Sibelius, que, entretanto, não esmorece. Sabe exatamente com quem está lidando. Psicopatas migram para a política e são assim mesmo. Assassinos frios, que podem assumir muitas peles convincentes num único dia. Está na frente de um gângster.

— Está decidido, pagarei o preço da minha decisão. — Sibelius quer ficar só.

— Tem mesmo certeza disto?

— Não acredito em outra coisa.

— Há mais do que isto em jogo.

— Eu sei.

— Podem te tirar da universidade. Sua vida é isso aqui. — Abrindo os braços como se desejasse mostrar o ambiente. — Prometo que farão.

Na verdade Alceu já tinha tentado dezenas de vezes usar sua influência para sabotar Sibelius. Só malogrou porque o professor tinha algum prestígio entre os alunos.

Todos sabem o quanto os pesquisadores são particularmente sensíveis para a obtenção de verbas públicas. Há uma ambiguidade clara no processo universitário que usa critério duplo: de um lado ali pode residir a única autêntica oposição ao Estado, bem como os últimos núcleos de resistência ao hegemonismo de caráter totalitário. De outro, era presa fácil quando se tratava de repasses de verbas federais, vitais para a pesquisa e autonomia universitária. Alguns sacrifícios tinham que ser feitos. Desde 1964, Charles Ganfres, assim como Sibelius nos anos 80, sempre estivera em quase todas as listas de demissões sob a alegação de "corte de despesas."

De novo, lhe vem à cabeça as histórias do professor Ganfres, mas ele tenta se concentrar. O perigo é real.

— Tirem — continua —, tirem tudo. Nunca me locupletei, nem mesmo quando vocês tratavam a coisa toda como "roubo idôneo" preventivo. Como é que era mesmo? "Bons advogados são caros e quem deixa o poder vai precisar deles." Toda revolução se torna autoindulgente, inclusive, ou prioritariamente, nos princípios inegociáveis.

— Querido, não estamos falando disto, você perderá sua bolsa de estudos!

A eminência parda do sistema não mais disfarça as provocações de fala mansa e os ataques vão perdendo qualquer refinamento metafórico. É então que sua postura corporal muda completamente. Alceu ajeita o cinto, ergue os ombros, estufa o peito como quem se prepara para entrar numa academia de ginástica.

— Finalmente vou refluir ao mercado — comemora Sibelius.

Sibelius está cansado da entrevista e já nem consegue ser irônico. Por seu lado, Alceu, como todo autoritário manipulador, ignora a argumentação, impedindo que Sibelius termine a análise.

— Pode escrever, eu prometo, darão um jeito de te arrancar deste departamento! — Alceu encara Sibelius enquanto bate com o dedo na mesa para consolidar a ameaça. — Por aqui — apoiando a ponta dos dedos sobre a mesa e cuspindo um pouco —, você está acabado!

Alceu já tinha feito moções junto aos companheiros e até com a suposta oposição para que os repasses de verbas destinadas às pesquisas fossem retidos no gargalo estratégico da disputa de cargos, sempre disfarçados por relatórios que apontavam insuficiência técnica dos projetos.

— Já fizeram isto antes e sobrevivi. — Sibelius sabe.

"Serão anos de penúria."

— Você não tem medo de voltar... recaídas são sempre mais trabalhosas e o prognóstico é pior — responde com falsa reticência, Alceu sabe exatamente o alvo para o qual aponta.

— Voltar à droga? É isso, Alceu...?

— Foi você quem disse...

— Não pense que estou surpreso, você continua o truculento previsível de sempre.

— Não?

— Estou me livrando de todas as porcarias. Vou viajar com meu médico — Sibelius persistia em dar satisfações inúteis.

Durante uma reunião, Sibelius apresentou Yan ao núcleo duro do partido, mas logo se arrependeu. Yan não demorou um quarto de hora para entrar em conflito com um médico sindicalista da cúpula partidária.

— Você acompanha o debate sobre nossa política externa, viu o artigo do francês?

— Vi, achei bom!

— Bom? O cara é um reacionário. Não aceita que vamos enfrentar os vilões do norte.

— Você sabe muito bem qual é a tese dele — o pensador francês Bernard-Henry Lévy —, as grandes religiões modernas são o antissionismo e o antiamericanismo. Eu concordo, se quer saber, acho a teoria irreparável.

— Isso é ridículo, companheiro, Lévy não passa de um "judeu vendido".

— Bem que me avisaram... a natureza fascista das bases. Quem é que mudou de lado? Você não acha ridícula esta suposta "unidade de esquerda" que ao sabor dos interesses regionais desfila de braços dados com o islamofascismo e convenientemente se esquece de apoiar os direitos humanos e a busca de diálogo para estabelecer regimes democráticos nos países árabes?

— Pensamos grande, meu caro, pensamos grande... — O dirigente roda os punhos para impressionar os asseclas, que murmuram algum apoio.

— A política externa de vocês é um grito histérico de autossuficiência, frouxa. Limita-se a abandonar as populações aos ditadores pró-ocidentais ou publicamente neutros quando se trata de teocracias não hostis. As teocracias, aliás, como você deve saber, têm o grave problema de nunca poderem chamar o primeiro autor para esclarecer os problemas levantados pelos pareceristas.

Talb acaba encerrando ali mesmo a discussão, depois de ser praticamente puxado para fora por Sibelius.

* * *

— Ah! Está saindo para uma viagem...

— Uma atividade bem burguesa: escalar os Alpes.

— Vai mesmo deixar tudo para trás — Alceu aqui exibe uma sinceridade inédita, com o desespero de quem espera uma regeneração milagrosa —, depois de anos construindo isto, agora é que chegamos lá. Companheiro, pense bem — continua com suavidade. — Cem voltas ao mundo. Podemos dar cem voltas com o que vamos conquistar. Você já foi cotado para um ministério. — Aqui Alceu ameniza tudo e estende o tapete da sedução com a verve do justificacionismo corrupto, o prêmio aos que se sacrificam pela "causa".

Sibelius está mudo, ajeitando pastas em cima da mesa.

— Veja lá se por firula nostálgica você vai querer largar tudo para ficar congelando com este doutor sei lá o quê. Não te entendo. Realmente não entra na minha cabeça.

— Quer que eu diga com todas as letras? Às favas com o teu partido. A propósito dê um recado: diga ao pessoal que você se avistou com um animal despolitizado.

Working class hero

Agora Alceu descontrolou-se, visivelmente.

Neste momento e somente então, Sibelius sorri com prazer. Enfim despreza seu passado e não hesita diante do tabu: o medo da incoerência.

Para o momento constrói uma síntese que o agrada:

"O abandono radical da coerência. Viva a liberdade criadora."

— Isso quer dizer — Alceu usa o tom de executivos que querem finalizar uma reunião comercial — que a decisão é definitiva?

— Sim. — Sibelius encara Alceu, estão à menor distância um do outro que jamais estiveram.

— Pois, neste caso, vamos ficar com algumas garantias. O partido assim decidiu...

Sibelius registra de passagem o modo como Alceu se refere ao partido — além de sujeito indefinido e oculto, o partido é ele próprio.

— Garantias? Que garantias, você está brincando? — Finge surpresa e esboça indignação que, neste momento, vira resignação.

— Sim, sim, garantias. Queremos seus arquivos para ter certeza de que vai deixar os companheiros em paz.

— Alceu, você só pode estar brincando... — Por alguns segundos acredita mesmo em sua dúvida.

— Estou brincando? — Alceu recua uns passos e repuxa um pouco o casaco para deixar uma arma à mostra. Uma pistola prateada de calibre grosso, que o ameaçado reconhece como arma exclusiva do Exército.

Na mímica de Alceu, só uma predominância, a tranquilidade dos impunes.

Para poder lidar com o que acaba de presenciar, Sibelius precisa viajar ao passado. Lembra da música que antes chegaram a ouvir juntos: *Working Class Hero* de John Lennon.

"Herói da classe trabalhadora, isso é algo para ser."

Sibelius faz uma lágrima ser imediatamente reaspirada.

É relativamente recente que a opinião pública soubesse, em tempo real, o relacionamento de partidos e heróis da classe trabalhadora com gângsteres, tornando a arena política uma área altamente carregada de ilegitimidades e delinquência. Mas com a cibernética, os megachips, os equipamentos de espionagem vendidos em confeitarias, as imagens se valorizaram muito e não saem mais da mente do homem comum. Crimes políticos, dossiês, espionagem e todo tipo de ilegalidade se tornaram compreensíveis na luta corporativa pelos votos e pela governabilidade. Já ouvira falar, ainda que custasse a acreditar, da existência de um grupo de extermínio contratado com as verbas partidárias oriundas de obras superfaturadas e aparelhamento de estatais para eliminar dissidentes e arrependidos. Claro que isto era praxe em gestões anteriores também. E não só na América Latina, na ex-URSS, nos países eslavos, na China, no Oriente Médio e mesmo nas grandes democracias como os EUA. Ninguém escapava. A diferença, a grande diferença, era uma espécie de orgulho cabotino com que se defendia a causa, justificando todo excesso. Porém estava além da sua imaginação que um ex-dirigente e ex-presidente do partido fosse ameaçá-lo assim, pessoalmente.

Diante da arma tremeluzente à sua frente, Sibelius não tem outra saída a não ser fingir abrir com chaves inúteis todos os seus arquivos — já abertos — e deixar que seu velho amigo leve suas anotações junto com coisas que imagina serão inúteis aos ex-companheiros de partido. Vai recolhendo lentamente seus pertences A maioria objetos irrelevantes para forjar dossiês.

Numa caixa de papelão prestes a ser confiscada entram fotos de sua companheira, centenas de negativos de sua recente viagem ao rio Tapajós, seis esboços para um projeto de pesquisa sobre o aculturamento dos caiapós, um rascunho com as anotações das aulas de esoterismo, manuscritos do professor Ganfres, datiloscritos do seu último livro, uma pasta com os pagamentos — quando ainda eram feitos —, os rasurados papéis de seu divórcio, a carta nomeando-o professor *honoris causa* da Universidade de Zurique, seu testamento rascunhado num papel-manteiga frouxo e um diário no qual anotava sua versão crítica da vida partidária.

Sibelius sabia que perderia seu computador de mesa. Prefere ficar com seu velho laptop comprado sem ajuda federal e escondido no carro junto com sua caixa de pen drives. Mecanicamente retira o CDHD do computador — e estende-o para que Alceu apanhe. Enquanto isso, Alceu recolhe desajeitadamente os papéis há décadas propositalmente dispersos por todo o gabinete. E Sibelius, com a decência dos que não têm nada mais a perder, tem reserva para mais provocação:

— Contente?

— Você nem imagina! — Alceu está agitado como um gatuno, enfiando tudo às pressas na sacola.

A falsidade, quando excessivamente praticada, pode chegar a confundir o protagonista, que já não sabe se está ou não usando a estratégia. Ainda com a arma à mostra, acena para dois homens que estavam ao lado da porta — brutamontes de alguma milícia paramilitar ou possivelmente contratados por uma empresa de segurança terceirizada — para que levem a sacola e retirem o restante dos documentos.

Alceu vai se despedir com clichês, Sibelius pressente:

— Meu querido, isso é tudo? Se você tiver algo escondido por aí, melhor entregar logo. Se descobrirmos depois será pior!

O abuso da palavra "querido", muito usada na vida partidária, estava reservado nesse caso para o ódio ressentido, de conotação ambígua.

— Leve logo, Alceu!

Sibelius está controlado, seu coração pula depressa, cogita reagir. Virar a mesa e enfrentar os bandidos. Pensa em atos heroicos, mas além de não ter mais energia pesa na hora dois fatores: impunidade e crimes políticos recentes. Agora seria apenas mais uma vítima anônima do regime. Sabia que vivia numa era de crimes e num estado policial.

Seu pai, um músico amador, teve que fugir dos fascistas italianos, ele mesmo escapou dos militares brasileiros, enfrentando a polícia na época da ditadura militar. Mas, curiosamente, isto nunca fez de Sibelius um sujeito arrogante com seu passado. Jamais usou o justificacionismo ou o argumento de ter sido torturado para obter espaço em algum lugar ou engrossar seu currículo. Preso, recusou-se a ser trocado por um embaixador sequestrado. Nunca pegou em armas por considerar atos violentos uma estupidez que retirava toda legitimidade da luta. Naquele estágio, a truculência seria injustificável, mesmo sendo respaldada por todo tipo de argumentação ideológica. Foi voto vencido nesta vocação não-violenta.

Teve um julgamento sumário à revelia e foi condenado por "recusar-se a obedecer à hierarquia do "comando central".

— Esta é a lista, comandante.

— Humm — ruminava enquanto conferia com uma régua os nomes das pessoas que deviam ser eliminadas.

— Só deixamos os que desafiaram as ordens do comando e os que...

— Por que Stradivar e Lopez não estão na lista?

— Mas não era para colocar só os delatores e os que sabiam do aparelho do largo do Paissandu?

— Ele quer todos na lista, sem exceção!

— Mas L.M., assim vamos matar gente que...

— Meu caro, obediência cega ao comando é essencial, você também quer entrar para a listinha?

Foi quase executado por ordem do então coordenador militar do aparelho ao qual pertencia. Durante a resistência aos militares ficou clandestino por quase dois anos e agora era caçado por duas ditaduras. Migrou de cidade em cidade do interior mineiro. Não sabia quem devia temer mais; os militares ou seus próprios ex-comparsas. Diferentemente de figuras mais graduadas da política, que quando eram perseguidas tinham bônus, "bolsa-exílio" ou generosos ressarcimentos retroativos por supostos entraves no progresso de suas carreiras, Sibelius nada ganhara destas vantagens, nem teve bonificações por ter sido torturado. Nunca recebeu um centavo do fundo de pensão para ex-parlamentares. Nunca recorreu ou foi agraciado com subsídios que permitiam tramar fabulações e revoluções nas mesas parisienses ou nas pranchetas de acrílico de Yale. Sentia-se honrado por sua aversão aos formulários de patrocínio estatal. Era uma questão idiossincrásica: toda ideia do privilégio lhe era geneticamente repugnante. Entre o beneficiamento sórdido e o escanteio sempre escolheu a penúria da dignidade. Não que ele mesmo se considerasse injustiçado, mas, ao ver o retorno de exilados internacionais como heróis carregados nos ombros, alimentava rancor pela falta de equidade com os mortos, desaparecidos e clandestinos locais. Vira e mexe era invadido por imagens mentais que o acometiam nas ocasiões críticas da vida, e essa era uma delas.

Um dia da semana passada acordou de madrugada com pesadelos. Recordou de muitas coisas, menos do conteúdo opressor dos sonhos:

Lembrou-se da velhice paranoica de Stalin e da temporada de caça aberta aos médicos judeus. Repassou na cabeça um livro com lombada restaurada das últimas cartas de Trótski. Viu poetas que acobertaram o assassinato do líder russo na embaixada chilena no México. Lembrou-se de Ezra Pound e engoliu que poetas olímpicos podem ser grandes delatores ou militantes de causas espúrias. Como uma vertigem que começa em espiral, direita e esquerda se misturaram em sua mente, embaralhando sua capacidade de aludir à realidade.

Uma dor de cabeça fina e persistente arrebentava em seus ouvidos. Queria parar com tudo e beber um galão de alguma coisa, pois sua língua estava desfiando. Correu e pegou um lenço para estancar o sangue que vazava da narina esquerda. Mesmo assim, não pôde interromper as imagens que iam, à sua revelia, passando sob seus olhos.

Lembrou-se das cenas reais, simulacros e colagens, dos aiatolás iranianos desfilando com a cúpula do PC em Havana em algum evento antinorte-americano. Viu o ex-SS Kurt Waldheim, aclamado secretário-geral da ONU menos de 25 anos depois do fim do nacional-socialismo alemão. Imaginou os massacres de Darfur enquanto Kofi Annan sorria com sua voz felpuda acalmando a plateia. Refez a solenidade imperial com que Pinochet enganara os psiquiatras ingleses e sua risada explosiva quando embarcou na limusine imediatamente após o *acting out*. Repassou o escritor Günter Grass e sua habilidade para ocultar sua biografia nazista até alcançar o prêmio Nobel. Recuperou os papéis da Juventude Hitlerista de Heidegger, que sem nenhum constrangimento os sepultou na floresta negra, esperando, em vão, que o tempo limpasse sua euforia ariana. Explodiu-lhe no rosto o orgulho sardônico dos militares bolivianos sobre o espólio cadavérico de Che Guevara, a penúria dos professores humilhados durante a revolução cultural na China. Lembrou-se do sorriso convicto do general Videla, da concentração desesperada de mães na Plaza de Mayo e depois sua exploração política por ditadores populistas. À sua revelia, chega à imagem da funesta figura de Lopes Rega, "El brujo", argentino impecável, com seda escocesa enrolada no pescoço, preparando-se, a salvo, para uma sauna em uma cidade do Centro-Oeste brasileiro. Dos remendos de corpos espirrados a 600 metros no atentado da AMIA que uniu a extrema-direita argentina aos teólogos de Teerã. Recordou-se de Eichmann, suas regalias brasileiras, seu requinte portenho, antes de ser denunciado por um cego e ser justiçado em Israel. Mengele escondido em Bertioga, acobertado pela polícia local, e a milionária farsa para justificar sua morte. Lembrou-se de Walter Benjamin nas passagens que enfim o levariam daqui, pouco antes da era messiânica.

A dor de cabeça cedeu um pouco, mas a projeção dos cineastas lá de dentro de sua cabeça não.

Lembrou-se então da resignação e do intenso treino estoico dos Dalai contra os chineses. Lembrou-se dos instantes finais das crianças pré-condenadas em Beslan, do genocídio dos curdos, dos torturados a domicílio na Chechênia, da esfarelada corda no pescoço de Saddam Hussein, da sabotagem grosseira dos encontros para a paz das religiões abrâmicas, no regozijo atômico de Ahmadinejad, da arquitetada tolerância de Gandhi, do lodo arenoso de Bagdá, do martírio maníaco dos seguidores de Nasralah, do assistencialismo com bombas do Hamas, da satânica reunião da OPEP. Viu bem a cor suja nas mãos dos acionistas da indústria petroquímica americana. Aterrissou em impérios de comércio selvagem, nas manivelas acionadas por dedos púberes. Lembrou-se dos ludibriados pelo eterno malogro dos programas de erradicação da fome. Pensou nos pedintes miseráveis à espera de ataques de consciência instantânea dos passantes. Lembrou-se das dívidas de Spinoza, dos empréstimos impagáveis de Zola, da fraterna penúria subsidiada de Van Gogh. Lembrou-se da faina dos guetos em Varsóvia, no tempo mecânico e ritmado dos fornos em Bergen-Belsen, do slogan do trabalho inútil em Auschwitz. Lembrou-se da amnésia turca do problema armênio. Lembrou-se da alienação programática dos ricos, dos perenemente exilados judeus, dos árabes sem terra.

Lembrou-se então da culpa, que havia sumido, junto com a dor.

Acorda da imersão com uma despedida:

— Tchau, Sibelius. É uma pena que você tenha se tornado um reacionário. Até nunca mais.

— Farei uma última pergunta antes de encerrar vinte anos de convívio.

Alceu fica curioso e vermelho enquanto espera pela pergunta.

— Você é o quê?

— "Eu sou o quê?"

— Quem é você? — prolonga a conversa como se tivesse a esperança de escutar algum tipo de autoincriminação.

— É bem mais patético do que eu imaginava. Procure um médico. Você pirou. Quer que te despeje em algum hospital psiquiátrico? Virou mais um desses sofistas judeus? — finaliza com a língua solta de quem bebeu há pouco.

— Sei, agora você também é inquisidor?

Sua inépcia diplomática se une à indignação, atingindo então uma espécie de zênite. Aquela conversa só faz redobrar sua convicção. O alívio dos justos o invade por ser expelido daquela caverna imunda da vida partidária na qual mofava há quase vinte anos.

Ganfres sempre apelidou o antissemitismo, eufemismo generalista para antijudaísmo, como uma espécie de preconceito matriz. A palestra de abertura na conferência internacional de Chicago foi gravada e distribuída em cópias mimeografadas:

O antissemitismo aniquilou pensamentos e pensadores levando ao entorpecimento de Estados inteiros. Qualquer ensaio sobre a cegueira política crônica sempre foi e sempre passará pelas mãos do antissemitismo. É seu começo, determina o fim. Me convenci disso depois de pesquisar o tema. E esta convicção só aumentou quando mergulhei na minha especialidade: o aculturamento dos índios. Este espaço me fez aproximar-me de vários povos que são minorias, inclusive dos judeus e de sua cultura. É a mais pura verdade que tem sido uma relação bem atormentada, pois como todo pesquisador, quanto mais achados contraintuitivos colecionava, mais atônito ficava. Quanto mais estudava culturas indígenas, menos entendia o aculturamento judaico, e sua neoversão, a assimilação. Por outro lado, vi que a emancipação era um benefício irreversível. Estimei que qualquer saída honrosa deveria incluir emancipação com desassimilação. Eu sei que minhas conclusões incomodam muitos judeus, alguns amigos, que, orgulhosamente, se anunciavam como laicos. Agem assim como se estivessem diante de uma espécie de confissão, num auto de fé do ceticismo. Percebia como se sentiam indispostos quando contornavam com a linguagem sua condição judaica: "Nasci de família judia", "Sim, meus pais eram judeus". Confesso que esta hesitação me entediava.

Como se acordasse da digressão, finaliza então continuando o jogo que seu interlocutor achou que entendeu:
— Mas me diga de uma vez, como você entrou nesta?

Alceu dá meia-volta e se retira. A marretada na porta e a saída executiva interrompem o diálogo para sempre. Alceu escapa apressado e contrariado com as provocações de seu desafeto, levando o bando com ele. Sibelius desliza na cadeira e acompanha da janela a tropa entrando nos carros com chapas frias. Sibelius sabe que jamais verá novamente a cara de seus ex-companheiros, nem mesmo a maioria das pessoas conhecidas do departamento. Reconhece que sua ruptura deflagrou uma reação em cadeia sem previsão de término e que não poderia mais controlar. Sua vida estava, de novo, em grande risco.

— Melhor assim!

Tenta se contentar por ter saído vivo. Agradece por estar vivo. Seu primeiro impulso seria denunciar. Mas reflete melhor, para quem? Para a polícia? Chamar a guarda universitária? Seu único amigo poderoso? Um ministro de Estado em mais uma pasta criada para acomodar os derrotados nas urnas? Num regime político no qual ministros usam seu poder e, impunemente, informações fiscais para pressionar pessoas físicas e jurídicas? Num Estado que viola o sigilo individual? Em que intelectuais e artistas redigem textos contra qualquer crítica ao governo messiânico que elegeram? Diante de tribunais comprometidos contra a cidadania? Num país sem oposição? Num mundo regido pelo ágio e por papéis que valem mais que qualquer trabalho? Deduz que simplesmente não há como se proteger.

"O país é insolvente, o Estado de direito, maquiado."

"A terceira ditadura, e agora com a lei da mordaça institucionalizada."

E no meio de tudo arrepende-se de não ter levado adiante seu pedido de cidadania italiana, que agora, no meio de mais uma crise mundial — a quarta seguida desde a grande depressão de 2008 —, não faria a menor diferença.

Melhor esquecer tudo, diz a si mesmo apenas erguendo os ombros e circulando-os para relaxar.

Estala os dedos e sabe que conseguiu esconder as anotações mais importantes, que seriam suficientes para colocar em polvorosa a imprensa, talvez alimentasse mais alguns escândalos. Quem sabe não viriam mais CPIs, destas que não imolam ninguém. Ele já devia saber que num país onde a transgressão é venerada, os culpados são refratários às punições. Mas nem pensar em entregar o material comprometedor aos outros partidos. Afinal, sua crítica à esquerda não o transformara — como criticavam os puristas — em um *neorreac*. Mesmo assim, não viu problemas em assumir os amigos da nova direita, divertidamente tachados como neopessimistas ou reacionários esclarecidos. A posição de pós-centro lhe parecia condenada e degradante. O anarquismo, uma mola juvenil que cortejava, mas não como postura política decente. Naquela altura da vida? Move a cabeça sem parar como fazia quando analisava teses. Dedos na boca aplicando pequenos golpes com a ponta cega do lápis, como fazia ao pensar, lenta e ritmicamente, de lado a lado pensando em como dar um fim ilustre para todos aqueles últimos apontamentos.

Metonímia da ausência

Sibelius nunca perdeu o hábito de falar sozinho:

"Não compreendo. Por que estamos aqui mesmo?"

"A vida tem uma sequência estranha. Começa com a perspectiva de compreensão de tudo. Logo depois tudo acontece num clima que vai apagando a convicção anterior. É como o tal tecido prostático que em certa altura da vida está programado para se abrir como uma mola e embaralhar a saúde dos homens."

Mesmo com as coisas que consideramos inevitáveis e certeiras não temos como nos proteger e não sabemos como usar nossa experiência. A vida pode ser resumida numa operação para restabelecer prioridades para os sentidos, e, em seguida, suprimimos o que é desnecessário. "É como se estivéssemos condenados a uma amnésia retrógrada."

— É para isto que cá estamos? — repete para si forçando um sotaque. — Vou, pois, é tentar a sorte em outro país. — Num giro mental rápido lembra-se do Canadá, da Suíça e da França. Paraísos com os quais todo inadimplente sonhava antes das sucessivas crises mundiais. Retrocede logo à realidade. Volta-se à mesa e percebe um de seus poemas inacabados com o título aparentemente arranjado entre rascunhos:

POEMA DE (quase) TODOS OS OBJETOS DO MUNDO

Rabisco um iceberg

e depois alinho de um lado e
outro propriedades deste navio de gelo.

> **Há degelo.**
> **Quanto perdes?**
> **Avisa a vida em torno?**
> **Quem te vê do fundo?**
> **Metáforas, do naufrágio tomas de enlevo as boias.**
> **Se não salvas, ao menos.**
> **Estás aí, digo aqui.**

Balança seu corpo nitidamente insatisfeito, mas antes de amassar registra um ruído.

Desperta em completo sobressalto. Ao seu lado Yan está imóvel. Com o rosto amassado pelo gelo, boca semiaberta e com o lábio torto. A cabeça, esgueirando-se na neve recém-derretida.

O fascínio de Yan por neve datava dos anos 70, quando seu pai entrou para a lista dos procurados do DOI-CODI e entre a prisão e o exílio ganhou uma bolsa de estudos para Londres. A neve já o inspirara, mas, mais que isto, provocava nele uma espécie rara de exaltação dos sentidos, uma exultação. Um inexplicável sentimento devocional que apareceu pela primeira vez quando observava flocos pequenos caírem em Kenton, um subdistrito de Middlesex em Londres.

Não que Yan especulasse demais sobre a razão infinda que nos mantém vivos, ou sobre as pendências da morte. Um desfile dos que já não estavam no mundo fincava pé ali bem à sua frente. Ele também não arredava pé e não se intimidava. Tampouco seria o caso de especular sobre espíritos passivos que povoam o espaço, ou de algum outro modo qualquer, remexer na mente dos crentes. Nada disto o seduzia, mas ele admitia na frente dos espelhos que parecia um fantasma.

Mas, sim, havia algo que mantinha seu suspense entretido, era uma particular sensação de solidão. Filosoficamente seria uma temeridade imaginar que um sujeito pacato como ele não vivenciaria crise existencial nenhuma. Sua vida simulava, mais de dia que de noite, essa sensação de que havia algo muito fora de lugar. De modo que ele não reconhecia a sensação como mal-estar. Para Yan faltava algo. Mais que toda metáfora não nomeada, a metonímia da ausência. Dizem os psicanalistas que a patologia radica numa crise de nomeação. Yan Talb tomava isto ao pé da letra. Exagerou em sua mania de dar nome a tudo. Tudo deveria ser falado e todas as coisas verbalmente identificadas. O mundo da mímica e das expressões intersubjetivas também. Mas para Yan o verdadeiramente espantoso, e este era o ponto central de todo este episódio, foi ter recebido aquela carta. A carta que faria um giro completo em sua vida.

Aos treze anos rabiscou seu primeiro poema, que ficou corrigindo até os vinte e um:

Neve

Sua particular capacidade de dissipação,
a fragilidade
irregular de sua descida,
o poder de inebriar,
de convencer pela insistência,
sua tenebrosa frieza,
sua alvura quando de longe
sua pureza esfacelável,
seu gosto tênue
A volúpia de seu acúmulo.

seu deslize tíbio
esboço cândido
envelopar salino
e o crescimento mágico
dos que se embebem pelo degelo

Livro III

Sonho não interpretado

Mensagem vaga

Ia o dia 5 do mês de Adar, em alguma data durante o mês de contagem lunar, o que significa qualquer dia de fevereiro no calendário comum. Yan está em um plantão médico num hospital do interior, sentado no conforto médico. É carnaval. Um paciente, visivelmente transtornado, invade a sala com o olhar vidrado. Está procurando alguém. Dirige-se para Yan como se o reconhecesse, fala algo que ninguém entende.

Vai para cima do médico:

— Judeu! É você! Por que não volta para o lugar de onde veio?

A frieza dos sons conhecidos. Yan se lembra do avô e de como ele falava sobre a expulsão dos judeus da Cracóvia.

Todo filho de Israel, do Ocidente ao Oriente, ce hoje até antes do início dos tempos, sabe exatamente o que estes sons significam. Não que ele não tenha sido explorado por historiadores e antropólogos marxistas, sociólogos positivistas, *scholars* de Harvard e pesquisadores europeus. Há até quem tenha feito ensaios fílmicos sobre o tema. Mas é mais provável que jamais tenha sido desenhado um único enredo a partir da real perspectiva das vítimas. O maior drama da história ocidental não teve nenhum épico correspondente, e talvez não caiba mesmo, pois os heróis são vítimas que jamais triunfam. Por outro lado, é claro que já fizeram falar os carrascos voluntários, os combatentes e até os figurantes. Além disso, está em alta uma revisão da história em que novos autores querem se desfazer da matemática do extermínio.

Um pouco chocado, mas não muito, já que, ao largo da vida, fora vítima cá e lá de manifestações antissemitas.

Os vestígios estavam por todos os lados. Iam do questionamento da legitimidade da natureza judaica do Estado de Israel aos ecos ameaçadores dos vizinhos pacíficos. A aversão, muitas vezes, vinha maquiada por "objeções políticas", que nas manchetes e comentários, atestava as antipatias ao Estado fundado em 1948:

— Um povo tão massacrado nunca poderia ter um Estado armado até os dentes.

— O governo de esquerda não fez as concessões necessárias.

— Este governo de direita é que não deixa avançar os acordos de Oslo.

— Israel sabota Israel, nós jornalistas já oferecemos tantas soluções.

— Como eles são inflexíveis! É terra dada. Deveriam esquecer o passado e obedecer a partilha.

— Nossa chancelaria acha que, com o novo secretário-geral das Nações Unidas sendo quem é, ampliaremos os direitos de todos, inclusive dos que desejam entrar no "clube nuclear".

Durante a graduação na faculdade de medicina, por exemplo, também teve uma recepção pedagógica. Depois de uma gincana, Yan ousou enfrentar os colegas veteranos. Tudo aconteceu depois da prova no anfiteatro de anatomia, onde os estudantes rodiziavam em banquinhos enquanto identificavam os nomes das peças anatômicas amarradas com barbantes nos corpos mortos.

— Normalmente a pessoa tem um defeito, mas você é judeu, comunista e hippie!

De uma só vez é tratado com todos os estereótipos impingidos aos rebelados. Nessa ordem. E desde quando ofensas precisam ser coerentes? A resistência foi irracional, selvagem. Cercado por tipos que ninguém deveria merecer, muito menos como médicos, foi andando com a pequena e excitada turba gritando atrás de si.

— O judeu, peguem o judeu.

Yan continuou andando enquanto cerca de cinquenta veteranos gritavam com furor progressivo, até que, ameaçado com um bisturi de autópsia por um dos futuros médicos, sacou de contragolpe uma chave de fenda. A rua ficou congelada, mas não houve tragédia. Depois soube que havia paisanos seus no meio dos veteranos que faziam a "brincadeira". Mas isso pouco importava, o que estava em questão era que cada pronúncia se juntara às bilhões de vezes em que ela foi injetada no ar, imortalizada por ondas de rádio que vagam por aí, criando o turbilhão cáustico e irreparável que apertava seus ouvidos.

E naquela sala o paciente com um nome greco-romano repetia:

— Judeu!! Volte para o lugar de onde veio.

Antiocus agitava as mãos, de cima a baixo, sem sincronia. Não havia agressividade, só o desespero fanático.

— Dez anos, faz dez anos que estou a te procurar!

Yan não estava perfeitamente surpreso com a conclamação emigratória. Na calma artificial que conquistou à custa de um rigoroso regime mental para controlar suas reações, gesticula dois dedos no ar aos enfermeiros. O paciente estava sendo agressivamente contido.

"Soltem."

A segurança nos hospitais aumentou demasiado, mas não por uma pandemia de demência furiosa. Era para conter a reação indignada de consumidores lesados pelos contratos leoninos dos planos de saúde suplementar. De relance, nota que a manga direita da camisa de Antiocus está rasgada e pelo que apurou ainda não tinha terminado de preencher a ficha de admissão quando invadiu a sala. A presunção diagnóstica inicial ganha força: o paciente estava na fase aguda de um surto psicótico.

Yan continuou sentado na saleta dos médicos. Abriu um jornal local e começou a falar com Antiocus. Um estranho até poderia dar conotação cínica a sua intervenção, mas nem tudo ali era tão bem estudado assim.

— Você gosta de esportes? Prefiro natação e...

— Judeu... — Antiocus continua, pulando fora do jogo e desmontando a armadilha que Yan pensava preparar. Naquela altura uma secreção branca descia preguejando o canto da boca do paciente, que babava discretamente. A espuma acumulava-se até o início da barba mal raspada. A comparação com um cão infectado pelo vírus da raiva foi inevitável, mas ali, poderia ser só um dos equivalentes epilépticos se manifestando.

— Xadrez? Uma partida? — Yan não se sente derrotado com a determinação hostil do paciente. Mostra que, pela postura do tronco, fala sério. Debruçado, vai ajeitando as peças dispersas, que retira de uma gaveta espúria. Vai espalhando as brancas nas posições corretas num tabuleiro desgastado, quase apagado, que acaba de arrastar da prateleira lateral.

A ideia de manter o fluxo de conversação aberto, não importando a tensão, era uma técnica semiológica que incorporou como hábito. A conversação médica dos velhos clínicos sempre teve uma peculiaridade que provavelmente faltava às outras. Uma indefinida atenção a qualquer detalhe. Na verdade ela foi sua motivação para ingressar na vida acadêmica e tornar-se pesquisador. A princípio resistiu. Não queria perder o tino prático e era como se uma opção enfraquecesse a outra.

— Você deveria... — Antiocus ameniza os acenos, sua fala fica tímida se comparada ao timbre veemente do início. De seu estado original permaneceram os olhos escuros arregalados, a expressão excitada.

— Fico com as brancas — Yan dava a notícia como fato consumado empurrando uma peça.

— Doutor, você deveria... — Desde que entrou no hospital era a primeira vez que usava o tom de voz de um doente submisso. Em algum recesso inconsciente, aquilo agradou o médico.

Pronto. Antiocus retira o dedo do colo e desloca o peão preto sem tirar os olhos de Yan.

— Já comecei! — Yan ajeita lentamente as peças no tabuleiro e desloca mais uma vez outro peão para e4 enquanto o paciente acompanha tudo com desconfiança decrescente. O olhar ainda preocupa enfermeiros e atendentes que monitoram os sinais de intenção hostil.

Yan tentava manter a técnica mesmo quando deparava com pacientes furiosos. Durante sua vida profissional, à exceção de alguns chutes de adolescentes com diagnóstico de psicose simbiótica, não havia sido seriamente agredido. Não fez amigos na faculdade e passou por lá escorado em três professores velhos. Fora eles, sentia-se num deserto hostil. Foram seis torturantes anos.

Lembrou-se de uma discussão com seu tutor do hospital nos minutos finais de uma aula de Psicologia Médica II:

— Seria prudente — dirigindo-se especialmente aos psiquiatras residentes que lotavam o pequeno anfiteatro — precaver-se com um porte de arma. Pois nunca se sabe... — Era o que ele ouvia da boca do professor. As risadas vinham e para Yan só poderiam ser manifestação de cumplicidade neurótica.

— Exagero, professor. Na verdade — tomando coragem — é completamente absurdo!

— Você não tem experiência! — Virando-se para a lousa para rabiscar alguma bibliografia inútil como se isso mantivesse aquele pirralho petulante fora de sua mente.

Tudo isso o fazia tremer; uma vida regida pelo erro, pela artificialidade, pela exploração sem fim de uma tática que mesmo quando exitosa não tinha um pingo de ação criativa. Da incapacidade de lidar com situações que exigiam completa imersão na vida clínica.

— Professor, o que podemos esperar de uma relação entre um sujeito pronto a sacar uma arma e outro que pensa estar sendo acolhido?

— Temos que nos preservar, filho. — O professor tenta uma voz afável, mas o uso da palavra "filho" enterra qualquer chance de diálogo.

— Certo! No fim desta aula estaremos treinados para o duelo e prontos para descarregar a arma neles... afinal, quem eles pensam que são? — Talb fomenta o conflito.

— Psicóticos, espertinho. — Desta vez não consegue voltar-se à lousa ou ignorar o moleque que o chama para a briga. — Não são tísicos, não sofrem de enxaqueca nem são cardiopatas. — O olhar severo do professor tenta intimidar Yan. Se pudesse ouvir o ralar de seus dentes se esfarelando no maxilar rijo, tão tenso que mal se movia ao falar.

— Se é assim, melhor desistir da psiquiatria, não atenderei armado.

— Você — apontando o dedão da expulsão para Talb — está excluído da discussão acadêmica!

Yan recolhe seus livros espalhados na carteira da sala de aula. Retira-se, sem disfarçar o alívio pela exclusão.

Muito tempo depois de formado, Yan soube por ex-colegas que o professor tirara a própria vida em casa com uma pistola automática pouco antes de se aposentar.

O paciente continuava inspecionando o médico

O paciente continuava inspecionando o médico.

O *facies* do sujeito era indefinível, mas não havia simulação. Já o dr. Talb agia como se estivesse em aquecimento, esperando o adversário para o combate. Antiocus ainda está em pé. Entre uma jogada e outra o médico pega um bloco de notas para registrar o que deveria ser uma anamnese, mas suas mãos fraquejam, não têm firmeza para a escrita. Yan sacode as mãos.

> "Mas que coisa, de novo essa droga... é ridículo... cãibra
> dos escritores, é exatamente disso que eu preciso."

A paciência era cultivada, o jogo, difícil. Seria praticamente impossível dizer, em circunstâncias normais de observação, quem era o paciente ali. Os trajes habituais de médico há muito tinham sido unilateralmente abolidos e alguém não familiarizado com as fisionomias de um e de outro teria dificuldades em saber se a cena não seria apenas de dois pacientes interagindo. Yan já havia tentado banir o branco do hospital — o verde é mais eficiente para evitar as contaminações —, mas quem consegue ir contra uma tradição médica?

Além disso, já se considerava mais clínico geral com uma escuta generosa e simpatia pela psicologia do que propriamente um psiquiatra. No seu caso, a psiquiatria havia sido a desculpa perfeita para sustar seu desinteresse pelo mecanicismo da medicina.

Para ser ainda mais rigoroso, Yan tem uma aura ligeiramente mais alienada que Antiocus. O impasse e a tensão são rompidos de forma prosaica com a chegada do substituto no plantão.

— Yan é um caso de quê? — Colocando as mãos no ombro do colega. — Bipolar? Está dando muita esquizofrenia no fim de semana.

Yan fecha os olhos de desgosto.

O dr. Armando Friso, um médico *standard*, queria a tranquilidade que os clínicos buscam nas classificações taxionômicas. Era um defensor radical da medicalização em qualquer situação e avesso às intervenções psicoterápicas.

— Isso nunca funcionou.

Não se importava em falar o que pensava mesmo com a situação se desenrolando bem à sua frente.

— O caso é o de um enxadrista indeciso — responde Yan enquanto rabisca de lado qualquer coisa na súmula de internação. Quer se livrar do colega e manter os olhos sobre Antiocus.

— Caso de quê? — Armando coça a têmpora esquerda.

Mas Antiocus ignora os arredores. Para ele, só Yan vive.

Yan deixa de lado o colega e balança a cabeça para o lado, com certa desolação por sentir na pele como os médicos perdem oportunidades para reconstituir a tradição da conversação.

— Ah? — Armando interpreta tudo como uma "charada" do excêntrico Talb. Depois deixa a sala contando os dedos, tentando recapitular onde foi que perdeu a sequência.

A partida transcorre no mesmo clima estranho no qual tinha se iniciado

Antiocus finalmente sentou-se na cadeira. Observando tudo com a porta entreaberta, os atendentes estão aflitos e curiosos. Ninguém poderia suspeitar, muito menos Yan, que as próximas horas mudariam para sempre a sua vida.

Os enxadristas estavam agora concentrados, contidos pelo cenário do jogo. Entretanto isto não duraria muito. Antiocus mostrava-se um adversário muito acima da média mesmo para um veterano de competições como Yan. O uso da defesa siciliana interpondo uma barreira consistente às incursões das brancas já mostrava a sofisticação.

A partida transcorre no mesmo clima estranho que tinha se iniciado. Um silêncio entrecortado por murmúrios e exclamações — "Uhs" e "Ahhs" — que acompanhavam cada novo movimento. A madeira às vezes estalava com as batidas secas do feltro.

No meio do jogo, Antiocus pula e, de chofre, se aproxima, inclinando a cabeça e segurando Talb pela nuca. Yan abandona a resistência do pescoço, deixando-se levar. A lentidão é acompanhada de grande firmeza e de uma lenta, mas gradativa aproximação entre cabeças. Os dois tremem. A cena provocaria desespero. A inesperada cooptação retoma toda a tensão inicial. Yan gesticula com os dedos sinalizando aos enfermeiros, um deles já em pé, para que não interfira e depois abana as mãos expulsando todos da sala.

Sua coragem não o protege do medo. Antiocus pode ter algum trunfo bélico oculto como uma arma branca, uma substância corrosiva, um canino afiado ou um grito ensurdecedor.

— Seus parentes. Estou aqui por eles. Aquele tubo. — Antiocus sussurra e depois se afasta para desenhar uma forma geométrica no ar. Yan não compreende o que mais parece ser uma carfologia.

— Você sabe do que falo, não é? Entende? É meio vago. Eu sei que é vago. — Insiste desesperado.

— Vago, vago. — O paciente fala num timbre baixo, rouco, agora sem sussurros. Yan tem enormes dificuldades para saber do que aquele sujeito está falando.

Desconfiado da permanência do delírio, tenta ser didático e fica irritantemente compreensivo.

— Antiocus, do que você está falando?

— A família. São seus antepassados. Esses nomes esquisitos da Europa Oriental — enquanto se esforça inutilmente para tentar remover algum papel ou documento do bolso posterior da calça. Não parece haver nada muito volumoso nos bolsos de Antiocus.

Yan se cala enquanto o grego se contorce.

— Querem que você pegue aquele canudo, você sabe, o livro! — insiste Antiocus ainda tentando tirar algo.

Yan congela pela expectativa.

— Aquele livro! Zult... isso, ele quer. Só vim avisar.

Yan estremece.

Fica pálido. É atingido por metáforas lancinantes, como armas brancas vindas do céu de todas as direções. Sempre tentava localizar corporalmente o mapa de suas aflições. Ali, o golpe vinha duma adaga com o afiado corte da desconfiança. Duas linhas se abriam na altura do peito, bem no meio do esterno. A primeira sensação era de um rio quente pelo qual corria sua desconfiança, supostamente já "resolvida" com uma década e meia de psicanálise. Há uma realidade paralela? Ela é impenetrável? Pelos sussurros do paciente parece que Hamlet teria uma resposta.

A segunda linha vem como uma lâmina de um sabre reafiado na areia, que divide qualquer linha à pulverização e toca a pele pelos ombros. Todos aqueles cortes na carne para concluir que aquilo podia nada significar. Era provável que fosse um engano misturado com coincidências estranhas.

Dada a estranha posição que ambos assumiram, a angústia penetra mais na narina que nos ouvidos.

Se Yan pudesse se enxergar, um sujeito tímido, encolhido numa roupa desconfortável, sem a menor capacidade de reagir. Como se todos os minerais do esqueleto tivessem sido assoprados junto com os pedaços de borracha por um desenhista que não gostou do esboço que acabou de fazer.

As armas cortantes surgiam do nada, as ameaças não eram apenas metáforas da agressão, mas a essência de um abalo terrível. E, como sempre, a resposta é pior que o soneto.

Yan quis fazer-se de cético. Não podia ceder à coação daquilo que lhe parecia ser mais um vulgar drama espírita psicografado.

Enquanto respira fundo:

"Ora essa. Estou vacinado. A velha lengalenga, folclóricas histórias de *dibuks*.[63] Era só o que faltava."

"Tudo bem. Está tudo sob controle."

Já tinha presenciado cenas "espíritas", gente sendo incorporada, estremecendo e falando dia e noite com voz grudenta. A baba que escorria desses tipos era só um ocasional adereço folclórico.

Já tinha se perguntado se a vida após a morte deveria ser testada dentro de laboratórios. Yan conhecia médicos espíritas que pesavam corpos vivos e mortos para comparar pesos clamando a diferença dos gramas em corpos recém-mortos em favor da existência de uma alma quantificável. Viu gente ser hipnotizada até virar uma mitocôndria no intestino do primeiro mamífero da Terra. Já negara tudo. Depois passou a aceitar qualquer coisa. Pingava nas duas atitudes, completa e passivamente. Via com muito interesse os *papers* que relatavam os experimentos duplo e triplo cego cruzado de pacientes beneficiados

---

[63] **Dibuks:** refere-se a um espírito, em geral de natureza maligna, que pode assumir o controle de uma pessoa.

por rezas a distância nos hospitais de Boston. Leu também a polêmica travada nas revistas médicas e todas as refutações e os malabarismos bioestatísticos dos dois lados. Achava mesmo que o melhor meio de avaliar a eficiência de qualquer terapêutica era ter o sujeito como seu próprio controle, mas já não sabia o que dizer ou pensar sobre kardecistas ou cirurgias realizadas em ambientes impróprios. Quantas histórias dessas — entre possessões e reencarnações — recebeu durante sua vida clínica? Suas dúvidas tinham muitos defeitos, mas eram apavorantemente genuínas. Mesmo assim, concluía que a maioria dos casos não passava mesmo de urgências psiquiátricas. Também não saberia dizer por quê, mas geralmente os personagens encarnados eram figuras de alta estirpe social. O comum era que a grande maioria dos aliens ectoplásmicos que vinham assaltar os corpos fossem figuras destacadas e era raro que o médium se contentasse com um ajudante de ordens, um mendigo ou um religioso obscuro. Yan se considerava imunizado contra tudo aquilo. Sua formação era sólida como suas leituras. Havia desmontado tijolo a tijolo toda a metafísica. Seu desespero não seria cooptado por nenhuma causa religiosa ou desperdiçado com a perseguição da bem-aventurança do espírito.

"Preciso de ar", repetia-se discretamente, sem que um lábio se desgrudasse do outro.

Como judeu, viu-se esmagado pelas irresistíveis tendências presentes em seu entorno. Seus pais, avós e incontáveis gerações da longa linhagem familiar, que tal qual uma genealogia instintiva remontavam ao próprio Moisés, da tribo dos levitas, como ele. Entretanto, viveu sua vida agarrando-se com todas as unhas à agenda do iluminismo. Todo santo dia lutava contra suas superstições ancestrais.

Yan teve vivência judaica precária. Seus pais, já um tanto distantes da tradição, não o encorajavam a ir adiante na reaproximação. Aliás, preferiam que ele evitasse um contato que pusesse em risco a tão cuidada assimilação. Para ajudar o filho, escolheram, a dedo, um psicanalista que jurava sua fidelidade ao materialismo dialético.

Até que algo incomum, tremendamente estranho, aconteceu.

Foi num fim de semana prolongado na casa de seus pais, que viajavam. Durante a tarde de sábado, a solidão e o ócio o inquietaram. O tédio mandou e ele obedeceu: precisava ocupar as mãos. Desta vez, remexeu na pasta com fotografias e documentos da família que estavam arquivados no *closet*, no fundo de um armário do quarto do casal. Usou a escada e, naquele mesmo armário, viu uma pequena mala escura, que parecia estar propositalmente entalada no fundo. Puxou-a com a ajuda de um cabide de arame retorcido. Não dava, então espichou para alongá-lo.

Arrastou, com alguma dificuldade, uma mala marrom, cujo compartimento externo era bem mais que uma pasta.

Ultrapassado o mofo, abriu a mala.

Encontrou cartas dos tios-avós escritas em *iídiche* já com o carimbo da censura de guerra da ditadura Vargas. Passou por todas rapidamente, já que não as entendia.

Em seguida, segurou com expressão abobalhada o passaporte despedaçado e a carteira do serviço militar polonês do avô. Yan mal o conhecera, mas lembrou de algumas cenas infantis. Depois, desdobrou pedaços de tecido branco-amarelado de linho puro, uns dois ou três. Custou a reconhecer que eram mortalhas com as quais as famílias dos enlutados embrulhavam seus queridos e costumam guardar como lembrança depois do banho ritual dos mortos.

Pensou ter mexido em material proibido. Parou culpado mas não lavou as mãos.

Levou segundos, e lá estava ele de novo, fustigando, escarafunchando, acossado pela curiosidade. Desta vez, abriu o compartimento principal da pequena mala de couro com alças partidas, com que Nachmann Wolf Talb desembarcou no porto do Rio de Janeiro, vindo de Varsóvia, com apenas 23 anos de idade.

Imaginou-se no lugar dele. De chapéu, com roupas inapropriadas para o calor do porto carioca, confuso, sem destino.

Lá dentro da tal mala, uma caixa com pequenas joias que supôs não terem muito valor, uma meguilá de *Purim* impressa, enrolada em madeira ao modo de Torá. Estava incompleta e rasgada. Depois puxou um cubo pequeno de couro que já fora a cobertura de proteção de algum *tefilin* de cabeça. Tornou a escavar e notou que o fundo da mala estava uniformemente descosturado.

Espremeu-se e enfiou o dedo, com medo de se espetar na ferrugem. Não havia nada. Foi quando, forçado por alguma convicção insustentável, esticou dois dedos para arriscar. Espetou-se, o sangue umedeceu um dos dedos, mas havia algo, podia sentir.

Não parou. Lá dentro, fazendo pinça com dois dedos, foi retirando aquilo que reconheceria logo depois como um pequeno pedaço de papel picotado. O rasgo parecia proposital. Terminou de puxar com a ponta dos dedos. Limpou o sangue da ponta do dedo na calça para prosseguir. O sangue ainda não havia coagulado, a falange do seu indicador direito gotejava; mesmo assim, voltou-se de novo ao papiro triangular guardado dentro de um pedaço de papel de seda. Mergulhou de novo na mala e cutucou ainda mais para ver se achava o restante do documento. Nada mais.

Sentou-se no sofá da sala para avaliar o documento. Sem o retirar da seda transparente, tentou comparar a peça. Olhou contra a luz. Não combinava com nada. Nem com as cartas. Também não se encaixava como fragmento perdido dos maltratados documentos de Nachman Wolf. Na parte lateral, identificou logo acima do rasgo uma única letra: um B incompleto. O documento era um papiro. A tinta, meio esmaecida. Levantou e olhou contra a luz da janela e não viu marca d'água. Um vermelho apagado que alternava borrões e vestígios concêntricos lembravam, vagamente, impressões digitais sobrepostas. A sobra triangular, pôde sentir sob a seda, tinha algum relevo. Sem outras inspeções, colocou a culpa de lado e retirou o bilhete do invólucro de seda.

Tocou na tinta com o dedo ferido. De algum modo que este narrador consegue supor, o contato o transformou. Primeiro o deixou arrepiado. Os olhos suspensos. A boca entreaberta. O atordoamento foi impenitente, doloroso, brutal, alucinado.

Algo aconteceu com seu corpo. Uma assombrosa inquietude tomou conta de seu espírito. Seu organismo abalado respondia tanto, vibrava tanto, que chegou a cogitar veneno. Não temeu a morte, mas pensou em gritar.

A ansiedade explosiva o desmontou durante aquela noite. Seus braços ameaçavam desobedecer. Sua boca queria falar palavras e coisas que ele não entendia. Yan queria procurar alguma coisa que aliviasse. Que sabia ele? Uma convulsão? Uma rajada infecciosa? Um castigo medonho? Uma bebida alcoólica? Qualquer droga? Um templo, uma sinagoga?

"Qualquer um, qualquer coisa."

"Por favor, alguém, não importa quem, que responda: O que é isso?"

O fim de semana foi longo. O mais longo de todos.

Semianalfabeto em hebraico, viu-se inteiramente perdido em meio a uma enorme ordem — ligada aos procedimentos e movimentos sequenciais precisos — que o cercava. Quando foi chamado para rezar, com o *yad* apontado, ficou surpreso. Riu-se internamente daquele dedo de prata opaca esticado em sua direção. Apenas fez um discretíssimo aceno dissuasivo, agradecendo tacitamente a dispensa da honra. Foi sumariamente ignorado. Rapidamente, viu-se conduzido à frente dos potentes rolos de pergaminho como se fosse natural se debruçar sobre uma tipologia tão lendária. Foi sugado pelo solo do templo, a gravidade se acentuou às toneladas. Era como se as letras não sulcadas, mas desenhadas como uma tinta que parecia insuflar relevo, o absorvessem. Notou a pele amaciada no pergaminho feito com pele de animais e tateou com delicadeza o imaginário relevo brilhante de cada linha que se estendia à sua frente. Inspecionou as linhas-guia do grafite apagado, num livro que parecia desdobrar-se como um roteiro sem começo exato, mas que bem poderia remontar ao Adão original. Ao beijar o trecho que simbolicamente acabou de ler, com as franjas de um *talit* emprestado, a sensação o assustou outra vez. De tão indefinível, não saberia dizer se gostara do que experimentou.

"Deus viu que era bom"

A primeira *parashá* do ano. A leitura do dia era do primeiro trecho de *Bereschit* no qual o Criador, depois da luz, e de quase tudo, formou o primeiro homem, o falante. Não sabia direito por que sua sensação fora tão estranha, mas ela era, essencialmente, corporal. Notava que sua carne estava trêmula, solta por dentro. Sentiu uma intimidade instantânea com o livro que todos, menos ele, pareciam saber de cor. A Bíblia — que ele nunca leu a não ser salteada — o inspirava com sua beleza narrativa, com suas intermitências, o fórum poético, o idioma de uma prosa perdida e ao mesmo tempo recuperada. Soube ali, aos dezoito anos, sozinho, de forma instantânea, que a tradição estava completamente viva dentro dele. Vibrou por dentro durante semanas e não sabia bem o que era. Temeu estar com uma doença grave.

Destruir as convicções

Yan só conseguia pensar:

"Mas e esta agora? Tudo de novo? Vai ser tudo de novo?"

Antiocus o ameaçava com revelações a que não poderia ter acesso... ou poderia?

"Será?", pensou Yan. "Um daqueles fanáticos que, sabe-se lá por que cargas-d'água, quer destruir minhas convicções. Como se fossem muitas!"

Não que fosse confessar — mas há muito tempo todas as suas certezas sumiram. Tudo ruiu sucessivamente. Falava baixo e agitava a cabeça num movimento pendular que não sabia de quem tinha aprendido. Aproveitava para se recriminar em pensamentos.

"Preciso me controlar, o paciente está bem aí."

Tudo havia ido embora: a crença na medicina, no materialismo dialético, na utopia, no anarcossindicalismo, na *perestroika*, nas medicinas integrativas, na globalização, na China industrial, no Brasil progressista, na herança de G.W. Bush, na agenda de Obama, no bolivarismo primitivo, nas esquerdas pós-festivas, nos déspotas paternais, na direita como oposição, na alternância da democracia representativa. Da globalização, detestava particularmente seus efeitos ridiculamente homogeneizadores. As diferenças culturais, religiosas e étnicas simplesmente estavam pulverizadas.

No último passeio pela Europa percebeu que a não ser pelas diversidades linguísticas e detalhes organizacionais todos eram repulsivamente parecidos. Já não fazia tanta diferença — a não ser pelas atrações turísticas — estar em Kuala Lumpur, Lima, Tel Aviv, Chicago ou Amsterdã.

"O objetivo dos pactos entre as diferenças não deveria ser preservá-las?"

As lembranças, emaranhadas, apareciam como surtos.

A *brachá "bore nefashot rabot vechesronan"* diz mais ou menos o seguinte "Deus que cria muitos tipos de ser". Precisar de outros, aqueles e aquelas que nos complementam pelas diferenças, parecia um estranho capricho, essencial da perspectiva judaica.

Depois de meses da experiência naquela sinagoga, Yan ainda tentava reagir. Peregrinou em busca de outras tradições, procurando, sem muita consciência, a repetição daquela mesmíssima experiência. Precisava voltar ao templo para reproduzir aquele mesmo estado.

Ficou viciado, queria mais.

Uma e outra vez, por anos a fio, desta vez já como estudante de medicina, repetiu cientificamente os procedimentos que o levaram ao transe inicial. Em vão. As manifestações não se repetiriam.

Falou com filósofos. Buscou sábios. Tentou rabinos.

Recebeu as tradicionais e insatisfatórias explanações generalistas.

— Ninguém sabe. — Uma revelação condena à solidão quem a recebe. Foi o que disse o primeiro.

— Isto aqui não é ciência, dr. Talb. Não é uma experiência que se possa reproduzir quando se deseja. Esqueça e ache! — Um segundo opinou.

— Depende da sua relação com o Criador, do seu estado interno — falou o terceiro.

— E da dele comigo? — quis saber Yan.

Toda a sua vida foi voltando à pele

Toda sua vida foi voltando à pele, podia sentir.

Seus mitos foram corroídos, mais do que desmontados, desfigurados pela limalha corrosiva da realidade. Por isso transitava entre a clínica médica e a psiquiatria em um hospital do interior, quase sem recursos. Por isto, a vida familiar semirreclusa, em um sítio onde o custo de vida era incipiente. Depois da renúncia à vida acadêmica não tinha muitas dificuldades para sustentar sua família e teria a paz. Abandonando-se à mediocridade alcançaria a paz despretensiosa. Lutava para não ser amargo, mas as associações nostálgicas o incomodavam. E já não se importava se o chamassem, ao mesmo tempo, de assimilado e alienado.

"Ninguém mais pode polir. E talvez não haja, sequer, lentes."

Dizia a si mesmo pensando no ganha-pão de Spinoza enquanto balançava a cabeça no banho, esperando pelo próximo esguicho de água para tentar se livrar dos pensamentos obsessivos. Por outro lado, em seu meio sua ética também era contestada. Sua insolência, inaceitável. Yan Talb, não sendo de nenhuma família tradicional, nem judaica, nem brasileira, muito menos membro da alta burguesia, estava socialmente isolado, falido.

Se tivesse paciência bem que poderia publicar mais. Mas descobriu que artigos em revistas indexadas valem mais para o currículo do que livros publicados. Desistiu porque não podia permanecer cúmplice de contextos que corrompiam as regras. A burocracia virou uma condição sinistra. Ele assumiu que o jogo estava desgastado, os tabuleiros viciados. Nenhum dado lançado poderia ter chances. Não naquela época. Não naquele país. Não naquele contexto.

Antiocus apenas revelou articuladamente aquilo que Yan já intuía com fundamentado temor. O abandono da tradição foi equívoco; estudado e voluntário. Sua rejeição à identidade judaica só poderia ser explicada em termos psicanalíticos se e somente se tivesse sido motivada por problemas estruturais em sua personalidade ou talvez originados pelos conflitos parentais inconscientes, que, ainda sem registro, poderiam ter sido analisados sem que qualquer finalidade curativa fosse definida. Não era o caso. Durante seis anos foi analisado por uma eminência psicanalítica de orientação kleiniana da Sociedade de Psicanálise, além dos dois anos de análise didática. Mas se sentira bem mesmo — isso se tornou inconfessável — com uma idosa analista junguiana, que lhe fazia parecer normal enquanto narrava as vivências dadaístas que experimentara na faculdade de medicina.

Yan precisou piscar forte para voltar ao trabalho.

Ao pronunciar o nome de seu tataravô — da qual tinha vaguíssima lembrança por relatos — Antiocus abrira as portas que, inutilmente, Yan pensava ter soldado nos longos anos de análise didática.

"A essa altura da vida uma recaída metafísica? Não, não pode ser!"

— Doutor? Ouviu o que eu disse? — Antiocus pede atenção.

— Sim, sim...

"Não."

Yan pairava em outro mundo e recém-despertava das digressões, sabendo que não poderia admitir para o paciente que perdera parte do relato.

— Seus ancestrais pedem... me pressionam... eu sei lá, querem alguma coisa de você.

O sotaque, ainda que não fosse tão irritante, ficou mais anasalado do que deveria. Um detalhe que acentuou a desconfiança de Yan. Precisa convocar o tribunal da razão para se livrar da anestesia que inalou das palavras de Antiocus.

"Que verdade tem nessas informações, de onde procedem?"

"Mas como é que ele descobriu tudo isso?"

— Você conhece algum parente? Falou com alguém?

Yan procurava emular desapego pessoal. Viu-se numa enrascada, já que a questão era mais que pessoal. Estava metido naquele pesadelo, pois — como numa peça — o delírio de Antiocus era o seu também. Esta sensação de pertencimento o incomodou especialmente, já que estava sob suspeita toda a sua pregação teórica para que os médicos entrassem na pele dos pacientes.

— Ouço vozes!

Um sono súbito desce sobre Talb.

— Não, não são vozes. — O paciente se corrige e não olha mais para o tabuleiro, fixa-se de novo no médico. — Uma única voz.

— Você fala com o outro mundo? É o além? — Yan fica incomodado com o tom preconceituoso e pejorativo que aplicou — o que ressaltou sua ironia não intencional. Tenta manter a informalidade e reconhece, é ridiculamente artificial, mas fazer o quê? Se já nem se preocupa mais com apresentar uma mímica estudada para mostrar qualquer arrependimento, também não pode notar que sua técnica está por um fio.

Yan pensava estar acostumado a lidar com crises supostamente "espirituais" nas quais os pacientes ratificavam suas convicções sobre tudo, da existência ao mundo metafísico. Na fase em que este encontro se deu Talb estava, como sempre, mais uma vez, dividido entre crença e descrença.

Esta oscilação entre duas tendências tão polares não o preocupava, pois se enganava comparando com os dramas comuns, tão cotidianos: o dilema da opção profissional entre adolescentes, a instabilidade amorosa de adultos jovens.

Antiocus mais uma vez o chama de volta. Estava virando rotina.

— Não seja ridículo, doutor. — Corrigindo de modo contundente a presunção do médico. — Não acredito em nada, em mundo místico nenhum!

— Como assim? Não acredita em nada místico? Mas sua história não é de comunicação com quem já não está por aqui? É um morto que te fala, não? — O grego se incomoda com o tom de Talb e o ameaça com a ponta do nariz.

Levanta o dedo e ajusta.

— Ouça a história toda e julgue você mesmo.

O paciente se ajeita na cadeira, vai roteirizar uma longa história.

— O drama começou nas férias, numa visita à Europa Oriental. Depois de um *tour* pelos países da área, fomos à Polônia.

Seu interlocutor falava bem baixo, a ponto de Yan não decifrar quase nada do que estava sendo dito. Esta dificuldade o obrigou a uma desaconselhável reaproximação. Percebeu a ausência completa de qualquer vestígio de bafo alcoólico, o que não era um grande dado semiológico mas pelo menos eliminava uma suspeita, comum na maioria dos surtos agudos.

Mas o hálito cetônico é evidente e então cogita se o paciente está num jejum prolongado.

"Diabetes mellitus descompensada? É provável:
a sede, o bafo, o tipo."

O médico consulta a prancheta da ficha de internação: Antiocus já estava esperando uma vaga, o hospital lotado, nenhum quarto disponível. Exames já haviam sido colhidos na triagem, agora restava aguardar.

"Diabetes é a melhor hipótese diagnóstica. Mas e essa fabulação? Pode até acontecer, mas não bate."

— Conte-me, diga tudo. — O médico já nem precisava se esforçar para parecer curioso. Apoia-se na mesa e passa a anotar cada palavra.

— Nasci em Atenas, mas faz tempos que te procuro. Quer saber como vim parar aqui, doutor?

"Por favor, conte logo e rápido."

Yan limita-se a consentir com a cabeça, enquanto queima de curiosidade. Tão imperceptível foi seu consentimento que forçou Antiocus a ficar em dúvida. O saldo foi outro pesado hiato de silêncio.

— Estive lá para o casamento do meu irmão e sem querer, sem querer mesmo, acabamos invadindo um antigo cemitério judaico. Um "campo santo", entende? Tudo caindo aos pedaços, túmulos destruídos, pichações e abandono. O governo polonês? Não estão nem aí para o patrimônio histórico, só se preocupam com judeus pelo turismo que vocês geram. Muito diferentes dos alemães, que ainda vivem se culpando.

Yan continua esperando algum dado concreto.

— Foi lá, lá que ouvi esta voz pela primeira vez — prossegue Antiocus.

— Lá onde? Polônia? Já tinha tido este tipo de problema antes?

Contestava monofônico. Estava tentando manejar a conversa. Não deveria interromper a livre narrativa, mas pensou várias vezes em arriscar. No manual ideal, aquele que nunca foi redigido, a pressa para garantir esclarecimentos diagnósticos numa entrevista médica constaria como um dos erros mais grosseiros.

— Não é um problema, entende, doutor?

— Entendo.

"Não entendo."

— Eu não sou louco. Fiquei naquele dia!

— Detalhes, você pode contar os detalhes?

— Fui visitar meu irmão e o guia nos levou aos pontos turísticos a uns quarenta minutos do centro de Varsóvia de carro. Paramos em frente a um enorme silo. Entramos. Foi lá que vi as lápides.

— Lápides?

— Os túmulos. Parecia uma enorme adega. Dali pude ver aquelas pedras. Estavam atrás de um galpão semiabandonado com aquelas enormes pilhas, eram caixas de uva. Sabe? Importadas, para fazer vinho.

— Uvas?

— Eram da França, do sul da Itália, da Albânia. Era uma vinícola polaca! Enquanto as pessoas se distraíam com as informações do guia eu estava mais propenso às lápides. Curiosidade. Não sei, talvez não fosse só isso, sei lá, de qualquer modo fui sugado, entende?

Antiocus passa a suar. A partir das abas do nariz, gotas invadiam o lábio superior. Só então Talb repara na secura descamativa na língua, que descia até fender o lábio inferior, projetando-o um pouco à frente da arcada. Era um beiço desagradável. Antiocus não interrompe o relato.

— Queria ir adiante. Aí estive a cometer o erro fatal.

— Fatal?

— Pisei num espaço todo cercado. Fui advertido, uma, duas, três vezes. Eles se dirigiram a mim em polonês de forma dissuasiva, acenando com as mãos, e como viram o tamanho da minha desatenção mudaram a língua.

— Zadik, zadik...

— Zadik? — Yan não entende.

— Você está pisando no túmulo de um *tzadik.* Saia já daí! — gesticulavam as mãos ameaçando para que eu me afastasse. Como demorei me empurraram. Eu fui argumentar: "Quem?"

— *Tzadik.* Um justo está enterrado aí. A grosseria estava a aumentar. Empurrões cada vez mais fortes e insultos que eu realmente não compreendia.

A palavra foi pronunciada com um z arrastado, tão forçado que irritou Yan Talb.

"Tzadik, sei o que é."

Até que o sujeito falava bem português, mas a pronúncia era de quem fez um curso de língua por correspondência, impresso em Portugal.

— Recuei. Não entendia o que era aquilo. Só então vi: um cemitério judaico. Sabia muito pouco, mas podia reconhecer caracteres hebraicos. Nunca havia visitado ou entrado em nenhum cemitério assim antes. Para me proteger, meu irmão puxou-me pela manga do paletó e enfrentou o coveiro, um tipo religioso bravo. Gritou contra ele num dialeto qualquer. Nem sabia que Athos dominava aquela língua, um dialeto eslavo, acho que o mesmo da noiva dele, Olegna Benzik, que nasceu na Bielo-Rússia.

— Mas aí foi mais forte do que eu. Tive que ir lá atrás ver que língua aguda era aquela? Cheguei perto, olhei o desenho e toquei nas inscrições da lápide. E o símbolo, o símbolo desenhado no mármore preto, esteve a me perturbar, me deixou completamente assombrado. Parecia um desenho do Calder. Quando toquei na pedra. — Antiocus faz uma careta espremida como se revivesse a situação.

E prossegue:

— Fiquei louco, estava a perder a razão, meu corpo tremia.

Os olhos de Antiocus pairam para além do encontro. Ele revê a cena como se Yan não existisse mais, mas isso não o incomoda para prosseguir.

— Estávamos na adega com o tradutor, tentando ser precisos no que o guia polonês falava. — Antiocus agita a cabeça como se ainda não se conformasse, como se todos os eventos tivessem se passado ontem. — Mas aquilo não me interessava mais. Fui hipnotizado pelo desenho na lápide, você já viu?

— Não — Yan responde quase sem abrir a boca, não consegue visualizar a cena. Seus dedos se tocam em tensão como quem está calmo e concentrado no tema.

"Estou no limite, não consigo prestar atenção... o final, vá para o final."

— Meu irmão e sua noiva perceberam. Foram me seguindo preocupados. Estavam intrigados por toda aquela maluquice contagiosa aguda. Ninguém fica louco por uma picada, fica, doutor?

Yan toma a pergunta como afirmação.

— Saímos a caminhar rapidamente quando percebemos que um grupo de fiéis muito religiosos se aproximava para algum tipo de evento em frente a uma lápide mais bem-cuidada. Só tive tempo de ver o nome gravado na lápide e o desenho. Depois rabisquei o que ficou na minha cabeça.

Antiocus puxa o papel rasgado apresentando o desenho. Está trêmulo.

Yan está mais trêmulo ainda, o papel acusa. Foca no nome escrito.

— Zult? — Yan não consegue despistar o embaralhamento enquanto segura o esboço cheio de dobras com uma das mãos.

— Esse desenho é um diagrama. Tem uma citação bem ao lado. Só não sei exatamente a língua. Anotei num papel que está comigo faz uns dez anos. Esse é só um pequeno resumo da história.

Yan fica mudo. Esperava continuação, não desfecho. Com a interrupção não sabe se consegue ficar intrigado.

— Ainda ouço aquelas palavras. Da mesma voz. Sempre da mesma voz.

Antiocus tira do bolso mais um bilhete amarrotado, desta vez menor. Joga no tabuleiro.

Yan desembrulha e analisa em silêncio:

— Palavras? — Enquanto examinava o bilhete forçando a visão para enxergar o que não compreendia. Ele não sabe bem o que está escrito.

— Dr. Talb, estás a ficar incrédulo? Então deixe avisar antes que não menos que eu na época. Você já deve ter me encaixado num desses tipinhos bizarros. Deves estar a achar que eu acredito em "encosto", espíritos que grudam e não te largam até você fazer o que eles querem? Sou artista, um romântico, mas não faço o gênero esotérico, dr. Talb. — O sotaque carregado de Antiocus é um peso a mais.

— Quais palavras?

— Eco, era um eco! Depois vinham os números. No começo, parecia uma língua conhecida. Depois uma palavra que até hoje não sei como pronunciar exatamente... — constrange levemente a face. — Tinha um "et", "met", ou "mit" algo assim. Às vezes achava que não era uma voz. Podia ser um barulho, uma vibração e não sabia de onde vinha. Aquilo piscava nos meus ouvidos de dia e de noite. Isso acaba te deixando obcecado, deu para entender?

Yan se limita a um aceno afirmativo de cabeça.

"Nem em sonhos."

— A voz foi ficando cada vez mais nítida. É como se eu fosse aprendendo a escutar. Demorou até que ouvisse bem. Mesmo que eu quisesse recusar não dava.

— Era nítido?

— Nítido.

"Nítido como o além."

— Você anotou? O que era?

— 31°13' N e 29°58' E. — Antiocus vai falando muito rápido.

— O quê?

— Trinta e um graus e treze minutos norte, vinte e nove graus, cinquenta e oito minutos leste.

— Mas o que é isso? — Yan está anotando e reconhece os sinais de localização geográfica.

"Latitude e longitude: um Atlas, preciso de um Atlas."

Antiocus gira os ombros.

— E o que aconteceu? — Talb não para de piscar os olhos, larga o bilhete desamassado no meio do tabuleiro como quem acaba de desistir de uma pista concreta para se iludir com uma miragem.

— Um inseto, como um besouro dentro do ouvido falando algo incompreensível. Aí foi a vez de peregrinar pelos médicos: clínicos, depois os especialistas, neurologistas, três bons otorrinos.

— Algum diagnóstico?

— Nenhum. Somente procedimentos: ressonância magnética e um monte de testes audiométricos. Voltei à estaca zero. Até que o último me confessou algo sobre terapêutica: "Barulhos deste tipo não têm solução! São crônicos, a maioria, incuráveis. Você vai morrer com eles." Demorei até admitir para mim mesmo que se tratava de um fenômeno... inexplicável ou, em outras palavras, do tipo espiritual. Não pense que foi fácil. Tenho uma coisa para dizer que só eu posso dizer. Sei que é uma mensagem vaga. Mas eu tenho que fazer isso. E só eu posso.

— Mas você já disse... — Yan interrompe para apurar detalhes.

"Por exemplo, poderia explorar supostas contradições de Antiocus como o fato de 'não ser místico' e assumir que se tratava de 'fenômeno do tipo espiritual', tinha muito para explorar naquele mar de informações completamente inverossímeis."

E teria feito exatamente assim, se ele não tivesse reconhecido o nome evocado de seu antepassado. Não quis se arriscar tanto. Limitou-se a pensar nas chances estatísticas de aquela situação estar acontecendo aleatoriamente: não concluiu nada.

— E desde então isto me persegue. Passei às pesquisas. Na época não tinha internet, mas nem a Biblioteca do Congresso Americano ajudou muito. Informações na Polônia? Esqueça, desorganizadíssimos, um horror completo. Nada indexado e nenhum registro de autor chamado Zult Talb.

Yan está imóvel.

— Estava por desistir. E foi lá mesmo, na Universidade de Varsóvia, e não é que lá me confirmam? Esse autor existiu de verdade. Havia uma ficha da tese de graduação de filosofia arquivada. Foram dias a fio naquele frio até que me dizem que ninguém achou a droga da cópia. Nas principais bibliotecas do mundo: nada. Também entre os livreiros importantes, mesmo os superespecializados em judaica e hebraica de Nova York, ninguém sabia. Pesquisar pelo sobrenome seria impossível. Contei pelo menos dois mil "Talbs" no catálogo telefônico de Nova York.

— Voltei para minha morada, ainda quebrando a cabeça. Mudei a aposta para os números que anotei. Você ouviu: latitude e longitude. Pois não é que o lugar...

— O lugar? — Não consegue segurar a língua.

— Ah, sim, Alexandria. São as coordenadas de Alexandria.

— E?

— Lá fui eu, não era tão longe assim de Atenas. Escrevi. Responderam. Havia uma cópia de um exemplar catalogado na nova biblioteca de Alexandria. Você conhece?

Yan acena negativamente.

— Pelos indexadores, estava arquivado junto com um manuscrito guardado como rolo, a descrição dizia "numa encadernação não comum", e a carta dizia também "encadernação exótica".

Yan só observa, mas, se isso apressasse o relato, esbofetearia Antiocus.

— Estava tomado pela ideia, mas ninguém vai entender o que é isso.

— Antiocus faz um gesto depreciativo, desistindo e apelando aos céus.

— Era uma obsessão, tudo ou nada. Eu daria a vida para resolver aquilo, perdi o controle porque aquilo não me largava, de dia ou noite. Eu senti: se não resolvesse, ficaria louco ou morreria.

Antiocus parece mais trêmulo, derruba um enorme gole de água sobre a boca. Yan pede calma. Sua sede é ferina.

Os olhos de Antiocus escurecem

Os olhos de Antiocus escurecem. Passam de uma cor suave ao betume. Como se uma distorção oblíqua se impusesse, irradiando-se para a mímica, seu estrabismo fica insuportável. Sua língua geográfica parecia um deserto. Então estende a mão para indicar que quer mais água, mas a distração é recalcitrante.

— Doutor? Está me ouvindo?

— Você contava do trabalho — disfarça Yan.

— Comprei as passagens num ato de loucura. Fechei meu ateliê e fui atrás da tal obra. Egito? Vamos resolver. Vou te dizer que não foi só um ato impensado.

Um silêncio se impõe enquanto atendentes entram na sala para pegar papel. O narrador para. Os funcionários saem e ele prossegue:

— Aquilo destruiu qualquer ilusão sobre a linearidade com que as vidas são vividas. Eu estava noivo e pela primeira vez meus trabalhos estavam com críticas favoráveis, saiu uma matéria enorme no jornal do Museu de Arte Moderna de Rhodes. Minhas esculturas estavam sendo vendidas, vendidas. — O paciente parece inconformado.

Antiocus pega no punho de Yan para confirmar a surpresa e o aperto é por indignação. Bebe mais um copo antes de prosseguir. A sede é brutal e ultrapassou todas as suspeitas. Yan fica aflito com as mãos ásperas do escultor.

— A vida engrenava, eu ia conseguir a emancipação. Mas eu tinha que invadir uma tumba? Precisava uma *bat kol* vir me dizer o que eu tenho que fazer? Isso é justo? Por acaso pisei num vespeiro? — Antiocus endurece o tom. — Provoquei alguém? Emanações do outro mundo se pegam assim? No ar, como se fossem vírus? A "filha da voz" escolheu me atormentar bem no meio das minhas férias? Ninguém me explicou por quê. Por que eu? Por que comigo?

Yan emudece e larga o lápis, não tem condições de escrever mais nada.

— Primeiro tive que ir até o Cairo. Arranjaram um intérprete grego. Meu tio foi adido militar em Atenas. Tinha relações com os militares egípcios, e graças a ele tive rápido acesso à biblioteca. Os egípcios de hoje são desconfiados e ciumentos com o patrimônio histórico.

Antiocus limpa o suor da testa, que já gotejava no tabuleiro. Tem sede, muita sede. Mais sede. Mas não quer interromper todo o glossário preso na garganta.

— Pois você já adivinhou: julgaram-me um demente — olha em volta —, como aqui. Mas era mais forte do que eu. Sei exatamente o que é uma compulsão.

Yan consegue se controlar para respeitar o relato até o fim.

— Fui coagido a ir para lá. Tinha que matar a charada. Minha família desmoronou, meu pai bloqueou meu passaporte. Até meu irmão se mexeu para me interditar. Mas depois eles viram, eu passaria por cima de tudo. Quando perceberam minha determinação desistiram. Mais de vinte mil euros só nesta primeira etapa. Não sou rico. Pode imaginar? Todas as economias de uma vez para saldar uma obsessão? Para levantar o restante do dinheiro vendi tudo, até minha biblioteca de arte, e minha ex-noiva me emprestou uma quant...

Yan já nem ouve mais. Às vezes, consente com um discreto aceno afirmativo com a cabeça para simular compreensão, e pensa alto:

"Primeira etapa? De quantas?"

Sua curiosidade ardia no alto da fronte. Ela ia bem além da curiosidade intelectual. Seus olhos nem buscavam mais disfarçar, estavam implorando por qualquer desfecho, qualquer um, desde que rápido

— Fui preso e ia ser deportado. Sabe o que eu vi?

— O quê?

Os dedos de Yan estão retorcidos dentro dos sapatos. Deixou qualquer disfarce sobre seu interesse pessoal no que estava sendo narrado. Já tinha escancarado toda técnica. Perdeu a sobriedade. Avançaria sobre aquelas informações como pudesse. Quase não havia mais vestígio de que ele era um médico ouvindo uma história clínica. Percebeu que as mãos formigavam. Que uma pulsação arrítmica e incômoda pressionava a região lombar com tal intensidade que seu corpo dava pequenos solavancos nas sístoles. Seu joelho saltava quando sentava. O ar não entrava. Se não conhecesse tão bem suas próprias condições clínicas aceitaria a hipótese de uma insuficiência aórtica.

— Fui tremendo até o lugar. A atendente me tratou com desprezo e só amenizou um pouco ao ver a carta de apresentação do tenente-coronel egípcio. A biblioteca é inacreditável e moderna — e Antiocus atalhou: quanta diferença faz ter petróleo.

Yan está explodindo.

— A bibliotecária esteve a me acompanhar até a seção que eu queria visitar. O lugar tinha um teto alto e eu vi as escadas... e eram para alpinistas. As prateleiras gigantescas, a iluminação exagerada e ofuscante. O excesso de vidro, explicou-me a cicerone, era para lembrar a pirâmide do Louvre. Depois de uns minutos andando a passos rápidos enfim chegamos na seção de livros raros. Ela demorou um pouco até abrir a porta, depois de inserir um cartão verde com código de barras num artefato. Pela numeração, havia mais de mil salas. Andamos alguns minutos.

Talb segura a mandíbula. Quer que ele termine.

— Chegamos à sala 312 e paramos diante da porta de vidro com uma placa trilíngue:

“Seção de livros judeus.”
“Jewish books section.”
“Section des libres juifs.”

— Era isso que estava escrito logo acima da porta. Entramos e no final da sala, dentro da prateleira de vidro iluminado, eu vi, já de longe...

— O que você viu?

— O nome do seu parente. Eu e a tal senhora que me acompanhava enxergamos ao mesmo tempo. Não teve jeito, e nos entreolhamos. Na mesma hora ela se voltou para mim com ar acusador. O local onde deveria estar o livro do seu parente tinha só este bilhete aí:

> Judeu: volte para o lugar de onde veio!

"Ele entrou falando isso."

Antiocus prosseguiu:

— E duas tiras escritas em hebraico:

> "O erro e a dúvida são superiores ao acerto e à certeza."

Na outra linha:

> "O homem foi a questão mais admirável e arriscada do Criador."

Yan grudou os olhos no teto para disfarçar seu ar interrogativo. Inútil. Imaginou que um olhar frontal realmente danificaria a relação. Mas ali nem um divã poderia minimizar o problema.

— Estava numa grande encrenca. Mas nem deu tempo de pensar, ela saiu correndo da sala como uma maluca, chamava alguém gritando alertas em árabe. Olhei para os lados. Não sabia o que fazer e o bilhete não esclarecia nada. Mesmo assim enfiei no paletó junto com a caixinha... o cilindro de couro. — Antiocus grita como se revivesse cada fotograma da narrativa.

— Você roubou?

"Mas ele disse que não estava lá quando ele chegou."

Antiocus não reage, não responde.

— E isto te trouxe aqui como? — Insiste num pragmatismo impaciente.

— Antes fosse um caminho tão direto. Estou cá para... pode ser um pouco de água?

"É o sexto."

O sotaque mediterrâneo está cada vez mais carregado.

Yan acena para a enfermagem, que também não mais disfarça o interesse bisbilhoteiro. O saguão se enche de atendentes curiosos.

— Então — interrompe resfolegando, enquanto beberica pequenos goles que acalmam a secura acre e sonora da traqueia. Sua respiração está agitada. No fim, Antiocus entorna todo o líquido do odioso copo de plástico amassado. E já quer mais. Yan recebe nova lufada, o hálito de acetona é evidente. Antiocus está secando.

Tem tanta pressa em retomar do ponto em que parou que sua laringe acaba sendo detida. Engasgado, Antiocus leva as mãos à garganta. Yan lhe pede calma. Acaricia a pele calva da cabeça, sem um único pelo à mostra. Era um médico que ainda achava importante manter contato físico com os pacientes.

— Você está em jejum, está com fome?

"Precisamos desses resultados logo", preocupa-se Yan.

De repente, Antiocus volta para alinhar.

— Então não vi mais nada, nem sei como saí tão rápido da biblioteca sem ser incomodado. Cheguei no Cairo de ônibus e quando enfiava tudo na mala arrombaram a porta do meu quarto. Fui preso e detido para averiguações. Sabia que seria acusado, mas não que a polícia era tão ágil. A acusação era de roubo de patrimônio histórico egípcio, me explicou horas depois o cônsul grego. Por duas pequenas tiras? Pode imaginar? — Antiocus ignora toda oferta, só aceitando a água que bebe de um só gole.

— E a caixinha... — lembra Talb.

— Traficante de patrimônio cultural! Pode imaginar o que é isso no Egito? — Fala enquanto mostra um deboche preocupado e limpa a água que goteja do bigode apagado. — O julgamento foi sumário. A sentença saiu em uma semana. E a pena sabe qual era? Tem ideia? Vinte anos!! Vinte anos numa prisão egípcia é a morte. Agora dá para ver melhor o que eu passei, você entende o meu drama?

Naquela altura do relato, Antiocus cobre os olhos com as mãos e esfrega lentamente a testa, que continua pintada com pequenos traços do suor gelado. Sua bata branca está totalmente aderida ao corpo.

— Dama na casa f6, xeque!

— Hã? Não tinha visto! — Sua perplexidade era meio real, meio simulada, mas muito mais porque imaginou que, dadas as condições, Antiocus não poderia estar realmente concentrado no jogo. O médico acaba movendo displicentemente o cavalo para a casa c4. — Posso imaginar seu terror.

A troca de peças é rápida e a remoção violenta. Peões e torres são derrubados e os bispos voam da mesa. Há deleite no toque ritmado da madeira.

O grego ia falando enquanto engolia mais uma peça.

— Por uma providência divina, sim, agora acredito nisso, meu primo entrou com um equivalente ao *habeas corpus* no tribunal. Na verdade isso aí, a figura jurídica de *habeas corpus* não existe no Egito por causa da *sharia*, a legislação islâmica. Mas, como cidadão grego, apelamos e obtive o relaxamento da prisão, desde que não deixasse o país por seis meses para responder ao processo em liberdade. Dá para imaginar uma prisão no Egito? Nem tente. — Engolindo sua saliva que, pelo esforço parece espessa.

— Mais água, um chá? — Yan interrompe.

Antiocus de novo ignora a oferta e sua terceira ida ao banheiro parece a Yan uma eternidade.

Antiocus volta aliviado, e já vai falando antes mesmo de se sentar de novo.

— Fiquei só 15 dias preso. Não foi nada elucidativo. Um burguês grego em uma prisão daquelas é uma experiência literária. Não há álcool, o *haxixe* é liberado e eu sempre odiei drogas. Pode imaginar o que seria recusar a dividir um narguilé com esses tipos?

"E comungar com eles?"

— Havia um membro da irmandade muçulmana no meu setor. De longe era o sujeito mais perigoso. Pelo que dizem só as prisões brasileiras conseguem ser piores. Podem se passar mil anos e não dá para esquecer o olhar do sujeito. Surpreendentemente, Miff Latott era até refinado. Mas ele não era só o mais perigoso da ala: todos o conheciam como um arauto do terrorismo internacional e um dos altos contatos da Al-Qaeda no Egito.

Yan está impaciente, prefere a história anterior.

— Fofocas de prisão diziam que só sua mãe era árabe. Seu pai era um ex-soldado russo que serviu no Cazaquistão. Curiosamente, seus anos nos EUA é que foram decisivos em seu recrutamento. Sua missão era despertar os agentes hibernados e na hora certa trazer o urânio enriquecido que vinha sendo estocado e enterrado do solo para a superfície.

Yan finge se concentrar um pouco no jogo, está cansado da digressão paranoica de Antiocus.

— Não se sabia bem se sua atividade se limitava ao braço político da organização. Havia indícios de que ele tinha planejado ataques com bombas acionadas por controle remoto contra ônibus de turistas alemães. Era tratado com enorme deferência pelos diretores da prisão, tinha regalias como comida especial e acesso ao telefone. Pude ver que a ideologia terrorista está intacta no Oriente Médio e não parece ser só um problema de polícia ou contrainteligência.

Yan não quer mais esta direção para a narrativa, mas não acha o *timing* para intervir.

— Uma vez, no rodízio da cozinha, tive que lavar pratos com ele. Foi nosso único diálogo. O homem era poliglota e doutor em ciências humanas por Stanford e só abandonou o pós-doutorado que fazia no Canadá porque as investigações do 11 de Setembro encontraram seu nome entre os documentos suspeitos em Hamburgo. Antes de ser citado numa corte norte-americana, fugiu pelo México.

O dr. Talb está emudecido porque, se falasse, seria grosseiro.

— Cultura linguística, erudição e barbárie não têm incompatibilidade alguma — persiste Antiocus.

— E depois? — pergunta Yan, cada vez mais impaciente por um desfecho.

— "A Europa não perde por esperar." Foi o que ele me disse. Desde esse dia, não sei se por superstição ou medo, eu não conseguia mais encará-lo nos olhos. No fim pegou meu punho e disse num inglês perfeito:

"Não temos ódio. Queremos que o mundo reconheça seus erros. Grego, você sabe o que é o 'califado da retidão?'. É uma guerra inevitável, e os sacrifícios serão para todos. A idade de ouro voltará para nós... é uma questão de tempo... e temos paciência."

— E aí ele soltou uma expressão em alemão cantarolando Wagner, levantando o dedo para o alto e recitando os versos da ópera.

— Nem todos os muçulmanos pensam assim. — Foi a única ousadia de Yan.

— Os traidores, não!

— E? — Basta, Yan quer um fim.

— Nunca mais cruzei com ele. Sempre que tinha a oportunidade desviava de seu caminho. Nunca mais ter que olhá-lo foi um grande alívio.

— Você não acha meio...

— Deixe-me terminar — pede Antiocus. — Ao cair da tarde do mesmo dia em que pagaram minha fiança já tinha um passaporte falsificado e deixamos o Cairo por terra num jipe com placas falsas. Atravessamos o Sinai e entramos pela faixa de Gaza. Subimos e fui direto para Jerusalém. Ficamos por lá, escondidos em Meah Sherim. Nesta altura, eu já tinha velado a caixinha. — Tudo — prossegue — graças a um primo que trabalhou digitalizando imagens no Yad Vashem. Foi ele que conseguiu nosso ingresso clandestino em Israel. Acho que você já deve imaginar que nem eu nem meu primo somos judeus. Ele foi parar em Israel por acaso.

— Mas e a voz...

— A voz continuava firme! Não mais no ouvido. Mas não sei ainda como subiu para a cabeça e mudou o que falava. A voz era grossa e, depois de um tempo, familiar.

416

— Não era sua própria voz?

— Não. Não. Não! — Antiocus joga as mãos ao chão como recusa da insinuação. Cogita se deve voltar para sua toca e nada falar, mas decide ir adiante. Esperou muito pela oportunidade. Estava aliviado.

— Entenda: não era a minha voz, doutor. Alguém me explicou. Hoje sei o que é *bat kol*.

— Continue. — Tentando recuperar o fluxo da conversação.

— Passei por dois colegas seus, médicos em Tel Aviv, e um psicólogo em Haifa, e a opinião foi unânime: psiquicamente normal. Mesmo assim nenhum deles compreendia bem meu caso. Chegaram a me recomendar uma pessoa em Jerusalém, um paranormal, achei demais e recusei. Tinha que retomar minha vida em Atenas. Mas nenhuma arte amenizava meu mal-estar. Voltei para Atenas, mas não conseguia mais ficar por lá.

Bat Kol

— Ainda no desespero menos de um mês depois, voltei para Israel. Fui ver um rabino-exorcista em Acco. Doutor, só pode me julgar quem já esteve na minha situação. Ele se dizia especialista em *dibuks*, que eliminava entidades malévolas etc. etc. etc. Um tipo estranho, mas parecia honesto. Foi ele colocar os olhos em mim para me dizer que nada poderia fazer. No final, arranquei dele que minha energia era exagerada e que eu deveria prestar atenção num nome e num lugar. Esperava um embusteiro e a sinceridade dele foi desconcertante. Segundo ele, o problema não era nenhuma entidade, espírito ou fantasma. Disse que o que eu ouvia não poderia NEM deveria ser eliminado. O que eu ouvia...

— Que mais ele disse? — Yan morde as bochechas com autocrítica, pensando que agora se interessava por diagnósticos de rabinos-exorcistas.

— *Bat kol.*

— *Bat?* O que é? — Yan sabia que *kol* significava voz, mas queria ouvir da boca de Antiocus.

— Uma voz celeste. Não era loucura, nem a voz de nenhum espírito.

— Ah, não? E o que acha que era?

— Primeiro achei ridículo, depois achei que pod... — interrompendo no meio da frase como alguém que sente uma dor aguda.

— Poderia..? — Tentando induzir o término da sentença.

Mas Antiocus está exausto demais para prosseguir.

— O que estamos fazendo aqui? — Yan percebe o desmaio iminente, adianta-se e pede a maca.

Antiocus reúne toda a sua energia e faz um último movimento, avança o cavalo e toma o peão, encurralando o rei branco.

— Xeque, xeque-mate, doutor!

Adotou rapidamente um trato pessoal estranho. Como se, em alguns poucos minutos, uma intimidade natural tivesse se desenvolvido entre eles. Mais estranho ainda é que poderia ser verdadeira.

Antiocus revira os olhos.

Antes que desse tempo para a equipe de enfermagem preparar a maca para levá-lo à sala de emergência ele desaba em cima do tabuleiro e espalha as peças, impedindo que se verifique qualquer jogada. Naquela altura pouco importava, mas Yan estava curioso com o fato de ter perdido sua invencibilidade de dezessete anos.

Os sinais eram de cetoacidose metabólica e Antiocus tem espasmos como se estivesse convulsionando. Yan fica confuso pela rapidez da evolução. Enquanto isso Antiocus voa, empurrado para a combalida UTI do hospital. A sorte do paciente está agora nas mãos dos intensivistas.

O tipo físico de Antiocus não era peculiar, cabeça grande, sem nenhum vestígio de pelo, nariz rigorosamente retilíneo, um abdome proeminente, mas uniformemente endurecido, testa larga e densa, agora fria e inerte. Já dentro da UTI, com Antiocus entubado, o intensivista avisa Yan sobre um possível foco infeccioso e a possibilidade de um choque séptico seguido à descompensação do diabetes. O hemograma de entrada comparado com o de agora parece ser de outra pessoa. Saber que havia risco de morte desmonta Yan. Pensava que aquela seria uma oportunidade única de conhecer o que este obscuro mundo ainda poderia lhe reservar de interessante. Seu egoísmo lhe fez mal.

Yan precisava de mais informações. A tensão se rompe de cabeça porque Antiocus tem convulsões seguidas por um estado de coma superficial. Sua taxa glicêmica tinha passado dos 1.500 mg. Uma vez que Antiocus está mesmo entregue aos intensivistas, Yan quase instintivamente desce dois lances de escada com os calcanhares batendo nos degraus. Arrasta-se de volta para a sala dos plantonistas, onde tudo aconteceu há apenas duas horas e cinquenta e dois minutos.

Yan vira do avesso os trajes de Antiocus que tinham sido removidos para os procedimentos de emergência. Está à procura de documentos. Qualquer um serve. Verifica o nome na identidade amassada. As descrições coincidem: Antiocus Papaleos Nais Apsev, natural de Cnidos, Grécia, residência em Atenas. Vasculha o bolso da calça com os dedos e encontra a carteira, R$ 27,35, US$328 e €74,00. Também recolheu algumas moedas gregas que nem conseguiu contabilizar. Sacode a calça e de lá pulam uma ficha telefônica de uma companhia belga, uma moeda que supõe ser egípcia e o último item: um bilhete em mau estado, meio amassado. Por fora, parece o papel de um velho telegrama.

Desembrulha.

É um telegrama! Passa o dorso da mão para planificá-lo em cima de uma mesa. Lê-se:

Western Union

To Mr. Antiocus Papaleos Nais Apsev

P.O.B. 3477
Jerusalem 91034
Israel

Urgent Urgent Urgent Urgent Urgent Urgent Urgent Urgent Urgent
Urgent Urgent Urgent Urgent Urgent Urgent Urgent Urgent Urgent

Athens,

Western Union

After all those years, I finally got the name for you: Dr. Yan Talb,
Address: Gelim Hospital, Timboré, São Paulo, Brazil.
Go there and find the truth. Your beloved brother,

Athos.

August 14, 1986.

Enquanto analisa o telegrama, Yan Talb assente com a cabeça como se conversasse só, relutante na confirmação de uma suspeita. Não, não está nada calmo, nada tranquilo. Leva a mão à boca numa tentativa inútil de amordaçar a estupefação. Não quer parecer calmo, nem tranquilo. Sua tensão é sanguínea. Seu temperamento desnudo, sem verniz nenhum. Uma terrível suspeita toma forma. Ao mesmo tempo, se defende com facilidade. Isto seria compreensível, racionalmente aceitável, logicamente factível.

"Alguém deu meu nome e endereço. Ele sabia dos meus antecedentes, judeu de origem polonesa, é claro, ele bebeu na minha árvore genealógica."

Enfim, suspira aliviado.

"Eu, como o matemático Laplace, não preciso da hipótese de um Criador para compreender qualquer sequência de eventos extraordinários. O laço estava proposto: coincidências com má-fé."

Mas Yan resolve fazer nova checagem limitando-se às evidências.

"A calma favorece a lógica."

Ele relê cada elemento do telegrama, do destinatário ao remetente. Confirma um detalhe que não enxergou, ou se negou a ver de primeira.

August 14, 1986.

Busca uma lupa.

August 14, 1986.

A suspeita adquire instantaneamente ares de perplexidade. Yan espreme-se, dobra os dedos, torce o tronco como se uma tetania estivesse por paralisá-lo. Se abalam quase todos os alicerces da racionalidade que o sustentava até poucas horas.

"Menos de três horas podem ser suficientes para que todas as certezas acumuladas se dissipem?"

Consulta-se, mas não quer ouvir resposta alguma.

A rápida inspeção em dois relógios ratifica a especulação. Duas horas e cinquenta e dois minutos haviam se passado desde que Antiocus irrompera pela porta do hospital. Seu tempo não era, jamais seria o mesmo. Fica encurralado numa espécie de timão cósmico onde nem a evocação da teoria geral da relatividade o ajudaria.

"Calma. Preciso de muita calma agora."

Ordena-se à tranquilidade, sem efeito. A recomposição é impossível. Suas certezas lapidadas com anos de análise freudiana clássica. A busca sem descanso nos filósofos existencialistas, as leituras cuidadosas dos pré-socráticos a Sartre. Sua militância inexata, mas constante no ceticismo existencialista de esquerda. Yan para e olha para o próprio corpo até chegar à frase rapidamente desenovelada de seu córtex:

— O que aconteceu comigo? O que faço aqui?

Um único fenômeno poderia abalar toda a estrutura até chegar à pulverização das encostas, e assim invadir todo o continente. Imagina-se, então, na surpresa de um *tsunami*. Alguém como por exemplo um turista neozelandês, tranquilo, almoçando e bebericando um martíni num restaurante paradisíaco nas Ilhas Seychelles. Ao acenar para o garçom, que nem está olhando, uma colossal massa de água faz desaparecer tudo que está em seu mundo, incluindo todos aqueles com que até há segundos convivera por toda a vida. Assim, subitamente, nada.

Um estado vagal assume o controle de Yan. Ele é quem agora transpira com abundância. Está sem tônus, mole. Seu fôlego some momentânea e intermitentemente. Imagina-se sentado apesar de estar de pé. Apoia-se na mesa tremida de uma sala quente, enquanto um irritante bloco carnavalesco batuca sem parar na esquina. O que ele presenciou de tão absurdamente perturbador? Tenta recobrar o treino. Por que ficou tão fora do eixo? Eixo sempre em desatino. Destino sem convicção. O que o forçou a migrar de cidade em cidade nos últimos quinze anos, como um velho médico da Antiguidade? O que afinal estava em jogo ali?

A mão volta à boca, desta vez para morder o osso da falange distal do quinto dedo. Yan se direciona à data do telegrama impressa na margem inferior esquerda, usando a mesma lupa emprestada da sala da dermatologia:

August 14, 1986.

Ou seja, 18 anos atrás.
— Como poderia? Como poderia ser?

"Uma falsificação! Forjaram a coisa toda!"

"Claro. Larápios se fazem passar por videntes. Era isto."

Acalmou-se, mas sem o menor efeito. Sua inquietude era muito mais indócil. Sua equanimidade, uma efeméride de mau gosto.

"É óbvio: arrumavam informações verdadeiras prévias e depois sustentavam clarividência diante da vítima, no caso eu, que caí como um patinho."

Podia imaginar toda a quadrilha por trás da invasão e da farsa cujo ator principal era Antiocus. O perfil dos extorquíveis, previamente mapeado, poderia até ser tipificado: geralmente eram incrédulos com grande desejo de credulidade. Indagava-se se aquilo que estava lhe acontecendo era um evento minimamente plausível.

— A data. A data. Mas e esta data?

Yan sai do conforto médico e vaga pelos corredores. Alguns residentes passam ao lado dele, que os ignora. Está agora recolhido junto ao *hall* do elevador. Os passantes cochicham baixinho. Estranham o solilóquio do colega, que lê um papel desamassado e, de vez em quando, dá pequenas sacudidas no texto, esperando que as informações ali impressas mudem.

"Em 1986 nem médico eu era ainda."

— O que fazia em 1986?
"Eu já estava formado, final da residência médica em Clínica Médica I."

426

"Faz décadas, nem supunha que um dia trabalharia naquele hospital em uma cidade com 58 mil habitantes".

— Fraudaram o telegrama. Claro! Só podia ser.

Yan está orgulhoso, bate de novo no telegrama com a parte dorsal da mão desdobrada como quem matou a charada. Poderia periciar o papel. Um antigo paciente, papiloscopista da polícia civil, a seu pedido, periciaria o impresso.

"Eu era recém-formado."

Ainda sacudindo a cabeça e amparando-a com as duas mãos espalmadas.

Em vão, tenta um consolo, uma razão que filtre aquela tarde e elimine a experiência de sua memória. Como desejou uma droga que vaporizasse aquela sensação para o nada!

— Mas como poderia saber desta data, deste local, deste hospital?

Yan pende a cabeça

Yan pende a cabeça. Remói a barba como de costume. Senta na escada. Assume uma postura falsa, parecida com a do "pensador de Rodin", sem a solenidade de estátua. Fica sem saber exatamente o que pensar. Ele tinha olhos profundos, afastados e encovados, além de uma testa alta e ampla. Tão ampla que se não fosse sua resistência teria ficado com um apelido desagradável. Mas a sensação agora era que sua cabeça estava comprimida. Os olhos pesados como se uma avalanche estivesse compactada sobre seu vértice. Sentia a face sem frescor, o que era, para ele, sinal de problemas à vista.

Para que alguém julgue se caberia ou não a crise que está para se pronunciar é preciso explicar que Yan era filho de judeus, "judeus liberais", como se diz. Vale dizer, pós-marxistas e sionistas. O avô paterno de Yan Talb havia perdido trinta parentes diretos no Gueto de Varsóvia. Todos moravam no epicentro de onde se deu o levante do gueto: rua de Mila com New Olipie.

— Nosso sangue não ficou inerte, temos participação direta no levante do gueto. Não sobrou ninguém para contar, mas fomos os macabeus de nossa era. — Assim seu avô costumava contar a história. Sem detalhes, como se lesse uma história em quadrinhos. Mas o orgulho de Nachman Wolf se resumia a isso e se afogava rapidamente na incapacidade de assimilar resignadamente a notícia. Durante anos, mesmo finda a guerra, o patriarca dos Talb alimentou esperanças com reencontros e mensagens que nunca chegaram. As cartas que enviava endereçadas à rua New Olipie, 50, Varsóvia, Polônia, voltavam. Aquele endereço não existia mais. O gueto foi demolido. Os primeiros retornos foram assimilados até que as cartas diárias lotaram o box de entrada. Isso durou até um dia no começo do outono, era um abril. Nachman chamou o tio e o pai para conversarem no quarto. As filhas não foram convocadas.

O olhar de Nachman era direto como vidro:

— De agora em diante façam o que quiserem! — Wolf jogou as mãos para cima, arremessando o que não havia sido colhido.

— Como assim? — quiseram saber os filhos.

— Acabou, para mim, acabou, acabou. — Enquanto riscava uma mão na outra,

Moshe e Pinh estavam perplexos, imóveis, com os lábios tão hipotônicos que pareciam drogados.

— Não há nada, nada existe! Salvem-se como puderem. — E bateu nas mãos evitando olhar os filhos, dando por encerrado o "colóquio".

Era dele a mala escondida na casa dos seus pais. A mala que tinha levado um sumiço.

Muitos tiveram a mesma ideia. A velocidade das informações da Segunda Guerra que chegavam aos lares judaicos fora da Europa, especialmente na *galut*, não era muito diferente do que era para o resto do mundo.

Para quem teve trinta parentes diretos liquidados nas ruínas do gueto de Varsóvia, que testemunhou andanças migratórias de parentes em busca de novas chances de viver, nenhum convencimento seria fácil. Apenas 11% dos judeus poloneses sobreviveram ao holocausto. Antes da Segunda Guerra Mundial eram 3,3 milhões em todo o território polonês. Restaram 396 mil. Segundo fontes demográficas do tenebroso Memorial das vítimas do nazismo em Berlim, no caso específico da Polônia, houve um holocausto inercial, e dentro destas cifras muitos, cerca de 250 mil, morreram ou foram assassinados mesmo depois que as suásticas foram removidas do Leste Europeu.

Além disso, nazistas queimaram centenas de milhares de edições *princeps* de livros judaicos — dos quais boa parte dos livros da enorme biblioteca dos Talb. O mesmíssimo trabalho desenvolveu a famosa divisão judaica da polícia política soviética quando farejava livros com conteúdo hebreu. Eram judeus leais ao Estado da conhecida e temida *Yevsetesquii,* a equipe de especialistas em judeus "criminosos e subversivos". Focavam especialmente aqueles que ignorassem as leis de proibição de práticas religiosas e os sionistas. Muitas obras foram ficando cada vez mais irrecuperáveis. Chegavam em geral no fim da tarde e pediam ajuda como "judeus perseguidos" e com a marca de Caim na testa saíam agradecidos e cheios de bênçãos nas bocas para que, ao deixar a cena, torturadores e filiais estalinistas fizessem seus turnos. Poupavam as viúvas, mas não era infrequente o sequestro de crianças a serem despejadas em algum estaleiro que reformara contrarrevolucionários.

Para alguém que suporta com razoável estoicismo revisionistas de direita e de esquerda falando do holocausto nazista como um mito construído, todos os episódios testemunhados de morte dos familiares era mais um retiro, uma exceção regada a morfina. Entretanto, para a maioria parecia ser apenas um problema de fluxo de informação como, por exemplo, interrupção de cartas dos parentes. A falta de novas era vista com desconfiança mas interpretada como um *déjà-vu* de velhos problemas estruturais da comunidade. A família Talb teve o inacreditável trauma adicional de saber muitos anos depois que havia um oficial da SS de sobrenome homônimo que ia especialmente aos campos para eliminar as ameaças. Para o pai de Yan, Moshe Talb, que casou com 50 anos de idade, a confirmação do desaparecimento de toda a sua família não foi propriamente uma surpresa, só mais uma certificação da tragédia judaica. Nunca abriu a boca para falar sobre isso.

Vire-se com suas emoções

Yan já havia notado que seus sonhos apresentavam algum tipo de clarividência. Durante a infância despontavam indícios estranhos como, por exemplo, falar com cronométrica simultaneidade o que alguém ao seu lado pensava ou saber quem iria encontrar durante o dia. Não era incomum que partes do corpo levitassem.

Um dia, numa temporada de férias no mar, suas mãos flutuaram sem que seu corpo notasse. Nessa noite teve um sonho. Sua tia voava sem corpo até uma ilha. Distribuía pétalas para os passantes avisando que poderiam entrar também. Quando acordou quis falar com alguém da família por telefone e soube que ela acabara de falecer. A ninguém relatou estas vivências. Já tinha noção de que as chances de compreensão estavam contra ele. Experimentava sensações que alguém aos doze não compreendia, aos cinquenta negaria.

Mas este era apenas o epílogo da trajetória de Yan. Quando esteve com os pais em Londres também teve uma experiência fronteiriça. Para além do sentido que as metáforas costumam imprimir aos textos, comparável aos números tatuados a brasa, em entalhes necessariamente dolorosos. Yan estava marcado, como nunca poderia prever. O que poderia soar como redenção para muitos seria uma verdadeira tragédia para Yan Talb. Sua ambivalência não poderia ser mais completa. Sempre ficava de fora das aulas de religião junto com outros judeus, filhos de pais comunistas e crentes não católicos. Yan aproveitava para ir à confrontação com os provocadores. Um eficiente "não acredito" bastava para disparar as encrencas, algumas para bem além do núcleo familiar. Era isso ou a loucura e, assim, semanalmente, rompia com a família. Nada bom para um garoto que deveria fazer *bar mitzvá* em breve. A verdade é que ele nunca foi mesmo muito fácil de se lidar e sua fama havia alçado voo atravessando o oceano junto com ele diretamente para a escola inglesa que frequentou. Junto com seu único amigo na escola, um adolescente jamaicano negro, foi colocado para fora da sala de aula por ter reclamado das insinuações racistas do professor.

Mas como será que Yan Talb sintetizaria sua história? Aos treze não sabe o que esperar da vida. Experimenta quase tudo que não deveria acontecer numa trajetória infantil: um irmão adoece gravemente. Por razões estratégicas, ele e a irmã são embarcados — com autorização especial do cônsul brasileiro em Londres — desacompanhados, de volta ao Brasil. Convive com uma família desestruturada para receber órfãos provisórios. Sai de um ambiente iluminista para uma família sob impacto do lúgubre. Ninguém sabe como reagir frente às crianças, especialmente aquelas condenadas ao colírio da tragédia. O trauma se complementa sob a insuportável solidão. Yan recusa conversões — afinal seu grande orgulho era o ateísmo militante do pai. Impõe-se então uma agenda obsessiva. Um pesadelo para sua família, e ele é o monstro.

O resumo é: vire-se com suas emoções. Isto seria pouco, se não fosse a notícia, nada auspiciosa, de que seus pais agora não só não eram mais ateus militantes do partidão mas pessoas que haviam conhecido outras formas de ver o mundo. Assim, pelo menos havia sido preparado para o abalo: a partir de uma estranha coalizão de coincidências seus pais reencontraram Deus. A notícia foi dada de supetão. Yan perdeu as botas, como se diz.

Ele é forçado a continuar a revisão de sua história. Seu afastamento da tradição vinha da geração anterior, mas aconteceu com mais ênfase desde a primeira infância. No presente, via-se de novo desprotegido. Ele já polido por uma vida laica assumida contra qualquer ritualismo. Escolheu a medicina para tentar compartilhar a vida com outros sujeitos. Desta diversidade parece extrair um elixir que se não sana também não agrava sua paixão pela dúvida. Assumia compromissos religiosos desde que não o tirassem do pesado calendário no qual estava metido. Sua assimilação tinha sentido e esteve toda arquitetada para não ser perturbada por um psicótico qualquer. Tinha ao seu lado Gershom Scholem, Martin Buber e Franz Rosenzweig para evoluir no estudo da questão judaica. Esquadrinhou toda razão, toda perplexidade. Ele definitivamente resolveu que não se podia permanecer indiferente em relação ao famoso texto de Marx sobre a "questão judaica".

Mais de um autor defendia a emancipação política dos judeus — contra o antissemitismo — ainda que, de acordo com os comentaristas, ninguém tenha definido com clareza aquilo que se chamou de "emancipação humana". Na leitura marxista a verdadeira emancipação ocorreria no contato — e, portanto, desassimilação — entre as várias culturas que, miscigenadas, perderiam suas identidades para formar uma única tribo. Nenhuma comunidade ou povo isolado — como era a situação dos judeus europeus no século XIX — poderia ser verdadeiramente livre sem a idealizada emancipação humana. Mas para Yan, a desassimilação não se referia a um processo pontual, estrito, ligado à especificidade de uma emancipação sem apego. Estava ligada ao abandono das formas que a pressão temporal fez para que a história individual, que inclui a tradição de cada um, fosse esquecida. A assimilação seria uma tentativa, sempre malograda, de esvaziar a memória de seus significantes. A desassimilação por sua vez seria um processo de rememorização, de restituição de significados. Yan nem se importava mais em ser chamado de anacrônico e sabia que o futuro reservara para ele nomenclaturas mais hostis.

Mas tudo mudou depois que teve suas próprias experiências. Confiava, ou queria acreditar que sim, fazia suas orações regularmente, mas não era, jamais fora, um devoto no sentido de compreender a existência como duas trilhas paralelas que se tocam na despistada margem entre vida e morte. Para Yan, não cabiam votos de fé. Era livre para acreditar em várias tradições, onde o judaísmo sempre entrava como ingrediente especial depois de um decisivo contato, quando adotou um monismo de caráter transcendente. Chumash, meditação e estados menos ordinários de consciência. Porém, isto não bastou para Yan. E apesar de recusar a tentação de ceder à vida partidária e à política, refugiara-se nos plantões de medicina e nos braços da companheira, que, dos poemas, saltou para dentro de sua vida. Casou-se com Or Bloom, judia como ele, com quem teve duas filhas. Ele até era um judeu casual. De presença imaginária que existia apenas intermitentemente para a vida real, Miss Bloom era agora sua única companhia real.

Em uma visita ao que restou nos desterros poloneses percebeu que suas mãos estavam frias sob a luva. Esfregou neve no rosto e nos punhos e... um lampejo, uma ideia para a vida. Escreveu imediatamente vários dos poemas que o teriam consagrado como escritor se tivesse uma carreira dessas. Sabia do segredo imediato do degelo. Um efeito único, idiossincrásico. Que permitia que sua consciência emergisse no exato contato com os cristais.

Ficava intermitentemente apagando e voltando em saltos, como se fossem sonhos. O tratado *Berachot* do Talmud lembrava bem: "um sonho não interpretado é uma carta não lida." Considerava formidáveis esses aspectos sintéticos da sabedoria judaica. Mesmo para os que a achavam "*naïve*", era exatamente pela ingenuidade compreensiva, pela intimidade com a realidade humana que aquela tradição o sensibilizava. Ainda assim, não saberia dizer se estivera em coma nem o seu grau de classificação.

Desde muito cedo Yan se sentia uma ilha com um fio. E foi ali, naquele estado peninsular, que seu coração começou a endurecer de novo depois dos trinta. Não via sentido em negar o sobrenatural e ficava cheio da apologia moderna da descrença fanática. Por outro lado, começou a achar insuportável o ritualismo opressor e, por isso, recusava as tradições espirituais, recheadas de promessas recompensadoras para as escolhas morais certas. Fez oposição a muitas coisas: era contra o hedonismo esclarecido, contra a benevolência do epicurismo, contra qualquer forma de pirronismo militante. Também o deixava incrivelmente irritado, que seus colegas profissionais da saúde, docentes sindicalizados, intelectuais e ideólogos a serviço dos partidos políticos, torcessem o nariz para as alusões à transcendência e ao inexplicável, tão presentes em cada fragmento da vida cotidiana. Como podiam desprezar o argumento metafísico, aquele que se espalha na vida prática das pessoas? Como podiam confundir o desejo transcendente presente nas almas, uma vez que esta é uma condição inata, reduzindo-o a mais uma escolha dentro dos catálogos? Por isto não tardou em ser visto como uma espécie bizarra de intelectual. Foi virando um pária deslocado de todas as tribos. Para completar o desajuste Yan Talb era adepto de técnicas médicas não usuais. Usava todo tipo de recurso sempre priorizando a relação com os pacientes. Isto bastou para isolá-lo na faculdade, tornando sua residência — que fez em um hospital público — um mar de rusgas. Cada enfermeira relapsa, colega displicente e comentários críticos dos médicos em relação aos pacientes mereciam do dr. Talb um *ictus* revulsivo. Lembrava-se bem de um sujeito que o queria como preceptor; ouviu dele:

— Hoje em dia temos que nos lembrar que os pacientes... — encostando a mão espalmada no canto da boca para que mais ninguém testemunhasse — são nossos inimigos...

Aquilo seria o suficiente para forçar Yan a abandonar qualquer residência médica e todo trabalho acadêmico. Como pode ser? O juramento hipocrático era letra morta. Teria a medicina perdido todo sentido e direção? Clamava por sujeitos e lia nos laudos de necropsia de suicidas que eles eram induzidos por psicofármacos. Falava a favor da singularidade, mas os *papers* predominantes eram de coleções e epidemias sem quaisquer vestígios pessoais. Lutava por uma medicina de narrativas e se via soterrado pela propedêutica armada. Tinha que se contentar com resíduos da linguagem, cada vez mais raros e inaudíveis nas conversações em sua profissão!

"A culpa é minha. Eu é que não devo estar enxergando."

Tudo exposto para voltar e enfatizar o contato particularmente doloroso com Antiocus. A revelação antecipada em 1986 do local e hora em que se encontrariam o escandalizou. Como tantos críticos sociais modernos, buscava aniquilar os vestígios de pensamento mágico infiltrados em sua alma. Admitir uma irracionalidade deveria ser, para um cientista, uma possibilidade. Mas o que via na academia era admitir o ilógico como uma forma eficiente de barrá-lo. Teve tempo para perceber a força deste tipo de desqualificação, das defesas de tese aos consultores *ad hoc*. Talvez estivesse consciente de que ninguém mais se interessa por suas digressões, mas uma coisa parecia certa: o incômodo permanente era insuperável. De qual modo poderia alcançar graus progressivos de consciência sem saber como é que esse desejo o impelia? Seu desassossego era autêntico e compreensível. Suas oscilações, intoleráveis.

Sonho não interpretado

"O justo é o fundamento do mundo."
Talmud

Início do dia. Sob os sopros de sua própria respiração e sem qualquer flanela disponível, Sibelius umedece a lente dos óculos e depois as esfrega na roupa. Percebe — e estranha — que seu hálito não está nem morno. De novo, se vê às voltas com o estado de resfriamento. Vai em frente até conseguir infundir, bafejando, algum ar quente nas narinas de Yan.

Que acorda.

Yan tem enormes dificuldades para abrir os olhos. Estão grudados. Piscam ininterruptamente enquanto o restante das feições toca a pele sem que o tônus muscular esteja restabelecido. Envelheceu muito em horas e a desproporção é chocante.

— Onde é que você se meteu? — Sibelius vai ressuscitando Yan.

Ele não quer assustar seu paciente, que tem traços da face quase apagados. Uma expressão de medo marca o rosto de Yan, que parece aterrorizado. Seu olhar e mímica são até estranhamente dóceis, como quem sofreu leve isquemia e não compreende nada do que está acontecendo. O sorriso santo dos que não têm mais noção.

— Achei que você tivesse morrido... — lacrimeja, com alívio, Sibelius.

— É a imortalidade, você ainda não sabe? — graceja Yan. — Nada de academia, mas imortal. — Com largo sorriso, um tanto demente, depende completamente da sustentação muscular proporcionada por Sibelius em seu joelho pontudo.

— O que é que você dizia, lembra? Que tua alma era imortal, mas não tinha fome.

— Sim, espero que ela seja isto daí mesmo. Quero dizer que tenho certeza de que ela é.

— Ela é o quê Yan?

— Imortal!

— Sério? Você ainda acha isso?

— Ora, por que não?

— Bem, eu já acreditei em tantas coisas e depois...

— Quando você fala assim só pode ser a vida partidária.

Sibelius está definitivamente afetado. Deveria estar pasmo, pois nem se dá conta de que conversa fluidamente com alguém que ele mesmo dava como morto há menos de vinte minutos. Não sabe como aguentou tantas reviravoltas.

Uma nova ordem de compreensão surge no ar. Uma espécie de dúvida existencial recorrente que não pretendia ser solucionada; como pode acontecer que uma mente lúcida habite um corpo deteriorado? Este tipo de contradição estalava de forma errática na tela mental de Sibelius. Que significava isto? Testemunhou adultos morrerem jovens com a mente destroçada. Presenciou corpos pulverizados — por moléstias crônicas ou vícios — enquanto nestes mesmos corpos iam mentes acesas, lúcidas, impulsivas, brilhantes, insolentes, coléricas e intensas. Como pode um corpo terminar antes que a mente se apague? Um capítulo da medicina que urdia especulações. Um mistério que o atordoava. Um paradoxo digno da literatura. Num destes impulsos fez amizade com um professor de medicina que foi o paraninfo na colação de grau do sobrinho. Sibelius foi cativado pelo teor cáustico das proposições durante o discurso do docente. Fizeram conexão imediata em memoráveis noites regadas a uísque e charutos. Médicos e coveiros podem ter lá suas lacunas e são estereotipados, mas são os que estão em contato com os terminais da vida. O franzino professor contou para Sibelius que veio procurar emprego como estivador quando desembarcou no Brasil a bordo do navio *Arlanza*. Ainda tinha forte sotaque italiano e se tornou, a despeito de sua fama internacional, um cético declarado da medicina. Preferia sempre um debate musical ou filosófico a qualquer dos temas médicos. Retirou livros de sua biblioteca particular para presentear Sibelius: *O olho clínico* de Rizak e *A history of vitalism* de Hans Driesch, *The Subterranean Voyage of Nicholas Klæn* de Holberg e as obras completas de Paul Celan. As dedicatórias eram curiosas, mas uma desconcertou Sibelius.

"Para alguém que, como eu, só acredita no desejo de acreditar."

— Acreditei na medicina, Yan. Como quis que ela me desse alguma perspectiva, uma visão diferente do mundo! Me iludi pensando que sua medicina pudesse me fazer feliz.

— Minha medicina?

— Que seja...

— Você está arrependido?

— Não!

— Não compreendi — desaba Yan, dispneico pelo mínimo esforço e visivelmente azulado.

— Minha vida fracassou...

— Você acha que fracassou!

— Então fracassou!! Não fui bom burguês, nem fiz as viagens que quis, ou possuí os objetos que desejei. Também não fui bom revolucionário e muitos ex-camaradas me reduziram a traidor do partido. E quando refluí para a vida privada? Nada, absolutamente nada aconteceu. Cheguei a pensar que enriquecer era uma alternativa. Mas a falta de convicção impediu que eu fosse um capitalista. Não casei, nem tive filhos. E o que eu fiz? Um punhado de livros. É muito medíocre.

— Medíocre? — interrompe Yan.

Alguma retificação era mesmo necessária: Sibelius publicou 43 livros, 130 artigos em revistas indexadas e já havia sido citado pelo menos 74 vezes em trabalhos internacionais. Orientou mais de 200 teses entre mestrados e doutorados e seu currículo Lattes tinha uma extensão inverossímil. Neste *ranking*, que agora Sibelius desdenhava, ficaram todos os ex-amigos. Seu menosprezo não se dava pelas contendas abjetas nas disputas pelo pódio acadêmico, mas pela exigência de uma espécie de proficiência em competição que destruía a alma dos cientistas.

— A maior parte deles não escreveria dessa forma, e nem escolheria a sociologia... nem a filosofia. Penso em tudo que não foi nem redigido. Não escrevi sobre a simetria da neve, nada sobre a hermenêutica dos daltônicos. Nem especulei como minhas filhas teriam sido. Não escrevi uma única linha sequer sobre as arguições que faria ao Criador, nem fiz, imagino, com minha vida o que ele desejava que eu fizesse. Não escrevi sobre o que importava. É isso que agora conta. Este jejum tem me feito muito mal.

— Opa! Como assim? Então você tinha uma intuição.

— Não estamos em análise! — reclama de novo Sibelius.

— Estou tentando compreender...

— Informalmente...

— Não seja chato... sacie esta velha alma. — Yan arriscava recuperar a intimidade solapada pela montanha.

Yan não tinha amigos. Amizades foram aos poucos sendo esquecidas. Com Sibelius tentava fazer diferente. Eram diferentes em quase tudo.

— Quem ganharia em cogitar a não-existência de um Criador? Seria um revés para a humanidade. Mesmo os ateus fervorosos e os agnósticos do partido julgavam necessário demonstrar qualquer tipo de fé. Se não em Marx nem nas forças políticas, ou em qualquer outra força. As religiões deveriam ser, no mínimo, uma forma de adaptação à evolução das espécies.

— Nos países escandinavos eles vivem muito bem sem moral religiosa. Mas pode ser que a fé seja mesmo necessária até para que uma sociedade sem classes e sem castas possa existir. Raciocinavam que depois de tudo ter ruído no *real socialism* deveríamos tentar crer no que a maioria acreditava. Para irritação geral, a maioria das pessoas acredita na transcendência e num ser onipresente.

— Fico feliz pelo que você disse, mas acho que você mesmo duvida disso. — Usa o dedo acusador e Yan vai esboçando um riso cínico não usual.

— Não brinque com isto, Yan. — Sibelius sabia do que falava. Insinuava assim que o sofrimento é uma arguição terrível. E não há teia pior do que a ilusão da compreensão... isso ele sabia.

Durante a Segunda Guerra, como muitas crianças europeias, multidões presenciaram a passagem dos comboios de trens diários atravessando as cidades. A carga destes expressos era estranha. Um re banho dócil, humano. Eram os escravos dos nazistas. Mas as crianças dos arredores das estações achavam que eram vagões lúdicos. Que a qualquer momento levariam seus coleguinhas para mais um passeio de trem. Jamais compreenderam — diferentemente de seus pais — que eram trilhos que desaguavam em assassinatos sistemáticos. Jamais poderiam interpretar que todas aquelas mãos que acenavam segurando lenços, pressionadas contra as frestas dos tapumes que vedavam os vagões, eram pedidos desesperados de socorro. Como uma criança imaginaria que os punhos à mostra sinalizavam urgência diante do calor, do frio, da asfixia? As crianças retribuíam os acenos, como se estivessem se despedindo de outras que partiam de férias. Até que muitas delas estiveram, elas mesmas, lá dentro.

"Quando viveremos sem esperar pela compreensão?"

— Entende? Como podemos nos aturar enquanto temos estratégias para assegurar que os sonhos estejam numa atmosfera que não mudará nunca?

— Sou hebreu, Sibelius, judeu... como é que não sei? — Usando a força de uma suposta autoridade étnica.[64]

---

[64] Quando Yan soube por reportagens jornalísticas que autoridades policiais paulistas protegeram Eichmann, o mentor da "solução final" que adotou o apropriado pseudônimo Ricardo Klement, durante muitos anos antes do período argentino (o mesmo homem que depois deu alguma cobertura a Mengele), escreveu para um grande periódico sobre os "originais" que haviam sido descobertos: "Chamou a atenção o importantíssimo detalhe que seu jornal deu sobre os inéditos de Mengele escondidos em algum porão policial do centro da cidade. O artigo só resvalou na faceta experimental do médico nazista, mas é importante mencionar que fazia parte de um programa experimental muito mais amplo. As declarações daqueles que estiveram por vezes na frente de Mengele no campo de extermínio em Treblinka, Sobibor e Auschwitz, onde se decidia os que deviam ir para trabalho, experiências ou "limpeza" nas câmaras de gás com Zyclon B foram devidamente registradas por alguns cineastas para impedir que o revisionismo do holocausto — força política em ascensão e sobre a qual a maioria cala — não remetesse tudo a uma fantasia judaica. Ficou subdimensionada em sua matéria, portanto, a ampla

— Não, não. Me refiro à manipulação da credulidade, às táticas para escamotear a própria vida.

— Escamoteamento da vida. — Yan repete mecanicamente e agora está olhando para o alto, mas realmente interessado na prospecção daquela ideia.

— E você? Aderiu à credulidade do partido?

— Me declarei cético...

— Mas você...

— Já não era cético, mas você sabe como decidi contrariar os desmandos destes autoritários e o prazer que me dá desafiar. Por gosto ao desafio tomei o único partido ainda em pé: resistência à tirania.

Um silêncio espesso abate a conversa. Querem dormir, mas não têm onde. É início do fim de mais um dia e o barraco está completamente sonevado. A porta pode emperrar.

De repente, Yan ressuscita:

— O alerta veio quando vi o jogo que se jogava com a classe média. Jogo de cena. Afinal é comum que burgueses arrependidos levem falsos libertadores ao poder.

— Totalitários, é melhor dizer o que eles são.

— Exato — Yan concorda com mortificação.

— Eu vivi uma coisa próxima, mas não por motivos partidários. Meu pai levava a sério o treinamento e foi assim que aos doze fui obrigado a ler *Guerra de Guerrilhas*.

— Assassinatos ideológicos!

Sibelius silencia. Yan alinha.

— Organizações e aparelhos fizeram parte da minha vida. Eram rumores imprecisos. Mudei quando cheguei aos 18. Tive um treco qual-

---

frente experimental eugênica da ideologia nazista, que teve apoio maciço — leigo e acadêmico — de médicos, filósofos, cientistas, antropólogos e advogados dentro e fora da Alemanha. Creio que o senhor deveria dar especial atenção a este aspecto, pois foi ali que se pensou em criar uma agenda que definisse o que se poderia ou não fazer em nome da ciência e do experimentalismo. Há ainda uma analogia possível entre o período de horror nazista e o novo terrorismo: o justificacionismo. Aqui e ali tudo acaba sempre sendo justificável, sob o manto da ideologia científica ou de causas religiosas. O terrorismo contemporâneo e Auschwitz estão, na escala qualitativa da banalização do mal, muito mais próximos do que qualquer aproximação cartográfica é capaz de supor."

quer. Tudo só faria sentido se houvesse sentido. E "isso" era alguma presença criadora. Foi esta presença que me fez mudar de lugar. É a mesma presença que me sustentou até aqui. Ela me fez ter a certeza de que mesmo sendo tomada como uma espécie de percepção delirante — que me importa? — dava sentido ao existir. Não foi um estado sensorial passageiro. Não sei bem, mas o melhor que posso dizer é que chegava a ser perigoso.

"Nem vou falar como tudo começou, ele não acreditaria."

— Você nunca me disse nada sobre suas "experiências". — A voz de Sibelius traz escárnio.

— Exatamente, experiências. — Yan finge não se importar enquanto anuncia a importância. — Seria o fim da cultura atual se estas experiências pudessem ser comunicadas. Mas aqui foi outro problema meu. Os tabus é que me impediram de contar. Fiquei com medo de me abrir. Mas não era só com você.

— Estou desolado. — Sibelius parece sincero mas está sorrindo.

— Não, *please*. À minha maneira vi a face de Deus. Não posso e nem quero te provar isso. Muito menos aqui.

"Aqui faz todo sentido."

Yan continua:

— Tive experiências que me permitem dizer que ou estive ali junto dele ou ele esteve em mim. Não sei de onde vem isto. Algum ancestral? Uma força tribal? A verdade é que eram sensações físicas, entende? Eu me fundia a ele. Não sei como apaguei isso.

O ataque de tosse é exasperante, seco, hostil.

— Estou atento... continue. — Sibelius fazia força para se concentrar na narrativa de Yan. Estados confessionais são muito raros e ele não quer perder isso por nada.

— Você pode rir à vontade — tossindo a cada duas ou três palavras —, mas venho de uma família de *maguidim*, de profetas, sabe? Linhagem...

— Profetas? Assim você está me assustando. — Sibelius levanta as sobrancelhas e redobra a atenção no relato confessional. Tem que se controlar, não pode ser irônico.

"Deve ser uma droga ser terapeuta o tempo todo."

Estão desnorteados, sem oxigênio. Os lábios secretam pelas feridas e as mãos dos dois estão endurecidas. A neve só pode ser derretida na boca com enorme dificuldade, o estado das mucosas é frágil. As lesões pela desvitaminose já são visíveis.

Sibelius sangra sem perceber. E cogita diagnosticar um estado delirante de Yan, mas logo deduz que, se confirmado, não havia ali qualquer delírio agudo. Se confirmado o estado onírico, seria um mal antigo, inveterado e crônico, ainda que até ali jamais diagnosticado. Sem pedir licença, pega em seu pulso e recomeça a contagem dos batimentos cardíacos, prestando atenção no ritmo respiratório.

Yan não reage, pelo contrário, com as pálpebras agradece confortado.

Está entregue e parece mesmo conformado com as suspeitas de Sibelius. Aceitaria qualquer diagnóstico e qualquer terapêutica. Sibelius passa a face dorsal da luva umedecida nos óculos de neve de seu parceiro para tentar enxergar as pupilas. Busca ver reflexos. As lentes amareladas que filtravam o brilho da neve dificultavam a missão. Remove com delicadeza os óculos e estica o gorro para os lados. Yan tinha olhos verdes muito claros que respondiam intensamente às variações de luz. As pupilas pareciam reagir bem. Faz novo teste com... certo, as pupilas se contraem.

"Está ok, menos mal."

Fica chocado com as olheiras e mais ainda com a ponta do nariz do médico.

"Há um ponto... uma ferida, necrose."

— Como estou, doutor? — Yan está meio abobalhado e brinca com a inversão dos papéis.

— Tudo ok. Você vai indo muito bem!

Sibelius mente com positividade, o que acaba funcionando. E, imediatamente, entra em crise por acabar de fazer aquilo que há poucas horas o deixava indignado na atitude dos médicos.

De novo surta:

"Como podemos continuar conversando assim quando estamos apodrecendo?"

Yan, aliviado com o diagnóstico favorável, continua com o estoicismo infeccioso que acomete alpinistas encurralados.

— Há uma tradição... meio esquecida. Mas algumas famílias percebem melhor, têm faro metafísico para essas coisas.

Sibelius volta a sua posição e sinaliza o enfado. O profeta sente mas não dá muita bola.

— Ouça o relato. Pode ser? Mas tem que ser até o fim.

— E eu falei alguma coisa?

— Não temos nenhum compromisso nem nada a perder. Sei o que pode estar passando na sua cabeça: se eu tinha mesmo essas aptidões proféticas por que não previ esta nossa situação aqui?

Sibelius não pensava assim, mas agora que ele sugerira até que era uma boa sinuca. Nota que o amigo aprofundou a respiração, as incursões respiratórias ondulam o peito, a expiração está estranha.

— Posso explicar como entendo as profecias?

Sibelius estende a mão concedendo. Pensa que está sendo generoso.

— As profecias acontecem em aturdimentos, alguém faz a palpação de uma realidade antecipada. Ela só pode acontecer dentro de uma distorção física do tempo, e num estado alterado de consciência. Não se trata de antecipar um futuro a partir de alguma função cognitiva hiperdesenvolvida ou chutes astrológicos genéricos.

— Mas quem é que pode ser profeta, Yan? — Sibelius controla seu desprezo com relutância, menos no tom que aplicou. Até emendar: — Disparates não faltam, já chegaram até a dizer que "Marx foi o último profeta judeu". — E Sibelius engasga numa risada inesperada.

— Antes que você ria de verdade muitos patrícios meus já nem sabem o que é isto. Incluo aí os ortodoxos, que no caso do judaísmo são os que seguem canonicamente a ordem estabelecida, cumprem com rigor as leis e *mitzvot*.

— Sei o que são, as...

— Lembra-se, a Bíblia Hebraica, a *Torá*?

453

— O que sei é o que às vezes lia no *Jerusalém Post*. Existem aquelas linhas cruzadas: ortodoxos, neo-ortodoxos, conservadores, reformistas, ultraortodoxos, liberais, chassídicos, *naturei karta*, *mitnagdim*, e sei lá mais o quê. Tem tribo para tudo isso? — desafia Sibelius.

— Nem imagine, tem para muito mais. — Tenta deslizar os dedos para se fazer acompanhar da mímica da abundância. Falha, mas Sibelius entende o esforço.

— Os mais rigorosos em uma tradição consideram outros insuficientemente religiosos. Com o excesso de interpretações a coisa toda se transforma em gradações infinitas de exigências, obrigações e compromissos — completa Yan.

Ele prossegue, mas antes suspira com desagrado por um esforço que considera inútil. A tosse está mais amiúde, já exala chiado pela boca. Os gatos estão vivos.

"O que um gói como Sibelius entenderia disso tudo?"

O desejo de falar se impõe.

— As *mizvot* foram se transformando em uma espécie de escada automática, patamares de gradação espiritual, uma espécie de automação espiritual. Quem cumprir mais tem mais méritos. Às vezes some do horizonte a discussão essencial: por quê?, para quê?, com qual intenção? Isso criou um paradoxo estranho: ortodoxos sem fé e inobservantes fervorosos.

— Ortodoxos sem fé! — estranha Sibelius.

— Dito de outra forma, ortodoxos não observantes e religiosos descrentes.

— Onde é que você está nesse organograma? — quis saber Sibelius, mostrando um sorriso hostil.

— Em lugar nenhum. Bem que tentei. — Talb parece muito distante, envolvido em alguma experiência.

— Uhn!, crise de autoridade bem no centro do ambiente religioso.

— Está acontecendo com todas as comunidades. Israel, o país, é hoje o maior exemplo vivo desse estado das coisas.

— Compreendo — Sibelius trinca-se de sarcasmo.

— Não me olhe assim — reclama Yan.

— Assim como?

— Com este arzinho de chiste. Ou é espanto? — De fato ele estava embasbacado com as "confissões" de Talb.

— Ok. Ok. Prometo que disfarço. (Risos)

Como Sibelius temia, o som de uma avalanche de pequenas proporções parece ameaçar o abrigo. Em segundos Sibelius consegue sair e arrastar Yan para fora pelo capuz. Graças aos céus deixaram a tenda laranja do lado de fora. Emudecem, enquanto Sibelius tenta armar algum espaço para levantá-la sacudindo o tecido rasgado. Yan tenta ajudar, mas se conforma em ser arrastado. O frio é resoluto. Ajeitam-se nos *sleepingbags* molhados pela umidade, e parecem ter perdido (ou negligenciado) o medo de dormir. Mais que nunca: como seria bom ter fogo! Há cinco dias sem ele, nem se iludem mais. Existem pedras em volta, mas cadê a palha? Nada. Não havia uma única vegetação aparente. Yan já tinha destruído um banquinho nas tentativas, mas a umidade repelia faíscas. Ambos sonham em mastigar algo, morder contra alguma resistência, mas de novo é só a neve que vem para dentro. A neve pode ter muitas texturas mas o que nunca desconfiaram mesmo é que houvesse tantos sabores na privação.

Sexto dia.

Amanhece e nenhum deles se dá conta do surgimento e expansão da neblina enovelada mais espessa desde o início da expedição. A névoa cobre tudo. A surpresa é que os dois dormiram e acordaram. O frio não está tão hostil.

-1°C

— Eu estava te falando da minha família?

A barraca de plástico vulcanizado sobreviveu, eles também. O "Ímpar" parece perdido. Quase não se vê nada dele. Uma melancólica corda desce sobre Sibelius, que ainda tem os olhos retidos pelo sono. Coça a cabeça para tentar entender como alguém renasce do sono já falando.

Yan não se importa:

— Parte dela, o pessoal da minha mãe, veio da Ucrânia, Tchernevitz, uma cidade pequena perto de Mogliovit Podaisq. Meu bisavô Mayer foi assassinado com um tiro na nuca pelos russos brancos durante um *pogrom* que numa manhã esmagou a aldeia. Saiu de casa e morreu. Minha avó contava que, naquele dia, algumas horas antes, um espelho se quebrara na sala e meu bisavô gemeu:

"Oi, oi, oi, é o reverso do mazal."

— Duas semanas depois minha bisavó materna emigrou com suas três filhas e dois meninos de colo. Sozinhos, conseguiram escapar numa peripécia geral. Chegaram de trem até a Bélgica e atravessaram a floresta de Ardennes até chegar a um porto francês. Por sorte tinham algum dinheiro. Embarcaram num navio de carga e viajaram nos porões sem ver luz por quarenta dias até saírem como ratos cegos no porto de Santos. Sabe com o que chegaram? Vinte francos suíços, um canivete pequeno, uma bússola sobrevivente da Primeira Guerra Mundial, as roupas do corpo, uma única luva do par, para a mão direita.

"Na minha família paterna ninguém era rabino a não ser este meu tataravô que começou a estudar em uma *yechivá* perto de Varsóvia, é só o que sabemos. Meu pai foi um intuitivo, autodidata e militante político que chegou ao poder mas desistiu. Aposentado, hoje mora na praia e é um alienado feliz."

— A escola para rabinos?

— Sim. Mais ou menos isto. Meu avô veio de Varsóvia depois de gerações migrando por toda a Europa nos países do Leste. Durante o holocausto, deixou para trás cinco irmãos e mais de trinta parentes diretos. Só dois escaparam, mas nunca mais soubemos deles, um parece ter ido para a Argentina, o outro migrou para os EUA.

Yan tosse sem parar e interrompe a narrativa. A tosse é cada vez mais sibilante, seca, canina e termina num guincho metálico. A falta de acesso visual aos olhos do amigo dificulta muito para Sibelius saber se está entretido com outros pensamentos, quer só fazer uma pausa ou simplesmente travou. Mas antes que possa intervir, Yan desencalha:

— Ele nos deixou uma herança: um tipo de antitradição. Quando descobriu que depois do levante não sobrara nada do gueto onde morava com toda a sua família, em Varsóvia, virou na hora, como muitos judeus, um ex-crente. Quer ver a foto? Carrego uma sempre... deve estar por aqui. — Remexe-se inutilmente, não encontra nada.

456

— Fui injusto — repara Yan. — Uma opção não seria bem a expressão correta. Meu avô não era um desertor. Ele tinha que dar uma resposta à dor. Lacrar o silêncio insuportável que o derrubava a cada interpelação ao Criador. Foi só então que bateu o martelo fechando questão contra todas as religiões. Ficou avesso a qualquer crença. Se aquilo não foi a etapa inaugural da assimilação, era pelo menos um salvo-conduto à incredulidade. Foi esse nosso aval familiar ao ceticismo.

Uma estocada temerária no pior dos silêncios: aquele que nos acusa de nada.

Respira profundamente, buscando inspiração para terminar.

— O gesto simbólico dele era o mesmo de centenas de milhares de famílias com a decepção da guerra e seu saldo tenebroso. Meu avô agiu como se fosse um tribuno, com plenos poderes. Sentando na cadeira com encosto de couro enquanto o roupão de banho fazia as vezes de toga. Mandou chamá-los. Foi assim que ele os liberou formalmente de qualquer elo étnico ou obrigação religiosa. E foi assim que eles sentiram. Isto equivaleria, mais tarde, a uma adesão semi-incondicional ao materialismo. Foi uma das poucas coisas que arranquei do meu pai sobre aquela tarde.

— Exagero — diz Sibelius. — As coisas do espírito não são decididas assim.

— Não é exagero. Do ceticismo foi um pulo para o movimento juvenil sionista secular e para as leituras do *Capital*, depois Lênin, culminando com a luta quase religiosa que toda esquerda adotou como corolário. Eu garanto que esse é um bom resumo da história da assimilação para uma geração atrás.

— Isso você já tinha narrado antes. — Segurando em seu braço, como se isso pudesse segurar a continuidade dos desvios. — Só não vejo a questão da profecia.

— Já chego lá. — O médico está imóvel e só se expressa pelos olhos.

— Cresci neste ambiente: noites de álcool cheias de gente desconhecida, com reuniões da Var-Palmares em casa. Até que tivemos o período londrino. Foi quase um ano de exílio voluntário depois que as fichas do DOI-Codi vieram "parar" nas mãos do zelador do nosso prédio. Depois soubemos que em seu depoimento ele acusava papai de receber "pessoas estranhas que pareciam subversivos" e de negociar "milhões de rublos". Quanta imaginação! Foi o suficiente para meu pai acabar detido. Nunca nos falou se foi ou não torturado.

São pausas cada vez mais regulares.

— E... aí... foi... solto e em uma semana mudamos às pressas para Londres. Tudo era sigiloso, mas numa madrugada de inverno, meu pai com ajuda do meu tio encheram uma caminhonete e despejaram a biblioteca da família no rio Tietê.

Sibelius murmura um ruído indecifrável.

— Eu fiquei à deriva. Quer dizer, uma das coisas que me diferenciavam não era ser somente o clássico caso de judeu dispensado das aulas de educação religiosa. Ficava imaginando com orgulho do que estávamos sendo privados. Mas eu nem sei se era mesmo um não crente, um ateu.

— Vocês ficavam no pátio? Eu tinha que frequentar... — Sibelius aproveita para reclamar das aulas de religião.

— Os "judeus" do grupo se uniam aos agnósticos e aos que nem entendiam por que tínhamos recreios extras — Yan prossegue. — Enlouqueci quando soube da transformação dos meus pais. Sai materialismo histórico militante, entra reconhecimento da transcendência do espírito. Por uma situação que talvez um dia eu possa te falar... é que toda minha família aderiu a algum tipo de filosofia espiritualista. Mas eu não consegui encarar, era pedir demais.

Sibelius dá uns tapinhas solidários no ombro do amigo.

— Aquela notícia, a mudança de filosofia, depois de toda a doutrinação. Admitir a existência de um ser onisciente detonou meu mundo e quase acabou com minha identidade.

Não que isto fosse importante para o meio que circundava Yan. Afinal quem é que se importa com a crise existencial de adolescentes? Banalmente diagnosticada e justificada como instabilidade hormonal, a vulnerabilidade é tomada como estado normal ou transição para a maturidade. Quem sabe um dia, alguém possa narrar de fato como é que rui o mundo de uma criança de treze anos? Vocês precisam acreditar: com a mesma força que a de qualquer adulto. A ideia de morte é persistente em muitos destes semiadultos que muitas vezes pensam em pôr fim a tudo. Com a ressalva de que os instrumentos de controle estão em pane permanente, afinal a confusão é o *default* desta fase da vida.

— Eu era um descrente — continua Yan —, era uma marca, minha marca. E eu tinha só treze anos. Não me sentia adulto nem com trinta, quem dirá com treze. Mas foi daí em diante que comecei a ter percepções, ou sei lá, distorções da percepção. Chega! Não quero transformar essas últimas conversas em cantilena biográfica.

— Hã? — respira Sibelius disfarçando o alívio e a ansiedade, mas mantendo vívido interesse e concentração na narrativa, que lhe soava inverossímil, surpreendente, anômala, fora de contexto, especialmente o que ainda não havia escutado, os detalhes inesperados.

O frio ameniza e até que o sol esquenta. A temperatura pode estar positiva. Colocam suas caras para fora da barraca. Entreolham-se e suspiram pelo agora inviável "Ímpar" que só tem a cumeeira visível. Ao mesmo tempo pensam:

"Como éramos felizes lá dentro."

— Esqueci, do que estávamos falando?

— Da sua família, a virada radical deles....

— Então... foi aí, neste ponto, que começamos a aceitar Deus. Não era mais uma compreensão absurda. Como disse Aby Warburg: "Deus está nos detalhes." Só recentemente percebi que esse era o padrão revelador das profecias. Antes pensávamos que as profecias eram todas grandiosas, inatingíveis, universais, e principalmente, distantes de nós. "Ver o que virá antes de nascer" é a marca do *tzadik*. Eu não sou um, mas passava a saber...

Yan notou a impaciência no rosto do amigo, mas nem se importou.

— A gente idealiza demais as várias formas de experiência religiosa. Não entendemos a natureza das situações que trazem perplexidade, as coincidências, os avisos sutis, nem os eventos sobrenaturais. Mas eles podem acontecer bem aqui a nossa volta. Não precisamos estar no Sinai ou em Jerusalém. Nem mesmo é preciso haver atmosferas preparadas para o sagrado. Ao contrário, milagres costumam acontecer em ambientes não preparados. Pode ser na esquina, num igarapé do rio Negro, na foz do Bigajós ou em um momento de congelamento desesperador.

O clima esquenta um pouco mais. O sol está até bem forte. Podem ficar lá fora vendo o céu que se esconde do escuro. Estão se bronzeando no calor da inanição.

— Então? — impacienta-se Sibelius.

— A tradição não é devedora de todo rigor formalista de hoje. O rabinato é uma instituição digna, mas é apócrifa se comparada com a tradição sacerdotal dos primeiros judeus.

Sibelius experimenta uma onda de calor estranho no corpo, nota que sua pele está estranha, como se fosse se romper. Yan continua.

— Pense só, nosso patrimônio original sempre foi um livro. Um único livro com vocação para gerar bibliotecas.

Sibelius continua inquieto com o que percebe na pele. Passa visualmente da perplexidade à consternação. Não sabe se tem pena, se passa à destruição de cada tópico de Yan ou se quer se concentrar no calor estranho que está agora escapando.

"Ele agora vem com essa de judeus primitivos, ora..."

"O livro, o Ungido que eles tanto esperam deve ser um livro."

— Veja só o paradoxo — continua Yan, sem dar tempo para o colega reagir —, eu venho desta tradição, mas tive que refazer tudo da minha própria cabeça. Foi meio arriscado mas foi aí, neste ponto, que percebi uma força que me excedia. — Yan para e olha a cara consternada de seu interlocutor.

— Que foi, tá muito estranho para você?

"Uma pessoa como ele, com toda essa análise formal, nunca vai compreender isso."

E conclui:

— Mas eu digo, não é só uma crença abstrata. Tive experiências únicas.

— Quais? — Stradivar está com uma voz estranha, rouca.

— Perguntas que eram respondidas com sensações.

— Que tipo de pergunta?

— O que eu devia fazer ou como deveria agir em casos de extrema dúvida racional, principalmente na vida prática. Isto me ajudou muito.

— É estranho, sem ofensas eu chamaria de "jogo de apostas constantes". E Yan... dados são mais práticos. — Ele ironiza, mas está é com medo de ouvir respostas convincentes.

— Você não entende, é difícil falar sobre isso. Não era um assunto para tornar público.

O médico parece contrariado, arrependido de por tocado no tema, excitado com a possibilidade de continuar. Tenta arrumar seu gorro, nota que sua sobrancelha está com uma camada de gelo. Tenta removê-lo e percebe que seu coração se acelera. Quanto mais o diálogo flui mais o frio se afasta. Mas o ambiente se impõe e volta sempre, a pressão da montanha é enorme e tem constância. Sente saudades do "Ímpar" e está otimista com a possibilidade de voltarem para lá. Mas é a neve que está voltando. Logo o banho de sol dos prisioneiros termina e terão que entrar de volta no tabernáculo alaranjado.

— Yan, somos só eu e você. Não há público. — Tentando fazê-lo voltar do olhar distante.

— Você não vai entender. Estas comunicações não vinham da razão. — Fala e vai balançando a cabeça. — Só eruditos famosos podem opinar. Como se somente eles tivessem a reflexão autenticada da tradição. Os outros são vistos como "impuros". Usando terminologia *iídiche*, puros versus impuros ou *tarefs* versus *kosher.*

Ele está abatido, a fraqueza muscular da morte recente voltou com tudo.

— Isso é um problema das instituições, Yan. Também tenho herança religiosa de tradição abrâmica, monoteísta; e do lado de cá nós também temos nossa dose: os teólogos dogmáticos, as contrateologias, as ações monitorizantes e repressoras da hierarquia eclesiástica, o poder do Vaticano.

Foram poucas as práticas religiosas que Sibelius não conheceu. Vivenciou do budismo ao sufismo islâmico, do cristianismo esotérico aos ortodoxos primitivos, dos voadores iogues aos xamãs orochi da Sibéria, dos pajés kaapor aos ianomâmis nas fronteiras de Roraima.

— Aqui é um pouco diferente.

— Exemplo? Dê um exemplo. — Sibelius quer ser prático.

— Na minha tradição qualquer um pode oficiar um casamento, a maioridade religiosa ou um funeral. O que me revolta é a hierarquia, é ridículo que haja uma espécie de *pedigree* do espírito.

— Hã?

— É isso mesmo. O nepotismo!! Nepotismo. A linhagem hereditária acaba tendo muito peso na tradição. Justo conosco, que tivemos Moisés.

O amigo concorda com a ponta do queixo prendendo o lábio inferior. Yan continua:

— Como muitos médicos jovens, eu queria ser como Freud.

— Eu, um filósofo mal-humorado, antes de passar pela fase de Spinoza — emenda Sibelius.

— Os heróis dispensam heroísmo, são o que são porque romperam com as linhagens.

— Mas você não aderiu à psicanálise... quer dizer, pelo contrário, foi ficando cada vez mais crítico a ela.

— Especialmente pelo que apreendi depois. A psicanálise bebeu mais da filosofia grega, na psicanálise freudiana não há espaço...

— Não há espaço?

— Para o pai.

— Como assim? — Apesar de tudo Sibelius é um freudiano fanático, trata o assunto como um totem sagrado, uma estrutura pararreligiosa.

"Tabus não se quebram assim!"

Yan prossegue:

— A analogia veio com a leitura de um crítico literário de Oxford: na psicanálise judaica o pai se ausenta voluntariamente para ceder espaço ao filho. Esta diferença não é só simbólica, ela acaba sendo determinante na cultura e na vida prática.

— Não me convenceu. Passou longe. Fiz análise por vinte anos, cinco vezes por semana — Sibelius queima por dentro.

— Eu me convenci, e isso foi determinante, mudou o rumo da minha carreira. Não dava mais para continuar com a farsa, seria impossível ser adepto incondicional da psicanálise, nem compartilhar das perspectivas existenciais de Freud.

— Deve ter sido grave! — Stradivar fala com refinamento inglês, o ódio derrapa em sua língua.

"Traidor."

— Grave? Acabou comigo!

Os dois percebem que a conversa pode esquentar.

"Quer falar mal de alguém? Por que não escolhe Marx? Deixe Freud em paz, Yan, não se meta com ele."

— O que você dizia antes... — Sibelius está interessado e busca alguma coisa nos bolsos para comer.

Os famintos sempre têm a esperança de que o alimento esteja garantido.

— Moisés foi um iconoclasta, nomeou um sucessor fora do clã.

— E daí, como isso vem ao caso?

— Quem vem de uma família com tradição ou estudou com alguém famoso tem mais chances de divulgar seu pensamento. Será enaltecido por legiões anônimas, e mesmo que um de nós revelasse algum tipo de conhecimento inédito, teria menos chances de êxito, por estar fora da *network*.

— Mas quanto egocentrismo! Isso aí é um *must* universal no século das mídias. — Sibelius vai continuar, gesticula com os dedos grudados pelas pontas para explicar com indignação.

— Quem foi que disse que isso é um problema só da sua tradição? Acontece todo dia nas universidades, na sucessão de grandes empresas, na vida social. A transferência do *status* simbólico e financeiro está no sangue dessa sociedade.

— De qualquer forma é isso, sem *network*, sem chances! Nem mesmo o *mashiach* teria chances!

— Quem sabe você não é redescoberto num futuro distante? — decide alfinetar Sibelius.

Devekut

Yan não nota, mas sua barba, mais rala ainda, está em processo de congelamento. Se pudesse se ver, ligaria os fatos.

A ereção dos pelos pode ser mais um indício de resfriamento irreversível. Um prenúncio da falha do hipotálamo anterior no mecanismo de controle de temperatura e aclimatação. Nesta área, somente 1/3 dos neurônios são sensíveis ao frio. Além disto, apesar de ter percebido que treme menos, sente que seu sangue está mais denso e suas contrações musculares mais lentas. Precisa se esforçar para recuperar a presença de suas extremidades. Só assim, diante dos extremos, alguém pode perceber o enorme esforço que se faz para estar na normalidade fisiológica.

Seu relógio no final da bateria registra 35,6°C de temperatura corporal. Ainda está longe da hipotermia franca, quando o organismo pode baixar a níveis incompatíveis com a vida.

Sente o tremor por baixo dos casacos e recomeça do nada:

— Acho que podemos ter experiências espirituais mesmo sem uma prática religiosa formal. Sou judeu e isto não me impediu de conhecer um estado interno diferente. Deve ser a *devekut*.

— *Devekut?* — Sibelius reclina a cabeça interessado.

— É um estado descrito pelos antigos. Melhor... não descrito.

— É como se...

Yan não deixa Sibelius formular a dúvida.

— Há um movimento involuntário que chamamos de *shokeln*. É um deslocamento espontâneo da alma que se faz quando rezamos. Ele hoje é quase uma repetição do que todos fazem, mas nem sempre foi assim. Muitos conheceram este estado de ascese como uma fusão com o Santo, o Um sagrado. Reconheço, é intransmissível. — Yan mente para facilitar as coisas.

Sibelius pensa:

"Então por que raios ele está me contando?"

Yan não para, e já não se importa se alguém está ouvindo, quer apenas falar.

— Páginas e páginas ousaram tentar descrever este momento, "a *devekut*", mas foram arrancadas de manuscritos — às vezes suprimidas pelos próprios autores — porque tinham sido vãs ou supérfluas para descrever a experiência.

— E o silêncio fez bem ao segredo! — ironiza Stradivar, que já perdeu a paciência com o suspense.

— Ninguém detinha a técnica ou morreu com ela. Era muito mais uma escolha do Criador baseada em algum mérito ignoto do abençoado do que uma conquista pessoal pelo esforço do autoconhecimento ou meditação permanente.

— Então, o que é preciso? Sorte?

— Algum grau de entrega. Intimidade.

"Adoraria ter para quem me entregar", reage Sibelius.

Yan lembra que deve ser quase sábado.

Os dois colocam um pouco mais de gelo derretido na boca e um frescor passageiro se eleva ao ardor. A dor da saciedade pode gerar prazer. A tarde cai, espalhando uma sensação de alívio. O sono ajuda a diminuir a fome. O sono adormece. O sono anestesia. O sono afasta a consciência. O sono mata.

— Conte mais. — Dando corda para Yan.

— Você se esvazia sem se anular, entende? Render-se ao Isso Divino provocou muita controvérsia. Ele é Ele, entende?

"Não, Yan, não entendo."

Sibelius fica sem vontade de falar.

— A *devekut* abriu terreno para que qualquer um pudesse ser agraciado com uma dádiva tão desejada. Mas a resistência à democracia dos espíritos também existe, nem todos gostam.

Sibelius balança a cabeça desolado:

"Não acredito que agora estejamos discutindo estados espirituais. Deve ser o fim da linha."

Também falta ar para Sibelius, que está desorientado e tentando desviar o foco da conversação que o incomoda por algum detalhe da entonação de Yan.

— Quer melhor ocasião para o assunto do que esta? — Mudando o tom do discurso. — Você sabe que não estamos discutindo isto por estarmos perto do fim. Estamos apenas nos deixando levar pela conversação, e que ela nos conduza seja lá para onde for. Não era esta a ideia desde o começo?

O silêncio preenche cada fibra do cenário. O mal-estar volta.

Yan, ainda deitado, quebra o gelo.

— Sibe, você percebeu o que pode estar acontecendo aqui? Se encontros terapêuticos pudessem ser parecidos! Você viu como perdemos todas as formalidades? Nada é pré-dirigido e tudo fui sem artificialidades.

— O gosto que nos dá a liberdade. — reconhece Sibelius, desconfiado da generalização.

— Talvez nunca mais haja outro diálogo destes e são eles que nos tornam viáveis. Toda conversação assim é inédita. Consegue ver a importância de cada relação?

Yan fala em tom de súplica. Sibelius não faz mais força para entendê-lo. Fecha os olhos para amar apenas pela sensibilidade.

— "A morada da linguagem é o ser." Todo diálogo é irrepetível e essa é a marca do singular. Desde o colóquio de eruditos aos desabafos de amigos num bar. — Yan apenas murmura e agora é ele quem dá de ombros.

— Tudo bem, pode concluir — estimula Sibelius.

—— Podemos controlar o influxo da alma. Estar aberto ao que o Onipresente pode nos oferecer. Seu poder de comunicação não é uma ilusão, você entende?

— Não.

— Você lembra daquela experiência que contei?

— Qual delas?

— Antiocus, hospital de Timboré?

— O grego que entrou e ficou em coma.

— Esse. Aliás, eu nunca mais o vi.

— Você me falou. Nem você nem ninguém, ele sumiu da UTI. Saiu como entrou, do nada.

— Sabe o que chegou pelo FEDEX de Israel faz uns três meses?

— Não. — Sibelius estica o pescoço de curiosidade.

— O cilindro!

— Para mim é grego. Cilindro? Qual cilindro?

— A caixa de couro com os manuscritos do meu tataravô.

— Do seu bisavô?

— Tataravô.

— E você achou que era delírio, fabulação... já sabe o que está escrito?

— Ainda não, estão traduzindo. Mas é um ensaio, um pouco de poesia e fragmentos de um tratado teológico-filosófico.

— Ah! — Sibelius perde o interesse.

— No final, ensina os passos até a *devekut*.

— Mas isso pode ser ensinado? Mas você acabou de dizer que... — Sibelius volta a se interessar.

— Eu disse que não pode ser descrito — Yan se antecipa. — Mas...

— Pode ser experimentado?

— Você quer?

— *Sure*. — Sibelius sorri nervoso.

— Então feche os olhos e quando eu disser "já" você...

— Aqui, agora?

— Agora!

— Eu faço o quê?

— Esvazie a mente, a chave é desconcentração, olhe o que está atrás de sua cabeça.

— Meditação não é concentração?

— Pssssiu!! Faça como eu disse. — Yan silencia o amigo tocando seu ombro.

Sibelius tenta uma vez e balança os braços impaciente, mas resolve obedecer. Pensa primeiro em alguma comida ou num chá bem quente, não aguenta mais gelo chupado.

"Não há nada atrás da cabeça."

Depois realmente se esforça para seguir mestre Yan. O que tem a perder? Imagens não param de vir para distraí-lo. Vê seus pais acenando no cais do porto de Santos. Um beijo longo na última namorada que ficou em Belém. Os papéis, milhares de papéis voando de sua mesa em *slow motion*, com desequilíbrio poético. Sua viagem com Ganfres para San Francisco. Concentra-se, vale dizer, se desconcentra até que parece que algo vai acontecer.

Para seu completo espanto movimentos involuntários surgem. Ele não quer mas seu braço direito parece flutuar sem ele ter ordenado. Sente vontade de cantar, mas é impedido pela autocensura. Palavras desconhecidas começam a aparecer em sua boca que abre e fecha, sem que ele perceba.

Yan está fazendo os seus próprios movimentos com os olhos fechados e nada nota.

Os movimentos são de uma dança cumulativa, a familiaridade instantânea com os passos é total. Os sons saem. Sibelius flutua na arena em um só pé como uma garça migratória. Todas as mulheres que amou passam através dele. Uma alegria estúpida o inunda sem que ele possa se esquivar. Não há tangentes.

"Não é possível, isso é um jorro, não posso parar, posso, mas não quero, não quero que pare nunca, vejo a Presença aqui. Sinto o que deveria sentir, só posso confessar que sei a Vida. Isso é minha alma? O que é isso? Isso é Deus no meu corpo? Se for, se for isso mesmo, casei com Ele."

Sibelius leva um tremendo susto e para com tudo.

"Alegria estúpida, não."

O divórcio é imediato.

Abre os olhos, tira o gorro, afasta os óculos e impulsivamente raspa neve fresca para esfregar no rosto. Se arriscou muito ao se expor a mais frio e umidade. Prefere o estoicismo e a mentira que confessar o que acaba de acontecer para Talb. Com todo o barulho, Yan abre os olhos.

— Você está bem? Percebeu alguma coisa? — Yan permanece recostado e sem forças. Não entende por que Sibelius lavou o rosto, alguma coisa mudou, está no ar.

— Olhe, Yan, sei que pensa que não mudarei nada com minha impertinência, mas mesmo assim não tenho certeza alguma de que o Onipotente ame você ou eu, ou saiba da nossa existência individual. Vamos à fenomenologia: que efeitos isto tem sobre você? Aqui e agora? — Sibelius quer comparar experiências sem ter que explicar nada.

Yan está fraco, fecha os olhos para caprichar na descrição.

— O arrepio é uma sensação presente, pensando bem não é bem arrepio... é um calafrio agradável. Isso, um calafrio agradável. Começa na base do crânio e depois se irradia para o corpo. É uma sensação física, essencialmente corporal.

"É assim mesmo", pensa Sibelius.

"E a alegria? Preciso de novo."

Yan reabre os olhos:

— Pena que você não tenha experimentado. Se tivesse veria como é grosseiro o contraste quando a gente confronta essa experiência com a vivência puramente intelectual do conhecimento espiritual.

Yan espreme as pálpebras para se concentrar melhor na descrição:

— É um formigamento que começa no centro e se irradia para as extremidades. Lembra um ardor agradável, mas sem calor. Uma sensação de experiência real, vívida. Espere... é isso mesmo, tudo se inicia no corpo.

"O corpo é a alma."

Yan fecha e abre os olhos:

— Se eu fosse interpretar diria que estamos sendo irradiados por nossa própria imanência, e é exatamente isto que permite o contato com uma força distinta desta imanência. Deus !

Sibelius não está recuperado.

"Só a alegria, é isso?"

Cogita enquanto Yan ainda se mexe desmaiando um sorriso nos cantos da boca.

"É como se a única demanda fosse ficar como estou, ser como sou, é um conformismo deplorável e bom, um contentamento que faz sentido. Mas não para mim. Isso não é para mim."

Pela cara de Sibelius, Yan deduz que o relato das sensações corporais — não fez isso para atraí-lo, absolutamente — parece ter trazido o amigo de volta, o que o encoraja a prosseguir.

— É como se na generosidade de Deus pudéssemos ir da nobreza humana da imanência à incompreensibilidade transcendente. Saímos do corpo — a semelhança infinita do Criador — para um estado que desafia toda razão. Por outro lado é o corpo que se comunica com Deus numa intimidade que nenhuma cerimônia pode criar. Não é mesmo incompreensível?

Sibelius ainda treme, está emocionado pelo que acaba de experimentar — e o pior, gostou do que acaba de ouvir —, mas tenta um discurso pré-estudado, reativo:

— Pois é. Mas exatamente por isto. O que garante que isto não seja mais um autoengano? Velhas orquestrações das nossas pretensões? Por que um Ser Supremo se ocuparia de uma criatura como a nossa espécie? Por que será que sempre nos colocamos no centro desta relação? Por que entraria em nossos corpos para conversar? Tem muita coisa me incomodando, mas essa é a pior. Quero dizer também, e preciso dizer já, que nem de longe duvido da experiência que você teve.

"Duvido mais da minha."

Sibelius não quer mentir, mas precisa se proteger.

— Pode muito bem ser só uma experiência endógena. Qualquer neurocientista explicaria isso. Já entrevistei iogues seniores, meditadores e especialistas em transe. Todos eles alcançam estados desse tipo, induzidos pela mente. O que te garante que isso aí não seja um fenômeno provocado por você em você? Nada demais.

"Eu experimentei transes, nada como esse. Santo Deus, por que minto tanto?"

— Não estou ofendido — responde Yan. — Você pode ter razão. Acompanho os neurobiólogos tentando pesquisar a natureza do julgamento moral.

Yan tenta coçar a barba que está presa e sente um sufocamento que não o impede de prosseguir.

"Preciso de uma sangria."

— Pode ser que a *devekut*, este estado que experimentei e acabo de tentar te descrever, não passe de enxurradas de serotonina. Endorfinas grudadas nos neurorreceptores. Mas o experimento é outro. Olhe aí para cima. É mais profundo... não dá para reduzir a uma mera experiência sensorial de ampliação e felicidade. Você não sentiu mesmo nada?

— Já seria muito, faz um bom tempo que não tenho essas sensações. Estou enferrujado para atividades do espírito. — O amigo mente abertamente.

Yan continua se sentindo sufocado, mas disposto a não interromper o que começou.

— Como eu dizia existe uma sensação de bem-estar que eu prefiro chamar de estado transcendente. O Huxley, sabe? Já tentou descrever...

Sibelius assente com a cabeça.

"Claro que sei quem é Aldous Huxley."

— Ele escreveu sobre os estágios da autotranscendência: vertical ascendente e descendente e a autotranscendência horizontal. Desta última, experimentam políticos em seus comícios, multidões em shows de música, êxtase na presença dos ídolos. Aqui falo da versão ascendente e vertical. Quer dizer, um estado induzido que propaga pelo corpo. A ascese não é só mental e física.

"A *devekut* é ímpar, Yan."

O sufocamento aperta. Yan tem medo do colapso.

— Tente ser menos descritivo. Como é? O que sente?

— Apaziguamento. — Talb precisa ser sintético porque sente que desaparecerá.

— Meio sucinto demais.

— Quietude mental. — De novo espreme os olhos, parece pensar melhor com os olhos fechados. — Estou agora preenchido por um vazio luminoso. Parece irrealista, mas o que posso fazer? Minha ligação é infrangível. É um fenômeno físico, ele se realiza aqui, bem no meio do corpo. — Aponta para o coração. — O que mais posso te dizer? Esse é o meu segredo máximo.

— É a tal ataraxia? Ausência de paixões?

— Não sei. Falo só do que sinto. Mas não, não tem nada a ver com ausência de paixões. Se quiser é perfeitamente o oposto, é bem possível comparar a uma relação sexual com quem você ama, mas pode durar bem mais.

— Fale mais como é que...

— Como se o respeito pelas pessoas ou pela natureza não fosse mais resultado de nenhum aprendizado, de nenhum controle externo. Ninguém ensina nada. Falando assim parece piegas, sentimentalista, mas o que eu posso fazer? Como um diálogo... a completude que ninguém conhece.

Yan consegue finalmente afrouxar a gola do casaco que está presa por um botão de aço e arrancar o cachecol. O alívio sobrevém rápido, seguido de novo aperto no pescoço. O frio foi esquecido. A situação foi apagada. Não havia mais contexto possível para os dois.

"Diálogo? Com quem? Sua alma? Com quem?"

Sagração de Varsóvia

Yan espalma a mão e pede para Sibelius esperar enquanto parece se concentrar em alguma região próxima do pescoço. Sibelius fica olhando em volta com a esperança de que Yan tenha captado alguma vibração, o motor de um avião num voo de busca. Mas seu amigo fazia movimentos como se tentasse encaixar um alimento que não desceu como deveria. Ele tosse alto e a sensação passa.

— Pergunto e recebo respostas que chegam como vibrações. Como eu posso explicar melhor... Não é vocalização dos pensamentos, como acontece nas alucinações auditivas. Não é nenhum delírio, ainda que a literatura psiquiátrica possa encontrar uma catalogação qualquer.

— Outro estado? Um transe? — Sibelius tenta ajudar a elucidar o que acabou de sentir. Blefa.

— Transe não. Chame de "magnanimidade" ou "longanimidade" se quiser. Pode ser, não... em inglês há uma palavra para alegrias celestes de difícil tradução: *bliss*, "exultação". Talvez seja uma aproximação à *devekut*. No fundo é uma euforia comedida, um êxtase místico. Uma perfeição interna. A coisa é bem estranha. Mas garanto que não é só mais um dos estados alterados de consciência que se conseguiria...

— Com alcaloides?

— Não, eu ia justamente dizer que não tem como comparar com droga nenhuma. Nem alucinógenos, nem estupefacientes, nem nada da farmacopeia. Olha que disso entendo bem. Já experimentei de tudo para compreender melhor o que os usuários sentem. — "Bela desculpa", pensa Yan. — Mas o estado do qual falamos é a maior extravagância pessoal que pode existir e que se pode aceitar sem espanto.

(Barulhos.)

— O mais estranho é que ele continua operando...

No meio da conversa uma fenda irrompe num enorme bloco de gelo. A rachadura se aprofunda no glaciar, produzindo um ruído trágico para o qual eles estão, ou fingem estar, indiferentes. Escondem-se atrás de nada. O silêncio que se segue é tão estranho que espanta o medo. Um buraco negro parece ter engolido os sons do mundo. Em seguida, trinta segundos depois, o barulho original redobra e uma massa incomensurável desce numa onda rústica e única que despenca a quase 300 metros de altura. A matéria pode ser avistada à esquerda em uma distância de não mais do que três quilômetros da vivenda laranja. Yan suspira pelo abrigo que agora está invisível. Pensa em escavar, talvez o "Ímpar" possa ser recuperado. Escava. O desespero faz pensar que precisam de outro refúgio.

A velocidade numa avalanche é determinante para avaliar sua gravidade. Esta arrasaria tudo pela frente. Eles sentem o vento do deslocamento do ar, mas estão tão imóveis que apenas os fios mais longos do bigode de Sibelius tremulam. A cachoeira de neve desce arrastando rochas enormes junto com pedaços de troncos com raízes espessas. O minério de ferro gigantesco desapareceu. Daquela distância, a destruição tem beleza.

A violência cessa.

Yan e Sibelius se sentem oprimidos pela boa sorte, mas preferem ignorar o que já passou. Pensam ao mesmo tempo, como se tivessem combinado:

"Pode haver algum ninho", "galhos para o fogo".

Mas estão distantes demais da catástrofe.

Yan continua com o estoicismo dos que renegam a morte.

— Como já disse, místicos suprimiram páginas de seus manuscritos em que descreviam a *devekut*. Sempre vamos ficar imaginando o que foi autocensurado. O fenômeno é o que senti ao tentar descrever para você. Não coincide com a realidade da vivência.

Sibelius estranha que não tenham comentado palavra sobre o que acaba de acontecer.

Outra pausa. Impera o silêncio anormal enquanto os dois contemplam a situação.

— Preciso confessar — arrisca Yan, sim, ele de novo, rompendo o silêncio. — Quando me vem esse incômodo e vejo a frivolidade autossuficiente dos ricos, a alienação agressiva dos consumistas, eu me consolo.

— Não entendi — diz Sibelius, que está pensando nas consequências do deslizamento para os lá de baixo.

— Me consolo pensando que mesmo em suas limusines blindadas ou nos templos maciços, eles jamais farão ideia do tipo de experiência que tivemos. Mesmo gastando tudo, eles perderam, não têm mais mundo interior — completa Yan.

"Ele sabe que eu experimentei."

— Continue — responde Sibelius cada vez mais interessado.

— Não é vingança.

Fica à espera de uma reação de Sibelius, que, no entanto, emudece. Então o médico entende que deve prosseguir.

— Tem que existir algum controle da qualidade de poesia no mundo. A justiça poética ainda me seduz. Eu só sei que preciso acreditar que pode existir uma atenção prática à poesia no mundo.

— No mundo?

— As relações reais talvez não sejam mais da forma como elas são constituídas hoje. Precisamos duvidar para ter fé. O filósofo já disse, "inversão do trabalho do pensamento".

— Desculpe, Yan, mas nós dois somos o quê? Não rompemos com nada tão radicalmente assim.

— Desaprender a enxergar como tudo tem sido mostrado. Não se trata simplesmente de negar o princípio da realidade. Mas recusar o excesso do panorama, a poluição das ideias, teorias e imagens. Filtrá-los com nosso deslocamento, traduzir tudo de outro jeito.

— Estoicismo puro! — Sibelius quer carimbar Talb e agora fala com arrogância.

— Pode até ser, mas não estou aqui para negar a realidade, estou só apontando para tomar cuidado com a naturalidade com que se aceitam as coisas. Estranho EU ter que dizer isso para VOCÊ.

— Você quer fazer um caso contra a realidade? Isso aí pode dar uma tese! — Sibelius segue irônico.

— E se há muito tempo a realidade deixou de ser o que boa parte deseja? E se não gostarmos mais dela? Você não acha que já faz muito tempo que os consensos impõem interesses obscuros? Com todos esses produtos e serviços de que a maioria nem precisa? Por que uma estética como a dos *reality shows* seduz tanto? É uma monstruosidade, mas padronizada e consumida em larga escala.

O aperto no pescoço volta, porém mais fraco. Yan fraqueja e vai alinhar:

— Um exemplo? Um canal de TV a cabo. Os assuntos médicos neste canal, por exemplo, são tratados como se houvesse um acordo geral de que uma eficácia sem ética é algo aceitável. E o que pensamos a respeito? Não sabemos ao certo. Onde está a crítica dessa razão que foi dada por meia dúzia de roteiristas? Não existe.

— Você generaliza tudo, critica sem discriminar — reclama Sibelius.

— A realidade foi corrompida por normas falsas, feitas sem contratos sociais, sem mediação do pensar. A anomia se espalhou e a fraqueza se transformou em força.

Sibelius não concorda e se falasse alguma coisa seria:

"Moralismo."

Yan continua loquaz.

— Eles nos colonizaram como se fôssemos trancados dentro de nossas próprias consciências. Fazem parecer que são razões de Estado que se impõem como se a violência e os inescrupulosos estivessem legitimados pela realidade.

— Democraticamente! — corrige Sibelius.

— Violentamente, isso sim! São só todas muito bem civilizadas e ratificadas por votações domesticadas de *referenda*, plebiscitos, clamor aos direitos civis ou... por prazos legais vencidos. Veja aí os bilhões de dólares torrados para manter a *pax* econômica nas crises recentes. É crise em cima de crise, bolhas sobre bolhas. Quem é que controla tudo isso?

— Quem? — devolve Sibelius, apelando para um tom mais cuidadoso. Quer voltar ao mundo da experiência do espírito, mas está preso, não pode explicitar o desejo.

— Duvido desta explicação. Mas você não acredita mesmo que estes estados estranhos sejam alterações neuroquímicas, acredita? Eu sou cético em relação à aplicação farmacológica desses avanços. Você parece que não acredita...

— Quem pode duvidar de que existam mecanismos de base neuroquímica? Yan, eu sei muito bem que os laboratórios farmacêuticos entraram em êxtase: antidepressivos para todos, adeus à melancolia, eliminação de memória de fatos traumáticos, amnésias seletivamente induzidas, reabilitação de hipnoterapias selvagens, fantasias da neuroacupuntura que prometem o consolo do equilíbrio, medicamentos homeopáticos com critérios "ortopédicos" de cura. O pensamento científico não pode atropelar a vida.

Sibelius continua tentando:

— Por um minuto pelo menos considere: talvez estas "coisas" sejam só danças entre neurorreceptores. É ela que te leva à sua comunhão, essa *devekut* não passa de uma simulação, é uma trapaça química, entende?

— *Unbelievable.* Isso é puro determinismo biológico! Nunca acreditarei que meras substâncias químicas, das drogas sintéticas passando pelo cipó amazônico ao chá das seitas americanas, possam determinar a complexidade do afeto, do humor e sei lá mais o quê... é exatamente isso o que defende uma parte significativa da psiquiatria. Só fico espantado com você nessa. — Yan fecha a cara e tosse muito.

— Não são opiniões, são pesquisas.

O médico precisa retomar o fôlego.

— Quanto mais pesquisas destas leio mais convicto fico da ambiguidade errática, da polivalência desses receptores. Parece que eles, conscientes, atuam como cômicos enganando os autores e pesquisadores enquanto estes desfilam orgulhosos com suas teorias comprovadas. É uma piada. Só uma enorme fusão de estados poderia justificar os comportamentos, explicar uma personalidade. E não sendo possível mapear todo o campo ignoto chamado de mente, fiquemos com a inocência do fenômeno... é só isso.

No final, Yan bufa.

— Estou cansado disso. Para quem queria escapar do academicismo, isso passou do ponto! Mas antes de te abandonar...

— Vai me abandonar de novo, Yan?

— Pensava em coisa bem mais prosaica como deitar — ele já está deitado — e dormir um pouco. — Esforça-se para conseguir uma risada que não pode chegar aos lábios.

— Fale mais, sabe que isso esquenta mesmo? — Estimula Sibelius esfregando as mãos. Como Yan não fala, Sibelius dá mais corda. — Para não encerrar a coisa pelo meio quero dizer que abandonei o curso de filosofia achando que eu ia ter um AVC quando o catedrático de filosofia política discursava: "Nas revoluções os direitos individuais são provisoriamente suprimidos para que sejam aperfeiçoados..."

— Etapas revolucionárias — atiça Yan.

— Sei, a menos que os que suprimiram os direitos formem uma quadrilha, anulem as dissidências e decidam que ainda não é chegada a hora do aperfeiçoamento... foi assim que justificaram os desmandos, os mandatos sucessivos, o autoritarismo que "resolve", os golpismos de sempre. — Sibelius sabe do que fala e atalha. — Escreva aí o que eu digo: no final, serão muitas "Chinas" pelo mundo.

— E depois este mesmo professor fez um discurso sobre a supremacia da razão iluminista. Você consegue enxergar, Yan? É tudo da mesma raiz, é a mesma ilusão que você tem sobre o mundo espiritual.

— Sou romântico, Sibelius. Isso significa que não consigo pensar a vida sem uma finalidade transcendente. Eu não conseguiria viver sem um cosmos teleológico que fizesse algum sentido. Deve fazer parte da seleção natural ter que acreditar nisso, sei lá. Não suporto o silêncio sem significado. Nunca achei que a vida pudesse ser "puro acontecimento". Se há um mundo seguinte a esse? Acho que sim, mas nem sei se ele é consecutivo ou sincrônico. — Yan engasga, sua faringe está desidratada, a voz declina pela dor.

Os dois estão quase deitados, tentando se distrair. Mais neve na boca. Se entreolham com penúria e se espantam com o quanto emagreceram. Sibelius já era magro e agora passou à categoria esquelético. Yan estava com olhos encovados e pálido como um osso. Respiram com mais força e não têm energia para levantar, quando ouvem um ruído do lado de fora. Readquirem energia e procuram por alguma novidade. Nada de novo, mas a temperatura mudou. É quase noite e não está tão frio.

— Ainda que uma parte dos meus amigos se diga agnóstica, é a incoerência que os sustenta. Consultam horóscopos antes de sair de casa, leem livros de autoajuda e são cheios de deuses substitutos. — Para variar, Yan está irritado quando termina.

Sibelius dá de ombros.

— São iluministas até a alma, frequentam adivinhos e praticam o esoterismo de resultados. — Yan termina e ainda está muito bravo.

— Não compreendi...

— Deixa pra lá. Ninguém entende mesmo.

— Mas não é assim com tudo?

— A fé existe. A sociedade mantém a intuição de que há uma transcendência. Só os eruditos da academia não conseguem enxergar. Mesmo assim se mantém o cultivo secreto da mística secular.

— Mística secular? Dessa nunca ouvi falar...

— Uma espécie de materialismo "quântico" que os ampara. Isto vai da devoção pela ciência aos cultivadores de mentes alienígenas. Resumindo: preferem acreditar em um suposto segredo hibernando em cerâmicas gregas, no monastério científico, em deuses aliens ou gnomos pícaros que na existência de um Criador misterioso. E quase sempre se horrorizam quando alguém depõe e conta a verdade.

— Qual verdade? — Quer saber Sibelius soprando com desgosto.

— Que a crise existencial é a busca por significado, é "a dúvida" da alma.

— Você acredita mesmo nisso?

— Você não acredita mais na humanidade? É isso? Matou qualquer expectativa e o ceticismo foi o mandante?

— Infelizmente, Yan, não é tão simples assim.

A noite pesa. Ambos respiram com tanta força que as cabeças balançam. O oxigênio é insuficiente. Percebem a hipóxia, tão bem quanto a descida do sol, agora num cronometrado e protocolar gradualismo de deslizamento laranja. Desmaiam, debruçados em cima de um travesseiro inflável.

Mas nem Sibelius nem Yan chegaram ao fim.

Uma lágrima, de itinerário já traçado, no rosto enrijecido de Yan. Seu choro, um raro predomínio da emoção sobre razão em sua vida, está cortando a carne. Ele acorda no meio da noite tremendo.

A febre é alta. Os calafrios dolorosos e intermitentes. Sua pele se levanta.

— Eu e meus ancestrais resistimos. Sabe como pagamos o preço desta sórdida sobrevivência? Com a carne, meu caro. Com esta carne. — Num gesto repentino Yan espreme sua pele com força e se abraça.

Sibelius acorda assustado para testemunhar o delírio febril do amigo. Teme a autoagressão.

Yan continua deitado e fala sozinho com a mansidão dos mudos. Ainda se abraça apontando para partes de seu próprio corpo. Deixa o pescoço pendente, enquanto continua.

"O mal da montanha, edema de pulmão."

— Então foi esse o preço da sobrevivência? Ou você pensa que Varsóvia foi fácil? Você pensa que é fácil ter que conviver todos os dias com o politicamente correto, bancar o judeu resignado e comportado?

"Ele não superou."

— Você deve estar pensando que ainda não superei. Você sabe que os alemães limparam direitinho tudo que fizeram? Eles têm horror à sujeira: no massacre dos atletas israelenses nas Olimpíadas de Munique, menos de duas horas depois, o aeroporto estava limpo dos destroços judeus.

Sibelius nem nota, mas balança a cabeça.

Yan nota.

— Você pensa que me acostumei com aquela língua? A língua usada para nos rebaixar à condição de animais?

— O alemão, Yan? — Sibelius fala com desprezo enquanto segura a testa.

— Sim, é o alemão! O maldito alemão!

— Você tem que superar!

— Superar?

— Sim, superar, ultrapassar, sair dessa, ir para o futuro. Não dá mais para viver a guerra, faz quase setenta anos.

— Você anda lendo muito autoajuda.

— Vá...

— Não é uma vez, são milhares de vezes todos os dias, por isso os legalistas ritualísticos devem estar certos!

— Certos no quê, Yan? — Sibelius está corcunda. — Repetir mecânica e minuciosamente milhões de vezes a mesma coisa?

— Se não o fizerem, esquecem, por isso repetem.

— Esquecem o quê, Yan?

— Para que viemos para cá?

Sibelius está impaciente. Achava que a especulação teleológica àquela altura já estaria superada.

— Vou te recitar uma poesia, você quer ouvir?

Yan declama sem esperar autorização:

> só posso medir o gueto, fagulhas
> de onde olho, traças e pó.
> só posso me mexer
> na meticulosidade dos estremecimentos
> nas calçadas, entre tanques em branco
> sapatos e crianças ondulam sem donos
> e só hoje vi o dia.
> da varanda oca
> Deus acenava:
> só mais um minuto
> quando levantei me ocorreu:
> só agora vi tudo

as fotos regiam uma só coisa: os meus anos,
celebrei mais esta noite
e só agora penso que vivi:
e que a infância,
é a eterna resposta do Eterno.

Yan fala a poesia vigorosamente. Sibelius franze a testa. Senta e coça o gorro. Quer sair, mas quer ficar. Repara na evidente respiração rápida do amigo. O pescoço inchado. Já seriam as consequências visíveis da hipóxia? A única saída para o edema de pulmão seria descer. O colapso pulmonar seria mesmo o fim.

"Mas de onde Yan tirou mais esta agora? Varsóvia?"

Sibelius tem suas armas. Prepara uma solução e pinga algumas gotas de medicação diretamente na língua de Yan enquanto ele ainda fala. Já vai se ajeitando para fazer tapotagem em Yan, que o interrompe com a mão estendida, o braço forte.

— Pare, deixe como está. Você pensa que enlouqueci, mas Varsóvia foi a disputa do milênio. Um punhado de judeus poloneses insurgentes derrotou o mal. — Sibelius arregala os olhos sem expressar a incredulidade que o invade.

"O sujeito endoidou."

— Yan, alô!!!
— Os arquivos de Ringleblum, o autor da *Crônica do Gueto*, estiveram enterrados durante alguns anos em latas de leite. Sabe de qual leite falo? Deve ter mais latas por aí. — Yan eleva o tom de voz.
Stradivar tem agora um diagnóstico fechado.

"Pirou."

— Você percebe? Sempre esteve escrito que nos encontraríamos aqui! No reduto final. Não sairemos mais. Esqueça a sobrevivência e concentre-se na existência possível. Sinto que minha família não esteja aqui, mas não quero ficar com mais ninguém que sofra.

Sibelius controla-se para conter uma espécie de soluço reprimido que estivera ali nas últimas 18 horas, mas irrompe numa fala escandida. Está gritando de dor.

"Quem ele está chamando com a sagração de Varsóvia?"

Para bem além da perplexidade

Um momento. Um momento. Or, a esposa de Yan, está no saguão do hospital falando ao telefone celular. Parece confirmado

"Yan saiu do coma."

Aflita, dirigia segurando o celular com o pescoço enquanto avisava as filhas no telefone fixo. Ao mesmo tempo, repetia para tentar se convencer.

"Pensei que nunca terminaria."

Em menos de uma hora as filhas de Yan e Or já se encontram no saguão da unidade semi-intensiva. Entreolham-se confusas, mas compreensivas. No reflexo opaco de cada olho uma história de lágrimas. Or repara nas famílias sentadas no saguão em volta; nem todos terão boas notícias. Todos sabem como é a rotina agônica e traiçoeira atrás das portas automáticas das UTIs.

Agradece a Deus pela boa-nova.

Só de entrar no quarto já notam que por mais que os esforços dos médicos estivessem no limite, Yan não recuperaria toda a memória. Muito provavelmente estados delirantes sobreviriam, alternando com lucidez provisória durante muito tempo. A convalescença, este conceito esquecido da medicina, se tornaria um problema crônico. Ainda assim, a notícia era sensacional, inexplicável. A contradição era absoluta quando se lia o laudo da Ressonância Magnética.

Or entra no quarto 312 e voa ao leito para beijar o marido.

A primeira frase de Yan já estarrece:

— E Sibelius? Sibelius Stradivar? Onde ele está? Vocês o viram? — Enquanto alisa a mão macia de Or.

Or esfrega as mãos na testa como quem espera apagar ideias estranhas. Gotículas de suor sem cor. Com mãos frias e macias faz compressas em cima das lembranças que julgava inexistentes.

— Amor, amor, não há... — gaguejando. — Não há nenhum Sibelius.

Yan apenas contracena com o pânico de Or usando os olhos e a boca aberta.

— Você passou os últimos 63 dias falando este mesmo nome. Fora os períodos em que você nada falava.

"E agitava-se como se estivesse morrendo", complementou pensando.

As únicas certezas de sua família eram as informações do resgate suíço, sua tentativa desastrada de escalar uma montanha a partir de Davos, interrompida por alguma catástrofe natural.

Faltam segundos para que Yan certifique-se de que está sendo tomado como louco e sabe disso.

"Acham que enlouqueci."

Delirante, imaginou-se carimbando um CID qualquer daquele glossário pretensioso dos médicos do qual os psiquiatras também se servem. Preferia ser chamado mil vezes de alienista a ter que se resumir num daqueles nomes estúpidos. Que seus colegas médicos não compreendessem era previsível. O doloroso mesmo era sentir que nem mesmo a sra. Bloom acreditava que ele falava a verdade. A pura verdade, a mais pura verdade. Preferiu fechar os olhos a ter que contestá-la.

"Não é possível, nem Or pode entender. Deve ser o fim do mundo."

Lembrou-se de como a conheceu. Na primeira noite que passaram juntos pensou "é ela". Ele não sabia se ela pensava como ele. Se conheceram e ficaram juntos. Eram conhecidos que se conheceram.

Yan nunca pensou que tudo poderia se passar deste modo, mas uma realidade mágica se impôs.

Afinal ninguém poderia prever se, ao despertar do coma, ele poderia articular algo além de nomes próprios ou expressões intersubjetivas como murmúrios agônicos ou sussurros indecifráveis. Olhou sua filha, sentiu com a boca as sobrancelhas tristes de quem estivera órfã.

Yan estava tão exausto que preferiu poupar energia colando a mão esquerda áspera na face da filha mais nova. Mandou um beijo para a mais velha e olhava com cumplicidade remota o rosto homogeneamente envelhecido da esposa. Ninguém nem nada tirava sua beleza, sua resignação tardia, a luz final em seu nome.

Afinal um dos dois precisava viver até o limite. Tudo era irreal para ele, não como em um sonho, mas como no sonambulismo. O problema dos delírios era convencer os outros. Um terapeuta só sabe quão duro na queda ele mesmo é quando fica à deriva. Como fazer os outros, os de fora, certificarem-se de que a vivência continha elementos de realidade? Yan passou as noites seguintes tentando enumerar situações que não poderiam, simplesmente não poderiam, ser apenas ardis de uma mente cheia de ideias.

Tentou arregimentar fatos precisos como a neve, a tentativa de alcançar a estação VIII, a sombra do Gateway, os argumentos de Sibelius, a face imaginada para Ganfres. Charles e toda a produção acadêmica não poderiam ter sido invenções gratuitas de sua cabeça. Se pelo menos pudesse acessar alguma biblioteca virtual ou lembrar o nome do lugar onde Charles Ganfres se enfurnara na selva. Na época, aquilo devia ter sido noticiado pela grande mídia.

Ocorre a Yan pedir um laptop. O notebook de Or está à mão. A esposa cobre os lábios com os dedos finos para mordê-los discretamente. Penalizada, oferece a máquina já aberta e com a rede wireless disponível.

"Por onde você andou, amor?"

Mesmo com faixas na mão e um dedo inativo, Yan não perdeu a velocidade no teclado. Faz uma busca rápida no Google por "fortimbras".

495

Em 0,23 segundos, 999 achados.

Depois Ganfres:

8 achados em 0,17 segundos.

Mas nenhum deles se refere ao "seu" Ganfres. Aflige-se um pouco, mas está confiante. Mais uma vez tecla com vontade, porém mais pausadamente para não errar nada: S i b e l i u s S t r a d i v a r.

23 achados.

Esfrega os olhos. "Agora sim."
Põe a língua para fora como se precisasse de alguma outra pressão no corpo para se concentrar. Desce o cursor, examinando um a um cada link:

Nenhum de seu amigo.

"Máquinas sempre falham."

Devolve o computador e se deixa levar até que suas costas pendem sobre o colchão inclinado da cama hospitalar. Agita-se no leito, e só agora tem a curiosidade para notar a unidade de terapia semi-intensiva.
Vai chegando a noite e todos vão embora. Nem se lembra bem dos poucos parentes que foram visitá-lo. São como filmes mudos. Suas filhas também foram embora com Or, que deve voltar para passar a noite como acompanhante.

"O tempo é ficção."

O hospital está esvaziado pela madrugada. Levanta-se da cama. Arrasta a haste metálica e tenta ler o conteúdo do frasco. Mas tudo está embaçado. O recipiente deve conter pelo menos plasma e soro glicosado, mas sua habilidade não supera a fraqueza. Sente as pernas flácidas, anuladas por quase dois meses inertes. Vê os dedos e a mão esquerda enfaixados e pensa que pode ter perdido a falange de um deles. Perdeu a falange! Arrasta-se pelo quarto e passa em frente ao espelho do banheiro. Seu nariz está ali, cicatrizando com a ponta arrebitada. Só então nota 15 quilos a menos. A vida toda quis perder peso. Mas não assim.

"É sempre assim. As coisas acontecem e dizemos, *mas não assim*."

Prefere não mais deparar com espelhos. Está irreconhecível, mas sabe que é ele ali. Retrocede com a cautela dos desnutridos e busca o casaco ou algo reconhecível seu. Precisa de suportes externos para sua identidade. Revista o armário do quarto. Tenta fazer o menor ruído possível.

Um ruído e TAAAC.

No deslocamento foi inevitável perder a veia e inviabilizar os eletrodos de monitoramento cardíaco e o oxímetro. Volta-se e alcança a máquina que o monitora. Amordaça os aparelhos que o controlam com um truque de ridícula simplicidade que ainda funciona: *off*, seguido de *on*. Teria mais alguns segundos antes que a máquina em recalibramento — como um GPS teimoso — notasse a ausência dos terminais plugados nele.

Tudo parece funcionar bem com o silêncio. Afasta-se de novo em direção ao surrado casaco do Exército israelense. Pode ver as marcas do desgaste. Reconforta-se ao saber das evidências materiais da subida em Davos. Não fazia parte do delírio.

"E quanto a Sibelius, Antiocus, Zult e toda aquela história?"

"Calma, Yan. Uma coisa de cada vez."

Metáforas da imaginação, todas revivificadas durante o coma? Obra de seu inconsciente? Não poderia ser. Apesar dos roteiros de Hollywood ninguém seria tão eficaz, nem perderia tempo (principalmente isso), com fabulações para montar histórias tão detalhadas.

Ameaça desesperar-se de novo. Havia detalhes inverossímeis, e ele admitia, mas a história toda? Era tudo muito plausível. Tinha que ter acontecido! Sua luta pela desassimilação ameaçada por CIDs obscuros, por uma estadia naquele mergulho inconsciente? Nenhuma destas hipóteses lhe era tolerável. Não poderia comprometer seu projeto. Tinha decisões para tomar.

Ao desfolhar a cortina, dá com barras de aço na janela. E não eram para impedir furtos, estavam no 11º andar. Sabia que este hospital tinha salas para pacientes com distúrbio mental, mas não a unidade semi-intensiva.

"Também recebem casos psiquiátricos aqui?"

De novo concentra-se com os olhos fechados e força a expiração, escavando avidamente em círculos concêntricos os bolsos do casaco. Lembra-se que não estava sozinho.

"O que Or e as meninas pensariam de alguém dançando como um maluco?"

Ri com pressa, antes de voltar ao seu objetivo imediato. Revista os bolsos com uma incompreensível certeza. O *dubon*[65] está em muito pior estado do que imaginou. Desdobra e repara que existem enormes manchas simétricas de sangue coagulado formando estampas na manga direita do casaco verde. Uma banal epistaxe poderia ser a causa, mas também poderia ser resquício de uma hemorragia mais grave.

"Quem sangrou assim?"

Dá de ombros em sua própria especulação. Até que chega onde deseja. O bolso lateral do braço esquerdo. Um bolso fino e oblongo, mas que sabia não estar vazio. Depois se desarma com o desânimo. Que importam suas convicções? Estavam mesmo sendo desmontadas uma a uma.

— Mais um pouco.

---

[65] **Dubon**: Casaco compacto e reforçado, popular em Israel e usado pelas Haganá, as forças de defesa.

Espreme os lábios como quem torce, e aplica força ao mesmo tempo. O silêncio retrata uma afinada angústia. Sua pele encontra resistência. É o que procura.

"Consegui?"

No final do tato uma proeminente agulha, uma peça de metal pontiaguda. Não é uma agulha. É uma pequena haste de alumínio. Alcança e a saca no dedilhar para fora do pequeno guarda-instrumentos. Perde o equilíbrio e despenca de lado no chão, as mãos levadas ao rosto como proteção. Enfim uma trégua na falha do instinto. Conhece o piso frio e hostil daquela saleta claustrofóbica. Cheia de aparatos e parafernálias que já odiava muito antes dessa experiência. Nem ouve direito quando Or e as meninas acionam a enfermagem. Está surdo. Elas parecem aflitas e gritam, mas ele não ouve nada. Nem sabia que tinham voltado. Mas nada disso importa mais. Ele estava certo. Era só o que contava. Depois corrigiria todos os vexames. A hipótese estava em pé junto com seu troféu.

"A haste do palm de Sibelius."

O instrumento grudado impedia o amigo de dormir e ajudou a evitar o congelamento. Tinha uma prova material na mão, irrefutável. Precisava desesperadamente de qualquer sujeito para repartir a aflição de não estar seguro de suas próprias vivências.

Por instantes relembra-se que, como médico, não tinha a menor intenção de negar seu estado. Avalia como seria importante que seus pares soubessem da verdade, exatamente como ela ali estava disposta.

Notava a face dos médicos e como não conseguiam esconder a irônica credulidade, uma desconfiança profissional que reafirmava a posição do paciente como um refém crônico.

Yan está mais uma vez todo plugado. Não sabe como foi parar de novo na cama.

Dorme ruidosamente. Acorda e suspira por Or, mas a sra. Talb deve ter ido embora descansar. Detestava a estafa inútil provocada pelos hospitais. Se sua compreensão racional podia tolerar este efeito colateral da rotina do ambiente, sua suscetibilidade apontava para uma crítica violenta. Já havia se perguntado quão terrível deveria ser para o sujeito viver um confinamento daqueles.

Atos banais da rotina hospitalocêntrica o perturbavam: como poderiam mandar nutrólogos para saber se a comida estava aceitável se o estado mental das pessoas não era checado antes? Como viver acamado sem acesso ao mundo exterior e ao mesmo tempo desejar que os pacientes não se sintam alienados, ejetados de suas vidas particulares? Mas não precisamos chegar até isso para sentir o *non sense*: escovar os dentes em uma UTI pode ser considerado ato supérfluo, qualquer vaidade é antecipadamente desqualificada. As coisas assumem prioridades bem estranhas em ambientes assim. De longe, nossas idiossincrasias soam banais.

Yan não segurou a risada numa conferência sobre humanização da medicina quando o ilustre palestrante, o digníssimo e excelentíssimo ministro de Estado da Saúde, disse:

— Os pacientes internados precisam entender que devem se sentir em casa, e devemos tratá-los como se trata um membro de nossa família.

A humanização que Yan tinha em mente não precisava ser explicitada, muito menos assim. Não bastava dar aulas de humanidade aos médicos, ainda que isso já fosse, por si só, um início. Seria necessário repensar radicalmente os critérios de formação. Estava convicto de que era preciso ensinar as novas gerações de médicos tudo de mais moderno disponível, mas dando o devido contrapeso à sofisticação tecnológica. Voltar a desenvolver-lhes os cinco sentidos também não seria má ideia.

Volta-se à cama e ridiculariza suas especulações.

"Como consigo pensar no sistema de saúde enroscado nestes fios? Devia, isso sim, estar preocupado em não parecer disruptivo, quem sabe assim não recebo doses extras de tranquilizantes."

Sabe que precisa fazer o papel do bom paciente. Tem que simular o quadro de eficácia farmacológica que dele se espera. Teve um *déjà-vu*. Havia uma remota lembrança de que isto já ocorrera naquela mesma internação. Pode perceber como se sentem os pacientes quando são sedados em estados delirantes. Alguém tinha que confinar os loucos, mas ele não queria ser o carcereiro. Milhões falavam sobre enredos improváveis, mas e se fossem reais? Sentiu um inédito mal-estar por pertencer à "raça" médica. Não queria mais nem a clínica nem a psiquiatria. Numa reviravolta rápida, deu razão à antipsiquiatria. Quis gritar, controlou-se. O desespero o invadiu pela metade.

"E se a haste de metal do celular de Sibelius fosse algo tão comum que não valesse uma investigação?"

Desde os primeiros consensos a partir da psiquiatria refundada por Pinel se recomendava não contradizer pacientes insanos. Muito provavelmente iriam recolher sua haste com sorrisos pintados. Diriam, através de cabeças gentis, que fariam provas de DNA se achassem algum sangue. Depois, quem sabe, exames papiloscópicos e testes laboratoriais/químicos para identificar o proprietário. O mais provável é que a prova mofaria na gaveta de algum investigador sem curiosidade. Ou era um "caso" que iria ser discutido nas célebres reuniões das terças pela manhã no Hospital Central. Ali, todos se encontrariam sempre entusiasmados por seriados americanos de medicina. Iriam decerto dar nome a tudo aquilo e arrumar um jeito de encontrar uma patologia para preencher a ficha do seguro-saúde. As modernas equipes multiprofissionais iriam se reunir para agir em conjunto e sairiam determinadas a resolver "o problema", cada um com sua planilha autista de tarefas.

Suas histórias já eram um delírio só e sua família tinha sido instruída a tratá-lo com o zelo cúmplice dos que estão desacreditados. Estava no reino em que a argumentação reina sem fundamento e a palavra é uma desonra após outra. Assim são os alienados.

Mas o que dizer de um alienista que atravessa o Atlântico durante a mais grave sequência de recessões econômicas mundiais do pós-guerra apenas um ano após terem desmanchado o bloqueio de Ormuz junto com o regime dos aiatolás? E ainda escoltado por um paciente ex-adito para escalar uma montanha nos Alpes suíços? Que lógica justificaria tal empreitada? O inverossímil estava contra ele. Quem acreditaria?

A crueldade com que ele julga a si mesmo cria uma tensão que vai sufocando seu pescoço até que sente aquela dor em pontada como se fosse um espinho atravessando seu esterno. Prejulga ser algo grave.

"Estou infartando"

Yan aperta o botão para chamar a enfermagem. Chegam em segundos. Com presteza detectam uma falha na velocidade de gotejamento do soro. A quantidade de gotas da solução glicosada por minuto é corrigida e ele se tranquiliza. Por alguns segundos. Então pede para a enfermeira apanhar seu celular. A resposta vem com olhar e mímica facial. Dizem muito, a ponto de ficar claro o nível a que seu descrédito chegou. Não havia celular algum por perto. Ele insiste. Exibe a haste recuperada. A enfermeira, Berenice, inspeciona a pequena peça com um desprezo hostil. Vendo o desinteresse da moça, Yan já se arrepende de ter gasto o trunfo de forma amadora e displicente.

Mas há um fato novo. Yan observa que seu boné também está pendurado atrás da porta.

— Estou com frio. — Aponta o boné para a mulher e pede para usá-lo. Não tem ideia da estação do ano. Berenice devolve a haste com nojo. Apanha o boné e o entrega a Yan com um desdém que faz espichar o nariz.

— É este aqui?

Sai do quarto desconfiada, sem olhar para trás. É um péssimo sinal. Yan conhece a rotina hospitalar. Sabe que, com sorte, já será considerado um paciente apenas difícil. Qualquer contestação, apontamento de falha ou exigência extra é capaz de colocar as equipes em alerta para enquadrar o sujeito na categoria de "paciente problemático". Isto acarretava sinais irônicos trocados nos corredores antes de qualquer atendimento.

Assim que ela sai Yan vai à caça. Apalpa-se e corre contra o tempo. De seus olhos escapa algum sinal de fracasso. Deduziu que a haste se transformou, diante de seus olhos, em uma prova material inútil. Depara, entretanto, com o que não procurava. Nota, atrás da forração, uma formação irregular. Sem pensar, arranca-a com ímpeto exagerado. Danifica o boné que virou objeto de estimação desde que Or o comprou em Zurique numa viagem anterior. O forro está vazio. Entretanto encontra um pequeno papel amassado e dobrado. Ali está uma anotação escrita com uma velha frase conhecida:

"A verdade foi lançada ao solo, o homem..." Depois um trecho ilegível e borrado pela umidade, terminando com "mais adorável da criação".

Lacrimeja aliviado. Aperta o papel contra o peito. Sabia que em algum momento dentro do "Ímpar" havia enfiado o bilhete num furo do forro. Pensou ter encontrado uma conexão entre as duas coisas. Era uma evidência contundente. Um papiro manuscrito. Reconhece-o como prova direta. Antiocus o procurara mesmo em seu plantão. A sequência veio então linear em sua cabeça. Se ao menos Or, ou uma de suas filhas estivesse ali ele explicaria tudo. Toda a sequência. Nada ficaria sem resposta. Agora estava tudinho ali, bem organizado. Bastava um papel. Yan não se dá conta de sua agitação psicomotora e age como figura de livro de psiquiatria em sua versão mais nosológica. Parece um louco.

Atormentado, busca uma linha telefônica num dos vinte ramais acesos do telefone fixo que está a sua cabeceira. Liga para a esposa. Como sempre a praga contemporânea da caixa postal atende. Tenta o celular de Sibelius que armazenou na cabeça.

9217719-3618.

A resposta é um conhecido e deplorável refrão.

"Este número de telefone não existe."

Repete, sem pausa, a voz eletrônica, a mesma voz dos aeroportos.

"Este número de telefone não existe."

Insiste, malogra. Liga para um segundo número que vem pronto na sua cabeça. Pelo prefixo deveria ser do hospital em que dera os plantões. Uma voz afetada diz que ali não é de hospital nenhum e que o número sempre foi de uma residência. Na segunda vez, Yan bate o telefone. Coloca as mãos na cabeça e a esconde entre os joelhos.

— Estou perdido.

Passado improvável

Estava em casa para recuperação. Dois anos se passaram e ele já reunia forças para voltar ao trabalho. Tinha o carinho das filhas, os cuidados de Or. Sentia-se orgulhoso por ter estruturado a família na vitalidade de uma afetividade saudável. Sabia que a maioria dos seus amigos exigia dos filhos universidades americanas ou estágios em grandes corporações. Ele preferia vê-los assim, próximos à felicidade.

Observando-os da cadeira na qual descansava, sentiu que seu desejo tinha sido alcançado. Aos 58 anos uma espécie de mentalismo ainda o mantinha preso aos traumas do prolongado coma. É verdade que se recusou a tomar os coquetéis de psicofármacos propostos como doses de manutenção. Não por resistência ideológica, mas por desconfiar de qualquer eficácia. Jurou ao seu psicanalista, mas não a si mesmo, evitar especulações sobre seu "passado improvável".

Num outro *front* de guerrilha mental, acordava todas as manhãs com uma sensação de que a verdade era um valor cada vez mais subjetivo. Afinal, se tudo que ele havia vivido não passara de um artefato, de uma fabulação sofisticada, deveria, ainda assim, haver um alvo, uma missão para a coisa toda, uma função para o delírio. Não que fosse utilitarista, mas tudo era tão elaborado que se impôs a tarefa de uma autocompreensão distinta. Em outras palavras: sempre acreditou na função teleológica dos sintomas. Um resultado indireto de toda experiência ele já sabia: uma vida menos dedicada às demandas externas, uma noção mais verdadeira de sua relação com outro tipo de mundo. Quem sabe praticar a *devekut* como rotina? Sua vida religiosa como judeu? Usava os filactérios quando se sentia disposto, e respeitava como podia o descanso no *shabat*.

Jean Cocteau escreveu nos anos 1950: "Cada pássaro canta melhor de sua própria árvore... genealógica." Foi assim que recuperou a disciplina do calendário, o cronograma dos estudos. Entrou para o estudo mundial anual dos textos de Maimônides, acompanhou página a página o seguimento do Talmud. Não era um "arrependido", um *baal teshuvá*, como apelidavam os pecadores que retornam. Seu hebraico sofrível não era mais obstáculo. O que foi ficando cada vez mais claro para Yan era que herdeiros étnicos não podiam se dar ao luxo de deserdar seu patrimônio. E trocado pelo quê? Pelo laicismo? Pelas demandas da imposição social? Pela suposta decodificação dos mistérios pela ciência? Pelas *commodities* sociais que aceitavam o judaísmo como etnia, mas expressavam o mal-estar toda vez que valores espirituais *stricto sensu* eram alocados nas conversações? E dentro da própria comunidade? Aceitaria fazer o protótipo do sujeito bem integrado na sociedade? Como ele mesmo pôde tornar-se um cúmplice das injustiças institucionalizadas ou do conformismo? Essa resignação que, no *status quo* do conforto excessivo, se apoderou de quase todos. Ricos e pobres, direita e esquerda. Religiosos e *non-believers*.

Alinhado ao que ensinou o *Lubavicher Rebbe,* sua compreensão era de que há justos espalhados entre os gentios e que todas as fontes têm o seu valor. Passou a compreender melhor as relações e a dinâmica interpessoal como nunca tinha entendido como médico. De lá enxergou — na visão panorâmica de quem supostamente chega a qualquer maturidade filosófica — que poderia não haver confronto. Queria uma emancipação na qual o convívio entre vida secular e vida religiosa não fosse mais um dilema moral.

Yan reparava melhor na distância que o separava dos demais. E ainda que sua família, na maior parte das vezes, não conseguisse compreender exatamente o que se passara em Davos, tinha permanente disposição para falar do episódio. Por tato, orientação de outros médicos ou simplesmente medo, os familiares evitavam ativamente chegar nas conversações a ponto de ele precisar recorrer ao "período improvável".

Cume, de novo

A montanha gelada era colossal. A neve permanecia viva como provação. Lufadas que singravam entre os desfiladeiros. Rajadas súbitas de vento acima das 100 milhas por hora tornavam qualquer missão de resgate impossível. Mesmo assim o helicóptero militar suíço fazia sobrevoos extravagantes acima do limite técnico, a 3.200 metros de altitude.

O "Ímpar" desmoronado, visto de cima, passaria a mensagem errada: ninguém poderia ter sobrevivido. Se pudessem enxergar o lugar exato para onde se deslocaram! Mas resgates só poderiam ser feitos até o meio do dia. Isto porque a sombra gigante da Banhof, sob a formidável rocha, formava uma entrada para a última subida na face leste. Era perfeitamente simétrica, mas a topografia era inapropriada até para alpinistas profissionais.

Quando surgiu a ideia, numa tarde de terça-feira, no saguão do anfiteatro da faculdade de medicina, imediatamente foram se informar numa empresa de ecoturismo. Com cinco dias fecharam o pacote e depois de um mês estavam a escalar — não como alpinistas, mas como aventureiros — qualquer rota que não envolvesse subidas escarpadas ou a necessidade de guias especializados. Seria difícil terem deixado isso mais claro para a empresa.

Yan e Sibelius Stradivar estavam se preparando para escalar precisamente a face leste dos Alpes bernenses para alcançar sozinhos o pico Tiltsi aos 3.537 metros de altitude. Não era o Mont Blanc, e parecia fácil com uma preparação de quinze dias e uma aclimatação de sete. Pela localização e altitude os equipamentos alugados estavam longe de envolver a sofisticação necessária para escalar o K2 ou o Aconcágua. As trilhas não eram escarpadas e o caminho, cheio de abrigos. Além disso, tudo conspirou a favor do êxito da decisão. Sibelius pegou a passagem por milhagem e na mesma semana Yan foi escolhido para apresentar um antigo trabalho em Berna. Aceitou na hora.

O artigo *Falha de instinto*, que considerava sua última contribuição à medicina, sempre foi um *paper* polêmico — publicado com reserva editorial quando Yan ainda acreditava em revistas científicas —, mas vinha sendo considerado cada vez mais atual. E ainda poderia aproveitar para visitar a casa de Einstein e o antigo escritório de patentes onde o físico trabalhou. Uma sequência de eventos projetados pela arquitetura metafísica. Mesmo um cético teria dificuldade em descaracterizar a manifestação de sincronicidade. Foi assim que chegaram lá.

O fórum econômico de Davos tinha sido cancelado por ameaças de atentados terroristas pelo terceiro ano consecutivo e passou a ser um fórum virtual como o G16. Os hotéis suíços vazios, oferecendo preços ridículos. Depois de quase vinte anos fechada, com parte da neve evaporada, a face leste poderia ser novamente explorada. A oferta atraiu avalanche de esquiadores e alpinistas naquela mesma semana.

"Vantagens do degelo", era o que se anunciava. Sabiam a rota e tinham muitos equipamentos, mesmo que ainda não tivessem decorado todos os nomes e funções. Não possuíam experiência, mas foram tranquilizados pelos *trekkers* que prometiam "vigilância e estímulo", segundo os prospectos locais. Nenhum dos dois estava interessado em estímulos nem compenetrados com a segurança. Estavam tão concentrados na montanha mágica que nem notaram a proibição, não perceberam o sanatório, e nem viram mais nada.

Quando alugaram os equipamentos, o simpático atendente da loja em Berna perguntou em alemão e depois em francês:

— Alpinismo ou escalada?

Nenhum dos dois respondeu com rapidez, pois não sabiam exatamente o que queriam. Por exclusão, foi escalada.

Muito provavelmente Yan e Sibelius eram as figuras mais fora do contexto dentre todos ali. Seus propósitos, distintos dos da maioria. O objetivo não era alcançar o topo ou fazer o que ninguém fizera. A metáfora que os dirigia estava condicionada à crise na vida prática. Uma experiência existencial longe dos seus *habitats*, contextos de nação, religião, família, política, academia e hábitos poderia forçá-los a viver as diferenças, as diferenças que os separavam dos demais.

Yan ainda estava chocado com a aventura espiritual que Antiocus o obrigara a reviver depois de optar pela deserção de qualquer crença. Sibelius chocado com a delinquência política e o despropósito da vida. A irregular ponta de fio que os unia era uma rota de fuga. No início, parecia um desatino, uma jornada de inconsequentes. Escoaram-se à montanha numa aventura sem garantias. Daquelas que se prometem nos fins de tarde, depois de uma sobrecarga de trabalho. O pacto foi vendo sua maturidade selada por costuras misteriosas. Até tornar-se tão denso que a vida poderia ser justificada por ele.

Yan anda até Yan

Yan anda até Yan.

O hábito de um médico nunca morre.
Vacila, ajoelha-se para palpar sua artéria radial.

"Não há pulsação."

"Se morri, como posso me examinar? Se não morri, quem sou eu?"

Não quer se sentir ridículo, mas pensa em verificar se há algum tipo de batimento cardíaco. Encosta sua orelha, aquecida, no tórax gelado do outro Yan.

A ausculta hipocrática é definitiva: não há respiração.

Ao reclinar-se sobre seu peito descobre mais uma impossibilidade. Uma vertigem. Ela logo passa. Mas em seguida um transe seco dá um tranco em sua cabeça. Fica sem equilíbrio, mas é uma sensação favorável.

"Minha mente partiu deste mundo."

Engole saliva em seco enquanto as palavras iniciais de um *kadish* tortuoso lhe vêm à cabeça. Mas elas não são pronunciadas. Não é medo, mas incerteza de seu status. Imagens coloridas atravessam seus olhos ressecados.

Quão pouco sabiam aqueles que se matavam por nostalgia ou saudades: diferenças semânticas que podem não importar mais. Num primeiro momento, sem saber por quê, pensou no escândalo literário-existencial do século XVIII: a onda de suicídios desencadeados pela leitura dos *Sofrimentos do jovem Werther*. Suicidas de todos os tempos não têm respeito pela limpeza a não ser nas respostas antecipadas a seus bilhetes, nem sempre polidas.

Também pensava no poder de autofascínio dos que só conseguem julgar o mundo objetivo de acordo com sua própria incapacidade de avaliar a subjetividade. Vai criando novas fantasias:

"Devo ter morrido em Davos"

ou

"Se eu não estivesse neste estado"

ou

"Estou só de passagem."

ou

"Uma amnésia retrógrada."

Repete baixinho:

— A matéria tem a propriedade de "se lembrar" de estados anteriores. É o equivalente espiritual de uma reencarnação.

Medo e cautela supersticiosa são barreiras comuns para compreender qualquer coisa que esteja além do senso comum. Senso comum é uma ironia para quem não pertence a mais nada. Matéria ou antimatéria, pouco importa. Estão todos calados com a prudência da convivência. Estão paralisados pela infusão sem fim das futilidades que ocupam a vida das pessoas. Como se estivesse falando para o microfone de um gravador, Yan tenta descrever para si mesmo o que está vendo.

"Faíscas e centenas de imagens coletoras instalam-se na minha frente. São como afluentes. Meu corpo some. Desta vez eu estava dormindo em um quarto como alguém que não tem a menor ideia de que em poucas horas a vida mudaria para sempre. Crianças usam a imaginação como recurso paralelo para entender coisas não muito bem toleradas pelo conhecimento ordinário. Achava que entendia, até que soube que não era bem assim. Não estávamos dentro de uma maquete para sonhos. Estávamos num outro mundo real.

"Chamei pela fresta de uma porta escura: meu pai já havia falado, no antigo semblante de radical marxista (ainda possível nos anos 1970), que as novas equações um dia permitiriam que especulássemos sobre o que acontece — sem medo de cair em subprodutos esotéricos — em algo que sobra depois que nossa consciência orgânica se desvanece. Horror mesmo para eles era admitir a necessidade de argumentos transcendentais para explicar o que quer que fosse. Freud até que poderia ser evocado com ressalvas, Isaac Bashevis Singer jamais."

Yan continua a reportagem:

"Imagino a manchete: 'Relato de morto é finalmente aceito como evidência científica.' É cedo para dizer se ainda há um corpo, mas decerto não há melancolia. Eu poderia enfrentar qualquer obstáculo. Correr pelo ar sem ser perturbado pela gravidade, que nem parecia mais uma força presente. Há uma espécie de espetáculo astronômico com supernovas ao alcance. Se não tenho mesmo mais órgãos, suas funções estão bem vivas. Muito diferente do delírio matemático dos físicos; não percebo deslocamento irrestrito. Há tempo e há espaço. Por algum motivo ignoto preciso ficar delimitado, geograficamente circunscrito, a regiões muito específicas. Chega a ser ridícula a opressão que sinto pelo espaço que tenho. O tempo-espaço é uma medida real, uma espécie de totalização de memória. Ouço estrondos intermitentes que me lembram máquinas de prensa. Pode ser um paraíso gráfico! Formas que não são nuvens, mas zunem, subindo e descendo em céus que parecem de vidro. Espelhos. Deduzi que Deus está por perto, mas como vê-lo? Com quais instrumentos? O que deveria fazer para me comunicar?"

"A língua sagrada?"

Senhor do mundo, Ribono shel olam. Ribono shel olam. Ribono shel olam.
Eu repito oprimindo os olhos com os dedos metidos nas órbitas.
A ritmicidade era um pouco forçada e, talvez por isso, pronunciada baixinho.

Um astronauta talvez não se sentisse tão deslocado. O que era? Radiação cósmica de fundo modificada para reconhecer o que a mente imaginava? Presença divina? Os ruídos mudavam e agora eram de madeiras frescas sendo rachadas. Lenhadores celestes. Desconcertante foi ver uma velha placa mostrando:

Morte, seiva da interação, unidade irretorquível!

O relato segue:
"Concluí ali, sem nenhum instrumento, que era só um mergulho nos lagos neuroquímicos da minha própria memória. Desorganizada, como em sonhos confusos. Condenei minha hipótese como apostasia. Impossível dessacralizar a morte. Mesmo assim insisti. Era o mesmo arrepio que sentia na pele toda vez que me exercitava na entrega, exercícios espirituais contínuos."
A parte final da poesia, agora graficamente corrompida, ecoava na suavidade das vogais:

**Aurora da interAção,
Unidade Irretorquível.**

Eu lia: podia falar e andar. Um paradoxo com tudo que já se escreveu sobre o pós-morte. Mas o que estava dizendo? Falando comigo mesmo? Percebi que nada falava. Só ouvia bem. Filtros. Bastaria ouvir o som da Terra em deslocamento e a vibração extinguiria as espécies.

Como nunca, tudo parecia tão verdadeiro, tão crível. Não acreditou.

O gravador continua registrando:

"Vi minha cabeça de dentro. Vi adensamentos dentro da minha dura-máter. Era para recuperar a descrição do centro do *Aleph* de Jorge Luis Borges. As lembranças agitavam-se em mim de forma estranha. Acalmei-me com a sequência de imagens. Ondas totalmente diferentes de quando estamos em um só mundo. Qual palavra descreveria um fenômeno quase exclusivo dos homens: a inevitabilidade da morte. Muitos autores tentaram adivinhar o novo em uma experiência espiritual. A maioria fazendo concluir provisoriamente que o término da vida é um fenômeno individual. E é pelo adiamento seletivo da memória dessa consciência que nos tornamos capazes de ter histórias descontínuas, incluindo a fantasia de que tudo vai continuar indefinidamente, de que somos imortais. Não eternos."

Um contentamento amoroso surge pelas palavras.

James Joyce escreveu em *Ulisses*: "Que afinidades especiais lhe pareciam a ele existir entre a lua e a mulher?"

"Havia me dedicado a um tipo muito particular de amor. Enquanto isso contemplava meu novo estado e queria agradecer pela experiência. Mas a quem? Sentir a riqueza dos detalhes como nas descrições de Blake sobre estados extáticos me fazia sair da literatura e entrar na experiência. Então sempre foi possível. Sem ópio, mescalina ou qualquer substância ficava mais fácil explorar. Aprendi, então, a admirar a incoerência."

"Não vi vibração alguma, nem anjos, nem nostalgia. Uma intensa tonalidade de azul vivia em tudo. E onde estão as pessoas? Numa inspiração forçada, mas que me tomava toda a força, pedi alto:"

— Zult, Zult...

"Estava berrando sem prudência, equilíbrio, comedimento ou harmonia. É agradável o desespero quando você sente que não há o que perder. Desviava-me das rochas porosas e cinzentas, até chegar a um caminho arenoso, com barracas que pareciam armadas. Esfrego os olhos, que estão bem empoeirados. Abro a tenda, as faces são afáveis. Não são beduínos. Estão em silêncio apreciando um livro que desconheço."

Para não errar, nada falo.

"Dois homens e duas mulheres. O primeiro casal me convida com uma inclinação do tórax estendendo as mãos de dedos finos e escurecidos apoiadas sobre o coração."

"Devo sentar em uma das cadeiras."

"Parecem pessoas saídas de um livro, mas os detalhes de carne e osso estão lá, firmes. Noto o malar saliente de uma das mulheres, esquálida, desnutrida. Os homens têm rugas intensas, sulcos curtidos, azulados por muitos sóis. Todos com as cabeças cobertas. Penso que seria bom ter algo para cobrir a minha, apalpo os bolsos. Sinto o gorro de pele de raposa."

"Há uma presença na tenda anterior. Ela está oclusa, semifechada, como se uma película obstruísse a nitidez. Uma menorá acesa num fogo indeciso faz balançar as sombras. Distingo três pessoas, mas não consigo identificar ninguém. Volto-me para os arredores e tenho a impressão de que estou na tenda dos patriarcas."

Yaacov?

"O herói que lutou com Deus e homens e prevaleceu."

"Penso, mas nem ouso perguntar. Tremo por dentro. Não é um universo de metáforas, nem de grandezas sem consciência. Patriarcas em carne e osso estão ali. O vento sopra com regularidade, ondulando os tecidos. Enxergo as árvores imensas, de caule ligeiramente avermelhado. Noto grãos finos tremulando à superfície, que às vezes emergem. Há umidade nas paredes que se arrastam pelos céus. Tudo é atípico. Paraísos devem ter flores e frutos, além do famoso mármore luminescente com a inscrição *Portas del Cielo*. Não vejo nada disso! Olho o piso: terra batida. Solo árido reconstituído pelos homens. Parece ácido e escuro. Tenho vontade de mastigar. Estarei anêmico?"

"Retribuo o aceno. Senti o peso do corpo."

"Me enfurno na abertura da tenda anexa por onde passa uma claridade intermitente. Pequenas gotas drenadas daquela umidade caem permanentemente, mas elas não me dificultam a visão. Não era luz que pudesse ser descrita. Isso não é filme e nem nunca vi nada similar. Também não parece ser um paraíso artificial. Uma tenda leva a outra numa sucessão sem término. O ambiente todo lembra grandes teatros ou a improvisação das famílias na intimidade dos almoços dos fins de semana. Esperem. Alguém se aproxima e agora sou convidado a me levantar.

"Isso aqui é um outro mundo?"

"De qualquer modo as tendas são semiabertas, nenhuma dá de frente para outra e um sol de giz corre entre elas. Tendas nas alturas entre ventos do deserto."

"Não faz sentido."

"Fico na dúvida se prossigo. Pessoas com trajes étnicos, gente comum dos mais variados tipos, circulando entre as tendas." É um acampamento:

"Judeus? Beduínos? Nômades?"

"Variedades de aromas novos. Ao mesmo tempo, lá está a repetição nos ouvidos. No começo o tom é grave. Aos poucos posso discernir palavras."

Shemá

— Ouçam.

"Um barulho violento: a corneta de chifre de carneiro. Um toque *teruá*. O *shofar* é fino e longo. Decifrei alguma coisa. Como se uma máquina executasse uma música em alta frequência. Repeti para mim mesmo para ver se enxergava meus próprios ruídos e comecei a frase que tem mantido o povo em consenso:"

Shemá Israel, Ado-nai elohenu, Ado-nai echad.
Ouve, Israel, o Senhor é nosso Deus, o Senhor é Um!

"Durante a confusão, uma sensação de paz anulava a vontade de duvidar. Repeti várias vezes. Virado para as mais variadas direções. Então posicionei minha cabeça em direção a Jerusalém. Experimentei, variando a trajetória das mãos e dos pés. Embalei-me como fazia sempre, para a frente e para trás. Reparo de novo em meu corpo. Pareço real."

"Como a ciência apreciaria estudar isso."

"A fenomenologia metafísica é um exercício com uma única testemunha. Canso de andar, atravesso salas com os mais diversos tipos. O desconforto físico me acorda. Números nas tendas. Procuro uma. Os algarismos estão colocados cilindricamente, à direita da entrada, e quase acima em cada abertura projetada no tecido de textura irregular. Com esforço, fixo a atenção e conto até não ter mais paciência."

"Uso passos largos, atravessando cada vez mais bruscamente os espaços. As telas se enroscam em meu rosto. Aumenta o número de objetos familiares. Primeiro um cubo de cristal imperfeito com a lasca interna que define a textura por dentro. Era um peso de papel bicentenário que sempre esteve na família."

"Objetos pessoais? Isso só pode ser a memória, generosidade do Único?"

"Passo adiante atravessando tendas. Dessa vez rompo o chão com muito mais força até chegar aos números borrados. Vejo meu boné pendurado na cadeira. Também havia uma joia. Sem muita vergonha me aproximo. Aliso o objeto e a gravação parece ser de uma carruagem que afunda. Originais espalhados pelo chão são rascunhos de folhas corrigidas à mão e têm... caligrafia conhecida."

"Relutei para aceitar uma nova hipótese, temperamento decerto. Rezava e chorava ao mesmo tempo. Uma devoção inédita. Estou feliz e não tenho ideia do que se passa. Só desejo que fique. Vejo que a música volta, podem ser gaitas de fole."

"E pela fresta, observo todo o vale. As encostas altíssimas que dividem a cordilheira de tendas de outra cordilheira. E assim sucessivamente. Parecem milhares, centenas de milhares, milhões, bilhões. O sopro é quente. O vapor penetra na trama do tecido das tendas. Abro a cabana, o tecido está desfiado nas bordas de abertura dos dois lados. Não são algumas, mas infinitas, e são muito parecidas. Os forros, felpudos. A abertura, para dentro e para fora. Há integração total entre as cabanas e privacidade em cada uma delas. Num giro enxergo a tenda das tendas. Parece longínqua e inacessível."

"Uma árvore gigantesca, uma *lycopodiacea*, que ocupa a posição central no acampamento. Perto dela sequoias pareceriam arbustos. Não dá para imaginar o tamanho da sombra. Um jardim é o centro do mundo."

"Invento uma reza:"

"Que não exista nada além de intimidade.
Que uma audiência com Deus seja a vida.
E que a liberdade seja o que senti agora."

"Tenho medo, mas não afasto a ideia de que adoraria vê-lo face a face. De novo mais temor. O que temer? Não há o que temer. Teria ele uma face? Já estava perto de colocar minha hipótese à prova: energia ou organismo? Talvez um encontro e, nesse caso, já tinha ensaiado a pergunta:"

"O que o Senhor deseja?"

"Outro instrumento de sopro ressoa mais forte. Novo toque de *shofar*, desta vez um toque *tekiá*. Mais intenso e grosso. A imitação do gemido humano é apropriada. Giro para identificar a origem dos sons. Sinto o vento que sopra, bate no rosto à direita, e é parecido com o vento do encontro de bandeiras com tempestades. Vejo um vulto: 30 graus à direita, do outro lado do vale."

"Sibelius."

"Esfrego os olhos. Não pode ser."

"Morreu."

"Aceno e ele retribui. Está lá com Ganfres. Apontam para uma foto de um satélite que mostra imagens dos confins da Amazônia legal. Na distância, tento ler os lábios para ver o que dizem. Não posso. Aponto para Sibelius, que olha para Ganfres, que observa o pôster. Com a esperança de que haja algum intérprete para leitura labial, movimenta-os lentamente."

"E Fortimbrás?"

"Olho para meus pés. As botas sujas de neve fresca. Busco meu rastro e as pegadas de água me seguiram. É hora de ajuntar os detalhes."

"Perdi a consciência, é o coma."

Yan refaz os cronogramas. Analisa tentando paralisar o tempo. Não viu ninguém. Reconcentra-se em seu objetivo imediato: Zult.

* * *

"Acompanho atento a cronologia numérica das cabanas e ando rápido. Acelero, até correr, e enxergo o que procuro: ele está mesmo lá sentado e ainda não vejo sua cara. Sinto orgulho. Seria ele? Era exatamente como imaginei? No rosto expressão de suavidade. A testa tomada por argumentos severos. Pálido como nenhum paciente que jamais vi, não parece estar doente. É agradável olhar para sua neutralidade."

"Vestido com tradicional indumentária chassídica, sua barba é fraca e comprida. Rala nas laterais do rosto e longa no queixo. O homem tem uma estrutura corporal compacta. Tórax grosso, levemente musculoso. Está seguro, imponente, sentado diante da mesa. A mão forte, o braço estendido. Uma dignidade que se impõe sozinha. À sua frente, um tabuleiro de jogo de xadrez. A madeira é roxa e dura com peças rígidas, esculpidas em estilo oriental. Intrigam-me a cor, seus dedos e o fato de Zult não desgrudar os olhos da rainha branca."

"Uma versão muito simples da cadeira estava posicionada do outro lado da mesa. Com um aceno, me recomenda o assento. Convidativo, estende sua mão gorda espalmada. Reluto, não sei se devo. Hesito. Recuo. O medo aperta e saio da tenda afastando-me de ré."

"Ouço meu nome:"

— *Bevacashá. Por favor.*

"Ele me aponta com a palma da mão fletida em direção ao assento da cadeira. Acompanha meu olhar para se certificar do impacto do convite. A princípio, o pânico está fora de controle. O calafrio é imprevisível mas veio. Depois, a voz flocula e fica vibrando. Como se o diálogo pudesse permanecer sem meu consentimento. A voz é macia, de gravidade perturbadora. Alguém conhecido, não tem a mínima ideia de quem seja. Lembro-me do meu avô. Antiocus descreveu a voz, aquela que o perseguia como irresistível."

Era isso.

"Irresistível."

Talb decide reentrar na tenda

Talb decide reentrar na tenda, que é diferente de todas as outras. Ela é arredondada, semiovalada. Nenhum móvel, almofadas ou objetos pessoais à exceção de um *capot* preto pendurado. Nada já visto nas tendas anteriores. Só a mesa com tabuleiro e um jogo armado. As peças distribuídas como se uma partida estivesse em andamento.

— Bem-vindo. Esteja confortável. — Sua entonação é clara, mas é como se um sopro intensificasse os fracionamentos silábicos.

— Zult... Zult Talb?! — indaga Yan gaguejando!

— Sim — Quem mais?

— Posso perguntar? — Olhando em volta para tentar descobrir algum outro ponto de apoio.

— Vamos jogando? — diz Zult com calma, dirigindo o olhar para as possibilidades de movimento das peças.

Um aspecto realmente intrigante era o idioma. Não importava a língua com que desejasse se expressar, a sonoridade era a mesma. O fenômeno aparentemente também ocorria com Zult.

Yan nota que o jogo está em andamento. A formação de defesa das brancas é sólida e sofisticada. O último movimento de Zult com as pretas era estranho. Sacrifica o cavalo do rei sem, aparentemente, obter vantagem. Parecia o contrário. Aquele lance permitiria que o peão branco do adversário avançasse à posição final. Yan avança uma casa, toma o cavalo para fazer a metamorfose do peão.

— Rainha. — Sem sorrir, com voz triunfante.

Enquanto enrola a barba em um movimento circular, Zult tem na mão esquerda um peão tomado do adversário. Provavelmente capturado de outro jogador. Mas de quem?

O silêncio prolongado é pesado e incômodo para Yan. Provoca pequenos movimentos de acomodação na cadeira. Não há ruídos. Ele estimula a conversação. Quer tentar sair do absurdo e ter alguma sensação de realidade:

— Faz tempo que começamos?

— Não tenho certeza — responde mostrando dúvida.

O *rebbe* parece querer recuperar dados de sua memória e para isso gira a mão no queixo, que não encontra posição, como se estivesse lutando contra uma amnésia recente.

— Estive jogando em casa... E depois estava...

Zult fita os arredores mais confuso ainda, como se recém-transportado. Seu interesse no jogo some.

— Dormi e viemos para cá. Não sei... — Sua naturalidade é chocante, assim como sua resposta é evasiva.

Aquela voz drena toda a ansiedade da situação. Na ausência de resposta, Yan fica mais desassossegado ainda. Percebe que sua situação é similar à de Zult, ainda que ele seja o hóspede.

— Você sabe... quem sou? — titubeia Yan.

Alguns segundos depois:

— Meu sangue — responde imediato, peremptório, compenetrado, movimentando o maxilar como os velhos que costumam mascar a língua como forma de compensar a falta de dentes.

— Você é Yan Talb — repete o velho.

— E o que...? — Yan tenta de novo. Seu nome pronunciado assim era perturbador.

Antes que Yan termine, Zult propõe:

— Empate? — Estendendo a mão pesada para selar a proposta.

Apesar de estar em vantagem, Yan aceita na hora. Sua mão foi praticamente arremessada contra a do oponente.

Tem a esperança de que, encerrando a partida, Zult abandone a concentração no tabuleiro e dialogue com mais fluência. Há tanto para perguntar e não sabe se a eternidade pode esperar. O que faz ali? Quem são estas pessoas? Isso é algum tipo de céu? A Terra? O que houve com nossas famílias? Para onde foram os parentes do vovô? Mudaram antes ou depois da destruição do gueto? Quais perguntas ele responderá?

"Qual é o desenlace em um segredo? O fim?"

— Certo. — Faz o contrato de empate e assimila a mão de Zult. Ele ameaça levantar, mas espreguiça. Seu bocejo dá sono.

Não estava congratulando um cadáver, pôde sentir mãos de carne e osso. O chocante contato fez Yan experimentar calos rígidos, pele dura, temperatura morna e um sentimento inexplicável de alegria. Ou bem mais que isso. Uma escala acachapante de felicidade. Do silencioso nada, o obsequioso Zult o surpreende:

— Você tem que recuperar... — Zult tosse e se desculpa. — Publique o que restou daquel...

Yan está impulsivo, não pode esperar por mais nada.

"Se ele morre agora, fico sem saber de novo."

— Já ouvi isso antes...

— Você é meu sangue! — Zult o convoca, aumentando a ênfase na voz. Aponta a mão toda espalmada para Yan. — Respeite a voz, a filha da voz. A sobrevivência da tradição depende disso. — Zult está de novo alienado. — Parece que faz séculos que não descanso.

"Tu viverás por causa de teu sangue."

Pela primeira vez desde que se encararam, Zult se abandona na cadeira e suspira prolongadamente, quebrando o mundo.

FRAGMENTO – TOMBO M3618

"Seção de livros judeus"
"Jewish books section"
"Section des libres juifs"

(com as inscrições da Biblioteca Nacional de Alexandria)
"Manuscrito de texto incompleto, assinado por Zult Talb"
(autor polonês, *circa* 1850)

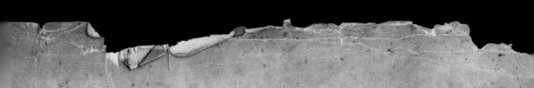

DEVEKUT, VERDADE DA VERDADE

SHALOM,
SÃO 613 MITZVOT E SÃO DEVERES DO CORAÇÃO. A BANDEIRA COMPLETA DAS NOSSAS OBRIGAÇÕES. É SOB ELA QUE TEMOS DE CRIAR. SE O ALTÍSSIMO CONCEDEU UM LAMPEJO, É COM ELE QUE PODEMOS IR ATÉ A DISTÂNCIA SEM LIMITES.
MAS HÁ UMA CONDIÇÃO SIMPLES: PRECISAMOS ENSINAR A ARTE DA CONVERSAÇÃO. DEIXANDO DE LADO A HUMILDADE, QUEM PODE FAZER ISSO MELHOR QUE OS FILHOS DE MOISÉS?
SÓ ELA MODULA NOSSA DIGNIDADE, E SÓ COM ISSO PODEMOS CONTAR. A FALA FOI O ADVENTO MAIS MILAGROSO DENTRE TUDO O QUE CHAMAMOS DE VIDA. SÓ ASSIM A VERDADE PÔDE SER LANÇADA AO SOLO. POR ISSO RESOLVI DESCREVER OS PASSOS PARA QUE QUALQUER PESSOA, DO IEHUDI OBSERVANTE AO GENTIO QUE NADA SABE DA TORÁ OU DO MUNDO ESPIRITUAL, POSSA EXPERIMENTAR A DEVEKUT.
A DEVEKUT NUNCA FOI COMPLETAMENTE DESCRITA OU COMPREENDIDA PORQUE POUCOS SABEM QUE ELA EXISTE. ELA É UMA PROVA EMPÍRICA DE QUE DEUS PODE MESMO FALAR E MOVIMENTAR NOSSOS CORPOS. NÃO É NENHUMA FICÇÃO.

COMO DISSERAM NOSSOS SÁBIOS, DE ABENÇOADA MEMÓRIA, CHEGARÁ O TEMPO EM QUE "O QUE ERA SABIDO POR UM SERÁ COMPARTILHADO POR TODOS". ESSE TEMPO CHEGOU, ESTÁ AQUI ENTRE NÓS. PRECISAMOS ACELERAR SUA DESCIDA.

ESTAMOS NUMA ÉPOCA — ANTEVEJO QUE ISSO PODE PIORAR — EM QUE A DÚVIDA DA EXISTÊNCIA DO ONIPRESENTE SÓ PODE SER COMPREENDIDA SE AS PESSOAS TIVEREM SUA PRÓPRIA EXPERIÊNCIA. E ELA SÓ PODE SER ADQUIRIDA POR INTIMIDADE.

ACABOU A ÉPOCA DA PERSUASÃO E DO PROSELITISMO. NÃO SEI QUEM DECRETOU, MAS ESTÁ ENCERRADO O PERÍODO NO QUAL A SUBMISSÃO DEVA SER OBTIDA PELO TERROR, PELO CONVENCIMENTO, PELA OPRESSÃO. SÓ EXPERIMENTANDO NA PRÓPRIA PELE AS PESSOAS PODEM SABER DO QUE FALO. SEM ISSO, SINCERAMENTE COMPREENDO QUE O MUNDO GUINE AO CETICISMO; QUE DEUS PROÍBA.

A APOSTA NO HOMEM NÃO FOI UM ERRO — COMO PENSAVAM OS ANJOS —, FOI O DESEJO DO CRIADOR SURGIDO CONTRA O ÓBVIO. DEUS, ASSIM COMO OS HOMENS JUSTOS, ESTÁ CONTRA A MAIORIA IMPULSIVA. SUA ESCOLHA PELA EXISTÊNCIA DE MUITOS TIPOS DE SER, COM MÁXIMA DIVERSIDADE, TAMBÉM REFORÇA ISSO. POR ISSO DEUS TEM UMA DECLARADA PREFERÊNCIA PELAS MINORIAS.

E É DO SOLO DESTE PLANETA QUE SE MOVE QUE DEVEMOS TESTEMUNHAR TUDO. NÃO VIVEMOS PARA ESPERAR OUTRO MUNDO. ESSE É O MUNDO, E O PRESENTE É O FUTURO. COMO DIZEM NOSSOS SÁBIOS: VALE MUITO MAIS UM DIA AQUI DO QUE MIL DIAS NO MUNDO VINDOURO.

SEM INSTRUMENTOS PERFEITOS E CHEIOS DE FALHAS DE INSTINTO, TENTAMOS REGULAR NOSSAS VIDAS, CONTANDO SÓ COM NOSSOS ATRIBUTOS EMOCIONAIS E A IMAGINAÇÃO PARA NÃO AFUNDAR NAS TREVAS. TREVAS QUE IMPEDEM QUE COINCIDAMOS COM NÓS MESMOS. QUANDO A COSTURA DOS ENDEREÇOS DE CADA ATRIBUTO FICA CONFUSA, A ALMA ERRA NO PRINCIPAL. PERDE O FOCO DO QUE DEVE SER O GUIA ESTÁVEL PARA A VIDA: UMA EXISTÊNCIA COM SIGNIFICADO.

USAR SOMENTE ATRIBUTOS EMOCIONAIS FAZ COM QUE O INTELECTO ENCOLHA. POR OUTRO LADO, QUANDO SÓ O SEHEL DOMINA, O ESPÍRITO NÃO RESPIRA. SEM O CORPO, MESMO AS

ALMAS MAIS ENTUSIASTAS PODEM FAZER POUCO. A COMPOSIÇÃO DE INTELECTO E ESPÍRITO É A ÚNICA SAÍDA COM DIGNIDADE.

JOB E YACOOV E OUTROS TZADIKIM PERGUNTAM COM CONSTÂNCIA: O QUE É AFINAL TER UMA VIDA SIGNIFICATIVA? OS SÁBIOS JÁ NOS ENSINARAM: SEGUIR EM DIREÇÃO À JUSTIÇA. EM DIREÇÃO NÃO QUER DIZER ATINGI-LA NEM NÃO ATINGI-LA. SÃO APROXIMAÇÕES SUCESSIVAS. SÓ COM O SURGIMENTO DE UMA NOVA ERUDIÇÃO PODE-SE MUDAR A TRADIÇÃO SEM DISTORCÊ-LA. NÃO SÓ A JUSTIÇA SOCIAL DO HOMEM MATERIAL PRECISA SER REPENSADA, MAS TAMBÉM A JUSTIÇA DA DIGNIDADE. ESSA É UMA DAS CONDIÇÕES PARA A PERMANÊNCIA HUMANA. ÀS VEZES BASTA UM. UM SÓ HOMEM. PARA FAZER ESSE TRABALHO, TEMOS A CHINUCH. E NOSSA MELHOR MISSÃO É NÃO CEDER À TENTAÇÃO DE TENTAR EDUCAR SEM COMPREENDER O EDUCANDO.

MESMO SABENDO QUE O PIRKEI AVOT SERIA UM GUIA ÉTICO PARA A HUMANIDADE, PRECISAMOS MOSTRAR ÀS NAÇÕES QUE NÃO DESEJAMOS UNIVERSALIZAR QUALQUER DE NOSSAS REGRAS PARA O MUNDO, MUITO MENOS IMPÔ-LAS. PRECISAMOS TRAZER A VONTADE DOS OUTROS POVOS POR CONSENSOS. E TEMOS MUITA TRADIÇÃO NESSA LIBERDADE GENEROSA: SOMOS SEUS PRIMEIROS SIGNATÁRIOS, OS FUNDADORES DO NÃO PROSELITISMO RADICAL.

HAVERIA UM OBJETIVO QUE AINDA NÃO ALCANÇAMOS? SE E QUANDO FOR ALCANÇADO, TERÁ QUE SER PELO EXEMPLO. FALO DE CAMINHOS QUE PREZAM O PERCURSO, NÃO NECESSARIAMENTE A CHEGADA. QUE, MESMO NEGANDO, ESTAMOS JUNTOS, SEMPRE ASPIRANDO A UM ESTADO DE APROXIMAÇÃO AO JUSTO, MESMO NÃO TENDO GARANTIAS DE QUE O RECONHECEREMOS SE E QUANDO ELE APARECER.

SE HÁ UM FIM ÚLTIMO, A RAZÃO TELEOLÓGICA FINAL? OUSO DIZER QUE O JUDAÍSMO É UMA MEDIDA DO MEIO. O CONHECIMENTO PODE SER A FORMA PARA ALCANÇAR A PERFEIÇÃO, MAS A IMORTALIDADE — SINTO DIZER — NÃO PODE SER GARANTIDA POR SABEDORIA ALGUMA: A EXISTÊNCIA POR VIR E O AQUI DO HOMEM DEPENDEM MENOS DA ERUDIÇÃO, E MAIS DA CAPACIDADE DE AMAR, DA SUA TENDÊNCIA PARA, DO SEU DESEJO POR.

POR ISSO, EM TODAS AS ESCALAS, DEUS AMA ANTES OS SEUS POETAS.

E AQUI, PREFIRO REPETIR E CONCORDAR COM HASDAI CRESCAS, DE ABENÇOADA MEMÓRIA, QUANDO ELE ESCREVEU QUE "A FINALIDADE ÚLTIMA DO HOMEM, SEU BEM MÁXIMO, É O AMOR, MANIFESTADO NA OBEDIÊNCIA ÀS LEIS DE DEUS".

NÃO HÁ MUITO TEMPO SE QUEREMOS EVITAR QUE NOVOS E PIORES TEMPOS CHEGUEM E ENTREM COM VIOLÊNCIA NAS NOSSAS VIDAS; QUE DEUS PROÍBA. NÃO SOU ORÁCULO NEM PROFETA, TAMPOUCO ME CONSIDERO UM MÍSTICO, MAS, NESTA NOITE, PRECISO REVELAR PUBLICAMENTE QUE A BAT KOL SENTOU-SE AO MEU LADO BEM NA ALTURA DOS MEUS OUVIDOS, E BEM EM FRENTE À PRIMEIRA ÁRVORE CONTOU-ME TUDO.

QUANDO ME DEU A MÃO, TUDO GIROU, E NA DANÇA SAGRADA VI O PASSADO, SOUBE DE FATOS FUTUROS, DOS QUAIS SÓ ANTECIPAREI ALGUNS.

AS COMUNIDADES PRECISAM ENTENDER QUE O DESEJO PELA VERDADE NÃO PODE REPRESENTAR MEDO. POR ISSO, NÃO TEMAM.

PRECISO DIZER, SEM RECORRER A NENHUMA CENSURA INTERNA, TUDO O QUE PENSEI. RESPEITEI NOSSOS SÁBIOS COMO MANDA A TRADIÇÃO, ADICIONEI MUITAS DÚVIDAS, COMO MANDA A TRADIÇÃO. QUE EU SEJA PERDOADO POR TODA PRESUNÇÃO E INSOLÊNCIA, MAS A VOZ, ESTA BAT KOL, INSISTE EM ME DIZER QUE O ERRO E A DÚVIDA SÃO SUPERIORES AO ACERTO E À CERTEZA.

ALGUÉM JÁ DISSE QUE JAMAIS "CRIATURAS ERGUIDAS DO PÓ PODERIAM OUSAR COMPREENDER O PROGENITOR". TALVEZ SEJA VERDADE, MAS TAMBÉM É POSSÍVEL QUE PEQUENAS INTUIÇÕES DO ALTÍSSIMO CHEGUEM ATÉ NÓS. UMA DESSAS MIGALHAS DESCEU ATÉ MIM.

O HOMEM FOI A DÚVIDA MAIS ADMIRÁVEL QUE O CRIADOR TEVE, A DESPEITO DE TER SIDO SUA GRANDE INVENÇÃO. MAS ELE ESTEVE NA MAIS SEVERA DISPUTA INTERNA ANTES DE CRIAR SERES À "SUA IMAGEM E SEMELHANÇA". PORQUE A ALMA NÃO ESTÁ LIMITADA AO CORPO, AINDA QUE SEJA CONSTITUÍDA POR UMA SUBSTÂNCIA FINA E IMPENETRÁVEL.

A DÚVIDA DO ALTÍSSIMO SE REFERIA A UM PROBLEMA ÉTICO DA RESPONSABILIDADE. UM SER CRIADO QUE TIVESSE CARACTERÍSTICAS SEMELHANTES ÀS SUAS DEVERIA ESTAR DOTADO, ALÉM DE AUTONOMIA, DE CRITÉRIOS PARA JULGAR. PODE PARECER INSOLÊNCIA, MAS A CRIAÇÃO DO HOMEM COINCIDIU COM SUA EMANCIPAÇÃO.

HÁ MUITO QUERO COMPARTILHAR — E SÓ AGORA POSSO — O QUE A TRADIÇÃO CHAMA DE "VERDADE DA VERDADE":

I) A AUTOCONSCIÊNCIA COMO ATRIBUTO ESSENCIAL IMPLICARIA, NO MÍNIMO, UMA GESTÃO COMPARTILHADA, A QUAL NÃO SOMENTE DIFICULTARIA QUALQUER CONTROLE, COMO EXPORIA O SUJEITO AUTÔNOMO AOS RESULTADOS E CONSEQUÊNCIAS DE SUAS PRÓPRIAS DECISÕES.

II) O HOMEM NÃO DEVE SER UM SÓ. CONTAMOS COM MUITOS CAMINHOS ESTENDIDOS QUE SÃO PASSAGENS PARA OS DESEMBARQUES E SAÍDAS. TUDO ISSO ELE FAZ PARA MOSTRAR QUE ESTAMOS EM TRÂNSITO.

III) O TRAJETO, ALÉM DE SER AO MESMO TEMPO MALEÁVEL E IMODELÁVEL (POIS NÃO HÁ COMO SE COMPARAR COM NINGUÉM), NÃO APRESENTA NENHUMA GARANTIA DE SUCESSO.

SÓ PODEMOS NOS COMPARAR A NÓS MESMOS. AO COMPARTILHARMOS O MESMO MAR E O MESMO SOLO, SOMOS TODOS INTERMEDIÁRIOS, CONFORME PENSAVA SCHNÉOUR-ZALMAN, DE ABENÇOADA MEMÓRIA. O QUE SE PEDE AFINAL É QUE USEMOS A IMAGINAÇÃO PARA CONSIDERAR O SEGUINTE SOBRE NOSSA MISSÃO: SOMOS SERES EM TRAJETÓRIAS EM ZIGUE-ZAGUE. OSCILAMOS SEMPRE.

IV) O DECISIVO É NOSSA DISPOSIÇÃO — TREINADA OU INATA — PARA ALCANÇAR A CONDIÇÃO DE SERES JUSTOS. É UMA MEDIDA EXCLUSIVAMENTE INDIVIDUAL, DAÍ NÃO HAVER EVOLUÇÃO.

V) EM NOSSOS DIAS DEUS TEM UMA EXISTÊNCIA NÃO AUTOEVIDENTE. TALVEZ, TAL QUAL AS CERTEZAS QUE BUSCAM AS CIÊNCIAS, FOSSE PRECISO PROCURAR EMBAIXO DAS CONCHAS, NAS PISTAS IMPOSSÍVEIS, EM ESCAVAÇÕES CADA VEZ MAIS ESTRATIFICADAS. VASCULHAR O SENTIDO DA EXPERIÊNCIA DE CONSCIÊNCIA COLETIVA DA ESPÉCIE HUMANA. SONDAR OS

SIGNIFICADOS DA VIDA PRÁTICA E DA VIDA SUBJETIVA. UMA BUSCA SONHADA, MAS JAMAIS OUSADA.

NO REINO DAS INCERTEZAS QUASE COMPLETAS SÓ UMA NOVÍSSIMA IDEIA OU INTERPRETAÇÃO FARIAM SENTIDO. SÓ ISSO TERIA CHANCE DE COMPLETAR NOSSO CICLO DE AUTOFORMAÇÃO. SÓ ALGO MUITO NOVO PRODUZIRIA EFEITO SOBRE TODA A HISTÓRIA.

VI) NO FINAL, TEMOS QUE TER UNIDO PONTOS QUE FORMEM ALGUMA FIGURA. SOMOS COMO TINTAS QUE SE PINTAM. O SUSPENSE É QUE NÃO SABEREMOS QUAL É O DESENHO ATÉ QUE TERMINEMOS O TRAJETO TODO. E HÁ UM DETALHE: NÃO TEMOS A VANTAGEM DE ESTAR OLHANDO DO ALTO. TODO PAI PRECISA EXAURIR SUA MENTE ANTES DE EMANCIPAR QUALQUER DE SEUS FILHOS, E O MAIS IMPORTANTE: RENUNCIAR À SUA CAPACIDADE DE PREVER O DESTINO DA CRIATURA, QUE TERÁ, NESSE CASO, LIBERDADE E AUTODETERMINAÇÃO.

VII) A GRANDE DÚVIDA REFERIA-SE, ANTES DE TUDO, À EXTENSÃO E QUALIDADE DA LIBERDADE CONCEDIDA, MAIS DO QUE A QUALQUER OUTRO ASPECTO. ASSIM, QUANDO VIESSE UMA DISPUTA ACERCA DE QUEM TERIA RAZÃO, O ÚNICO TERIA QUE OUVIR ATENTAMENTE TODOS OS NOSSOS ARGUMENTOS.

VIII) O QUE REVELAVA A BELEZA DO PACTO E O CARÁTER ABSOLUTO DA BONDADE DE DEUS E TAMBÉM, SINCRONICAMENTE, O PAPEL DESPROPORCIONAL E SURPREENDENTE DA CRIATURA NO COSMOS E A NATUREZA ÚNICA DO SENHOR DO MUNDO: ABRIR MÃO DE SUA ONIPOTÊNCIA EM FAVOR DA LIBERDADE. HÁ QUEM DEFENDA QUE ESTA DISPUTA PODERIA GERAR, OU JÁ TERIA GERADO, UMA ESPÉCIE DE JURISPRUDÊNCIA CELESTE A FAVOR DOS HUMANOS. POIS QUAL CRIADOR OUVE A OPINIÃO DO SEU PRÓPRIO PROJETO?

OS PASSOS DA DEVEKUT

A CHAVE DA DEVEKUT É QUE ALGUÉM QUE JÁ A EXPERIMENTOU TRANSMITA A EXPERIÊNCIA. MAS HÁ FORMAS MAIS MISTERIOSAS DE TRANSMISSÃO, COMO ESTA QUE LÊ. POIS SE VOCÊ TOCOU ESTE TEXTO, O TRABALHO JÁ SE INICIOU.

A DEVEKUT É PRÁTICA, NÃO REQUER FÉ PRÉVIA. NÃO PODEMOS SABER QUAIS FORAM OS PRIMEIROS A EXPERIMENTÁ-LA, MAS A TRADIÇÃO ORAL RELATA QUE MOISÉS "RESPLANDECEU" E SUA "PELE BRILHAVA" DEPOIS QUE FALOU COM DEUS, NA DESCIDA DO MONTE SINAI, CARREGANDO AS PEDRAS COM O DECÁLOGO, CONFORME ÊXODO, 34.

A DEVEKUT FAZ BRILHAR. NOSSOS SÁBIOS E PROFETAS PEDIAM PARA LOUVÁ-LO COM DANÇAS. O REI DAVI DANÇOU DIANTE DA ARCA DA ALIANÇA. ESTES MOVIMENTOS, A DANÇA IMPENSADA, ATRAEM E SÃO ATRAÍDOS PELA PRESENÇA DIVINA QUE FALA ATRAVÉS DE NÓS. PARA O PROFETA SAMUEL (10:5-7 E 19: 20-24), AS DANÇAS ERAM CONTAGIOSAS E INDUZIAM O ESTADO PROFÉTICO. COMO A FELICIDADE É IMOTIVADA E ATÉ ESTÚPIDA, ALGUNS PREFERIAM CHAMÁ-LOS "IRMÃOS LOUCOS". QUANDO O REI SAUL DANÇAVA SELVAGEMENTE, AS PESSOAS SE PERGUNTAVAM: ESTARÁ ELE ENTRE OS PROFETAS QUE UM ESPÍRITO TRANSFORMA EM OUTRO HOMEM? MAS A DEVEKUT NÃO MUDA O QUE O HOMEM É, POIS É O RESULTADO DE UM CASAMENTO ENTRE A FORÇA VITAL E A "FILHA DA VOZ".

O PRIMEIRO PASSO DA MEDITAÇÃO É O AQUIETAMENTO. QUANTO MENOR A CONCENTRAÇÃO, MAIS INTENSA É A DEVEKUT. MEDITAÇÃO É A NÃO MEDITAÇÃO. OS SENTIDOS NÃO PRECISAM ESTAR MAIS ACESOS. ELES FICAM DIFERENTES, APENAS DIFERENTES.

SÓ COM A MENTE DESABITADA PODE-SE RECEBER, COM MAIS INTIMIDADE, A GRAÇA DA DANÇA E DOS PULOS. VOCÊ SENTIRÁ MOVIMENTOS INTERNOS, SE MOVERÁ SEM FORÇAR NADA. NÃO RESISTA, NEM INSISTA. DEUS SABERÁ O QUE FAZER, JÁ QUE ELE É QUEM DEU A PRIMEIRA CORDA A CADA ALMA. A BAT KOL PENETRA E SE CASA CONOSCO. SONS E FALAS VIRÃO EM SUAVE CATARSE. QUANDO VOCÊ RECONHECER QUE ELE ESTÁ EM SUA PELE, ELA VIBRARÁ COMO ÁGUA, SEUS OLHOS E SEUS SENTIDOS FICARÃO COM A SENSAÇÃO DE QUE O MUNDO MUDOU COM SOBRENATURAL RADICALIDADE. NESTE PONTO, A DEVEKUT JÁ ESTÁ EM ANDAMENTO.

A DEVEKUT É COMO UM SONHO OPERATIVO. DEPOIS DO PRIMEIRO EXERCÍCIO, MUITOS ENTRAM EM CRISE. ALGUNS CHORAM COM OS OLHOS ABERTOS; OUTROS EXULTAM. MAS É A HORA DE AGIR, ESTE É UM MUNDO DE AÇÃO. PODEMOS USAR

IMEDIATAMENTE TUDO O QUE FOI RECEBIDO. ENXERGUEM, PORÉM, QUE ESSE MUNDO É COMO UMA REPRESENTAÇÃO DE OUTRO. VOCÊ SE MEXE E FAZ MEXER OS CÉUS. DEUS DESLOCA OS HOMENS PARA QUE ELES APRENDAM A VER COISAS NOVAS.

PORTANTO, A DEVEKUT É O MAIOR PROFESSOR JÁ INVENTADO. NADA MUDA TANTO, NADA TRANSFORMA TANTO, NADA REVOLUCIONA TANTO NOSSO ESTADO DE CONSCIÊNCIA SEM NOS TIRAR UMA GOTA DE IDENTIDADE. QUALQUER CÉTICO PODERÁ PROVAR E DEDUZIR POR SI MESMO A NATUREZA DESTA EXPERIÊNCIA. MESMO OS QUE A DENEGAM COSTUMAM SAIR MODIFICADOS.

MAS NÃO ESPERE CURA, SAÚDE, RIQUEZA OU MILAGRES. PODEM ACONTECER, MAS O GRANDE MILAGRE É A PRÓPRIA RELAÇÃO. POR ISSO, TALVEZ, HOUVE SEMPRE INFUNDADO TEMOR DE QUE OS CHACHAMIM PERDERIAM AUTORIDADE SE A SENHA DE ACESSO FOSSE REVELADA. FICARIAM MAIS HUMILDES, DECERTO. TALVEZ POR ISSO MESMO OS RASCUNHOS FORAM EXTINTOS E NENHUM MANUSCRITO, NENHUMA HAGADÁ, NENHUM RELATO COMPLETO TENHA CHEGADO ILESO ATÉ NOSSOS DIAS.

NA VERDADE, NEM ELES NEM NINGUÉM JAMAIS TIVERAM O QUE TEMER, POIS UM HOMEM QUE ADQUIRE ESTA INTIMIDADE COM DEUS SÓ CRESCE EM SEU RESPEITO POR TODOS. ATÉ QUE ESSE AMOR SE TORNE O CÓDIGO MAIS COMUM E A MAIS NATURAL CONDIÇÃO QUE REGE AS RELAÇÕES. ESSE SERÁ O UNGIDO. QUE SEJA EM BREVE, AINDA EM NOSSOS DIAS.

IRMÃOS,

VIVEMOS UMA ÉPOCA EM QUE NÓS, COMO GATOS ENCURRALADOS, ESTAMOS SENDO EMPURRADOS AO GRANDE POGROM, AQUELE JAMAIS IMAGINADO, AQUELE QUE FARÁ PARECER OS MAUS DECRETOS DE OUTROS TEMPOS UMA PEQUENA INDISPOSIÇÃO.

A TRADIÇÃO ORAL E O PRÓPRIO MUNDO CORREM RISCO. ESPERO QUE ESTES PAPÉIS CHEGUEM AOS MEUS NO FUTURO.

COLOQUEI EM CADA TRAÇO, EM CADA PONTO DESTA TINTA, UMA FAGULHA DO MEU PRÓPRIO ORGANISMO. ELE — QUE OS CÉUS PERMITAM — SUBSTITUIRÁ MINHA PRESENÇA PARA TRANSMITIR

NÃO HÁ NOME

Z. TALB

Epílogo

Yan decide ressurgir

Yan apenas intuía o que Zult falava de forma genérica. Sua percepção apontava para uma mudança no campo de ação. As mudanças não se referiam mais às etnias, raças ou religiões. O trabalho espiritual *indoors*, nos templos, guetos ou sinagogas, estava no final.

O sectário estava dando lugar a outra forma de estar no mundo. "O que era segredo deveria ser, agora, do conhecimento de todo mundo."

Zult não fala, mas continua sendo ouvido:

— Precisamos sair, você não sente? Que as paredes precisam cair? Elas já estão caindo. — Gira o corpo insinuando os ombros às finas paredes da tenda e consultando a seda com a porta dos dedos. — Só a liberdade para sair de cidades fortificadas para os campos nos traria a paz. A paz radical, o amor radical, a tolerância radical. O significado profundo de *shalom*. Para além de um cumprimento usual da ressignificação mutuamente compartilhada.

Qualquer acadêmico contemporâneo torceria o nariz à exortação de uma teleologia, à ilusão de um fim último, mas quem ainda se importa com eles?

Yan tinha que admitir que sempre pensara assim. Sua análise era intuitiva, mas avaliava que nem o pensamento moderno — aquele que dava nítidos sinais de desgaste — nem o pensamento conservador tinham cumprido a tarefa.

"Nada de novo sob o sol."

Não havia interpretação única para o *Quohelet* com sua famosa máxima: mas até as sombras andam.

Yan reforçou em sua mente a ideia de que o mundo iria mudar. O médico enfim tomou coragem e se dirigiu ao outro Talb:

— Não sou *rabino*. Você é que é o *rebbe*! Sou médico. — Há desconforto em sua própria resposta. Yan está defensivo, tem medo das expectativas de Zult para ele.

— Neste momento precisamos mais de médicos que de *rebbes*, mais de literatura que de repetições mecânicas, mais de bancos ao ar livre que de cadeiras confortáveis. Hoje eu sei, ELE prefere poetas.

Yan finge ignorar a linguagem aberta e prossegue. Era só o que ele queria.

— Dou minha palavra, darei seu aviso! A Voz sairá por aí. — Yan tenta se livrar da pressão assentindo com flexão da cabeça. Inútil.

"Não que alguém vá ouvir."

E complementa pensando:

"Como é que pode? Um trabalho inacabado interferir com a pessoa que nem mais vive? Deixarei minhas pendências em dia."

Foi inevitável agarrar-se às imagens do filme *O sétimo selo*, de Ingmar Bergman. Naquele jogo de xadrez, o prêmio era o adiamento de uma sentença de morte e uma resposta do próprio anjo da morte. Diante da derrota iminente, Antonius Blok derrama as peças do tabuleiro num acidente simulado. Frente à trapaça amadora o invencível e pálido oponente emite a resposta a pergunta que tanto obseda Blok:

— Qual é o segredo?

— Não há segredo.

Não queria que a morte pudesse ser saudada com as tradicionais boas-vindas, nem mesmo com as parábolas cheias de enigmas. Não há segredo para a morte. Finalmente, o diagrama mental se destrava e Yan liga os pontos inacabados, sem resolver seu problema imediato. O que fazia ali? Num corredor de tendas? Na cordilheiras de cabanas que iam do vale até acima das montanhas? Corresponderiam a uma linhagem familiar? Como explicar a presença de Sibelius? E a ausência de outros conhecidos? Esquece das respostas, repetindo as mesmas perguntas milhares de vezes.

"Trilhas de cordilheiras, tendas genealógicas."

Só podia ser uma brincadeira: um mundo vindouro, um mundo de correspondências? Está cansado de especular. Nota que passado ou futuro estão ali, disponíveis. Ficou excitado com a possibilidade e estava quase navegando... mas... interrompe a simulação. Não quer nem pensar o que seria do futuro. Presente e passado eram suficientes.

Sua coexistência simultânea só poderia significar que havia algum desdobramento temporal. Entre os místicos até que era uma hipótese admissível. Poderia ser a sinestesia. Um trançamento dos sentidos, estados alterados de consciência: ver sons, tatear cheiros ou degustar imagens. Mas ele nunca se rendeu ao misticismo. Lembrou-se que já tinha discutido se seria cogitável que houvesse, e talvez este fosse o caso, um real "mundo das correspondências". Nesta dimensão o tempo estaria estratificado e poderíamos ter acesso deslocando-nos para quase todas as épocas.

Tenta se convencer do diagnóstico, balançando a cabeça cheia de dúvidas enquanto espreme os lábios esfolados pelo frio que agora é inofensivo. Repete, com alguma consternação, uma das mais conhecidas frases da *Guemará*:

"Somos julgados todos os dias."

Tenta se esforçar:

"De onde vieram todos esses registros? Os céus? Os céus de que nos fala a tradição. Este céu aqui?"

"São duas vidas, duas."

Repetia-se com uma espontaneidade que mostrava que não era uma técnica de autoconvencimento. Seguiu desconfiado, como quem acaba de decifrar a última porta de um corredor sem qualquer certeza de ter testado sua hipótese. Deixa-se levar pela experiência. Está confortavelmente desembaraçado das amarras. A liberdade é um estado de alienação e incoerência. Ri aliviado, pois pouco importa como reagirão seus amigos, os professores, a academia, a imprensa, o Estado ou a família.

Não estava aberto para cobranças. Os profissionais da lógica que buscassem as devidas explicações. Yan já não se importava. Sentiu-se um papel em branco voador por não ter que legitimar coisa alguma. Como era bom viver o absurdo. Por outro lado, era muito real comparado com aquilo que jamais sonhou.

Repetia-se como uma brincadeira de criança que descobre o significado das letras, calculando com os dedos. Ao mesmo tempo não para de tentar se convencer com sínteses:

"Os mundos coincidem, vivemos sob o mesmo céu."
"O céu paradisíaco é a Terra e o Grande Mundo é esse."
"Tanto esforço para depois estar no mesmo lugar que sempre estivemos. Valeu todo o esforço?"

Durante segundos, argumentos se casaram num algoritmo que representava a perfeição matemática. Conquanto o mundo espiritual fosse uma dimensão onde tempos simultâneos possam coabitar, a grande prova empírica — resolve dizer em voz alta para si mesmo:

— Já vivo outro mundo.

Sente que está espalhado. É a ubiquidade. Como desejou ter ao seu lado alguém que explicasse. O claro enigma pode ser um mistério menos abrangente do que supomos.

Mesmo assim, ciente do vício científico, teimosia ou treino, exigiu de si mesmo que desse um basta em novas hipóteses. A parada tinha a finalidade de se concentrar em teorias científicas que pelo menos explicassem aquela bizarra fenomenologia. Uma física reformulada? Ou quem sabe a biologia desse conta do *imbroglio*. O caldo eletroquímico da memória no qual as neurociências tanto apostavam? Tudo não passava de uma peça montada dentro de seu próprio DNA, em processo de esfriamento, num organismo ainda vivo? Mais uma prova da interconvertibilidade e conservação entre matéria e energia num delírio transferido graças à primeira lei da termodinâmica? Neste caso, o que mais chamava a sua atenção era a teimosa manutenção de sua consciência e memórias intactas, melhor dizendo, superestimuladas. O mais provável era que o relato dessa experiência entrasse no hall das não classificáveis. A ciência não podendo explicar, negaria o fenômeno. Como isso se repetiu na história!

O jorro de hipóteses estalava como brasa: dimensões paralelas, mas não interexcludentes. Dois ou mais tempos que conviveriam na simultânea marcha de vai e vem, a favor e a contrapelo da história. O problema do espírito, uma das mais velhas indagações humanas, seria, afinal, um problema resolvido pela história? Talvez seja apenas mais um sonho. Pela primeira vez não se sente culpado por nada. Para um judeu isso é muito.

Faz outro teste: fecha os olhos e tem o que deseja. Se a questão é sonhar, passa da vigília ao sono. Seja lá o que for, considerou boa a liquidez instantânea.

Era isso então? Uma vivência regressiva? Era essa então sua grande resposta? A ridícula ingenuidade? Eis o princípio do prazer espiritual: o desejo se materializa? Isso resolvia muito. Sua síntese não poderia ser mais definitiva: põe em dúvida se há algum tipo de maná psíquico? O princípio do prazer legitimado, vivido sem culpa?

Mas é interrompido pelo chão do grande tabernáculo, que é muito diferente. Há pessoas espalhadas, muita gente. Yan volta a narrar:

"Olham para baixo. O que será? Analisam a terra? Experimentam o chão que pisam: estão provando terra! Deficiência de ferro?"

"O que será que fazem?"

"Flocos, grandes, são grãos... grãos de poeira compacta. A terra mistura o amarelo a todas as escalas de azul, solta um aroma quente."

"O inevitável *maná*. O sustento do povo por quarenta anos."

Yan agacha-se, controla a náusea. Não pode acreditar que come areia. Recrimina-se pelo apetite primitivo. Aperta um punhado contra os dedos e experimenta no impulso. Fecha os olhos para se surpreender: sente uma consistência peculiar.

...lábios, os lábios de Or."

Se ainda fosse psicoterapeuta estaria cheio de análises e explicações para dar a si mesmo. Mas ele não era mais nada.

"O que desejo além dela? O velho delírio romântico que sempre volta. Ao mesmo tempo, compreendi a metáfora recorrente que compara a união de Deus e Israel com a união matrimonial. Choro, mas não são lágrimas de descrédito, nem de abandono."

Yan sente com as mãos a profusão sagrada no suor da camisa.

"A *devekut* no casamento: eis que estás consagrada para mim."

Yan não precisa crer em nada. A experiência é tudo. Está na cerimônia dos regenerados, entrou na fila dos que estão para ser refeitos. Esvazia seu corpo, expulsa qualquer reserva. Entende o que está em jogo.

"O amor da juventude, quando me seguiste no deserto."

No deserto suspenso, o frescor no barulho do vento quente. O cheiro verde de coleções de tamareiras amadurecidas pelo embalo da umidade espalha-se pelo jardim. Inala todas as dúvidas do mundo ao mesmo tempo.

"Isso é a única realidade: só preciso de Or."

Não importava mais de onde viriam as explicações da razão: só sabia, só queria saber daquele instante. Nunca se sentiu tão vivo. No limite confrontava tanto o que estava se passando que se perguntou se não era a morte que havia antecedido aquele momento.

A vida era a resposta, a única resposta. A alma não precisa de conhecimento, não o criou, é independente dele. A alma é uma lente para histórias. A proposta do Altíssimo é que a intimidade tenha duração na alegria, na felicidade estúpida, sem começo e sem fim, como a própria eternidade.

Foi então que prosseguiu. Yan decide ressurgir!

Está de novo na fila de tendas sem término. Cordilheiras e acampamentos tremulam ao mesmo tempo.

Oscilam sem fim. Como oscilam!

Informamos que quaisquer semelhanças com pessoas ou cenas são teimosias do escritor, que aproveita a ocasião para confessar publicamente ter interpretado a história e a tradição com liberdade abusiva.

Referências bibliográficas

Bashevis Singer, I. *47 contos escolhidos*. São Paulo: Companhia das Letras, 2008.

Cohen de Herrera, A. *Puertas del cielo*. Ed. Sigal. Buenos Aires: Sigal, 1989.

Cordovero, Moshe. Diagrama em *Pardes Rimmonim*. S.d.

Dubov, N.D. *Fatos fundamentais do judaísmo*. São Paulo, Editora Colel Tora Menachem, 2004.

Encyclopaedia Judaica, T.F. Brothers. Filadélfia, 1889. The Universal Jewish Encyclopedia, 1942, 10 vols.

Heller, Abraham, M. *The Vocabulary of Jewish Life*. Nova York: Hebrew Publishing Company, 1942.

Israel, Menasseh Ben. *Esperança de Israel, origen de los americanos* (1650). Reedição. Madri, 1881.

Kaplan, Arieh. *Meditação judaica*. Rio de Janeiro: Exodus, 1986.

Kertész, Imre. *Kadish para uma criança não nascida*. Rio de Janeiro: Imago, 2002.

Korczak, Janusz. *Diário do Gueto*. São Paulo: Perspectiva, 1989.

Levi, Primo. *É isto um homem*? Rio de Janeiro: Rocco, 2000.

Maimoun, Moise Ben (Maimônides). *Le Guide des Égares, Traité de Theologie et de Philosophie*. Trad. S. Munk. 3 vols. Paris: Nouvelle édition, 1970.

Ringlemblum. *Diário do Gueto de Varsóvia*. Lisboa: s/e, 1954.

Roth, Philip. *Entre nós*. São Paulo: Companhia das Letras, 2008.

Sacks, Jonathan. *What is faith?* Disponível em: http://www.chiefrabbi.org.

Scholem G. *As grandes correntes da mística judaica*. São Paulo: Perspectiva, 1986.

Soloveitchik. *A solidão do homem de fé*. Rio de Janeiro: Exodus, 1995.

Steinsaltz, Adin. *The Talmud, a reference guide*. Nova York: Random House, 1986.

_____. *The Long Shorter Way, discourses on Chassidic Thought*. Londres: Jason Aronson Inc. 1988.

Talmud, *Tratados Baba Metzia & Shabat*. Buenos Aires: Sigal, 1980.

Unterman, Akan. *Dicionário judaico das lendas e tradições*. Rio de Janeiro: Zahar, 1989.

Zalman de Lyadi, Schnéour. *Likutei Amarim* (1796). São Paulo: Kehot, 1984.

Glossário

Aarão Montezinos — Explorador marrano, personagem citado por Menasseh ben Israel como sendo a principal testemunha de tribos indígenas (Equador, 1642) que praticavam o judaísmo (ou práticas análogas) na América do Sul e Central muito antes da chegada dos primeiros europeus.

Aba — Pai.

Aboab da Fonseca (1605-1693) — Rabino, poeta e escritor português estabelecido em Amsterdã. Veio para o Recife em 1642, à época da invasão holandesa ao Brasil, para fundar a primeira sinagoga das Américas, antes de voltar para a Holanda em 1654. Aboab participou do tribunal que determinou a expulsão de Spinoza da sinagoga. Os membros remanescentes da Congregação Judaica de Pernambuco partiram do Brasil quando os portugueses começaram a ameaçar o reinado de Nassau. Foram para a América do Norte para estar entre os primeiros colonizadores de Nova York.

Abraham Cohen de Herrera — Cabalista e autor místico espanhol do século XVI e XVII, que escreveu o livro de cosmologia teológica *Puertas del Cielo*.

Adamá — Terra. Origem do nome do primeiro homem, Adão.

Adam Kadmon — Versão mística do primeiro homem, segundo a cabala trata-se de uma referência metafórica a Deus.

Adam nidon bechol iom — Somos julgados e sentenciados todos os dias, uma das mais conhecidas frases do Talmud.

Aelia Capitolina — Renomeação de Jerusalém, que, depois de destruída, foi feita capital de Israel durante o domínio do Império Romano.

Afar min haádama — Pó da terra.

Ahavat Israel — Amor por Israel e por um outro judeu.

Akiva — Rabino do período tanaítico que apoiou a revolta de Bar Kokhba (132-135 E.C. — Era Comum — considerado por ele como o Ungido) contra o Império Romano. Tinha uma grande comunidade e influência, oriundas de sua yeshiva localizada numa pequena cidade da Judeia chamada Bene Berak.

Alter Rebbe — Nome usado para se referir ao autor do *Tanya*, Schneur Zalman da cidade de Liadi. (Ver Schnéour Zalman)

Am há-arets — Termo usado para designar pessoas ignorantes, sem estudo. O oposto de um erudito.

Amen — Verdadeiro, ou fiel. Que seja assim.

Aron há kodesh — Local, em geral armário, onde se guardam os rolos de pergaminho da Torá.

Arvit — uma das três rezas diárias, também conhecida por Maariv.

Asgarah prati — Na tradução literal, "fechar-se em si". Na verdade o conceito foi renovado por Baal Shem Tov, para quem a providência divina é estritamente individual. Aduz a inovadora ideia de que haveria uma providência divina que não operava sobre grupos ou coleções de pessoas, mas era personalizada para cada sujeito.

Asquenazes — Judeus de origem alemã, provenientes do continente europeu, em geral da Europa Central e do Leste.

Assimilação — Conceito central para compreender a situação ambivalente — conflituosa e insolúvel — dos judeus contemporâneos em sua tentativa de buscar a cidadania do mundo ou se manterem filiados à tradição. Genericamente refere-se à condição de uma religião ou etnia que, ao se encontrar cada vez mais adaptada e incorporada à sociedade contemporânea, perde aspectos fundantes de suas características originais.

Auschwitz — Campo de concentração. Localizado na Polônia, ficou conhecido como o grande centro do extermínio nazista.

Auto de fé — Proclamação do veredito da inquisição como resultado de inquérito, geralmente contra judeus, cristãos novos e criptojudeus ou marranos.

Av, 9 de — Nono dia do mês de Av, dia de jejum nacional, pois os dois templos foram destruídos neste dia com intervalo de 490 anos. A destruição do segundo templo aconteceu em 70 E.C. quando foi destruído e pilhado por Titus.

Averá — Transgressão. Comportamento impróprio ou que confronta os princípios da Tora.

Baal Ha Bait — Dono da casa, considerado o anfitrião.

Baal Shem — Senhor do nome. Designação genérica para um prático da medicina com habilidade para usar o nome divino.

Bait — Casa.

Bahir, Sefer Ha — Livro da claridade ou do "Brilho", composto no século XIII. Esta obra mística cabalística também já foi atribuída a um erudito da *Mishná* do século I, Nehunya ben Hakanah. Escrito em forma de diálogo, o mundo inferior simboliza o mundo superior, divino.

Bal tashchit — Desperdício, vandalismo. De acordo com todas as regras, destruição gratuita de propriedades, objetos ou vandalismo são ofensas graves. Nisso se enquadra desperdício de alimentos e objetos.

Bar mitzvá — Festa da maioridade para o sexo masculino. Nesta data tem lugar a primeira leitura pública da Torá, que acontece aos 13 anos e que torna os meninos oficialmente responsáveis diante da comunidade.

Bat kol — Do hebraico "filha de uma voz". Eco. Voz celestial que continuou a transmitir a mensagem de Deus ao homem depois que a fase das revelações bíblicas chegou ao fim. (Yoma 9b)

Bat mitzvá — Festa da maioridade para o sexo feminino.

Bava Metzia — "Portão do Meio". Tratado talmúdico que discute a ética das relações comerciais (propriedades perdidas, depósitos, empréstimos, leis trabalhistas).

Behemot — Uma metáfora que faz referência a uma fera gigantesca descrita na Torá (shor habar). Diz-se que no final dos tempos lutará contra Leviatã e a carne deste embate será servida no grande banquete messiânico.

Beit Chinuch — Casa de estudos.

Beit Din — Corte da lei. Tribunal rabínico constituído de três juízes e testemunhas. Também pode ser um tribunal especifico: "litigações diante de corte rabínica", fórum para discutir problemas da lei civil e criminal, chamados de Din Torá.

Beit ha Midrash — Casa de estudos, yeshivá.

Beit Hamikdash — O grande templo sagrado de Jerusalém — cujas dimensões e diretrizes de construção foram ordenadas a Moisés, no qual os sacerdotes ofereciam sacrifícios e para o qual judeus de toda a Antiguidade tinham o dever de migrar pelo menos uma vez ao ano.

Benoni — Há três categorias mais amplas de desenvolvimento espiritual, o transgressor, o intermediário e o justo (o tzadik). O *intermediário* está em permanente luta ou conflito para se transformar. Benoni se refere a essa categoria intermediária de sujeito, um quase justo.

Bereshit — Primeiro livro da Torá que traz, o relato da criação do mundo. Também conhecido como Gênesis.

Bevakashá — Por favor.

Biná — Compreensão, reflexão.

Bircat hachamá — Bênção de agradecimento a Deus pelo sol, pronunciada uma vez a cada 28 anos.

Birobjan — Região no sudoeste da Sibéria que parte das nações, no início do século XX, cogitou para estabelecer como a terra dos judeus.

Bitul — Do hebraico "anulação", "negação".

Bitul Torá — Negligenciar o estudo da Torá.

Bli neder — Sem promessas, sem juras, afirmação que limita o compromisso. A palavra falada é por si um contrato com o mesmo valor legal que um documento impresso e assinado. Ao fazer uma afirmação que implica somente uma possibilidade e não um compromisso, é comum o uso dessa expressão.

Bobe maisse — Histórias da vovozinha.

Bore nefashot rabot vechesronan — "Criador de muitos tipos de ser" ou, em outra interpretação, "criador de almas variadas e imperfeitas".

Brachot — Bênçãos.

Bund — Organização socialista judaica que pretendia caracterizar o judaísmo como uma filosofia mais ética do que religiosa.

Cabala — Tradição recebida. Suas origens podem ser rastreadas desde Alexandria. As primeiras tentativas de formatar uma tradição judaica mística podem ser remetidas ao *Sefer Ha Yestzirá* (*Livro da Criação*). Tradição que, muito identificada ao Zohar, se baseia na ideia de que o idioma sagrado da Torá contém ordenações numéricas criptografadas, a guematria, que, decifradas ou interpretadas, podem ajudar as pessoas que a ela recorrem. Depois do auge do chassidismo, a Cabala entrou em declínio popular e só recuperou terreno a partir dos anos 1950, novamente impulsionada por uma onda de crescimento do chassidismo.

Cantonistas (1827-1856) — Assim eram conhecidos os judeus russos compulsoriamente obrigados a servir o exército do czar por décadas e que em geral — pelos extensos prazos — morriam ou voltavam completamente assimilados.

Caro, Yossef (1488-1575) — Rabino e notável legislador talmúdico, nasceu na Espanha e se estabeleceu em Safed. Redigiu o código de leis chamado *Shulchan Aruch* (*Mesa Posta*).

Chalá — Bolo, pão branco trançado. Sua presença está sempre relacionada a alguma ocasião festiva.

Chanucá — Festa das luzes, que começa no dia 25 de kislev e dura oito dias. Comemora a luta dos irmãos Macabeus (167 A.E.C. — Antes da Era Comum) contra a proibição da prática religiosa e consequente assimilação, imposta pelo exército greco-assírio, sob a liderança de Antiocus. (Ver *Macabeus*)

Chassid — Piedoso, aquele que segue a tradição.

Chassidismo — Movimento judaico que teve seu novo apogeu nos séculos XVIII-XIX com a difusão das ideias de Baal Shem Tov. Sua filosofia era baseada na recuperação da alegria da devoção, na autenticidade espontaneísta contra o rigor formalista apenso ao judaísmo erudito das academias localizadas na Lituânia. Ainda entre os eixos axiológicos chassídicos estavam a onipotência e imanência de Deus, a superioridade da fé sobre o conhecimento, a valorização dos homens simples e a importância das mulheres na vida social e espiritual das comunidades.

Chayim — Vida.

Chessed — Bondade.

Chevra kadisha — Instituição que nas comunidades judaicas é responsável pelos enterros e respectivos rituais ligados ao funeral.

Chinuch — Educação.

Chochma — Ideia, sabedoria.

Chupá — Pálio nupcial. Tenda, de preferência ao ar livre, sob a qual os noivos se casam.

Chutzpá — Do hebraico "petulância".

Cohanim — Subgrupo dos levitas, a tribo dos Cohen, deu origem aos sacerdotes da linhagem de Aarão, irmão de Moisés.

Colel — local de estudos para jovens religiosos casados.

Cordovero, Moshe (1522-1570) — Rabino e cabalista nascido em Safed, Israel. Publicou um dos estudos mais metodológicos, o *Pardes Rimmonim*, para explicar os ensinamentos profundos da Cabala, como a relação entre finito e infinito. Elaborou um diagrama-labirinto no qual constrói a estrutura do mundo divino.

Cromwell, Oliver (1599-1658) — Militar e político inglês.

Daath — Conhecimento.

Dayan — Juiz que age de acordo com a lei judaica.

Devekut — Aproximação, aderência, apego. Termo místico que define a indescritível proximidade com Deus. Estado modificado de consciência no qual os homens podem experimentar no corpo a própria energia de Deus.

Dibuk — Fantasma ou espírito que ocupa o corpo de um homem vivo, possuído.

Edels, Samuel Eleizer (1555-1631) — Rabino e comentarista talmúdico polonês do século XVIII.

Eliezer, Israel Ben. Conhecido por Baal Shem Tov ou Besht (1698-1760) — Rabino, místico, reformador e taumaturgo polonês do século XVIII. Quando faleceu, por volta dos 62 anos de idade, tinha dezenas de milhares de adeptos.

Emet — Verdade. O Midrash relata que na batalha entre argumentos favoráveis e desfavoráveis dos anjos para que o homem fosse criado, Deus teria cedido após ouvir que "o homem é capacitado à verdade".

Emet Zaruk Laritzpá — Verdade lançada ao solo.

Eretz — Terra. Em geral, designa a terra de Israel.

Êxodo -– Um dos cinco livros do Pentateuco, que formam a Bíblia ditada para Moisés. Incluem Gênesis, Êxodo, Levítico, Números e Deuteronômio.

Filactérios — Os tefelin, caixas de couro, usados na testa e no braço esquerdo que contêm trechos específicos do Pentateuco (Deuteronômio 6:4-9, 11:13-21, Êxodo 13:1-10, 13:11-16) em pergaminho, escritos à mão por um sofer.

Filo — Filósofo judeu (20 A.E.C. — 54? E.C.) que vivia em Alexandria. Sonhou a fusão do *ethos* hebraico com o racionalismo filosófico grego. Foi o representante dos judeus de Alexandria perante Calígula em Roma, para o qual apelou por mais liberdade religiosa. Pouco se sabe sobre sua vida. "O espírito humano, com efeito, está sempre ávido para conhecer a essência das coisas visíveis, sejam incriadas ou criadas, e neste caso qual a sua origem? Onde começam? Qual a natureza de seus movimentos? Quais as causas e as forças que presidem ao funcionamento sábio e regular das coisas particulares? Na nossa alma, qual é a essência?"

Gabbai — O fiscal da sinagoga, o encarregado.

Gadol talmud shehatalmud meivi leiedei ma'assé — A grandeza do estudo é nos conduzir à ação.

Gaon — Eminência, uma pessoa de grande erudição.

Gentio — Em hebraico, gói. Alguém que não é filho da aliança.

Gentio justo — Alguém que tendo uma alma propensa à justiça, aceita e respeita as sete leis de Noé.

Gilgul — Transmigração das almas. Há intensa controvérsia se essa doutrina é originalmente judaica, mas alguns a comparam com o conceito de metempsicose. (Ver este termo.)

Gólem — Significa informe. Incriado, homem artificial.

Guemará — Parte do Talmud no idioma aramaico.

Guematria — Associação de palavras e frases com soma igual dos valores numéricos das letras. Isso é possível pois o alfabeto hebraico não é dotado de um sistema de números separados.

Guevurá — Severidade.

Hagadá — Do aramaico "história". Livro que é lido no *seder* de Pessach relatando a libertação dos judeus da escravidão no Egito.

Halachá — Em hebraico significa "caminho". Tradição que estabelece as leis e regras no judaísmo.

Harei at mekudeshet li — Eis que tu estás consagrada para mim. Início da frase pronunciada pelo noivo no ritual do casamento judaico para receber a esposa.

Hashem — O Criador.

Hasdai Cresças — Rabino platônico e fatalista do século XVII.

Hilel — Sábio descendente de Davi (20 A.E.C.- 30 E.C.) que criou a hermenêutica talmúdica. Adotava posições inovadoras — e polêmicas — nas interpretações da Torá. O contraste sempre é feito comparando com a escola de Shammai, do mesmo período, que adotava posturas mais rígidas e tradicionais.

Holocausto — Uma oferenda que era consumida pelo fogo. Contemporaneamente designa também o extermínio sistemático dos seis milhões de judeus europeus pelo regime nacional-socialista alemão durante a Segunda Guerra Mundial no projeto batizado pelos nazistas de "Solução Final". Correntes revisionistas contestam estes números como superestimado, embora ele provavelmente esteja subestimado pois não considerou os assassinatos posteriores e os que aconteceram depois que a Polônia foi desocupada. Seis milhões de judeus foram assassinados entre os quais um milhão e meio de crianças.

Ibn Erza, Avraham Ben Meir (1092-1167) — Erudito versátil e poeta nascido em Toledo (faleceu em Roma) no século X, impulsionou o estudo filológico além de ser exegeta bíblico e filósofo. Destacam-se obras como *Yesod Mora* (*Fundação da religião*) e *Sefer Hamispar*. Místico e cético, como poeta foi um dos mais proficientes, e se destaca pela obra de poesia religiosa *Diwan*.

Ibn Gabirol, Solomon (1021-1058) — Poeta e filósofo judeu espanhol, seu trabalho mais importante e celebrado é *Fonte da Vida* (*Mekor Hayim*). Muito pouco se conhece sobre sua vida.

Idish kait — Cultura judaica, iídiche.

Jeremias — Irmiiau. Profeta e crítico social do reino de Judá (século VII A.E.C.) que antecipou a destruição do templo em Jerusalém. Escreveu o *Livro das Lamentações*. Exilado no Egito, teve Platão como discípulo.

Judah Halevi (1075-80?-1141) — Filósofo e um dos mais importantes poetas judeus desde os templos bíblicos. Nasceu em Toledo, Espanha, e pouco se sabe de sua vida. Sua poesia mais conhecida é *El Kuzari*.

Judeu — A origem do nome parece estar relacionada a Judah, filho de Jacob. Depois da divisão da Palestina em dois reinos, Judah e Israel (o qual consistia de dez tribos que desapareceram), todas as tribos remanescentes foram chamadas de judeus.

Kadish — Doxologia sagrada composta em aramaico e recitada especialmente em memória dos que faleceram.

Kedushá — Santidade.

Ki yehi chochmatchem uhinotchem le'einei há amim — Porque esta é a vossa sabedoria e o vosso entendimento acs olhos dos povos.

Kidush Levaná — Bênçãos à lua.

Kohelet — Eclesiastes. Livro escrito pelo rei Salomão, filho de Davi.

Kosher — Puro. Alimentos apropriados para o consumo e preparados de acordo com a tradição.

Lashon hara — Maledicência, difamação, calúnia. Considerada uma das ofensas mais graves.

Le Chayim — pela vida, pela saúde. Expressão comemorativa com que se costuma brindar, sem bater copos.

Leviatã — Gigantesco monstro bíblico que habita o mar.

Levy ou **Levyim** (pl.) — Família sacerdotal procedente do terceiro filho do patriarca Yaacov com Léa, Levi, e da qual descende Moisés. Dentre todas as outras, a tribo dos Levy foi a única que não foi seduzida pela prática da idolatria como a adoração do bezerro de ouro. Também foi única tribo que não foi escravizada. Por não ter cedido aos argumentos da maioria do povo que esperava na base do Monte Sinai pela descida de Moisés com as tábuas da lei, esta tribo foi inscrita como merecedora de prioridades espirituais.

Libelos de sangue — Acusações absurdas, porém frequentes, contra judeus em toda a Idade Média, de que estes fabricavam pães ázimos (matzá) a partir de sangue de cristãos assassinados para tal fim.

Litvaks — Judeus lituanos.

Lubavich — Subgrupo do movimento chassídico liderado pelo rabino russo Schnéour-Zalman da cidade de Lyadi.

Lubavicher Rebbe — O último rebbe de Lubavitch, Menachem Mendel Schnerssohn (1902-1994). Algumas correntes judaicas chassídicas acreditam que sua vida e missão estejam relacionadas com as "dores do parto" de uma consciência messiânica.

Maariv — Reza do fim do dia, logo depois que o sol se põe.

Macabeus — Nome de Judá Macabeu, hasmoneu que liderou uma revolta contra o poder dos colonizadores gregos e assírios na Terra Santa.

Machlokot leshem shamaim — Argumento ou polemizações em prol dos céus.

Maguid — Pregador, em geral itinerante.

Maná — Milagre chuvoso em forma de orvalho luminoso que alimentou os judeus no êxodo do Egito. Conhecido como "pão do céu", durou quarenta anos e foi também responsável pela alimentação dos judeus durante toda a peregrinação pelo deserto até a chegada à terra prometida de Canaã.

Mashiach — O Ungido, Messias. Aquele que, segundo a tradição, libertará os judeus e a humanidade no início de novos tempos. Grandes eventos antecederão sua chegada e o reconhecimento desta era não mais dependerá da força da crença. Conforme a profecia de Isaías, "nem só todo espírito enxergará a energia de Deus, mas toda carne".

Mashke, *maská* — Bebida, alusão a bebidas alcoólicas.

Massacres de Chmielnicki — Extensos massacres contra populações judaicas que ocorreram no século XV, liderados pelos cossacos e que deixaram cem mil judeus poloneses mortos e as respectivas comunidades em completa ruína social e econômica.

Mazal tov — Boa sorte, congratulações.

Meah Shearim — "Cem portões". Hoje, nome de um dos bairros mais ortodoxos de Jerusalém. Conforme Machado de Assis, um brasileiro jamais saberá o que é o Rio de Janeiro ou o Brasil sem conhecer o bairro carioca do Cosme Velho. Analogamente, nenhum judeu entenderá sua tradição sem ter visitado Meah Schearim. Em sua ironia cética, Gershom Scholem chamou o bairro de "verdadeiro paraíso dialético".

Medaber — O falante. Modo como o homem foi chamado no Gênesis.

Meguilá — Do hebraico "rolo". Como são conhecidas algumas obras bíblicas como Eclesiastes, Lamentações etc.

Meguilát Ester — O livro de Ester é ainda lido na festa de Purim (sorte), quando foi desbaratado o plano de aniquilação dos judeus no reinado do rei Achashverosh.

Menachem Mendel Morgenstern — Conhecido como rebbe de Kotzk (1787-1859). Polonês de inspiração chassídica, Kotzk afirmava que o único caminho é a incessante busca da verdade interior. Apontava a rotina do formalismo religioso como um obstáculo ao aprimoramento espiritual.

Menasseh ben Israel — Rabino, autor e negociador (1604-1657) de origem portuguesa estabelecido na Holanda. Rembrandt van Rijn fez uma conhecida pintura de Menasseh. Escreveu livros como *Da ressurreição dos mortos* e o famoso *Esperança de Israel*, onde expõe suas ideias convictas de que as dez tribos perdidas é que deram origem aos índios americanos. Em 1655 tentou convencer Oliver Cromwell a readmitir os judeus que tinham sido expulsos da Inglaterra em 1209.

Merkavá Shel Sion — A carruagem de Sion, como eram chamados os primeiros sionistas nas especulações do autor.

Metempsicose — Doutrina que acredita na migração de almas. Ensinada entre os pitagóricos e na filosofia hindu, Platão também acreditava que uma alma poderia ser reciclada entre os seres naturais.

Mezuzá — Pergaminho fixado no batente à direita nas portas de famílias judias. Estão lá escritos dois trechos do Pentateuco: Deuteronômio 6:4-9 (parágrafos do Shemá) e Deuteronômio 11:13-21.

Midat hadin — Atributo da justiça.

Midot — Atributos emocionais.

Midrash — A "interpretação" ou método homiliético de interpretação bíblica. Trata-se da hermenêutica judaica onde cada trecho e cada narrativa podem ser consideravelmente expandidos com a finalidade de trazer novos aportes e conhecimentos.

Minianim — Quórum de dez homens judeus, o número mínimo de pessoas reunidas para que se possa pronunciar determinadas orações.

Minchá — Uma das três rezas diárias, a reza da tarde.

Mishiguene — Maluco, louco, insano.

Mishná — Trata-se da obra mais antiga conhecida de literatura rabínica. Editada por Judá Há Nassi por volta do século III.

Mishnaiot — Comentários na margem lateral, comuns nos livros sagrados da Mishná.

Mishpachá — Família.

Mitzvá — Uma boa ação. Há 613 mitzvot com preceitos negativos (proibidos) e positivos (desejáveis).

Moisés — Libertador dos judeus da opressão egípcia, fundador da religião israelita.

Moises ben Maimon, Maimônides, também conhecido por Rambam (1135-1204) — Médico, rabino e legislador. Discípulo de Averróis e tradutor de Avicena, teve que fugir da Espanha para o Marrocos e depois para o Egito, onde foi médico particular de Saladino.

Moses Mendelssohn (1729-1786) — Judeu alemão nascido em Dessau, foi considerado um representante do iluminismo judaico que pregava a integração com a sociedade secular.

Mussar — Disciplina moral.

Na'assé adam betzalmeinu kedmuteinu — Façamos o homem à nossa imagem e semelhança.

Nachamanides (1195-1270) — Também conhecido como Ramban, rabino, médico e talmudista espanhol do século XII, opôs-se aos excessos de racionalização presentes pela influência aristotélica em Maimônides.

Naches — Alegria, satisfação.

Ner tamid — A vela eterna, luz perpétua.

Neshamá yetzirá — Alma suplementar. A segunda alma presente no descanso sabático.

Nissim — Os "sinais" com conotação de milagre.

Noach — O patriarca Noé.

Nu — "E então?" em iídiche.

Parnassah — O sustento, ganhos, emprego.

Pessach — Páscoa. "Passar por cima" — alusão aos anjos que passaram por cima das residências judaicas durante a última peste que atingiu os primogênitos do Egito. Festa comemorativa da libertação dos judeus do Egito, páscoa judaica.

Pirkei Avot — *A ética dos pais*. Tratado de ética com seis capítulos sobre os valores e regras de sabedoria.

Pogroms — Massacres. Invasões sistemáticas que envolviam homicídios e pilhagens de bens dos judeus. Aconteceram em toda a Europa, especialmente no Leste, mais frequentemente na Rússia e Polônia, justificadas sob os mais variados pretextos, que iam da limpeza étnica à espoliação de bens, passando, eventualmente, pelas acusações de causadores de catástrofes naturais ou peste. Houve pogroms fora da Europa como, por exemplo, no Oriente Médio e também na Argentina, o último registrado no Ocidente. Este massacre ocorreu em 1911 no gueto judaico do bairro do Once, em Buenos Aires.

Purim — Sorteio. Festa comemorativa da vitória de Mordechai e da rainha Ester sobre Haman e sua conspiração genocida que sorteou o dia em que as centenas de províncias do rei Achashverosh eliminariam as populações judaicas. A festa é comemorada no 14º dia do mês de adar.

Rashi — Shlomoh Itzachak (1040-1105), rabino francês da Idade Média, viveu na cidade de Troyes e tornou-se um dos mais importantes legisladores, talvez o mais abrangente comentarista talmúdico. Além disso, foi um símbolo por ter sido alfabetizado somente depois dos quarenta anos e ter trazido inovações hermenêuticas vitais para a compreensão dos textos.

Rav — Forma carinhosa, reverencial, de se dirigir a um rabino.

Rebbe — Um importante líder espiritual, um mestre chassídico.

Refuah shlemah — Cura completa.

Rezas — As rezas diárias obrigatórias são Shacharit (manhã), Minchá (tarde), Maariv (fim do dia) e Mussaf (rezas adicionais como em Shabat, festas e Rosh Chodesh — lua nova). A Amidá, ou a oração das dezoito bênçãos, é uma prece longa e silenciosa recitada em pé. Destas, somente Neilá (no fechamento do Yom Kippur) é recitada num único dia do ano.

Ribono shel olam — Senhor do mundo.

Rishut — Vício do preconceito, intolerância, antissemitismo.

Sanedrin — Sinédrio. Grande conselho rabínico que se reunia em Jerusalém antes da destruição dos templos.

Sanedrin moderno — Sinédrio moderno. Assim ficou conhecida a assembleia de líderes judeus da França e Itália convocada pelo imperador Napoleão Bonaparte em 1806, que deveria reunir sábios e personalidades do mundo judaico cuja função seria a redação de um novo documento sobre leis e regras judaicas.

Schnéour-Zalman (1745-1812) — Rabino e fundador do subgrupo chassídico Chabad. Autor do texto *Tanya*, que influenciou amplamente os judeus da Europa Oriental.

Sechel — Mente, intelecto.

Sefarditas — Judeus oriundos da península ibérica.

Sefer Yetzirá — Livro da criação.

Sefirot — Número ou palavra de raiz grega, *sphaire*, esfera. Nome dado na cabala aos dez poderes criativos arranjados em ordem hierárquica decrescente. Entre eles: Chochma, Biná, Daath, Hesed (amor), Din (justiça), Tifereth (glória, beleza).

Shabat — Dia de descanso semanal.

Shabetai Tzvi — Falso messias que arrastou multidões no século XVII.

Shacharit — Reza da manhã.

Shalom — Paz. Nenhum conceito faz mais parte da cultura judaica do que desejar a paz como forma de saudação diária.

Shavuot — Festa de Pentecostes.

Shechiná — Presença divina.

Shiduch — Encontro, negociações preliminares ao casamento.

Shitbl — Pequeno quarto, usado para definir um local específico para meditar e se dedicar à entrega espiritual.

Shiur; plural *Shurim* — Aula, lição.

Shofar — Corneta feita de chifre de carneiro.

Shokein — Balanço do corpo na oração.

Shtetl — Pequena aldeia, gueto judaico.

Shulchan Aruch — Código de leis que regulamentam hábitos (a halachá) elaborado por Iossef Caro (1488-1575) no século XVI.

Sidur — Livro de rezas.

Simchá — Alegria.

Sionismo — Sionismo definitivamente entrou no vocabulário da vida judaica através das ações políticas de Theodor Herzl, quando propôs as bases mínimas de suas ideias ao discursar no primeiro congresso sionista de 1897. "Estabelecer o povo judeu em bases legais e justas, num lar assegurado na Palestina." As propostas sionistas foram rejeitadas tanto pelos ultra-ortodoxos, por antecipar uma interferência que deveria ser divina, como pelos movimentos judaicos reformistas que consideram o movimento reacionário, sem esquecer de sua recente equiparação a uma ideologia discricionária. Mesmo assim, o sionismo cresceu — e vem sobrevivendo — em meio a toda a turbulência política que o rodeia. O movimento sionista hoje se tornou um mar de facções e correntes que lutam ferozmente para monopolizar a melhor estratégia para converter e manter Israel como uma nação.

Sofer — Escriba, copista. Encarregado de copiar os textos sagrados a partir de tinta e papiros especialmente preparados para este fim. O cuidado na transferência de cada letra requer precisão técnica e atitude devocional.

Solomon, Abraham ben, de Montpellier — Talmudista radical do século XII. Opôs-se e chegou a liderar um movimento contra os livros de Maimônides no sul da França que culminou num cherem contra os discípulos do autor do *Guia dos Perplexos*. Sempre que a disputa entre judeus chegava aos ouvidos da Inquisição a fogueira de livros e homens era realimentada.

Soloveitchik, Joseph B. (1903-1994) — Rabino russo radicado nos Estados Unidos (Boston) e autor do importantíssimo *A solidão do homem de fé*, que tenta construir uma ponte entre o judaísmo ortodoxo e o mundo moderno.

Spinoza, Baruch (1632-1677) — Célebre filósofo e sábio judeu holandês de origem sefardita que foi expulso da sinagoga por um cherem depois de um Beit Din conduzido em Amsterdã em 1656. Escreveu anonimamente o *Tratactus theologico-politicus* (1670) e *Ética*.

Sucot — Festa dos tabernáculos que acontece no 15º dia do mês de tishrei e dura oito dias. Festividade das cabanas (as sucot), quando os judeus — comemorando e relembrando a migração do Egito para a terra prometida — devem transferir provisoriamente as suas moradias, e inclusive fazer as refeições, em uma construção de desenho retangular elaborada a partir de folhas, galhos e plantas.

Talit — Manto de preces.

Talmud — A tradição oral do judaísmo que inclui as discussões, o estudo e as instruções apenas aos escritos sagrados. Incorpora as criações literárias de séculos incluindo leis, lendas, interpretações das escrituras e preceitos éticos. Na opinião de muitos é o mais importante documento espiritual do povo judeu depois da Bíblia.

Talmud Babli — Tratado talmúdico de origem babilônica, considerado o mais extenso e importante. Foi redigido num amplo período de tempo, quando os judeus ficaram exilados na Babilônia depois que Roma conquistou Israel.

Talmud Yerushalmi — Tratado talmúdico de Jerusalém, não tão extenso como o babilônico, contém as discussões dos eruditos que residiam na Palestina. (*Circa.* 400 E.C.)

Tanach — Bíblia hebraica. As três consoantes significam as divisões da Bíblia: T de Torá (o Pentateuco), N de Neviim (Profetas) e Ch de Khtuvim (os outros textos sagrados).

Tanya, Likutei Amarim ou **Sefer Shel Benoni** — *Coletânea de discursos* ou *Livro dos intermediários*, escrito por Schneur Zalman.

Taref — Impuro, não kosher.

Tchulent — prato típico dos judeus da Europa Oriental, alimento preparado de muitas formas mas tendo como base o feijão branco, a costela de carne bovina e a cevadinha.

Teruá — Um tipo de som emitido pelo shofar. Alguns sábios o definem como uma série de toques *staccato*, outros como um som prolongado similar a uma pessoa gemendo, e há quem diga que se trata de uma combinação das duas opiniões.

Teshuvá — Arrependimento.

Tetragramaton — Representação feita por quatro letras (Y, H, V, H) que reunidas formam a sequência sagrada do impronunciável e inefável nome do Criador, designado na Torá.

Tisha Be-Av — Dia de jejum nacional de 24 horas pela data trágica da destruição dos dois templos em Jerusalém.

Toque tekiá — Um dos três tipos de som emitidos pelo shofar nas ocasiões especiais e festivas como Rosh Hashaná, Jubileu etc.

Torá — Ensinamentos. As instruções dadas por Deus à humanidade através de Moisés no ano hebraico de 2448.

Tossafót — Comentários e notas explicativas marginais dispostos nas edições do Talmud, feitos por estudiosos dos séculos XII e XIII.

Tratado Kidushin — Tratado talmúdico sobre o casamento.

Tratado Shabat — Tratado talmúdico sobre as leis próprias do Shabat.

Treif — Alimento proibido, em iídiche.

Tzniut — A discrição, recato nas vestimentas.

Tzadik — Justo.

Tzedaká — Da raiz hebraica *tzedek*, justiça. A palavra tende a ser traduzida como caridade, mas considerando que a hermenêutica judaica considera que dar ou doar a quem tem menos é justiça e não um favor de quem oferece, a palavra justiça faz mais sentido do que qualquer outra.

Tzelem Helokim — Imagem de Deus.

Tzfat — Cidade mística em Israel de forte tradição cabalista. Isaac Luria, o Arizal e Shimon Bar Iohai, autor do Zohar, nasceram lá.

Tzimtzum — Contração: processo pelo qual o Zohar descreve a criação do universo.

Usque, Samuel (século XVI) — Poeta e historiador nascido em Portugal no século XVI. Escreveu *Consolação às tribulações de Israel*, publicado em 1553, considerado o primeiro poema judaico em língua portuguesa. Nele, quatro personagens discutem as desgraças e perseguições sofridas pelo povo de Israel, dos primeiros patricarcas à destruição do segundo templo, seguindo até a dispersão pela Europa.

Vatashlech emet artza — E lançou por terra a verdade.

Veha'aretz lo temaher letzmitut — A terra não será vendida em perpetuidade.

Yad — Mão. Ponteiro em forma de mão com o dedo indicador estendido — de madeira ou prata — que sinaliza os escolhidos para a leitura da Torá.

Yad Vashem — Museu do holocausto que fica na capital de Israel, na cidade de Jerusalém.

Yekes — Judeus alemães.

Yeshivá — Do hebraico, ato de sentar. Escola rabínica, em geral com predomínio do ensino talmúdico para estudantes jovens solteiros.

Yeshibot — Também conhecida como a "Oxford Judaica" por ter sido importante centro de educação judaica religiosa entre os séculos XVIII e XIX.

Zacharti lach chessed — Lembro a inocência de tua juventude.

Zion — Sion. Monte Sião.

Zohar — Tradição. Livro mais popular da cabala. De autoria do sábio Shimon Bar Iohai do século II. No final da vida pediu que a cada aniversário de seu falecimento fossem realizadas comemorações festivas próximo ao local de seu sepultamento. Apesar das contestações há quem atribua a autoria parcial do Zohar ao cabalista espanhol Moisés de Leon (1240-1305).

Zult Talb — (1808-?) Rabino, filósofo e poeta de origem russa, radicado na Polônia. Natural de Tchernewitz, Zult é um dos grandes exemplos de heróis chassídicos anônimos do século XIX. Só muito recentemente seu papel foi reconhecido, por ter antecipado temas importantes como a atitude e a entrega espiritual, a reinterpretação dos textos sagrados e a aproximação da filosofia com o pensamento judaico. Ainda que seja autor sem livro existente e que boa parte de seus textos e anotações esteja desaparecida, sua influência vem ganhando espaço na tradição oral. Cada vez mais pessoas buscam seus ensinamentos e poesias. No folclore judaico, diz-se que o toque em sua lápide e especialmente em qualquer um de seus escritos provoca imediato estupor, ou êxtase.

Este livro foi composto na tipologia Times New Roman,
em corpo 11,5/15,1, e impresso em papel off-white 80g/m²,
no Sistema Cameron da Divisão Gráfica
da Distribuidora Record.